가위

서정인 소설집

가위

책세상

●이 책은 《가위》(홍성사, 1977)를 저본으로 삼았다.

작가의 말 | 새로 펴내며

  발행 연도에 의하면, 이 책을 낸 지 삼십 년이 되었다. 그것은 그 후 절판이 되었다. 그것이 그렇게 된 데에는 다 그럴 만한 이유가 있었다. 나는 사람들이 그것을 읽어야 한다고 생각했지만, 그들의 의견은 나와 좀 달랐다. 그리고 중요한 것은 그들의 생각이었다.

  이 책을 다시 찍어내자고 했을 때, 나는 서슴없이 찬성했다. 사람들의 결정과는 상관없이 나는 그동안 나의 고집을 굽히지 않았었다. 이 책의 출판을 어제 있었던 일처럼 선명하게 기억하지만, 그 속에 있는 작품들을 나는 거의 잊었다.

  '어느 날'을 다시 읽었다. 그것은 제목도 기억에 가물가물했었다. 나의 어느 특정 작품을 선호하는 사람들에게 나는 내 작품들 중에는 그것 못지않은 것들이 많은데, 가령 '뒷개' 같은 것이 그렇다고 말하곤 했었다. 앞으로는 이것을 권해야겠다.

  배경은 물론 지금과 다르다. 요즘 관공서가 얼마나 친절한가. 그러나 그것들이 육십년 대나 칠십년 대를 그린 작품들이라고는 생각되지 않는다. 그것들은 어느 때, 어느 곳에 있었던 사람의 일, 사람의 형편, 사람의 운명을 붙잡고 늘어졌다.

이번 이 기획이 이 작품들에 대한 독자들의 관심을 새로 불러일으키는 계기가 되어 많은 사람들이 그것들을 읽고 좋은 문학적 경험을 하기를 바란다. 나도 그것들을 통독해야겠다. 교정을 보자면 어차피 다 읽어야겠지만, 혹 내 주장이 잘못되었을까봐 겁이 난다.

문학적 만족을 대신할 수 있는 많은 수단들이 범람하고, 바쁘고 편한 세상이 된 요즘 시대에, 모험이라고 할 수 있는 이런 일을 하기로 결정한 책세상에 감사한다. 그들의 판단이 옳았기를, 그리고 그들의 결정이 독자들의 판단을 인도하기를, 바란다.

2007년 5월 5일 둔산리에서 서정인

서정인 소설집 **가위**

차례

원무

1

사람이 세상을 살아가는 데에는 항상 나쁘라는 법은 있어도 항상 좋으라는 법은 없는 모양이다. 원희의 아버지 임 변호사는 재능에 알맞은 포부를 가졌기 때문에 개업 이래 줄곧 돈을 모아왔다. 그래서 그가 벌써 육년째나 그리고 그 중의 두 해는 삼중으로 저 살인적인 사립대학의 부과금을 감당해왔음에도 불구하고 그의 비상용 부동산은 단 한 번도 동원될 위험에 부딪쳐 본 적이 없었다. 두 채의 가옥과 삼천 평의 땅은 의연히 그가어서 늙기를, 그리고 자식들에게 배반당해서 외로워지기를 기다리고 있었다. 그는 비록 학생 시절에는 학비 때문에 약간의 고생을 했었고, 변호사가 되기 위해서는 조금 더 고생을 했지만 그리고 국민 전체가 고생을했을 때나 한 도시가 다 같이 재난을 당했을 때는, 그도 남만큼의 괴로움을 맛보는 데에서 누락되지는 않았지만, 그런대로 세월은 대체로 수월하게 흘러갔으므로, 하마터면 그는 세상을 그 나름대로 해석해버릴 뻔했다. 사람이란 물론 남의 비극에서 배우는 수가 있다. 그러나 그것이 어떤 사람을 더욱 주의 깊게, 겸손하게, 그리고 교활하게 만들어주는 수는 있어도, 그 사람의 존재의 밑바닥을 흔들어주는 일은 별로 없다. 그리고 이 정도의 교육이 아니면 한 사람의 지혜에까지 영향을 미치기란 힘든 일이다. 기껏 사무실과 법원 사이를 오락가락하는 데에 국한되었고, 그 반복에 의해서 한없이 속화되어 갔던 임 변호사의 지혜는 삶의 단면에서 때때로 발산되는 섬광의 조사(照射)를 받을 기회를 거의 얻지 못했다. 그의 머릿속한 부분은 닳아져서 너무 빨리 돌아가게 되었고 나머지 부분에는 녹이 슬어버렸다. 그는 알맞게 유복한 전문가가 빠지기 쉬운 비극의 결여라는 비극 속으로 빠져 들어가고 있었는데 그것의 비극성은 바로 그것을 비극으로 느끼지 못하는 데에 있었다. 그리고 그것은 좋은 일이었다. 비극이란 안 느낄수록 좋은 것이고, 안 느껴서 생기는 비극이라면 뭐, 그렇게 못 참을 바도 아니다. 인생의 핵심은 될 수 있으면 피하는 것이 좋다. 즉 그럴 수만 있다면 항상 좋은 것이 좋다. 물론, 마음대로 되는 것은 아니지만.

원희는 어느 날 외출에서 돌아와 제 방으로 들어간 다음 방문을 안으로 닫아걸었다. 그날사 말고 임 변호사는 딸을 위해서 가장 기쁜 소식——이라고 생각되는 것을 가지고 왔다. 네 맘에 들지 모르겠다만, 그는 그렇게 말할 작정이었다. 그리고 그것은 단순한 수사학적 회의(懷疑)였다. 그는 그의 호주머니 속에 들어 있는 사내가 딸의 마음을 끌 것을 확신하고 있었다. 다만, 조금씩 내놓는 것이 좋다고 생각했을 뿐이었다. 네 맘에 들지 모르겠다만. 그러면서 그는 슬쩍 사진을 꺼내 보일 작정이었다. 인물이야 사내자식이 예뻐서 뭘 해. 그만하면 듬직해서 됐지. 그러나 사진을 들여다본 원희는 그의 말이 부당하다는 것을 알게 되고, 그가 일종의 반어를 쓰고 있음을 눈치 채게 될 것이다. 그리고 그녀의 마음속에서는 속지 않기 위한 주의력과 함께 호기심이 일어나게 될 것인데, 바로 그때, 임 변호사의 입에서는 다음 말이 계속된다. 종로에서 친구를 만났다는 얘기라도 하는 것처럼 지나는 말투로 슬쩍, 그런데 독일——참, 독일이 아니라 서독, 서독을 잊지 말아야지. 이 말이 생긴 다음부터는 독일에 다녀왔다면 참말 같지가 않다. 서독이라는 말이 나왔으면, 이제 프랑크푸르트가 나올 차례다. 한국의 한 학생이 유학했음직한 장소로서 이보다 더 적합한 도시를 생각할 수 없다. 런던, 파리, 베를린… 이와 같은 도시들은 딴 방면으로도 너무 바쁘다. 그러나 이 도시는 이와 같이 쓰이기 위해서 지금껏 기다려왔다. 아마 임 변호사는 앞으로 교육과 관련시키지 않고는 이 도시의 운율 좋은 이름을 들을 수 없을 것이다.

프랑크푸르트의 친화력은 그러나 다 타지 못한 구멍탄의 재에까지 미치지는 못했다. 집 앞에 이르렀을 때, 그는 쓰레기통에서 반쯤 검은, 덜 탄 구멍탄 재를 보았는데, 그의 생각은 독일의, 아니, 서독의 발음 좋은 한 도시의 이름에 몰두해 있었으므로 그것을 알아보기 위해서는 잠시 기다려야 했다. 그의 왼손은 눈의 도움을 받지 않고 초인종의 단추를 더듬어 찾아서 눌렀다. 식모가 신을 끌면서 나왔다.

"구멍탄 꺼트렸니?"

"아뇨. 바람이 불어서 그러나 봐요."

"응, 그래?"

임 변호사는 건성으로 대답했다. 식모는 김포 출신이었는데, 특히 말을 할 때 젖은 인화지가 햇볕에 마를 때처럼 몸을 한편으로 꼬는 버릇이 있었다. 그녀는 뒤로 돌아가는 자기의 왼편 어깨를 계속 쳐다보기 위하여 고개를 그쪽으로 돌리면서 말을 계속했다. 임 변호사는 그 말들이 그의 귓전을 스쳐가도록 내버려두었다. 더러는 그의 귓전을 맴돌기를 고집하는 말들이 있었는데, '언니', '방문', '잠그고' 따위가 그러했다. 그는 구두를 벗고 마루 위에 올라서서 방문을 열려다 말고, 그 말들을 안으로 불러들이기로 했다. 언니가… 방문을…? 그는 뒤로 식모를 바라보았다. 그의 비어 있는 오른손은 문고리 위에 있었다.

사람의 예감에는 대개 두 종류가 있다. 그것은 물론 들어맞을 경우와 들어맞지 않을 경우다. 그런데 사람들은 그것을 미리 아는 수가 많다. 번연히 들어맞지 않을 줄 알면서 어떤 예감을 고집하는 수도 있다. 그것은, 경우에 따라 단순한 희망적 관찰이거나, 아니면 일종의 사디즘 취미의 발로다. 어떤 예감이 들어맞을 것이라는 생각은 대개 그 예감과 동시에, 특히 발밑으로부터 온몸으로 퍼져오르는 전율과 함께 느껴진다. 불행한 예감일 경우 더욱 절실하다. 아——그러면 그것은 이미 돌이킬 수 없는 것이 되어버린다. 이것이 사실이 아니었으면…. 사실이 아니기를 바라야 할 만큼 그것은 사실적이다. 그리고 이미 온몸에 번져 버린 절망감은 어쩔 수 없다. 임 변호사는 참으로 오랫동안 그것을 기다려왔다. 불행의 결여는 그런 상태가 앞으로도 계속될 것이라는 보장이 아니었다. 그것은 그런 상태가 언제든지 깨질 수 있다는 끊임없는 위협이었다. 불행은 부재가 아니라 지각이었다.

원희는 방문을 안으로 닫아 건 다음 반듯이 드러누워서 이불을 뒤집어썼다. 그녀가 영원에로의 여행을 위해서 가장 적합한 자세라고 생각한 것이었다. 그대로 고스란히 화석이 되어버릴 때까지 결코 움직이지 않으리라고 마음먹었다. 이 결심에 대한 최초의 도전자는 식모 순아였다.

"관둬, 제발. 제발 좀 관둬줘."

순아는 망설였다. 그녀의 일상 업무 중에서 일부를 방해받는 것쯤이야 대수로운 일이 아니다. 청소쯤이야 얼마든지 기다릴 수 있다. 순아가 망설였던 것은 그녀가 언니를 아주 좋아했기 때문이었다. 미인을 사랑하는 것은 남자에 한한 것이 아니었다. 언니를 위해서라면 무슨 일이든지 할 각오가 되어 있었다. 그리고 그것은 지금까지 경험으로는 즐거운 일이었다. 그런데 오늘은 어찌 된 일이냐. 벗어 놓은 세탁물이라면 얼마든지 은밀하고 바르게 빨아버릴 수 있다. 그리고 혹시 전기다리미를 찾는다면, 고장이 나 있지 않고, 누구에게 빌려주지도 않았다고 대답해줄 수 있다. 그러나 관두라고 하는 데는 어떻게 대답할 것이냐. 아무래도 부작위는 흡족한 봉사가 될 수 없었다. 이런 때는 아줌마라도 있었으면 좋으련만. 그러나 아줌마를 통해야 할 정도라면 뭐 그렇게 탐탁스럽지도 않다. 순아는 은근히 화가 났다. 그래서 이번에는 조금 더 세게 문을 두들겼다. 그리고는 귀를 문에다 대고 동정을 살폈다. 새로운 진전은 그러나 방 안으로부터가 아니라 대문 밖으로부터 왔다.

임 변호사는 딸의 방문을 두드렸다. 원희는 얌전히 아버지를 방 안으로 모셔들였다. 아버지가 자리를 잡고 앉자, 그녀는 저만치 다소곳이 앉아서, 반항이 아니라 존경의 표시로서 아버지의 시선과는 직각을 이루는 방향을 바라보았다. 임 변호사는 딸의 얼굴을 살폈다. 무슨 일이냐. 마침내 계절풍이 불어왔단 말이냐. 그렇다면 차라리 늦은 감도 없지 않구나. 그리고 누구나 다 겪어야 하는 거라면 너에게라고 일어난 것이 이상할 것도 없고, 다만 얼마나 되게 걸렸는가 하는 것만이 궁금하구나. 자, 어떠냐,

나는 지금까지 너에게 해줄 수 있을 만큼 해왔다. 그것이 그렇게 대수로운 것은 못 될지 모르지만, 내 딴에는 그래도 그것이 대단한 것이라고 자부하고 있다. 그래서 하는 말은 아니지만, 나에게 이 홍역의 전반에 관해서, 감염 경로라든가, 현 증상이라든가, 또는 앞으로의 예후에 대해서 알 권리가… 그것이 권리라면 말이다. 있지 않겠느냐. 의무라고 말하고 싶다면 그래도 좋다. 자, 어서 나로 하여금 나의 의무를 다하게 해주지 않겠니. 나는 결코 놀라지 않겠다. 최악의 경우를 이미 상상해버렸다. 나의 상상력은 오늘따라 이상하게도 독일, 서독, 프랑크…. 이상하게도 오늘따라 상상력의 작용이 왕성하구나. 순아에게서 너에 관한 보고의 첫마디를 들었을 때 이미 나는 내가 지금 하고 있는 상상의 전부를 해버렸다. 자, 말해보렴. 아버진 상상도 못하실 거예요, 라고는 말할 필요가 없다. 그러나 나의 상상이 지나쳐버렸을 준비는 얼마든지 되어 있다. 단지, 아버지가 상상한 대로예요, 라고만 말하지 말아라. 그 외엔 무슨 말이든지 좋다. 자, 어서 그저 입만 열면 된다. 말이란 머금고 있으면 더욱 어려워지는 법이다. 문장으로 모으기가 힘들거든, 몇 낱의 단어라도 좋다. 자, 원희야.

그렇지만 도대체 무엇을 말하라는 거예요? 아, 나는 지금의 이 나의 처지를 얼마나 싫어하는지! 옷이라면 갈아입어버리고 싶구나. 이것이 아, 옷이라면! 어떤 일을 당한 것이 참을 수 없다면 그것을 남에게 설명해야 된다는 것은 더욱 참을 수 없다. 도대체 어떻게 설명을 하란 말인가. 아버진 기껏 수면제 삼십 정쯤 생각하셨는지 모른다. 그거라면 나도 말할 수 있다. 그러나 빨간 캡슐 속에 들어 있는 하얀 가루가 어떻게 나의 생활에서 중요한 뜻을 가지게 되었는가를 설명할 수는 없다. 왜냐면 나도 잘 모르기 때문이다. 잘 알았던들 잠자게 하는 약을 사서 모을 필요가 없었을 것이고, 그것들이 모여서 나의 생활을 내려다보는 하나의 잠재 세력이 되어 언제 폭발할지 모르는 화약처럼 캐비닛 속에 도사리고 있게 되지도 않았을 것이다. 내가 알고 있는 것은 단지 나의 말이 나의 마음을 배반할 것이라는 것뿐이다. 가령, 신문에 '실연 자살'이라는 제목이 나 있다고 하자. 그것을 보는 사람들은 모두 다 자기들이 원하는 대로 그것을 해석해 버릴 것이다. 그걸 생각하면 치가 떨린다. 그런데 그들과 같은 말을 사용하지 않으면 안 되다니! 아버진 다 알아버릴 만반의 준비를 갖추고 계실 것이다. 응, 안다. 알아. 그러나 무엇을 알았단 말인가. 알기로 작정한 것 외에 단 하나라도 새로 알게 된 것이 있단 말인가. 말은 내가 하지만 듣는 것은 아버지다. 사람이란 자기가 원하는 대로 듣는 힘밖에 가지고 있지 않다. 그런데도 어처구니없게 말하는 사람의 뜻도 그러려니 하고 단정해 버린다. 원희는 흰자위에 눈물이 번지는 것을 느꼈다. 그것이 방울로 되어 떨어지게 할 수는 없었다. 그것은 죽기보다 싫은 일이었다. 그녀는 결심했다. 말을 하자. 나의 마음을 전달하기 위해서가 아니라 아버지의 기대를 만족시켜주기 위해서 자, 말을 하자. 그리고 아버지가 무어라고 말씀하시는지 들어보자.

"접때 설악산에 갔던 거, 거짓말이었어요. 친구와 함께가 아니었어요."

아, 역시…. 임 변호사는 방바닥을 내려다본 채 머리를 끄떡거렸다. 관광호텔, 접수, 수세식 변소, 더러운 구식의 욕조. 그는 딸을 흘끗 쳐다보고 가볍게 머리를 흔들었다.

원희는 일호와 처음 만났던 때를 생각했다. 서울행 특급 열차. 삼등. 화창한 날씨. 갑자기 소리를 내면서 들이닥치는 반대 방향의 한없이 긴 무개 화물 열차. 원희는 놀라서 뒤를 돌아본다. 졸렬한 약 광고의 올이 굵은 광목, 그리고 그 위에 머리를 기대고 시선을 움직이지 않는, 감동을 모르는 한 청년. 일호는 처음부터 우호적이 아니었다. 그녀를 보고서도 놀라지 않는다는 것은 원희에게 참기 힘든 일이다. 그녀는 누구든지 그녀를 보자마자 감탄해버리는 것에 익숙해져 있었다. 그러지 않는 일은 별로 없었다. 어쩌다가 그녀를 보고도 당황해하지 않는 무신경의 사람이 있으면 그녀는 친절하게도 한 번 더 기회를 주었다. 그러면 그 사람은, 특히 남자인 경우, 대개 틀림없이 그의 잘못을 즉시 깨닫고, 사과하는 마음까지 아울러 나타낼 양으로, 지나치게 놀라는 것이 보통이었다. 그런데, 이 사람은 어떻게 된 일이냐, 벌써 세 번씩이나 기회를 주었는데도! 원희는 부아가 치밀었다. 한 번만 더 기회를 주어? 아냐, 관둬. 그러나 이상하게도 그녀가 뒤를 돌아보아야 할 일이 자꾸 생겼다. 이를테면, 하행 열차가 속력을 줄이지 않고 스쳐지나간다거나, 여객 전무가 하필이면 등 뒤에서 모자를 벗어 들고 안내 말씀 드리겠습니다, 한다거나 (그런데, 이럴 경우, 차장의 억양은 대단히 독특하므로, 아무리 호기심이 없는 사람이라 할지라도 시선을 보내지 않을 수 없다.) 입석과 좌석이 조그마한 분쟁을 일으킨다거나, 맥주를 마시기로 결심을 한 어떤 청년이 온통 금니를 해 박은 이빨을 누렇게 드러내면서 여자 판매원에게 뻔뻔스러운 농담을 던진다거나 (그가 손을 쑥 내밀었을 때, 그의 팔목에도 역시 싯누런 시곗줄이 번득이고 있었다.) 칠십삼 국의 이천 몇 번이라고 말하는 대신에, 이상하게 무슨 신북 십 몇 번이라고 말하는 소리가 들려온다거나, 창밖을 내다보면서 어떤 남자가 생기기보다는 휘파람을 썩 잘 분다거나, 서로 이마를 맞대고 한 쌍의 남녀가 소곤소곤 잘 들리지 않는 목소리로 소곤거린다거나, '따끈한' 도시락의 값을 서로 내려고 두 사람이 다툰다거나, 기침을 한다거나, 하품을 한다거나…. 하여튼 기차간에는 얌전한 사람으로서 신경을 제대로 갖췄으면 뒤돌아볼 일도 많다. 그런데 이 사람은 도대체 어떻게 된 일이냐. 뒤돌아보지 않으려면, 뒤돌아보는 이의 시선을 위해서 길이라도 비켜주련만, 이건 왼눈 하나 깜박하지 않고, 머리를 불편한 의자 등에 기댄 채, 철도청에서 만들어 붙여 놓은 특색 없는 한 장의 달력을 뚫어지게 바라보고 있을 뿐이다. 아마 무슨 철저한 불행으로부터 지금 막 빠져나오는 길이거나, 그렇지 않으면 그 속으로 바야흐로 말려들어가고 있거나….

원희는 그 달력을 바라보았다. 바라볼 것도 없이 그저 반듯이 앉아서 머리를 뒤로 기대면 그것이 제 발로 눈 안에 들어왔다. 그러나 그녀는 그것을 오 분 이상 바라보고 있을 수가 없었다. 달력이란 본래 그렇게 흥미 있는 것이 아니었다. 그런데 그녀의 뒤돌아봄이 그것만 못하다니! 아마 이 사람은 달력이야말로 가장 진실한 것이고, 따라서 그것을 바라보는 데 아무리 열중해도 나쁠 것이 없다고 믿고 있는 모양이다. 그렇다면 좋다. 쳐다보고 싶으면 얼마든지 쳐다보아라. 나는 얼마든지 안 쳐다보겠다. 그녀는 달력이 있는 정면으로부터 통로가 있는 측면으로 고개를 돌렸다. 왼편으로 일호의 시선이 얼굴 가득히 느껴졌다. 그러나 곁눈질해 보면 그의 시선은 그녀를 훨씬 지나 예의 그 달력에 가닿아 있었다. 그녀는 옆에 앉아 있는 부인에게서 별로 예쁠 것도 없는 사내아이를 뺏어 안았다. 부인은 퍽 다행스러워했다. 원희는 원래부터 자기가 어린애를 좋아했던 것 같이 느껴졌다. 뿐만 아니라 기차간에서는 옆의 어린애를 조금 안아주어도 별로 나쁠 것이 없었다. 사람이란 여행 중에는 다소 비현실적이 되는 수가 있다.

어린애를 안자, 원희에게는 엉뚱하게도 짓궂은 생각이 들었다.

"아줌마하고 뽀뽀할까?"

어린애는 가부랄 것이 없이, 그저 두 눈만 껌벅거렸다. 원희는 입술을 모아서 둥글게 내민 다음 어린애의 입술 위에다가 제대로 입을 맞췄다. 일호의 시야 한복판에서. 그제야 비로소 적어도 원희가 알기로는 처음으로 그는 반응을 보여주었다. 원희는 옆눈으로지만 그것을 똑똑히 볼 수 있었다. 쩝쩝 입맛이라도 다시고 있다고 내기를 해도 좋았다. 킁 하면서 일호는 창밖을 향하여 고개를 돌려버렸다. 이마를 조금 찌푸렸던가? 원희는 고소했다. 그리고 일단 거기서 만족하기로 했다.

그로부터 여섯 달이 흘렀다. 그리고 지금 원희는 그때를 아버지에게 설명하려고 애쓰고 있다. 그러나 무엇이든지 첫마디에 전부를 짐작해버릴 만반의 준비를 항상 갖추고 있는 머릿속에 오, 기차간에서 눈이 맞았구나, 하는 것 이상의 것을 깨우쳐 줄 수 있다고 생각하지는 않았다. 임 변호사는 다 알고 있으니 염려할 것 없다는 듯한 시선으로 원희의 다음 말을 재촉했다. 그러면서 그는 이상하게도 관광호텔 삼등 객실에 끓는 물로 검게 변색된 목욕통의 타일을 머리에서 떨쳐버릴 수 없었다.

기차가 회덕역을 지나고 있을 때 그는 둔한 동작으로 자리에서 일어섰다. 그러더니 벗어 걸어놓은 웃옷을 놔둔 채, 싫어 죽겠다는 표정으로 통로를 걸어갔다. 키는 큰 편. 살도 찐 편. 그리고 고집스러운 허리통. 그런데 그 위를 달리는 허리끈은 왜 저렇게 가늘까. 원희는 안 보는 척하면서 지켜보고 있었다. 그는 달리는 기차간에서는 걸어가기가 힘들다는 것을 보여주고 싶은 모양이었다. 변소 앞에 이르자 반투명의 유리 위에 씌어 있는 글자가 진짜로 그것을 의미하는지 신중하게 따져본 다음, 진지한 표정으로 문을 노크하더니, 싸움이라도 할 듯한 기세로 그것을 열고 안으로 들어갔다. 원희는 자기도 모르게 피식 웃었다. 그리고 그때 마침 어린애가 주먹을 코앞으로 내밀고 있었으므로 그녀는 그것을 이마로 받아주면서 소리 내어 웃음을 계속했다. 어린애의 어머니는 그것을 보고 옆에서 기분이 상쾌해졌다. 깔끔하게 생긴 색시가 어쩌면 저렇게도 아가를 귀여워해줄까!

일호는 한참 후에야 좁은 독방에서 나왔다. 그는 이쪽을 한 번 노려본 다음, 승강구 쪽을 향해서 뚜벅뚜벅 걸어갔다. 그러고서는 무려 기차가 천안역에 도착했을 때까지도 소식이 없었다. 기차가 멎자, 한 떼의 사람들이 그 기차간에서 단 한 사람이라도 천안의 명물 호두과자를 놓쳐서는 안 된다는 듯이 대단한 기세들로 달려들었다. 천안에 명물 호두과자. 천안에 명물 호두과자. 천안에 명물…. 그때 문득 원희는 물병을 생각했다. 물병은 거의 비어가고 있을 것이다. 서울까지 가자면 그것을 채워 놓는 것이 확실히 좋을 것이다. 서울까진 아직 멀다. 시간으론 가깝지만. 물론 물병은 원희의 것이 아니었다. 그러나 그녀는 벌써 두 모금이나 마셨다는 인연을 그것과는 맺고 있었다. 물병 끈을 걸이에서 벗겨 들자, 설명은 행동에다 맡기고 그저 물병 임자인 아가 엄마에겐 고개만 한 번 까딱해보인 다음, 마치 차를 잘못 타기라도 한 것처럼 원희는 허둥지둥 승강구를 향해 서둘러 나갔다. 이삼 분 동안은 정차해 있겠지. 그녀는 한 발로 기차를 뒤로 밀면서 생각했다. 일 분 동안에 가고, 일 분 동안에 담고, 일 분 동안에 오고…. 그러나 안 담아버릴 준비도 되어 있었다. 원희는 앞뒤를 살폈다. 어디든지 일호가 있는 곳이면 그 근처에 수도가 있을 것이다. 없으면 거기에 가서 찾으면 될 것이다. 뒤쪽으로 객차 두어 칸 저편에 여남은 사람들이 둥글게 모여서 고개들을 숙이고 있는 것이 보였다. 멀리서도 얼핏 일호는 그의 존재를 드러냈다. 그는 벌써 그만큼 개성적이었다. 적어도 원희에게는. 원희는 그리로 갔다. 그리고 남자들이 모여서 고개들을 숙이고 있는 것은 불어서 팅팅해진 어쩌면 엊저녁에 삶았을 국수 가락을 입에 넣기 위해서라는 것을 알았다. 멀건 국물에는 아마 멸치가 몇 마리 지나갔을 것인데, 커다란 고춧가루 몇 낱이 떠 있었다. 그것을 그들은 열심히 마시고 있었다. 아, 남자들이란 얼마나 파렴치한 악식가들인가. 식불염정이라는데. 원희는 그 광경에 속이 메스꺼워졌다. 양동이에 먹을 물이 마련되어 있었지만, 그것을 물병에 담을 생각은 까맣게 사라져버린 다음이었다. 그녀는 그들을 혐오해주기 위해서 거기에 서 있었다. 일호는 국물을 쭈욱 들이켜고 남은 국수 가락 몇 토막을 마저 입에 집어넣었다. 그리고 우선 급한 대로 손등을 가지고 입가를 문지르면서, 제법 행구기까지 한 국수 그릇에다가 양동이의 물을 먹을 만큼 떴다. 그는 그것을 입으로 가져가려다 말고 그때야 비로소 옆에 있는 원희를 알아보았음인지 병신스럽게 씨익──하고 웃어보였다. 아, 남자들이란 참으로 참을 수 없구나. 그는 벌컥벌컥 물을 들이켰다. 원희는 양동이 속에 국수 가락 토막이 가라앉아 있는 것을 보았다. 물을 마시고 난 일호는 눈치 빠르다는 것을 자랑이라도 할 셈인지 그릇 가득히 물을 떠서 원희에게 쑥 내밀었다.

사람의 행동은 아마 마음과는 별로 상관이 없는 모양이다. 원희는 그것을 받았다. 그것도 아주 조심을 해서, 행여나 물이 엎질러질까 봐! 그리고 그것을 물병에다 마지막 한 방울까지 곱게 부었다. 단, 그것은 그 물을 마시는 것과는 상관이 없었다. 그녀는 물병에 물을 다 부은 다음에까지도 그녀가 물그릇을 받기 위해서 손을 내밀었었는지 또는 그것을 후려치기 위해서 내밀었었는지 알 수 없었다. 일호는 고맙다는 말이라도 듣고 싶은

지 그녀의 동작을 지켜보고 있었다. 그러나 그의 친절은 이미 보답되었었다. 그것은 거절되지 않은 것만으로도 충분하였다. 사람의 친절이란 때로는 제값을 잡아먹어버릴 만큼 불필요할 때도 있는 모양이었다. 뿐만 아니라 바로 그때 코 먹은 소리가 어딘지 높이 걸려 있을 확성기로부터 흘러나오기 시작했다. 원희는 돌아섰다. 그리고 가장 가까이 있는 승강구를 찾았다. 목소리는 코 먹은 채 한 번 반복되더니 문득 변하여 또렷한 목소리로 앞에 말한 것을 통역했다. 그러자 기차는 그것을 알아듣고 천천히 움직이기 시작했다. 원희는 앞 칸 쪽을 향해서 뛰어갈 참이었다. 그것이 기차와 경주를 하게 된다는 생각보다는 그녀의 좌석이 앞쪽에 있다는 생각이 앞섰던 모양이었다. 그러나 채 첫발을 떼어 놓기 전에 일호의 큼지막한 손이 그녀의 팔을, 아니 어깨를 붙잡았다. 그러고는 그녀가 뛰려던 반대 방향으로 그녀를 가슴에 안듯이 밀어댔다. 원희는 어깨 뒤로 그의 가슴이 와 닿는 것을 느꼈지만 항의할 겨를이 없었다. 뛸 필요도 없이 올라탈 준비를 하면서 몇 걸음 걸어가자, 승강구가 그들 앞으로 다가왔다. 일호는 원희의 어깻죽지를 놓아주고 허리를 안아서 가볍게 기차에 올랐다. 기차에 오르자 그녀는 항의를 할 생각이었지만 몸이 다시 허공에 떴기 때문인지 그녀의 생각에서 실체감이 빠져버렸다. 그녀는 기차의 철판 벽에다 등을 기대고 서서 그를 마주 보았다. 눈과 눈, 입과 입 사이의 거리는 불과 삼사십 센티. 일호는 그녀의 눈썹이 가늘면서도 숱이 많아서 새카만 것을 보았다. 눈썹의 터럭들이 거의 눈꺼풀 위에서부터 드문드문 시작되어 점점 더 짙어지면서 한쪽은 가지런히 쏠려 눈썹의 중심이 되는 선을 이루고 있었다. 그것은 아무리 목을 뒤로 젖혀도 거슬려지지 않는 수탉 목줄기 위의 깃털이나, 달리거나 뒹굴어도 흐트러지지 않는 고라니의 정강이 위에 있는 가마의 무늬와도 같이, 일종의 생명의 구체적인 표현이었다. 그는 눈썹이 얼굴 전체의 아름다움에 기여하는 정도의 큼을 처음으로 깨닫고 깊은 감명을 받았다.

"달리는 기차에 뛰어오르는 것은 참 재미있죠. 경제적일 때두 있구요."

경제적이라! 원희는 생각했다. 원남동 로터리에서 만났더라면, 두 시간 걸려서도 될까 말까 한 분위기를 단 이 분도 안 되어서 해냈으니 역시 경제적임에는 틀림없지.

"고 이 때 기차값을 아끼려고 종종 그랬죠."

뭐야, 이건! 선생님과 부모 속 썩인 이야기 아냐!

"한번은, 그땐 뛰어내릴 때였는데요, 한 놈이 넘어져서 팔을 부러뜨렸죠. 급한 대로 약방에 가서 옥도정기를 사서 발랐는데, 두어 달이면 나을 거라길래 그걸 좀 단축시켜볼 요량으로, 탈지면에다 약을 흠뻑 적셔가지고 붕대로 처매놨더니, 웬걸, 피부가 새까맣게 타져서 더 혼이 났었죠. 하.하.하."

그는 딱 세 번 웃었다. 목을 뒤로 젖히고서 입을 떡 벌리고 목젖을 드러내 보이면서 큰소리로 웃더니, 문득 웃음을 그치고 고개를 제대로 하고 정색을 하고, 그리고 눈을 크게 떴다. 마치 방금 웃은 것이 누구였는가 묻는 것처럼.

"살이 타졌으면 퍽 아팠겠군요."

"그르믄요. 몹시 아팠었죠. 팔이 부러지면 본래 그러나 부다 했죠."

"어떻게 그렇게 잘 아세요?"

"그게 바로 나였거든요. 하.하.하."

웃음을 그치자 또 갑작스런 정색. 아마 그는 웃든가 웃지 않든가 둘 중의 하나밖에 할 수 없었던 모양이었다. 조만간, 원희는 생각했다. 일류 대학에 다니고, 고독하고, 독서와 산보와 음악을 좋아하고… 라고 말할 것이다. 그때를 놓치지 말고 따귀라도 한 대 갈겨주자. 그러면 고독이 동반보다 얼마나 더 좋은 것인가를 깨닫게 되겠지.

"일류 대학과는 두 번 떨어졌다는 인연밖에 없죠. 세 번째는 안 떨어질 작정이었는데…."

"그걸 어떻게 마음대로 해요?"

"왜요? 안 보면 안 떨어질 테죠. 한 이 년 놀아보니까 이류 대학이 점점 좋아지던데요. 아무래도 학관보다야 낫지 않겠어요? 그런데 그때 마침 육군에서 논산 남자 대학을 권해왔죠. 그래, 에라, 잘 되었다 하고 들어가버렸죠. 하." 아, 이건 정말 참을 수 없구나. 번번이 기대를 배반하다니. 주먹을 꼭 쥐고 저 가슴팍을 콩콩 쥐어박아 주었으면 좋겠다.

그때, 기차가 갑자기 속력을 줄였다. 원희는 주먹으로가 아니라 온몸으로 일호에게 부딪쳤다. 일호는 이것쯤이야 문제없다는 듯이 가볍게 원희를 받아 안았다. 그리고 기차가 속력을 다시 회복하자, 이번에는 일호가 원희를 안은 채 그녀 쪽으로 휩쓸렸다. 원희는 가슴이 답답했다. 뻔뻔스런 자식 같으니! 그녀는 그를 노려보았다. 초점을 맞추기 위해서 머리만이라도 뒤로 빼려고 했지만 뒤는 철판이었다. 그녀는 눈가의 근육을 팽팽하게 긴장시켰다. 그의 얼굴은 벌겋게 달아 있었다. 주근깨와 파인 홈과 어렸을 때 얻었을 상처의 아직 남은 흔적과… 그리고 점점이 돋기 시작한 수염과 검붉고 도톰한, 벌레처럼 꿈틀거리는 징그러운 입술과…. 얼굴이 후끈해져 있기로는 원희도 매한가지였다. 그리고 두 사람 다 산소 공급을 원활히 하기 위해서 가슴으로 숨을 쉬고 있었다.

일호는 "기차가 흔들렸기 때문"이라고 말할 수 있는 아슬아슬한 마지막 순간에 원희를 놓아주었다. 풀려 나온 그녀는 가슴이 답답한 것 중에는 별로 나쁘지 않은 종류도 있다는 것을 알았다. 그러나 그는 모처럼의 이 작은 행운의 우연을 필연으로 연장시켜보려는 욕심을 내지 않고 그대로 통로 위에 올라섰다. 만일 그랬더라면 그녀는 그를 충분히 경멸해줄 수 있었을 것이고 (그럴 준비는 다 되어 있었다.) 따라서 일은 거기서 끝났을 것이다. 자리에 돌아온 그들은 지루하지 않을 화제를 찾아서 약간의 이야기를 했을 것이고, 서울역에 내려서는 조금 쑥스런 기분으로 재미있었다거나 잘 가라거나 하는 몇 마디 말들을 주고받은 다음, 많은 사람들이 득실거리는 서울의 커다란 아가리 속으로 흩어져서 흡수되어버렸을 것이다. 그리고 그랬더라면 좋았을 것이다.

자리에 돌아온 일호는 다시 달력을 쳐다보기 시작했다. 원희는 어린애를 받아 안았다. 두 사람은 서로 화를 낼 아무것도 가지고 있지 않았기 때문에 화를 내고 있었다. 기차가 서울역에 닿았다. 원희는 아가를 안고 내렸다. 일호는 머뭇거렸지만 단 한 순간도 그녀의 시선을 붙잡을 수 없었다. 그녀는 아기의 어머니에게 열중해 있는 것처럼 보였다. 앞으로는 별로 만나게 될 것 같지 않았으므로 못하게 될 이야기를 한꺼번에 다 해버릴 작정인 모양이었다. 그들은 사람들의 물결에 휩쓸려서, 그리고 그 물결의 일부를 이루면서 출찰구 쪽으로 걸어갔다. 그중에서 임의의 두 사람이 다시 만난다는 것은 의지에 의하기보다는 물결의 흐름에 의할 것이 틀림없었다. 밖으로 나오자 원희는 아기를 부인에게 돌려주었다. 부인은 고맙다는 말과 함께 놀러 오라고 거듭 당부했다. 그리고는 문득 돌아서더니 사람들 사이로 사라져버렸다. 원희는 주위를 살폈다. 삼 미터 저쪽에 일호

24

가 서 있는 것이 보였다. 그도 그녀를 지금 막 발견한 척했다.

"아이, 차 잡기 힘들어. 어느 쪽으로 가시죠?"

그가 다가오면서 말했다.

"미아리 쪽이에요."

"그래요? 저두 그쪽인데요!"

조만간 빈 택시가 올 것이다. 그들은 그것을 탈 것이다. 차는 퇴계로, 종로 오 가로 해서, 또는 중앙청 앞 원남동으로 해서 돈암동으로 빠져나갈 것이다. 번잡한 교차로는 피하겠지만 도중에 여러 번 신호등에 걸릴 것이다. 적어도 앞으로 이십 분간은…. 그리고 이십 분간은 두 사람이 아무 말도 하지 않고 같이 앉아 있기에는 너무 길 것이다. 어느 쪽에서든지 말을 꺼낼 것이다. 그리고 말을 하면 하는 대로 새로운 사실을 끌어낼 것이다.

"휴가 중이세요?"

차가 중앙청을 향해서 시원스럽게 달리고 있을 때 원희가 처음으로 입을 열었다. 날은 저녁을 향해서 천천히 기울어져가고 있었다. 길 건너기를 잠시 중지당한 사람들은 특별시의 시민들답게 괴로운 표정으로 멀리지는 해를 바라볼 뿐 차 안의 사람들은 거들떠보지도 않았다.

"글쎄요. 휴가두 아니구, 휴가 아닌 것두 아니구…, 그저 그래요."

그는 그녀를 향해서 씨익 웃어보였다. 그들은 그때까지 각기 자기편 창밖을 내다보고 있었다.

"막상 들어가보니까, 군대란 것두 뭐 그렇게 재미있는 게 아니던데요."

그는 죄송스럽다는 듯이 고개를 떨구고서 말을 계속했다.

"일 년 만에 처음으로 휴가 명령을 받았죠. 그런데 그걸 단 이 주일로 참으라는 거예요. 처음엔 그럴 작정이었죠. 그랬는데 놀다보니까 이틀이 늦어졌지 뭡니까. 그랬더니 손과 발로 지구를 붙들게 해놓구선 몽둥이로 엉덩이를 후려치지 않겠어요? 그래, 난 이틀 늦어진 걸 후회했죠. 한 이십 일쯤 늦어버릴 걸, 하구요. 그 이튿날 다시 부대를 나와버렸죠. 그리구 선 이십 일이 열 번쯤 지나갔답니다."

"어머, 그럼, 도망…?"

"말하자면 그렇죠. 하.하.하."

차는 풍문여고 앞을 지나고 있었다. 원남동에 이르렀을 때까지 둘 사이에는 말이 끊어졌다. 다음 이야기를 끌어내기에는 너무 갑자기 그의 웃음이 끝났던 모양이었다. 차가 멎지 않고 로터리를 돌자 안쪽에 탔던 원희는 일호 쪽으로 쏠렸지만 어깨를 스쳤을 뿐 불행히도 자리가 너무 넓었다.

"그런데, 참, 저…."

어깨를 스쳐 받은 일호는 대학 병원 정문 앞에서 문득 생각난 것처럼 망설였다. 사실 그들은 그때까지 서로의 이름을 몰랐었다. 그렇다고 새삼스럽게 그때서야 "그대 이름은?" 한다는 것은 우선 운전수에게 체면이 안 섰다. 원희는 그것을 눈치 챘으나, 어떻게 하는지 두고 보기로 했다.

일호는 수첩을 꺼내서 제 이름을 적었다. 그리고 그것을 뜯어서 원희에게 주었다. 원희가 그걸 받아 보고 나자, 이번에는 수첩을 건네주었다. 원희는 볼펜까지 빌려서 제 이름을 써가지고 수첩을 돌려주었다. 일호는 그것을 들여다보았다. 임원희 임원희, 임원희. 그는 그것을 외우기가 힘든 모양이었다. 임원희, 임원희…. 차가 창경원 돌담을 훨씬 지나쳐버렸을 때까지도 그는 그것을 들여다보고 있었다. 원희는 종이쪽지를 둘로 접어서 두 손가락 사이에 끼고 창밖을 내다보았다. 왜 이렇게 마음이 차분하게 가라앉을까! 그녀는 그것이 어떤 종류의 감정인지 알 수 없었다. 다만 그것이 연애 감정이 아닌 것만은 확실했다. 만일 이것이 K라면! 그녀는 생각했다. 그리고 그 생각만으로도 자리가 불편해졌다. 연애 감정이란 원래 그런 것이었다. 그녀는 자기에게만 들리도록 나지막하게 누구에게랄 것이 없이 코웃음을 쳤다.

차는 혜화동 로터리를 돌아가고 있었다. 고개를 넘자, 또 하나의 도시가 나타났다. 일호는 옆에서 끌어낼 만한 말머리를 찾느라고 애를 쓰고 있었다. 아무 말이나 하기만 하면 되는 것인데, 그 아무거나가 나오지 않는 모양이었다. 차는 돈암동 전차 종점을 지났다.

"미스 림은 댁이 미아리 어디쯤이죠?"

"아니, 거보다두요, 미스터 박은 어디쯤이세요?"

"아뇨. 전 미스 림 내려드리고 가죠."

"괜찮아요. 어디쯤이세요?"

두 사람은 다투었다. 사실, 그들은 둘 다 양보할 수가 없었다. 그들 중 누구의 집도 결코 미아리에 있어본 적이 없었다. 그 사실은 결국 탄로되고 말았다. 원희가 미아리라고 말했던 것은 광나루라고 말한 거나 별로 다를 것이 없었다. 차는 미아리 공영 시장 앞에서 맴돌아, 오던 길을 다시 달렸다. 일호는 약간 시무룩해진 눈치였다. 하필 미아린가. 그걸 또 복창을 하다니. 원희는 조금 미안했다. 그래서, 그가 종로에 나가서 차라도 한 잔 하자고 했을 때, 거절할 수가 없었다. 일호는 조금 전과는 달리 꽤 냉정해져 있었다. 아마 그동안 무엇을 배운 모양이었다. 사람은 때로는 짧은 시간에 많은 것을 배우는 수도 있었다. 아니, 사실은 배우는 것은 짧은 시간에 이루어지고 다만 그것을 받아들일 준비를 하는 데에 오랜 시간이 걸리는 것인지도 모를 일이었다.

차가 종로 오 가를 돌아가고 있을 때 갑자기 일호가 그녀 곁으로 다가왔다. 그녀는 쿠션에 몸을 반듯이 기대고 앉아서 창밖을 내다보고 있었다. 그는 얼굴을 붉히면서 눈길을 가누지 못하고 당혹해하더니, 돌연 얌전하게 무릎 위에 얹혀 있는 그녀의 손을 붙잡았다. 그녀는 허벅지의 근육이 가느다랗게 떨리는 것을 느꼈다. 그러나 그녀는 붙잡힌 손을 뿌리치지 않았다. 그 대신 다른 한 손 두 손가락 사이에 끼어 있었던 그의 이름이 적힌 종이쪽지를 꾸기적꾸기적해서 차 안 아무 데에나 튕겨 던져버렸다. 그리고 계속해서 창밖을 내다보았다.

다방은 반쯤 차 있었는데, 그들이 들어가자 더러는 쳐다보기도 했다. 그러나 자리를 잡고 앉자, 그들은 즉시 그들과 같은 종류가 되어버렸다. 일호는 원희를 바로 쳐다보지 못하고 공연히 눈알만 굴리고 있더니, 찻잔이 들어오자 그것을 앞에 받아 놓고 열심히 들여다보았다.

"제가 지금 있는 곳은 뚝섬이에요. 집은 문안이지만 누가 찾아오면 귀찮으니까 그냥 친척집에서 당분간 지내고 있죠. 공기두 좋구, 지내보니깐 뭐 그저 지낼 만해요. 동네 사람들은 고등 고시 준비하는 줄로 알고 있죠. 고등 고시 말예요. 그것만으로도 아마 대단하게 생각되나 보죠. 가만 생각해보니깐 뭐 그렇게 나쁠 것도 없겠어요. 그래서 헌법 책을 한 권 샀죠. 옥편하구요. 그래 가지고 심심하면 한자 연습을 하죠. 너무 열심히 하면 진짜 시험 볼 생각이 날까 봐 웬만큼 해두고 머리도 식힐 겸 대중가요를 듣는데요, 역시 저의 소질은 그 방면에 있지 않은가 생각이 돼요. 아무래도 국민의 기본 권리나 사대 의무보다는 쿵착착 하는 노래의 리듬이 더 호소해오거던요."

원희는 또 K를 생각했다. 그 앞이라면 그녀가 일호처럼 제 밑천을 털어 보이고 있을 것이다, 듣는 사람에게는 치졸하기 짝이 없을 제 밑천을. 그렇지만 그것 말고는 할 이야기가 따로 없는 것을 어쩌랴. 말하는 사람도 그것을 안다. 그리고 자신의 모습이 한없이 초라해지는 것을 느낀다. 그래서 자주 자격지심으로 붉어진 원망의 눈초리를 상대방에게 보내 그렇지 않다는 것을 확인하려고 애쓰지만 허사임을 깨닫고 더욱 초조해질 뿐이었다. 원희는 일호가 손바닥 위에서 꼭두각시놀음하는 것을 물끄러미 들여다보고 있자니, K의 눈에 비쳤을 그녀의 모습이 자꾸만 떠올라서 쓴웃음을 참을 수 없었다. 그녀는 일호가 후배이거나, 잘해야 동년배일 것이라고 생각했다. 그래서 사일구가 몇 학년 때 일어났는가 물어보았다. 대중가요와 사일구가 무슨 관계가 있는지 얼른 납득이 안 간다는 표정이었지만, 그는 곧 대답해주었다. 원희의 짐작은 맞았다. 그는 그녀와 동갑이었다.

"그리고 때로는," 그는 차를 한 입에 들이키고 나서 딴 이야기가 없으면 할 수 없다는 듯이 말을 계속했다. "기분 내키는 대로 강가에 낚시질도 나가는데요, 이 낚시질이 또 보통 재미가 아니에요. 참, 언제 한번 놀러오세요. 집은 찾기 쉬워요. 성수동…." 그는 원희가 그가 이름을 적어준 쪽지를 꺼냈으면 하는 눈치였다. 그러나 지금쯤 서울의 어느 구석을 돌고 있을지 모를 택시 바닥에 뒹굴고 있을 쪽지를 원흰들 어떻게 꺼낼 수 있으랴. 그는 호주머니에 손을 집어넣었지만 두 번씩이나 수첩을 꺼내고 싶지는 않은 모양이었다. 성수동 몇 번지라고 말했다가, 다시 그냥 성수동 종점에서 내려서 성수 병원만 찾으면 된다고 말했다. 그가 있는 곳은 바로 그 병원의 안채였다.

그러나 그와 헤어지고 나서 원희가 맨 처음 생각했던 것은 어떻게 하면 그 병원의 이름을 가장 빨리 잊어버릴 수 있을까 하는 것이었다. 혼자만 이야기한 것이 미안했음인지 원희더러 좀 떠들어달라는 듯한 표정으로 그가 잠시 입을 다물고 있을 때, 사실 조금 피곤했으므로, 원희가 미처 절반도 가리지 못하고 하품을 해버렸더니, 그는 다행히도 호기심보다는 눈치 없는 사내가 되지 않는 것을 택해주었다. 다방 문을 열자 벌써 밤이 거기 기다리고 있었다. 그날 밤은 피곤했다. 그러나 자리에 눕자 원희의 머리에는 잊어버리고 싶은 병원의 이름과 일주일 전 연습시간에 마지막 본 한 얼굴이 뚜렷이 떠올랐다. K란 도대체 누구냐. 수줍은 시선을 받고도 놀라지 않고 당연한 것으로 생각해버리는 파렴치한 자가 아니냐!

　　그로부터 한 달 후, 원희는 성수동에 갔다. 그들은 시내로 나와서 같이 점심을 먹었다. 헤어질 때 일호는 그녀에게 주말에 설악산엘 가자고 졸랐다. 그러나 그녀는 자기가 설악산엘, 도대체 산이라는 델, 가고 싶어 하는지 안 가고 싶어 하는지 알 수 없었다. 그래서 그때가 되거든 생각해보자고 대답했다. 그리고선 네 번째 토요일이 돌아왔을 때, 그녀는 그와 함께 설악산에 갔다. 그리고 사흘을 묵었다. 사흘을 묵고 나자, 더 묵을 것이 없었다. 그 이상 더 내려갈 수 없는 데까지 내려가버리자, 이젠 더 내려가고 싶은 생각도 없어져버렸다. 다시 학교에 나갔다. 그리고 자기의 행동이 승리도 복수도 아무것도 아니었다는 것을 깨달았다.

　　그녀는 세상 모든 것이 귀찮다고 생각하기로 했다. 그러지 않고서는 자기의 행동을 조금이라도 동정할 수가 없었다. 세상이란 참 귀찮은 것이었다. 그런데 또 딱히 귀찮은 것만도 아니었다. 어쨌든 일호와 사흘 동안이나 같이 지냈던 것이 사실이었고 거기에는 아무래도 신비스러운 생명의 힘이 작용했었다고 어렴풋이나마 의심하지 않을 수 없었다. 도대체 세상이란 괴로운 것이냐, 괴롭지 않은 것이냐. 생각하면 생각할수록 그녀는 더욱 알 수 없어져갔다. 다만 알 수 없다는 것이 괴로운 일인 것만은 확실했다.

원희가 이야기를 하고 있는 동안 임 변호사는 고개를 숙이고 방바닥을 내려다본 채 주기적으로 머리를 끄덕이고 있었다. 이야기가 끝나자 그는 침울해져 있다는 인상을 주고 싶지 않았으므로, 가볍게 머리를 털면서 딸을 위로했다. 잘, 잘못 간에 지난 일을 너무 생각하는 것은 결코 잘하는 짓이라 할 수 없다. 실수란 일단 끝나버린 것이지만 그것을 처리하는 데 따라서 커질 수도 있고, 작아질 수도 있다. 하필이면, 그것을 애써 키우려고 할 필요가 없다. 일이란 그 속으로 파고들면 온 세상이 그 일뿐인 것처럼 보이지만, 한 발자국 물러서서 보면 형편이 싹 달라지는 것이 보통이다. 딴 생각 말고 얼마동안 푹 쉬면서, 섭생이나 잘해라…. 원희는 사실이 얼마나 전달될 수 있을까에 대해서 처음엔 자못 불만스러웠지만 이야기를 끝내고 나자 아버지가 적당한 선에서 사태를 해석해버리고 더 이상 추궁하지 않는 것이 오히려 고마웠다. 임 변호사는 몇 마디 더 하고 싶었지만 말이 사태를 개선해주는 일은 별로 없다는 것을 잘 알고 있었으므로, 참고 밖으로 나왔다. 호주머니에 손을 넣자 사진이 와서 닿았다. 너는 조금 기다려야 되겠다. 그는 그것을 만지면서 속으로 중얼거렸다. 그러나 너무 오래 기다리게 하지는 않겠다….

2

  탈영병 박일호는 늘어지게 낮잠을 잤다. 성수 의원 원장은 그의 고종사
촌형이었는데, 그의 딱한 사정을 듣고 쾌히 집에 와 있도록 했다. 그의 사
정이 딱하고 딱하지 않은 것에 대해서는 충분히 이의가 있었지만, 그리고
"공이 자취한 화를 난들 어떻게 하리요"라는 말이 적당한 낮춤말로 꼴을
바꾸어 하마터면 입 밖으로 튀어나갈 뻔했지만, 일호가 군대의 비정성을
과장해서 강조하자, 원장은 그것에 감동된 것처럼 해가지고 일호로 하여
금 자기를 설복하도록 내버려두었다. 그의 어머니는 죽은 일호 아버지의
제일 손윗누이였는데, 동생이 틀림없이 갖고 있다고 기대했던 재주를 쭉
품고만 있다가 마침내 다 펴보지 못하고 죽어버리자, 그녀는 친정 조카로
인해서 속상하는 일을 자기의 많은 임무들 중의 하나로 생각기로 했다.
그녀는 시집가기 전에는 안 그랬었는데, 출가해서 외인이 되자, 그 이후
로 쭉 자기는 친정을 돌보지 않으면 안 된다고 생각해왔었다. 그리고 그
녀의 이러한 생각이 정당하다는 것을 입증하려는 듯이 동생이 지나친 음
주로 스스로의 목숨을 단축했다. 그래서 일호는 중학교 때부터 형의 도움
을 받지 않으면 안 되었었는데, 눈치가 그것을 별로 달갑게 여기지 않는
듯했다. 그러한 기분은 형이 아니면 학교에 다닐 수도 없고, 먹고살 수도
없다는 막다른 생각에 일종의 자포자기적인 반발로써 나타나기 쉬운 것
이었으므로, 그녀는 때때로, 예컨대, 연필이나 공책을 사준다거나 또는
그만한 액수의 잡부금을, 또는 잡부금이라고 주장된 것을 지불해줌으로
써, 그의 마음속에 그를 돌보아주고 있는 것은 그의 형만이 아니라는 생
각을 심어주려고 애써왔었다. 그리고 만일 그에게 형이 없었더라면, 또는

있었더라도 그를 도와주기에 충분한 힘을 가지고 있지 않았더라면, 그런 생각을 하지 않았겠지만, 사실이 그랬었던 바와 같이, 그는 그를 도와주기에 충분한 형을 가지고 있었으므로 그녀는 결코 필요하게 될 것 같지 않은 원조를 그에게 언제라도 해줄 수 있다고 생각했었다. 그가 그보다 힘이 센 옆엣 친구의 머리 위에 의자를 내어 던지거나, 그 의자 위에 나흘 동안이나 아무런 계출 없이 앉아 있지 않거나 함으로써 담임 선생의 격분을 샀을 때, 그것을 자비심으로 바꾸기 위해서 필요한 경비를 대는 것은 물론 그의 형이었지만 불필요한 그런 경비를 내게 한 데 대해서 준열하게 그를 꾸짖는 것은 항상 그녀였다. 그리고 그것은 아주 자연스러운 일이었다. 그가 대학에 떨어졌을 때에도 그를 고무하고 꾸짖어서 또 한 번 떨어지게 한 것은 그녀였다. 학관에 나가기는 조금 멀지만 집에 있으면 '못된' 친구들이 찾아온다는 이유로 그가 성수동에 와 있어야 한다고 주장한 것도 그녀였다. 그러면 경우 바른 그의 형은 그와 함께 그가 먹을 것도 그리로 보내주었다.

원장은 일호를 별로 탐탁스럽게 생각하지 않았지만, 그가 딱한 사정을 불평하자, 원장 자신이 관대할 것인가, 그의 어머니가 관대할 것인가의 차이는 있지만, 일호가 결국 성수동으로 오게 되는 데는 아무런 차이도 없다는 것을 알고 있었으므로, 그는 즉시 응낙해버렸다. 그러나 온 지 일주일도 안 되어서 견습 간호원을 제외하고선 단 하나뿐인 그의 간호부를 꾀어가지고 극장에 갔다는 사실이 뒤늦게 탄로되었을 때는, 그는 결코 관대할 수만은 없었다. 그는 이, 목, 구, 비가 제대로 갖춰진 그의 간호원 김순이를 불러 앉혀놓고 추궁했다. 간호원은 얼굴을 붉힌 채 묵비권을 행사했다. 그 태도가 대단히 완강했으므로, 원장은 문득 자기가 무슨 권리로 그녀의 극장에 가고 안 감을 시비하는가 하는 생각이 들었다. 그리고 그녀도 사생활의 부당한 간섭에 화를 내고 있는 것처럼 보였다. 그녀 얼굴의 홍조는 처음엔 아마도 당혹과 수치의 홍조였지만, 차츰 분노와 반항의 그것으로 변해갔음에 틀림없다고 그는 생각했다. 그래서 이번에는 그가 당혹했다. 그가 부리는 예쁜 간호원이 병영을 무단이탈해 있는 그의 외사촌동생과 함께 밤에 극장에 간다는 것은 도무지 용서할 수 없는 일이라고 생각되었지만, 막상 그런 일이 일어나자 그러지 않는 것이 오히려 이상하게 생각될 지경이었다. 그는 그때까진 단 한 번도 의심해본 적이 없는 의사의 간호원에 대한 형편없는 우월성을 다시 생각해보게 되었다. 사람이란 도대체 완전할 수가 없었다. 더러 완전하다고 생각하는 수가 있는데, 그것은 사실이 그래서 그런 것이 아니라 주위에서 그렇게 생각하도록 해주기 때문에 그렇다. 완전한 것은 사람이 아니라, 그를 둘러싸고 있는 형편이다. 따라서 그 형편 중의 어느 한 구석이 무너지면 완전은 즉시 없어지게 되는데 사람들은 어리석게도 그렇게 될 때까지는 사실이 그런 것인 줄 모르는 수가 많다.

반드시 어리석은 사람만이 그러는 것도 아니다. 문제는 어떤 사람의 시선이 얼마나 멀리 미치느냐에 달려 있다. 대개 사람의 눈길은 자기를 중심으로 해서 일정한 거리 이상을 꿰뚫기가 어려운 법인데, 이 거리가 결국 그 사람의 생활권을 형성하는 것이고, 그것이 바로 그의 인생이라고 말하여질 수 있다. 그런데 이 거리 안의 일에 대해서는 사람들은 조금도 양보하려 하지 않지만, 그 거리 밖의 일에 대해서는 놀랄 만큼 관대하고 무관심한 것이 보통이다. 그 밖에서 일어나는 일은 그들의 그릇된 완전에의 환상을 의심케 해주는 일이 별로 없다. 홀쩍 떠나버리고 싶다는 말은 이 생활권을 바꾸고 싶다는 말인데, 그것은 사실 따지고 보자면 지극히 작은 것일 수밖에 없는 그 범위가 자기 하나를 완전한 것으로 해주지 못한 데 대한 불만이다. 일호가 원희를 데리고 와서 하룻밤을 잔 것이라든지, 사흘 동안이나 설악산에 갔었다는 것이라든지는 원장을 별로 괴롭게 해주지 않았다.

그러나 그가 불끈 화를 냈었던 일과 아무렇지도 않게 용서해버린 일과의 사이에 있는 일의 크고 작음이 주는 불균형감은 그로 하여금 어렴풋하게나마 그의 시선의 한계점을 느끼게 했다. 그는 그것 밖의 일에 무관심하기 위해서 그것 안의 일에 지나치게 민감했음을 깨달았다. 원희와의 사건이 아니었더라면 일호는 순이를 괴롭혀주는 데에 더 많은 원장의 간섭과 방해를 받았을 것이다. 원장은 그 경계점의 모호함과 부실함에 깊이 뉘우친 바 있어 순이의 일에는 좀 더 관대해지고 원희의 일에는 좀 더 준엄해지기를 희망했다. 그러나 원희는 일호의 고종사촌형이 얼마나 엄격한가를 보기 위해서 다시 나타나주지 않았다.

한편 일호는 순이와의 관계에 있어서 원장의 관용을 별로 이용하려 하지 않았다. 그의 마음속에는 원희뿐이었다. 원희, 설악산, 설악산, 원희… 가 아니면 원희, 기차, 기차, 원희… 였다. 그는 벌써 한 장을 쓰는 데 열 번쯤 고쳐 쓴 편지를 열 번이나 학교로 그녀에게 보냈다. 그러고 나서야 비로소 그는 혹시 그녀가 다시는 그에게 오지 않을는지도 모른다고 생각했다. 그리고 그녀가 그에게 결코 집 주소를 가르쳐주지 않았었던 사실을 중시했다. 이틀을 망설인 다음에 주소를 안다고 해서 반드시 찾아가야 된다는 법은 없었으므로 그는 그녀의 학교에 주소를 알아보러 갔다. 그리고 어쨌든 그것을 알아내는 데에 성공했다. 이제 남은 문제는 그것을 사용하느냐, 안 하느냐 하는 것뿐이었다. 자, 찾아가서 정식으로 딱지를 맞느냐, 아니면 안 찾아가서 헛되이 속을 태우느냐. 그는 다시 이틀을 생각했다. 그것은 확실히 어려운 문제였다. 적어도 점심을 먹고 나서 창문을 열어놓고 낮잠을 자기보다는.

복 식당의 주인 박 씨는 그에게 별로 복이 없다고 생각했다. 그것은 그가 화나 있다는 증거이기도 했다. 그는 고등학교보다 더 높은 교육기관에서 공부한 적이 결코 없었는데, 그건 무슨 특별한 뜻이 있어서 그랬던 것이 아니고, 다만 공부를 아무래도 조금 해놓는 것이 좋겠다고 생각했을 때 그의 나이가 이미 삼십을 넘어버렸기 때문에였다. 그리고 그때, 그의 아버지가 돌아가셨었다. 어쩌면 그래서 그런 생각을 했었는지도 몰랐다. 그때까지 그가 해놓은 일이라고는 아무리 생각해보아야 아무것도 하지 않은 것밖에 없었다. 앞으로 올 십 년은 까마득한데 지내온 십 년은 잠깐이었다. 그는 그때까지 아버지의 반대를 무릅쓰고 동서해왔던 여자와 정식으로 헤어졌다. 그리고 아버지의 유업을 이어받아서 식당을 경영하는데 힘을 다했다. 전에는 엄청난 이윤을 내지 못하는 것을 이상히 생각했었지만, 이젠 적자만 면하면 다행이라고 생각하게 되었다. 그런 식으로 쭉 나가자 형편이 조금씩 풀려갔다. 인건비를 아낄 생각은 아니었지만, 종업원이었던 지금의 아내와 결혼을 했다. 그녀는 그에게 지참금 대신에 두 가지 상반된 것을 물고 왔다. 하나는 사업의 번창이었고, 또 하나는 행복의 말하자면 파괴였다. 그러나 파괴될 행복이 있었던 것이 아니었으므로, 정확히 말하자면 기대의 파괴라는 것이 옳았다. 그는 점점 누가 그 식당의 주인인지 알 수 없게 되어갔다. 손님들은 그를 "전무님"이라고 부름으로써 조롱할 수 있다고 생각했다. 그는 그럴 때면 아무런 대꾸도 하지 않고 그저 병신스럽게 빙긋이 웃어주었다. 그것은 그 말이 좋아서가 아니라, 그 말이 그들을 즐겁게 해주었기 때문이었다. 손님들이 즐거워한다는 것은 사업에 손해가 아니라 이득이었다. 이득이 되는 일을 안 할 수야 없다. 그는 식당이 그의 아내 마음대로 되어가도록 내버려두었다. 단, 돈벌이가 되는 한 그럴 작정이었다. 괘씸하게 생각되는 것쯤이야 얼마든지 참을 수 있었다. 돈벌이가 쉽지 않다는 것쯤은 그도 이미 익히 알고 있었다.

그러나 유쾌하지 못한 일에 항상 즐거워할 수는 없었다. 그는 전화통이 깨어지면 얼마만한 손해가 온다는 것을 모르기라도 한 것처럼 수화기를 꽝하고 내던졌다. 바쁠 땐 두 번쯤만 통화 중이래두 충분할 텐데 제기랄! 그날따라 그에게는 화낼 만한 일이 조금 있었다. 전에 열 번 이상 찾아온 일이 있어서 그도 알고 있는 일호 부대의 '선임 하사관'이, 대동하고 온 사병과 함께, 잘 차려진 점심상을 물리고 식당 문밖으로 뒤꼭지를 감춘 것이 조금 전이었다. 게다가 그날은 아침에 구멍탄이 꺼졌었다. 그 집에서 구멍탄이 꺼지는 것은 항상 그의 잘못이었다.

선임 하사관은 올 때마다 같은 대우를 받았다. 그러나 신세를 지고 있는 것은 그가 아니라 이쪽이라고 모두가 생각하는 듯했다. 그런 거야 뭐 아무래도 좋았다. 그러나 언제까지 아무 때나 자기들 좋은 시간에 불쑥 나타나는 선임 하사와 그 일행을 대접할 수야 없지 않은가. 더구나 처음 몇 번은 공무라는 것을 알 수 있었지만, 그 다음부터는 "서울 나온 김에" 또는 "지나는 길에" 들렀던 것이 틀림없었고, 그날만 해도 "혹시 탈영병 자수 기간이 설정된 것을 모르실까 해서" 찾아왔었다. 그런 것쯤이야 신문을 통해서 알 수 있었다. 그러나 어쨌든 찾아온 것은 고맙다고 하지 않을 수 없었다. 그래서 전에도 안 찾아본 건 아니지만, 다시 한 번 더 잘 찾아보아서 혹시 연락이 되면 자수하도록 타일러보겠다고 말했다. 그랬더니 선임 하사는 불고기의 마지막 한 점을 입에 넣고 씹으면서 이번에 자수하면 절대 군법 회의에 회부되는 일이 없을 것이니 기회를 놓치지 말라고 무려 다섯 번째로 말하고 나서 자리를 떴다.

그는 일호를 '찾아보기' 위해서 다시 수화기를 집어들었다. 진작 그럴 생각이었었는데 왜 선임 하사가 와서 말해주었을 때까지는 실지로 수화기를 집어들지 않았었는지 이상한 일이었다. 그 이유는 실지로 수화기를 집어들지 않은 것 외에는 아무것도 없었다. 어떤 행동을 하지 않은 것이 바로 그 행동을 하지 않은 이유가 될 수도 있다는 것을 생각하느라고 그는 번호 하나를 잘못 돌렸다. 그래서 "빌어먹을"이라고 말한 다음 다시 돌렸더니, 전화기도 별로 욕먹기를 좋아하지 않았던지, 이번에는 호출 신호가 아마도 하얀색일 것이 틀림없을 벽을 향해서 기분 좋게 울려 퍼지는 소리가 들려왔다. 그런 소리라면 조금 듣고 있어도 괜찮을 듯싶었는데, 곧 수화기를 드는 소리가 들려오고 이어서 그와는 동갑이고 그에게 항상 공부하지 않았다는 것을 생각나게 해주는 원장의 목소리가 들려왔다.

일호가 집에 있느냐고 묻자, 원장은, 조금 전에 들어가보니깐 아마 자고 있었지, 라고 대답했다. 선임 하사관이 다녀간 줄도 모르고 낮잠만 자고 있다니. 그는 대단히 화가 났다. 그래서 뻔뻔스럽고 속이 없어도 분수가 있지 그래 대낮에 처자빠져 자다니 말이 되느냐고 했다. 그랬더니 원장은 뭐, 그렇지두 않다면서 차라리 자고 있는 게 나을는지도 모른다고 대답하고, 필요하다면 불러서 바꿔주겠다고 했다. 그는 그럴 것까진 없고, 전화가 왔더라는 말과 함께 지금 곧 이리로 오라고 전해주었으면 좋겠다고 말했다. 그리고 원장도 언제 한번 와야 할 것이 아니냐고 말하고,

요즘도 종종 술을 하느냐고 물었다. 그는 그렇다고 대답하고, 자기도 그를 한번 오라고 말하고 싶지만 그곳은 잘 아는 바와 같이 팔이 부러지거나, 바늘로 열 번쯤 꿰매야 할 만큼 어디가 터져야 오는 곳이므로 함부로 오라 가라 하기가 미안하다고 했다. 그는 여름철이 되면 그 동네로 사람들이 몰려들 것이니, 그가 아니더라도 찾아갈 사람들이 많아서 다행이라고 말하고 전화를 끊었다.

일호는 그러지 않아도 오후에는 좌우간 나가려고 하고 있었으므로 그가 식당에 도착했을 때는 그의 형이 그가 나타나리라고 기대하기 조금 전이었다. 이야기를 듣고 나자 그는 형이 타이르기도 전에 그가 타이르려고 했던 대로 하겠다고 말했다. 하도 선선히 응낙했으므로 형은 그가 너무 변죽을 올렸던 것은 아닐까, 그래서 그가 복이 없다고 생각했던 것을 눈치 채지나 않았을까 하고 은근히 걱정이 될 정도였다.

일호의 생각은 조금 달랐다. 결단을 내리기 위해서는 아무래도 뒤에다가 강물을 두는 것이 필요했던 것뿐이었다. 차일피일하는 데는 인제 진저리가 났다. 군법회의에 회부되지 않고서 즐길 수 있는 마지막 날을 택하는 것보다 원희의 집에 가고 안 감을 결단해버릴 수 있는 최초의 날을 택하는 것이 더 중요했다. 내일 이맘때쯤이면 원희의 집에 가버렸든지, 안 가버렸든지, 둘 중의 하나가 되어 있을 것이다. 그리고 그는 그렇게 된 것을 기쁘게 생각하면서 버스 안에 앉아 창밖을 내다보고 있을 것이다. 그것은 생각만 해도 유쾌한 일이었다. 그의 형은 그에게 여비보다 조금 많은 돈을 주었다.

밖으로 나오자 시간이 이르다고 생각되었으므로 우선 술집으로 들어갔다. 혹시 엉뚱한 용기가 나게 될는지도 모른다는 생각에서였다. 몇 잔을 들이켜자 용기가 솟아났는지 어쨌는지는 알 수 없었지만 몇 잔을 더 마시면 틀림없이 그렇게 될 것 같은 생각이 들었다. 그래서 그렇게 했다. 그랬더니 정말로 뱃속 저 아래서부터 용기가 뿌듯하게 퍼져올랐다. 그는 그것을 확실하게 할 양으로 거푸 몇 잔을 더 들이켰다. 그랬더니 용기 따위는 이제 필요없는 상태가 되어버렸다. 도대체 내가 원하는 것이 무엇이냐. 그는 생각했다. 여자냐, 여자에게 접근하는 복잡한 과정이냐. 물론 찾아가고, 애원하고, 설득하고, 과시하고, 협박하고, 참고, 다시 찾아가고… 를 좋아하는 사람도 있을 것이다. 나도 조금 전까지 그랬을는지 모른다. 그러나 그런 것을 좋아하는 사람들은 나 말고도 틀림없이 많이 있다. 그건 그들에게 맡겨두자. 여자라면 그런 수속을 밟지 않아도 얼마든지 있다. 손 닿는 곳에. 발길 닿는 곳에. 그게 지나치다면 적당하게 배타적인 사람도 있다. 너무 자주 불러내지 않는다고 화를 내는 사람은 놔두고, 행여 찾아올까 봐 편지를 열 장씩이나 떼어먹은 사람을 찾아가는 것은 썩 옳은 일이라 할 수 없다. 애걸은 하는 것도 재미있지만 받는 것도 재미있다. 이쪽이 원하는 시간에 언제든지 승낙할 수 있는 건 물론 후자의 경우다.

일호는 창밖을 내다보고 하품을 하고 있는 주인에게 셈을 해주고 전화를 빌렸다. 순이나 견습이 전화기 가까이 있기를 바랐지만 수화기를 집어든 사람은 나머지 한 사람인 원장이었다.

"아, 여보세요"의 "아"를 들었을 때, 일호는 그것을 알았다. 그래서 거리를 너무 믿지 않고 목소리를 보통보다 낮춰서 "거기 혹시 홍제동 아니세요?"라고 말했다. 그랬더니 원장은 바랐던 대로 즉시 수화기를 내려놓아버렸다. 일호는 술집을 나왔다.

그가 다시 전화를 건 것은 다방에서였다. 그때 또, "아, 여보세요"나 통

40

화중 신호가 들려오면 원희에게 마지막 한 번 더 기회를 줄 작정이었는데, 그런 걸 알기라도 한 것처럼 순이가 나왔다. 그는 나지막하게 말했다.

"난데, 듣기만 해. 메디컬 센터에 있는 순이 친구란 말야. 오늘밤, 나와. 반도 호텔이나 뭐 어디 그런 데서 패션쇼가 있다고 해두면 되겠지. 장소는 전번과 같어. 시간두. 알았지?"

"난 중앙 의료원에 남자 목소리를 가진 친구가 없는데요."

"뭐야, 이건. 미쳤어?"

"호호호. 걱정 마셔요. 선생님은요, 미스 정하고 왕진 나가셨어요."

"그래? 난 또 놀랐지. 이야긴 만나서 하기로 하고, 나오지?"

"글쎄… 근데 무슨 패션쇼죠?"

"뭐? 이거 왜 이러지? 꼭 패션쇼를 봐야 되겠어? 아니, 우리가 언제부터 그랬지? 정 그렇다면 뭐 안 될 것두 없지. 무슨 옷을 입고 나올 테야? 그 옷의 패션쇼가 되게 해주지. 관객은 나 혼자구. 두 손을 가지고 잘 보아줄 테니까."

"어머머. 큰소릴 탕탕 치시네요. 마치 제가 사정이 있어서 못 나가겠다고 말할 줄 모르는 것처럼."

"뭐야, 그 사정이라는 게? 원장이 극장에라도 가자고 했나?"

"그 말 다시 한 번 해보세요, 당장 전화를 끊어버릴 테니."

"좋도록 해. 한 마디만 더 해주지. 나, 내일 부대에 들어가. 잘 있어."

"여, 여보세요. 여보세요."

"계속해. 걱정 말고. 듣고 있으니까."

"관둬요. 누가 뭐…. 잘 가세요."

"나오지? 기다릴 테야."

"한 시간만 기다리세요."

순이가 먼저 전화를 끊었다. 그러나 일호가 수화기를 내려놓고 다방 문을 나간 다음에까지 그녀는 내려놓은 수화기를 한 손으로 만지면서 생각에 잠겨 있었다. 그녀는 자기가 일호를 좋아하는 것인지 좋아하지 않는 것인지 잘 알 수 없었다. 결국 선택이란 없었다. 만일 선택을 하자면 지금이 그 시기였다. 알아본 다음에야 선택을 할 수 있는 것이 아닌가. 그런데 알아보고 나자 선택은 이미 되어버린 다음이었다. 선택의 선행 조건이 바로 선택이었다. 결국 중요한 것은 일호가 이십삼 년 전에 성수 의원의 원장이 될 사람의 외종사촌동생으로 태어났던 것과, 그녀가 일 년 전에 그곳을 근무지로 택했던 것 외에는 아무것도 없었다.

그들은 동대문에 있는 중국집 동문루에서 여섯 시가 십 분쯤 지났을 때 만났다. 먼저 온 일호가 기다리는 것을 쉽게 하기 위해서 한 모금씩 목을 축이던 배갈을 한 독구리나 없앤 다음에야 순이가 나타났다. 그는 그녀를 방으로 데리고 가서 음식을 시킨 다음 술에 젖어 몽롱해진 눈으로 그녀를 똑바로 바라보면서 대뜸 말했다.

"오늘밤 나와 함께 잘 테야, 안 잘 테야?"

"어머!"

순이는 두 눈을 둥그렇게 떴다. 사람의 형편이라는 것은 시시각각으로 달라지는 모양이었다. 집을 나왔을 때, 자동차를 탔을 때, 중국집 앞에 섰을 때, 그리고 그 안으로 들어왔을 때도 방 밖에 있었을 때와 방 안에서 발꿈치를 깔고 앉았을 때. 만일 일호가 전화로 그런 것을 요청해왔더라면, 일은 아마 조금 달라졌을지도 모른다. 그리고 이런 경우 조금은 결국 전부를 의미하게 되는 것이 보통이었다.

순이는 얼굴을 붉히면서 주먹을 쥐고 일호에게 대어들었다. 일호는 때 묻은 벽에 비스듬히 기대앉아서 달려드는 순이의 아무 데나를 황홀하게 바라보았다. 그녀는 그의 입을 주먹으로 구박했다. 그가 입을 떡 벌리고 그 주먹을 베어 먹으려 했으므로, 그녀는 주먹을 펴서 두 손가락으로 그의 위아래 입술을 잡아당겨 합쳐버렸다. 그는 벽이 있어서 머리를 뒤로 더 빼지도 못하고, 그저 언론의 자유를 빼앗긴 것을 불평하는 소린지, 또는 그 정도라면 얼마든지 참을 수 있다는 소린지, 알 수 없는 "음, 음, 음," 소리를 내고 있을 뿐, 그런 경우 퍽 소용에 닿는 손을 입께로 불러오려 하지 않았다. 그것은 그의 손이 둘 다 조금 바빴기 때문이었다. 하나는 그녀의 놀고 있는 손을 꼭 붙잡았고, 또 하나는 그의 입을 봉쇄하기 위해서 엉거주춤 서 있는 그녀의 엉덩이 위에 길게 뻗쳐 있었다.

그가 그 팔을 점점 죄어가자, 그녀는 마침내 무릎을 꿇었는데, 그때 그녀는 그녀가 도대체 무엇하러 그에게 달려들었었는지를 잊었다. 일호는 그녀가 그러기를 바라는 눈치였으므로, 활동할 수 있도록 그녀의 손을 놓아주었다. 그리고 그녀의 엉덩이 위에 있는 손을 팽팽하게 부푼 부분으로부터 잘쑥하게 쏠린 허리께로 슬슬 밀어올리면서 나머지 손을 그 위에 겹쳤다. 순이는 그의 입을 죄고 있던 손으로 그의 뺨과 귀를 만지면서 목뒤로 돌려가지고 두 손을 마주 잡았다.

"또 한 번 그런 말 해보세요. 혼을 내줄 테니까요."

"이런 혼이라면 열 번이라도 나는 것이 좋겠어."

두 손이 딴 일에 쓰이고 있었으므로 그녀는 할 수 없이 그의 입을 틀어막는 데에 그녀의 입술을 사용하였다. 그는 그의 두 팔에 더욱 힘을 주었다. 그리고 남자를 침묵게 하는 데는 그의 혓바닥을 다른 일로 바쁘게 해주는 것이 가장 좋은 방법임을 그녀로 하여금 깨닫게 했다.

　중국집에서는 항상 음식이 늦다고 말하는 사람이 있다면, 그 사람은 아마도 그 집을 그 집답게 사용한 적이 없을 것이다. 술을 한 독구리쯤 더 하고 싶었지만, 순이가 받아들여지지 않는 충고는 아예 하지도 않는다는 듯한 태도로 권했기 때문에, 그는 잔으로 두 잔만 더 하고서 저녁밥을 마쳤다. 다방을 한 군데 들르고 나자, 남산에 갈 생각은 전혀 없었지만, 그녀가 굳이 그렇게 하기를 원했으므로, 그는 생전 처음으로 케이블카를 탔다. 그리고 정류소에서 내려가지고, 거기에 있는 휴게실로 들어가서 역시 그녀가 하자는 대로, 토마토 즙 깡통을 하나씩 사서 따 들고, 노천 전망대로 나와 앉았다. 서울의 밤이 눈 밑으로 깔려 있었다. 손에 든 것을 마시자 그 맛이 흡사 푸성귀 썩은 국물 같았지만, 순이가 "맛있죠?"라고 말했으므로 그는 할 수 없이 "응" 하고 대답했다. 그녀는 대단히 흡족하고 행복스러운 모양이었지만, 그는 그러지 못했다. 서울의 밤이라면 멀리서 바라보는 것보다는 역시 그 안에서 지내는 것이 더 좋을 성싶었다.

　그가 그렇게 앉아 있자, 그녀는 조금쯤 양보하는 것이 좋으리라고 생각했음인지, 그를 데리고 모두 방해받기를 싫어하는 사람들만이 있는 산비탈로 갔다. 거기에는 소나무들이 서 있었는데, 그들은 그 나무들의 차폐효과를 과신하고 있는 듯했다. 일호와 순이는 적당한 데를 골라서 앉았다. 그리고 주위를 돌아보았을 때, 딴 사람들도 그들로 인해서 그들과 똑같은 걱정을 하고 있다는 것을 깨달았으므로, 그들도 그들처럼 소나무의 고마움을 과신하기로 했다. 그는 그녀 곁에 바싹 붙어 앉아서 오른손을 그녀 등 뒤로 돌려 그녀의 허리를 안았다. 그녀는 왼손으로 그의 목을 감았다. 그리고 그는 그의 왼손으로 그녀의 오른손을 꼭 붙잡고 어루만지면서,

"원장이 우리들 사이를 얼마나 눈치 채고 있을까?"

"극장에 같이 간 것밖에 모르시나 봐요."

"원래 좀 모자라니까."

"그렇지두 않아요. 요즘엔 통 말씀이 없으세요."

"좋을 대루 하라지"라든가,

"오늘 무슨 볼일 있었어?"

"아뇨."

"아까 무슨 뭐 사정이 어떻구 한 건 뭐야?"

"아, 그건요, 동생 담임 선생 좀 만나볼까 해서 그랬어요."

"일류 중학을 나온 동생?"

"네, 그런데 일류 고를 떨어지고 삼류엘 다니자니 속을 썩이지 뭐예요. 벌써 나흘째나 결석을 했다나 봐요."

"집에선 매일 나갔는데?"

"그러믄요. 접때두 한 번 그래서 애를 먹었는데 또 그래요."

"애를 먹는다면 순이보다 걔가 더 먹겠지,"라는 둥, 말을 주고받았지만, 그녀가 그의 손으로부터 살며시 제 것을 뽑아 가지고 그의 뺨을 꼬집어서 그의 입이 제 입술 위에 닿도록 했으므로 그의 왼손은 어디랄 것이 없이 옷 밑으로 그녀의 몸을 더듬기 시작했다.

그들이 헤어진 것은 그 이튿날 아침이었다. 순이가 잠에서 깨어났을 때, 일호는 당연한 일이지만, 아직 곤히 자고 있었다. 그녀는 살며시 이불 속으로부터 미끄러져 나왔다. 그리고 그가 자고 있다는 것을 다시 한 번 확인한 다음, 고양이처럼 길게 기지개를 켰다. 그리고 제 몸뚱이를 내려다보았다. 젊음과 싱싱함──이제 바야흐로 출범하려는 기대에 찬 신선

함이 거기 있었다. 그것이 지치고 퇴락해서 쭈글쭈글해지기 위해서는 도대체 얼마나 많은 '흔적' 들이 쌓여야만 하는 것인가. 피곤은 회복되면서도 조금씩 끊임없이 누적되어 마침내는 사람을 늙음과 죽음 속으로 몰아넣을 것이다. 그녀는 첫 번 경험 때와는 달리 지난 일에 대한 후회가 아니라 앞으로 올 일에 대한 외구(畏懼)를 느꼈다. 그녀는 주섬주섬 옷을 챙겨 입었다. 그리고 그냥 갈까 하다가 어느 제약회사의 메모 용지에 먼저 간다고 적어서 그의 머리맡에 놓아두고 방을 빠져나왔다.

집 안은 대단히 조용했으므로 그녀는 혹시 그녀 시계가 잠을 잔 것이 아닌가 하고 의심을 했다. 그러나 졸리는 눈으로 '소년' 이 대문을 열어주자,

"네 좋을 대로 생각하렴"이라고 그 소년의 기분을 그녀 나름대로 해석해버린 다음, 전찻길에까지 나와서 출근부에 도장 찍는 일을 놓치지 않으려고 서둘러 대는 공무원들의 모습을 보고 나서야 그녀는 시계가 게으름을 피우지 않았다는 것을 알았다. 여관이라는 데는 원래 늦게 자고 늦게 일어나는 풍속을 가지고 있었다. 그녀는 병원에다가는 머리나 배가 아프다고 적당히 해두고 집에 가서 우선 한숨 푹 잔 다음에 목욕을 해야겠다고 생각하면서 버스를 탔다.

그녀가 목욕을 하고 와서 다시 자리에 누웠을 때, 일호는 강원도로 가는 버스에 자리를 잡고 앉아서 창밖을 내다보며 차가 어서 떠나기를 기다리고 있었다. 그의 기분은 어제 그가 기대했었던 것만큼 유쾌하지 못했다. 그때는 자동차 바닥의 구석구석에 엉켜 붙어 있는 더러운 음식 찌꺼기와 머리가 길고 목이 쉰 소년이 때가 새카맣게 긴 손으로 껌을 내미는 일 따위는 생각하지 못했었다. 너무 오래 되어서 한쪽이 비틀어진 간판과, 신문 뭉치로 유리창을 두드리면서 고함을 지르는 못생긴 여자와 하나

도 재미있지 않은 일을 가지고 시시덕거리며 치고받는 시늉을 하다가 차 시간에 쫓겨 뛰어오는 사람의 길을 막고 오히려 큰소리를 치는 정류소의 똘마니들도 역시 생각하지 못했었다. 그리고 창밖으로 자꾸만 떠오르는 원희의 얼굴도 물론 계산에 넣지 못했었다. 사실 버스를 탄다고 생각했을 때에 버스를 타는 데 수반되는 모든 것을 다 생각해버릴 수야 없었다. 그는 원희의 주소를 적어둔 종이쪽지를 꺼내서 갈기갈기 찢어버렸다.

잠시 후 그를 태운 자동차는 강원도의 원통리를 향해서 출발했고, 순이는 그녀의 집 안방에서 살포시 잠 속으로 들어갔다.

3

윤두석 씨는 시인이었다. 그는 누구든지 처음 만나는 사람에게는 잊지 않고 그것을 말했다. 그리고 두 번째 늦어도 세 번째 만났을 때는 그의 시가 최초로 실린 월간 잡지 《동방 예술》의 옛날 치를 어김없이 보여주었다. 상대방이 그 시를 충분히 감탄하고 나면, 그는 태연히 시인도 사람이기 때문에 먹고살아야 되고, 그래서 대개 부직을 갖게 되는데, 그의 경우, 이 부업이 너무 많은 시간을 잡아먹으므로, 모처럼 그에게 있음이 명백해진 천사의 날개를 주워 사람들이 기대하는 것만큼 자주 펴볼 수 없음은 참으로 유감스런 일이 아닐 수 없다고 덧붙인다. 거기까지가 정석(定石)이었다. 그 다음부터는 상대방이 보여주는 반응에 따라서 달라졌다.

"그 날개가 어떻게 생겼을까? 말하자면, 비닐우산 같을까, 박쥐우산 같을까? 설마 삼십 원짜리 우산이야 아닐 테지만"이라고 말하는 사람과,

"정말 그래요. 문학사에 남을 일에나 쏟아야 할 정력을 분필 가루를 날리는 데에 허비하고 있다니, 정말 아까운 일이지 뭐예요."라고 말하는 사람에게 똑같이 대답할 수는 없다. 인생과 예술을 모르는 무식한 놈들에게는 그도 쾌히 술과 여자를 가지고 이야기했고, 어쩌다가 희한한 지기를 만나게 되면, 그는 너무 기쁜 나머지, 그 사람의 인내의 한계점을 잊어버리기가 일쑤였다.

순이는 머리가 아파서 병원을 쉬었던 때로부터 꼭 일주일째 되는 날 오후에 원장 선생께 말씀을 드리고, 삼류 고등학교로 동생의 담임 선생을 찾아갔다.

"대단히 안되었습니다만, 조금 늦으셨습니다."

윤두석 씨가 말했다. 순이는 그와 초면이 아니었다. 전번에도 비슷한 일이 있어서 밤에 그의 집을 간 적이 있었으므로, 그녀는 그가 시인이라는 것을 알고 있을 정도였다. 시인은 말을 계속했다.

"제적 예고 통지서를 받아보셨겠지요. 안 받으셨다면, 등기로 했으니까 조사해볼 수도 있습니다. 윤식 군이 나흘째 무단결석을 했을 때 그 통지서를 발송했었습니다. 거기에는 보호자 되시는 분께서 학생을 데리고 학교에 나와주셔야 될 기한이 적혀 있었습니다. 그때까지 나오지 않으시면, 취학의 의사가 없는 것으로 간주하여 처리하겠다는 말도 씌어 있었을 것입니다. 그런데 그 마지막 날짜가 오늘로부터 꼭 일주일 전에 지나갔습니다. 출석부에다가 열흘이고 스무 날이고 한정없이 무단결석을 기재할 수야 없지 않겠습니까? 게다가 윤식 군은 전에도 한 번 이런 일이 있었지요? 그때 날짜 없는 자퇴 원서를 받아놓은 기억이 있습니다."

그의 이야기는 순이에게 윤식이야말로 도저히 그 학교에 다닐 수 없는 사람이라는 것을 깨닫게 해주기에 충분했다. 그러나 그런 말을 듣고, "예, 정말 그렇군요."라고 대답하기 위해서 그녀가 학교에 왔던 것은 아니었다. 이치에 딱 들어맞는 말에는 전혀 안 맞는 말로 대항해야 된다고 생각했던 것은 아니었지만, 달리 할 말이 없었으므로, 그녀는 이렇게 말했다.

"어떻게 좀 안 될까요?"

"글쎄요. 그런데 윤식 군은 도대체 무얼합니까? 학생들 이야기로는 도서관엔가 어딜 나간다고 하는데…."

"네. 시립 종로 도서관에 나가고 있나 봐요. 통지서를 받기 전까진 저두 몰랐습니다만."

"이왕 그럴 바에야 전적으로 입시 공부를 하는 것이 어떻겠어요? 세상에 모험하지 않고 얻을 수 있는 것이 어디 있겠습니까?"

"그렇지만, 한 번 떨어지고 보니, 영 자신이 없어요. 내년에도 또 떨어져서 다시 이 학교나, 이보다 더 못한 학교의 일학년으로 다니는 꼴을 어떻게 보겠어요?"

아, 그렇지만 교장이나 교감이 그 꼴을 보는 것은 아니지 않습니까!라는 말이 혀끝에까지 나왔지만, 그는 그것을 삼켜버렸다. 그리고 무엇이 그로 하여금 그것을 삼키게 했는지 생각해보았다. 그의 서랍 속에는 생활기록부 철에서 떼어낸 윤식의 학적부가 기안 용지와 함께 들어 있었는데, 그는 그것을 결재 올리는 일을 게을리 하고 있었다. 이것과 혹시 관계가 있었던 것은 아닐까?

"어떻게 잘 좀 해주세요. 그렇지 않아도 한번 찾아뵙고 상의를 하려고 했었는데…. 이따 댁으로 가서 뵙겠어요."

"아, 그러시진 마십시오. 여기서나 집에서나 이야긴 마찬가지가 아니겠습니까? 집으로 오시면 제가 더 미안해질 뿐이죠."

그러나 그날 밤, 그녀가 전에 한 번 가본 적이 있는 그의 하숙으로 그를 찾아갔을 때, 그는 대단히 그녀를 반겨주었다. 그녀가 신탄진이 오십 개비씩 들어 있는 깡통 네 개와 약간의 과일을 내어 놓자, 그는 진심으로 당황해하면서, "아, 정말, 이러시지 마실 걸 그랬습니다. 전번에도 와이셔츠를 가져오셔서 (어머, 그땐 케이크였는데, 윤식이와 함께 광화문에서 산!) 지금까지 잘 입고 있습니다. 그런데 또 이렇게…"라고 말했다.

그녀가 윤식의 이야기를 꺼내자, 그는 학교에서와는 달리 걱정하지 말라고 장담했다.

"다만 앞으로는 그런 일이 없도록 해주시면 되겠습니다."

"그건 제가 책임지겠어요. 다음에 또 이런 일이 생기면, 그땐 학교에서 뭐라고 말씀하시기 전에, 제가 먼저 퇴학시켜주시라고 부탁하겠어요."

"그래요? 그럼, 에… 보름 이상을 결석을 했는데…. 그동안 혹시 어디 아프진 않았어요? 골치가 쳤다든가, 이빨이 애렸다든가…. 보기엔 상당히 허약하던데…."

"네, 그래요, 그렇지만 그 앤 보기보단 건강한 걸요."

"혹시 배를 앓은 적도…? 그것으로 진단서가 되는지 모르겠습니다만."

"아, 네, 진단서라면 얼마든지 끊어올 수 있어요."

"종합병원 것이래야 되는데요."

"네. 필요하다면 메디컬 센터 것이래두 가져올 수 있어요."

"그렇다면 됐습니다. 안심하세요."

"교장, 교감 선생께서 아무 말씀 안 하실까요?"

"뭐라고 할는지도 모르지요. 그러나 그런 걸 지금 다 생각해버리면, 내일 제가 학교에 가서 걱정할 것이 없어져버립니다. 그런 건 내일로 미루지요. 순이 씨와라면 그 밖에도 얼마든지 할 이야기가 있을 것 같은데요. 골치 아픈 이야기는 안 해도 괜찮다고 생각될 때 즉시 그만두는 것이 좋습니다."

"네, 그럼 선생님만 믿겠어요."

"그러셔도 아마 괜찮을 겁니다. 자, 어서 사과나 드시면서, 뭐, 딴 재미있는 이야기나 하십시다. 가령, 시에 관해서라든가. 사실 시에 관해서라면, 아무리 이야기해도 해로울 것이 없습니다. 시 말입니다. 영혼의 가장 성실한 반려이고, 인생의 가장 완벽한 대화인 시 말입니다. 그것이 있는 한, 아, 인류는 결코 멸망하지 않을 것입니다. 저는 그렇게 생각합니다."

간호 고등학교 때, 문예 클럽 회원이었던 그녀는, 친구들 사이에 문학통으로 알려져 있어서 (그런데 그 나이 또래의 소녀들 사이에서 그 정도로 인정받았다는 것은 확실히 대단한 일이다), 특히 시가 화제에 오를 때면, 동인지 《구원》을 두 권째나 필경하느라고 채 굳지도 않은 연약한 손가락 사이에 박였던 못을 설명하는 것만으로도 그녀는 충분히 존경을 받았었다. 그녀의 친구들은 그들이 학교를 졸업하고 일 년이 지나고, 이 년이 지나도록 그녀가 아직 시인이 되지 않은 것이 이상하게 생각될 정도였다. 두석의 말은 그녀로 하여금 그동안 곪은 살에서 썩은 피를 닦아내고, 남자의 것이든 여자의 것이든 상관하지 않고 엉덩이를 철썩 때려서 주삿바늘을 꽂아 넣는 일 따위 속으로 차츰 묻혀 들어갔었던 영혼의 소리를 홀연 듣게 해주었다. 두석은 그것을 알아차렸다. 그래서 오랜간만의 그의 《동방 예술》의 옛날 치를 꺼낼 때가 왔다고 생각했다.

그들은 그날 밤 열한 시 반까지 시와 시가 인생에 미치는 영향에 대해서 이야기했다. 모처럼 기회를 만난 두석의 기쁨도 대단한 것이었지만, 그것이 지치게 할 수 없었던 순이의 문학에 대한 정열도 또한 대단한 것이었다. 밀림. 손을 잡고 둥글게/ 춤추며 돌아가는/ 한 떼의 사람들/ 또 사람들/ 아──영원한 인류의 향수여/ 바위/ 영겁/ 피어오르는 피의 전설은 / 죽음/ 잉태되는 삶의 절규/ 삶의 불꽃/ 숨겨가는 죽음의 수의는/ 불수의 근/ 심장의 의지여/ 초월이여/ 아──남대문, 등등.

그들은 그의 시가 현대시이기 때문에 조금 난해하다는 것에서부터, 그러나 훌륭한 시는 독자에게 그만한 어려움쯤은 참을 것을 요구할 수도 있는 것인데, 현대인들은 불행하게도 바로 그런 점이 특징이기도 하지만, 참고 시를 읽어야 할 시간에 열심히 라디오의 연속극을 듣기 아니면, 신문의 광고란을 들여다본다는 것, 그리고 비록 지금까진 라디오만을 상대해왔지만, 옛날에 동인지를 만들어낸 경력을 보면, 순이도 아직 시를 쓸 수 있고, 그 시는 아마도 틀림없이 훌륭한 것인데, 마침 그의 대학 동창이 월간 여자 세계사에 근무하고 있으므로, 그것을 그 잡지의 독자란에 싣기는 아주 쉬운 일이라는 것에 이르기까지, 시간 가는 줄도 모르고 많은 것을 이야기하였다. 그중에는 시인이 되는 첫 요건이 정열이고, 그 정열이야말로 바로 시를 쓰는 준열한 자세라는 이야기도 포함되어 있었다. 열한 시 반이 되자, 두석은 그때까지 이야기에 너무 열중해 있어서 그 자신도 그것을 몰랐었다는 듯한 태도로, 그녀에게 시간이 어떻게 되었는가를 알려주었다.

그들은 삼십 분 동안을 다투었다. 두석은 시를 쓸 만한 정열을 갖는다는 것이 그렇게 용이한 일이 아니라고 주장했고, 순이는 그날에야 알게 된 사실대로 당장에 되어버릴 수야 없는 일이 아니냐고 고집했다. 열두 시가 되자, 더 이상의 토론은 필요없었다. 순이는 어쩔 수 없이 시인이 되는 수밖에 없었다. 휴전선을 그어 놓고 열 번쯤 다짐을 해두었지만, 시를 쓸 만한 정열을 갑자기 갖는다는 것은 아무래도 불안스럽고 우울한 노릇이 아닐 수 없었다.

그녀는 그 뒤로 시를 썼다. 두석은 그녀가 너무 자주 시를 고쳐 받으러 오지 않는다고 불평을 했고, 그가 세상에서 시 쓰는 것 다음으로 좋아하는 것은 훌륭한 시를 쓰도록 도와주는 것이라고 말했다. 그녀는 도대체 그녀가 누구를 위해서 시를 쓰는 것인지 알 수 없었다. 그녀 자신을 위해서 쓰는 것이 아닌 것만은 확실했다. 그는 시를 쓰는 것은 즐거운 일이 아니라, 괴로운 일이라고 그녀를 격려했다. 그렇다면, 그녀는 생각했다, 괴로운 일을 원해서 할 것은 없지 않은가. 바로 그렇기 때문에 정열이 필요한 것이라고 두석은 설명했다. 순이의 정열은 그녀의 시가 《여자 세계》에 실려도 좋다고 두석이 생각했을 때까지 간신히 계속되었다. 그녀는 젊음의 사치로서 시인의 정열을 그 정도로 가져보는 것이 좋다고 생각되는 한 계점에 도달했다. 시인이 되는 준열한 자세를 가져보는 것은 다섯 밤 정도를 충분했다. 그녀는 그것을 후회하지 않았다. 그러나 두석의 식을 줄 모르는 시적 정열에도 불구하고 그녀는 앞으로 그 짓을 더 계속할 생각이 없었다. 한 달쯤 후에 그녀는 그녀의 시가 실린 월간지를 받아보았다. 그것은 그녀가 신탄진을 사들고 두석의 하숙집에 가서 시인이 되었던 때로부터 대략 석 달이 지난 다음이었다.

시인의 씨가 뿌려졌을 때는 날씨라는 것이 별로 의식되지 못했었는데, 그것이 열매가 되어 돌아왔을 때는 팔월의 태양이 바위라도 녹여버릴 듯이 기세를 올리고 있었다. 그러나 잡지를 받아들자 그녀는 어쨌든 기뻤

다. 그 기쁨은 인쇄된 그녀의 이름과 시를 읽으면 읽을수록 점점 더 커져 갔기 때문에 다음과 같은 일만 일어나지 않았더라면, 그녀는 다시 시인이 되기로 마음을 먹었을는지도 몰랐다. 단골 미장원의 살찐 미용사가 마치 땀 흘리기 시합에라도 다녀온 것처럼, 코끝으로 땀방울을 뚝뚝 떨어뜨리면서 병원으로 들어왔는데, 마침 원장 선생이 안 계셨으므로, 속에 아무것도 걸치지 않은 소매 없는 블라우스의 앞섶을 따게 하고, 삼 도로 틀어 놓은 선풍기의 바람을 그 안으로 불어넣어 주면서, 잡지를 펼치고 시를 보여주었더니, 웬만한 여자 허벅다리쯤은 문제없을 어깻죽지 위에 도랑물 같은 땀을 흘리면서, 미용사, 대뜸 하는 말씀.

"이게 처음이세요? 난 지난 팔 월호에, 이게 아마 구 월호죠? 세 번째로 작품이 실렸었는데."

두석은 순이의 시에 대한 정열이 식은 것을 알고 슬퍼했다. 그리고 한 가닥 희망을 걸고 있었던 활자화의 마력도 그녀의 식은 정열에 기름이 되어주지 못한 것을 알고 다시 슬퍼했다. 슬픔은 강물처럼 또 몇 굽이, 그는 그의 시작 노트에 그렇게 적어넣었다. 어쩐지 그녀는 그에게 너무 알맞았었다. 대개 시를 이야기할 만하면 얼굴이 형편없거나 가슴이 절벽이거나 다리가 짧거나 했고, 몸이 튼튼하고 얼굴이 반듯하면 시를 몰랐고, 더러 시를 알고 몸이 튼튼하고 얼굴이 제대로 되어 있으면 유감스럽게도 '그의 시'를 이해하지 못했다. 무식한 것까진 좋은데, 그것을 별로 수치라고 생각하려 하지 않았다. 그런데 순이는 어떠했는가. 예쁘고, 건강하고, 키 크고, 시를 좋아하고, 게다가 그의 시를 감상하려고, 때로는 밤새도록 애쓰기까지…. 아, 결국 신은 인간에게 완전한 것을 별로 주고 싶지 않은 모양이다. 그는 그해 여름방학 때 뚝섬에를 다섯 번이나 갔다.

그때까지 그는 뚝섬에 대해서 그것의 한자가 어렵다는 것밖에는 아는 것이 없었다. 그러나 가보니 거기에도 역시 집들이 있었고, 그리고 강이 있었다. 강이 있었기 때문에 다섯 번이 아니라, 쉰 번을 찾아가도 무리라고 할 수는 없었다. 그럴 바에야 차라리 팔목이라도 삐었으면 했다. 매번 멀쩡한 육신으로 병원을 찾아가기는 미안한 노릇이었다. 뿐만 아니라 순이는 환자들을 참으로 열성껏 보살펴주었다. 여름철이고 유원지였으므로, 환자들이 그 한 철을 보고 병원을 차렸다고 생각될 정도로 밀렸지만 그녀는 조금도 짜증을 내지 않고 열심히 일을 했다. 누가 보아도 그녀는 그를 상대하기에는 너무 바쁘다고 하지 않을 수 없었다. 그리고 그녀는 그것으로 아주 행복한 것 같았다. 한때는 그렇게도 시를 좋아했었는데…시 없이도 저렇게 행복할 수 있다니! 그는 다섯 번째로 찾아갔을 때, 그것도 오후 다섯 시가 훨씬 지나서야 그녀를 간신히 강가의 둑으로 끌고 나올 수 있었다.

"이젠 시를 별로 읽지 않으시는군요?"

그가 슬픈 표정으로 엄청나게 큰 버드나무를 멀리 바라보면서 말했다.

"여름철엔 날씨가 더운걸요."

그녀는 그의 시선이 멀리 가 있는 것을 다행으로 생각하는 눈치였다. 백사장에는 아직도 사람들이 남아 있었지만, 하루의 흰소는 이미 찌꺼기로 변한 다음이어서, 둥글게 모여 배구공으로 올려치기를 하고 있는 몇 사람들의 남녀들이 멀리서도 싱겁게 보였다. 지친 발을 천천히 떼어놓는 사람의 뒤꼭지에 몰아 붙여져서 차양 끝이 하늘 한가운데를 향하게 된 하얀 운동모자, 바지 입은 여인의 왼손에 들리운 검은색 안경, 멱살을 붙잡힌 채 고함을 지르는 취객, 한쪽 어깨 위에 걸쳐 메진 아마도 땀에 절였을 얼룩무늬의 남방셔츠, 관목들 사이로 내어던져진 개구쟁이들의 검은 축구공, 강심을 향해서 수면을 스쳐가는 돌팔매, 만원된 나룻배의 느릿느릿한 떠남, 강 건너 저편 물기 스민 모래 위의 천막에서 피어오르는 먼 연기, 먼 산촌, 강줄기가 굽이쳐 사라진 곳으로부터 잊음처럼 자욱이 깔려오는 먼 연무…. 이런 모든 것들은 나지막하고 장중한 작은 목소리로 "고집하지 마라, 지나간 시간을 고집하지 마라,"고 중얼거리고 있었다. 고집하지 마라, 고집하지 마라, 지나가버린 시간을 고집하지 마라, 어쩔 수 없이 되어버린 것을 고집하지 마라. 고집하지 마라.

그러나 한 번만 더.

"가을이 오면 다시 서늘해지지 않겠어요?"

"어머 벌써! 전 오늘 천 시시는 땀을 흘렸을 거예요."

"천 시시나!"

"그러믄요. 어쩌믄 더 될지도 몰라요. 제가 마신 물의 양은 그 세 곱절은 될 테니까요. 선생님은 군대에 안 가셨다고 했죠?"

"네. 땀 흘리기가…."

"땀 흘리기가?"

"네?"

"왜 군대에 안 가셨어요?"

"전 편평족입니다."

"그래요?"

"게다가 닭의 똥 같은 눈물을 흘리면서 야전삽으로 아름드리나무를 해야 한다는 말도 있고 해서, 겸사겸사…."

"군대에 가면 고생이 많은가 부죠?"

"편치야 않겠죠. 두고두고 당할 불편을 한꺼번에 해치울래니까."

"네?"

"뭐가요?"

"아뇨. 선생님은 잘 하셨어요. 한꺼번에 오래 걸으시면 안 되겠네요?"

"네. 조금씩만 걷지요."

"그럭허세요. 무리는 피해야죠?"

"네?"

"뭐가요?"

"아뇨."

네? 뭐가요? 아뇨. 그는 화가 났다. 그래서 그 편에서 말을 침묵 속으로 집어넣어버렸다.

어둠이 차츰 강물 위를 덮어왔다. 그것은 산 너머에서 오는 것이 아니라 강기슭에서, 버드나무 잎새들 속에서, 그리고 배의 밑바닥 아래에서 살며시 기어나왔다. 그러고는 물 위를 덮고 서쪽으로 번져나가면서 태양의 흔적들을 몰아내어 붉은 노을 속으로 집어넣었다.

두석은 헤어져야 할 때가 왔다고 생각했다. 그래서 애원이 아니라 끝매김으로서 "그럼 앞으로는 당분간 시를 읽지 않으시겠군요." 라고 말했다. 그랬더니 "정말 그랬으면 좋겠어요." 라고 그녀가 대답했다. 정말 그랬으면 좋겠다고! 그는 "네?" 하고 반문할까 했으나 그러면 또 틀림없이 "뭐가요?" 라고 반문이 되돌아올 것 같아서 그만두었다. 아마 그것은 안 읽겠느냐에 대한 대답이 아니라 당분간에 대답일 것이다. 당분간만 안 읽고 그 이후로는 다시 읽게 되기를 바란다. 아마 그런 말일 것이다. 그러나 다시 읽게 되기를 바란다는 말은 다시 읽게 될 것 같지 않다는 말이 아닌가. 아,

좋다. 아무래도 좋다. 더워서 시를 못 읽을 사람이라면, 다시 읽게 된다 해도 대수로울 것이 없다. 그런 사람이라면 얼마든지 "추우니까"라고도 말할 수 있을 것이다. 그들은 각각 팔짱을 끼고 말없이 귀로에 올랐다.

병원 앞에 이르자, 별로 볼일이 있을 것 같지도 않았는데 그녀는 잠깐 들러야겠다고 말했다. 그는 팔짱을 낀 채 공손히 머리를 숙여 인사했다. 그리고 비슷한 인사를 받았다. 그녀는 칠이 벗겨진 베니어합판 문을 열고 병원 속으로 사라졌고, 그는 정류소를 향해서 걸음을 옮겼다.

버스는 만원이 아니었다. 사람이 많으면, 두어 대쯤 놓쳐줄 작정이었는데, 그렇지 않다면 굳이 그럴 필요가 없었다. 팔짱을 풀고 차에 오르자 아는 사람이 자리에 앉아 있다가 그의 옷자락을 잡아끌었다. 웬일이냐고 물었더니 저쪽에서도 웬일이냐고 되물었다. 그와 같은 학교에서 음악을 가르치는 사람이었는데, 여자였다. 그는 그녀가 만들어준 자리에 엉거주춤 엉덩이를 붙이고 앉아서 밖을 내다보았다. 조금 어두웠지만, 오이막이나 남새밭을 하기에 꼭 알맞은 그곳에 다시는 오게 될 것 같지 않았으므로, 이왕 온 김에 잘 보아두자는 생각에서였다.

4

그들은 광화문에서 버스를 내렸다. 날은 어두워져 있었다.

"어떡허시겠어요, 선생님이 저의 집으로 오시겠어요, 제가 선생님 댁으로 갈까요?"

삼화가 말했다.

삼화. 정삼화. 두석은 한때 그녀를 좋아하려고 마음먹은 적이 있었다. 그녀는 다 좋은데, 딱 한 가지, 그의 시를 이해하지 못하는 흠을 가지고 있었다. 시를 모른다는 말이 아니었다. 너무 잘 알았다. 전공은 기악이면서도, 영시와 불란서 시를 원어로 줄줄 외는 정도였다. 그랬는데도《동방예술》을 보여주자, 읽고 나서 대뜸 하는 말이, "어머, 이건 정말 모르겠군요. 주어가 어느 건지, 술어가 어느 건지, 도대체 종을 잡을 수가 없어요." 였다. 이해하지 못하는 건 용서할 수 있다. 그러나 그녀는 그것을 수치가 아니라 자랑으로 생각했다. 거기까지도 참을 수는 있다. 딴 조건들이 너무 좋다면, 한 군데서 조금 많이 양보한다고 해서 대수로울 건 없다. 그러나 그녀는 그녀의 그러한 견해를 거리낌 없이 공개했다. 그것은 참을 수 없었다. 그는 그녀를 미워하기로 했었다.

"둘 중의 하나를 꼭 선택해야 합니까?"

"그러믄요. 하나만 골라잡으세요."

"글쎄. 제가 미스 정 집으로 가도 좋고, 미스 정이 저의 집으로 오셔도 좋고…."

"둘 중의 하나를 꼭 선택해야 해요?"

"그렇죠. 둘 다 할 수는 없을 테니까."

"그럼 제가 선생님 댁으로 가겠어요. 단, 조건부예요."

"뭔데요?"

"저녁은 제가 살 것."

"그래요? 그럼, 어떠세요, 술은 제가 사고 싶은데."

"술요? 사는 거야 얼마든지 자유죠."

"좋습니다. 단, 저는 마시지 않는 술은 사지 않는 성밉니다."

그들은 골목으로 꺾어져 들어갔다. 큰길에서는 사람들이 어깨를 펴고 냉엄하게 걷고들 있었는데, 골목 안에서는 어깨들을 웅크리고 서로 수군거리면서 주로 큰길에서 활보하고 있는 사람들의 흥을 보고 있는 것 같았다. 조금 들어가자, 골목이 하도 여러 군데로 뚫려 있어서, 거기가 골목인지 공지에 상점들이 불을 켜놓고 손님들이 들어서기 좋을 만한 간격으로 늘어서 있는 곳인지 알 수 없었다. 그중의 한 집에는 환한 불빛 아래에 사람들의 반신상들이 드문드문 놓여 있는 것을 창문을 통해 볼 수 있었다. 그 집 문 앞에서 별로 깨끗하지 못한 하얀 무명 윗도리를 입은 촌스럽게 생긴 남자 하나가 문은 언제든지 열릴 수 있다는 것을 보여주기 위해서 골목을 위아래로 살펴보고 있었다. 그들은 그에게 그럴 기회를 주었다.

식탁을 대하고 그들이 마주 앉자, 소녀가 와서 주문을 받아갔다.

"그런데 이상하지요? 같이 일 년 육 개월이나 지나면서 그동안 한 번도 우리가 서로 무슨 음식을 좋아하는지를 물어본 적이 없다니." 그가 말했다.

사실은 그게 아니라, 일 년 육 개월 동안이나 없었던 일이 하필 그날사말고 일어난 것을 그는 더 이상하게 생각했다. 그날 아침까지만 해도 그는 순이와 함께 극장에라도 가게 되는지 모른다고 생각하고 있었다. 설마 순이와의 일을 그녀가 알고 있을 리도 없을 테고.

"이상할 것도 없죠. 오늘만큼 제 기분이 언짢은 적이 전엔 없었던 것뿐이에요."

"그래요?"

"누구와 실컷 이야기라도 했으면 좋겠다고 생각했을 때, 선생님이 나타나셨던 것뿐예요. 아무래도 동생이나 엄마한테 하는 거보다는 선생님 쪽이 더 편리할 테니까요."

"그래요? 그 선택을 감사합니다."

"뭘요. 그보다는 차라리 뚝섬에서 제가 탄 버스를 타셨던 것을 감사하는 게 나을 거예요."

그 외에 학교의 교감과, 학생들의 수업 태도와, 부임한 지 얼마 안 되는 여선생의 임신설에 대해서 이야기하고 있는 동안에 음식이 나왔다. 한 여자와 영화관에 가기를 희망했던 시각에 딴 여자와 돈가스를 먹는 것도 별로 나쁘지 않았다. 맥주를 사려고 했지만, 그녀가 반대했으므로 정종을 시켰다. 그들은 한동안 부지런히 음식을 먹었다. 비운은 사람들을 배고프게 만드는 모양이었다. 시급한 민생고를 웬만큼 해결하고 나자, 문득 말은 훌륭한 소화제라는 것이 생각났으므로 그가 입을 열었다.

"시를 써보시지 그래요?"

"시를요! 제가!"

그녀는 대단히 놀라서 열심히 움직이고 있던 쇠스랑을 쥔 왼손을 식탁 위에 놓고 멍하니 그를 쳐다보았다.

"왜요? 이마에 뿔이라도 나야 시를 쓸 수 있다는 건가요?"

"어머, 그랬으면 얼마나 좋겠어요! 뿔은 조금 너무하지만, 가령, 사마귀 같은 것이 머리 아무 데나 일정하게 나 있다면 자기가 시인인지 아닌지 일찍부터 알 수 있게 될 테고, 따라서 쓸데없는 노력은 안 하게 될 거 아녜요. 저는 다행히 조금 늦게 제가 시인이 되지 못한다는 것을 알았기 때문에 손해를 조금밖에 안 보았지만, 대부분은 어디 그래요? 자기가 시인이 아니라는 것을 알았을 때는 이미 너무 많이 헛수고를 해버린 다음이죠. 때로는 자기가 시인이 아니라는 것을 인정하기가 거북할 만큼 말예요."

"뭐, 거북할 것까진 없겠지요. 시인이 안 되기 위해선 언제든지 아니라고만 생각해버리면 되니깐요."

"또 되기 위해선 기다고만 생각해버리면 되구요?"

"그, 그렇죠. 결국 의지의 문제니까."

"그렇지만 이마에 뿔이 없다는 것을 아는 건 의지가 아니라 손가락이 아니겠어요? 결국 이 손가락…."

그녀는 오른손 손가락으로 펜대를 쥐는 시늉을 허공에서 해보였다.

"이게 문제예요. 전 마음으로는 한없이 서운했지만 만져보니까 뿔이 없더군요."

두석은 화가 났다. 그녀와 시를 이야기하는 것이 항상 손해라는 것은 진즉 알고 있었다. 그랬는데, 왜 또 꺼냈단 말이냐. 전에 없이 저녁을 같이 먹고 있으니까 잘하면 동방 예술이라도 감상시켜줄 수 있다고 생각했단 말이냐. 어리석은 일이다. 남자가 여자를 현명하게 해주는 수도 있지만 때로는 여자에게 바보가 되는 수도 있다. 어리석은 일이다. 그는 앞에 놓인 술잔을 쭉──기울였다.

저녁을 먹고 나서 그들은 말없이 두석의 집으로 향했다. 각각 뺨으로 술기운을 느끼면서, 그는 바지 호주머니에 두 손을 넣고, 그녀는 손가방 끈을 앞으로 해서 두 손으로 붙잡고 제각기 자기의 구두 끝들을 내려다보면서 말없이 걸었다. 전찻길을 건너 사직공원 쪽 골목으로 들어서자, 길은 어두웠고 상점들은 쓸쓸했다. 사람과 사람 사이의 거리는 굉장히 멀어질 수가 있나 보다. 이렇게 나란히 걷고 있으면서도 그들은 서로 전혀 다른 세계를 생각하고 있다. 결코 들여다볼 수도, 참견할 수도 없는 전혀 다른 딴 세계를 골똘히 생각하고 있다. 두석은 어떤 두려움을 느꼈다. 그러다가 때로는 문득 지극히 하찮은 필요로 인해서 각자의 세계로부터 빠져

나와 공통된 하나의 돌을 조각한다. 협상도 없이, 다툼도 없이. 따라서 그 돌이 스핑크스가 될는지, 사천왕이 될는지는 아무도 모른다.

집에 들어가자 식모가 그에게 편지가 와 있다고 말했다. 그들은 방으로 들어갔다. 그는 책상에서 편지를 집어들고 뜯어보았다. 그녀는 그런 것에는 전혀 마음을 쓰지 않았다. 방바닥에는 석간이 잉크 냄새를 선명히 간직한 채 반으로 접혀져서 내어던져져 있었다. 그녀는 그것을 집어들었다. 그는 편지를 다 읽고 접어서 봉투와 함께 서랍 속에 집어넣었다. 그것은 편지란 것이 대개 그러는 바와 같이, 읽고 나자, 아무것도 아닌 것이 되어버렸다. 비슷한 기분을 그녀는 신문에서 느꼈다. 그녀는 신문을 방바닥에 내어던졌다. 그가 그것을 주워들었다. 그녀는 개어놓은 이불에 허리를 기대고 비스듬히 누워서 팔깍지를 벤 채 천정을 물끄러미 쳐다보았다.

그가 신문을 대강 훑어보고 나자, 그들은 그들이 어디서부터 신문을 읽기 시작했는가를 이야기했다. 한 사람은 만화를 맨 먼저 보았고, 또 한 사람은 광고부터 훑어보았음이 드러났다. 그들은 다시 신문을 한 장씩 나눠들었다. 그리고 희미한 형광등의 불빛에다 대고 그것을 들여다보았다. 그러나 그들 중의 누구도 이번에는 눈으로 들어오는 활자들을 판독하고 있지 않았다.

마침내 한 사람이 "아, 재미없어," 하면서 신문을 내동댕이쳤다. 또 한 사람도 그렇게 했다. 두 사람은 서로 마주 보고 "근데 오늘 무슨 일로 뚝섬에까지 오셨죠?"라고 한 사람이 말하자, "전 그렇다 해두고 선생님은 또 무슨 일로 오셨어요?" 하고 다른 한 사람이 반문함으로써, 그들은 결국 그들이 그날 맨 처음 만났을 때 부딪쳤던 문제로 되돌아갔다.

그는 순이와의 일을 이야기했다. 시를 빼놓고서는 그것을 설명하기가 조금 힘들었지만 그는 그렇게 했다. 그녀에게 뭘 감추려는 생각에서가 아니라, 그녀와 다시는 시를 이야기하지 않겠다는 그의 결심 때문이었다. 순이가 동생의 일로 담배를 사서 들고 바로 그 방에 찾아왔던 일, 그날 밤을 같이 지냈던 일, 그 후로 두어 달 동안에 다섯 번쯤 그 짓을 되풀이했던 일, 날씨가 더워가자 그녀가 차츰 더위를 탔던 일, 병원에서 그녀가 대단히 충실하게 근무하고 흡족해하는 것을 보았던 일, 그러나 그것은 썩거나 터진 살을 만질 때만 날씨가 갑자기 가을이 되어서 그런 것이 아니라 아마도 그녀는 그가 없어도 (또는 없어야) 행복할 수 있다는 것을 보여주고 싶어서 그랬던 것 같았다는 일, 그녀가 그와 관계되는 일에서 특히 여름을 잘 탔던 일, 그날사 그런 것을 결정적으로 알게 되었던 일, 그리고 그녀가 탄 버스에 그가 올라탔을 때는 순이와 헤어진 지 채 오 분도 안 되었을 때였다는 것 등등을 이야기해주었다. 그녀는 남자였다면 틀림없이 담배라도 피웠을 자세로 천정과 벽의 경계선 어름께를 바라보면서 그의 이야기를 처음부터 끝까지 논평없이 듣고 있었다.

이야기가 끝나자 그녀는 예의상 한 마디 했다.

"날씨가 서늘해지기만 기다려야 되겠군요."

그는 머리를 내어저었다.

"아니지요. 그땐 아마 추위를 탈 겁니다."

"아이, 가을말예요."

"가을요? 글쎄. 역시 순이에게 더 편리해질 겁니다. 좋을 대로 추위를 탈 수도 있고, 더위를 탈 수도 있을 테니까요."

그녀는 할 수 없이 웃어버렸다. 남의 불행에 웃는 것은 예의가 아니었지만 진심이었다. 그녀가 웃자 그도 덩달아 웃었다. 웃고는 있었지만 그

64

들은 둘 다 이마와 목덜미에 땀을 흥건히 흘리고 있었다. 역시 불행보다는 더위가 더 참을 수 없었다. 노새의 등을 부러뜨리는 것은 마지막 지푸라기라고 하지만, 비극이나 불행보다는 그것을 참을 수 없는 것으로 느껴지게 해주는 자질구레한 불편들이야말로 가장 큰 적이 아닐 수 없다.

"목욕하시겠어요?"

"세수만 조금."

"이쪽 모퉁이로 물을 떠다 드릴 테니까 하세요. 뭐 벗고 둘러써도 괜찮습니다."

그는 수도로 가서 양동이에다가 물을 길어왔다. 그녀는 블라우스와 스커트를 벗고 속옷 바람으로 머리를 수건에 감싸고 밖에 나와 있었다. 물을 받기 위해서 그녀가 허리를 굽히자 깊숙이 파인 속옷의 앞가슴이 아래로 축 처졌다. 그는 대야와 비누를 가져 왔다. 그녀는 시원스럽게 얼굴과 목과 팔과 다리를 씻었다. 씻고 나자 그녀는 머리를 싼 수건을 풀어서 얼굴을 닦고 마루 위에 올라서서 속치마 앞섶을 거머쥐고 다리의 물기를 훔쳤다. 그는 전등 불빛에 그녀의 몸뚱이가 비쳤으므로 속치마가 너무 짧고 투명하다고 생각했다.

그가 수도꼭지 밑에 엎드려서 등물을 끼얹은 다음, 몸을 닦고 러닝셔츠를 입으면서 방으로 들어갔을 때, 그녀는 머리를 다듬고 있었다. 아직 속옷 바람 그대로였다. 그는 무릎 위까지 걷어올린 바짓가랑이를 풀어내리고 책상에 기대섰다. 그녀는 의자에 앉아 있었다. 그가 "피곤하시지요?"라고 말하자, 그녀는 "네," 하고 대답하더니, 갑자기 피곤해서 견딜 수 없다는 듯이 머리를 매만지던 두 손을 떨어뜨리고 고개를 쳐들어서 그를 똑바로 바라보았다.

"쉬세요."라고 그가 나지막하게 말했다. 그녀는 대답 대신에 머리를 두어 번 끄덕거렸다. 그녀의 눈길은 여전히 정면으로 그에게 향해져 있었다. 그런데 그녀의 그 시선은 이상하게도 차고, 차분하고, 깐깐했다. 마치 상대방에게 예이츠의 시라도 읽어줄 것을 기대하고 있는 것 같았다. 그런 경우 의당 그래야 할 것처럼, 속된 말로, '뜨거운' 시선이라면, 그도 얼마든지 상대해줄 수 있다. 손을 넌지시 내민다든가, 입술을 쫑긋 해준다든가. 그런데 이건 뭐냐. 사뭇 쏘아보고 있다. 쏘아보는 것이 아니라면 무례하게도 자신만만하게 지켜보고 있다. 아마도 그녀는 그녀가 볼품없는 커다란 외투라도 입고 있는 줄로 알고 있는 모양이다. 그는 그녀에게서 시선을 돌렸다. 뜨거움과 차가움은 상반된 것인데, 그런 것을 동시에 요구하는 것은 너무한 일이었다.

그는 책상에서 엉덩이를 떼고 방 한가운데로 걸어나가면서 "참, 모기가 있을 테지. 성가신데. 약을 조금 풍길까"라고 중얼거렸다. 그러나 그녀는 의자 등에 푹 기댄 채 긴 두 다리를 책상 밑으로 쭉 펴고 천하태평이었다. 원하기만 하면 무엇이든지 할 수 있다는 듯한 태도였다. 피곤하므로 당장에라도 드러누워서 잠을 잘는지, 그게 내키지 않으므로 벗어놓은 옷을 털털 털어 입고 지금 당장 댓돌로 내려서면서 "그럼 또" 할는지.

그는 선반에서 모기 약병을 집어들었다. "뭐 많이 풍기지는 않습니다." 그는 그녀 쪽을 힐끗 쳐다보았다. "잡아 죽이려는 게 목적이 아니니까요." 그는 방문을 열어놓은 채 구석구석에다 안개 빛깔의 긴 깔대기를 두 개씩 불어보냈다. "자, 나가주실까. 미안하지만, 우리도 이젠 조금 쉬어야겠어. 정 무엇하다면 내일 낮에 다시 들어와도 좋다. 그땐 내가 나가주지. 자, 어서어서. 늦으면 후회해도 소용없다."

그가 그렇게 모기를 달래자 그녀가 평지에 산이 불쑥 솟는다는 식으로 갑자기 하,하,하, 하고 웃었다. 그는 영문을 몰라서 잠시 어리둥절했지만 이내 따라 웃었다. 어쨌든 웃는다는 것은 좋은 일이었다. 모기약 향기가 방 안으로 가득 퍼졌다. 그것이 독하다고 생각될 만큼 짙어지기 전에, 새로운 공기가 밖에서 들어왔다. 웬만큼 그 냄새가 가셔지자, 그는 방문을 닫았다. 방문에는 모기장이 발라져 있었지만, 방 안은 갑자기 후끈해졌다. 그는 요를 깔고 홑이불을 반으로 접어서 그 위로 폈다. 그리고 그녀에게 편 손바닥으로 그것을 가리켰다.

"자, 쉬세요."

"더워요."

"불을 끄면 조금 나아질 겁니다."

그가 말했다. 그녀는 고양이처럼 길게길게 기지개를 켰다. 그리고 고양이처럼 오만하게 몸을 일으켜 요 있는 데로 가더니, 그 위에 몸을 눕혔다. 홑이불을 가슴에까지 끌어올리자 열 개의 발가락들이 천정을 가리키면서 고스란히 나타났다. 그는 불을 끄고 그녀 곁으로 가서 맨바닥 위에 살며시 드러누웠다.

"후회하지 않으세요?"

"뭘요?"

그녀는 홑이불을 펴서 그에게 조금 나누어주었다.

"전 후회할 짓은 하지 않는답니다. 한 일을 후회하자면 지금쯤 어느 여관방에서 엎드려 혼자 울고 있을 테지요."

"…?"

"엄마는 나를 어떤 유망한 청년에게 시집보내려고 했었죠. 그 유망한 청년이 오늘 뚝섬에서 나에게 출세를 하고 싶으니 앞으로는 만나지 말자고 부탁을 했어요."

"아니, 그래, 그런 자식을 가만 놔뒀어요?"

"가만 놔달라고 하는 사람을 가만 놔두지 않으면 어떡허겠어요?"

"망할 자식 같으니라구. 처음부터 가만 놔달라고 하진 않았겠지요?"

"처음엔 가만 놔두지 말라고 사정이었어요. 아마 그땐 출세할 생각이 별로 없었던 모양이죠. 사실 그럴 형편도 못 되었지만."

"그런 자식은 출세 못 합니다. 그때고 지금이고 소용없어요. 절대 못 합니다. 내기를 해도 좋아요. 사랑에 있어서의 승리야말로 진정한 의미의 승리라고 하는데, 그 따윗 자식이 출세할 것 같아요? 출세를 해도 형편없이 초라한 출셀 겁니다. 아무리 높아지면 무얼합니까. 초라하다는 것은 벌써 참패를 의미하는 건데. 뿐만 아니라 출세를 하려면 상사는 물론 부하나 동료들로부터도 사랑을 받아야 되는 건데, 남을 사랑할 줄 모르는 자가 남의 사랑을 받을 수 있을 것 같아요? 어림도 없죠. 암, 없고말고요. 그런 자식은 될 수 있는 대로 빨리 가만 놔둬버리는 게 좋습니다. 오히려 잘 되었지요. 진즉 그렇게 하지 않은 것이나 후회하세요."

"바루 그거예요."

"네?"

아까는 정면인가 했더니, 이번에는 난데없이 뒤통수다. 어떻게 된 거냐, 잘된 거냐, 못된 거냐.

"엄만 그를 아직도 유망한 청년이라고 생각하실 테니까 대단히 서운해 하시겠죠. 그러나 전 시원해요. 너무 늦은 것이 원통할 뿐이죠."

그녀는 정말 원통한지 딸꾹질을 했다. 그리고 한층 더 맥이 빠진 목소리로 계속했다.

"차라리 그가 헤어지기 조금쯤 서운한 사람이 되어주었던들 덜 원통하 겠어요. 이상하죠, 사랑하는 사람과 헤어지는 것보다 별로 마음에 없는 사람과 헤어지는 것이 더 원통하다는 건? 아마 치욕 때문에 그러겠지만."

"그렇죠. 치욕이죠. 분명히 수치입니다. 일단 그 사람 자체가 오욕이 되어버린 이상, 그 사람과 같이 한 모든 일들은 하나하나가 다 굴욕으로 변할 겁니다. 연인들 사이란 아무리 사소한 일일지라도 벅찬 감격이 아니 면 환희인 것이 원칙입니다만, 설사 소 닭 보듯 했다 하더라도, 그동안의 일들을 망신으로 바꾸어 놓으시려면 상당히 쓰라릴 겁니다. 왜냐면, 우선 불가능하기 때문이죠. 생각이야 간단하니까 해버리면 되지만, 어쨌든 즐 거운 마음으로 이미 지내버린 것들을 이제 와서 창피의 염을 가지고 다시 지낼 수야 없지 않습니까. 그것은 숫제 불가능한 일이죠. 그런데 마음은 안 그렇거든요. 이미 주어져버린 동의와 즐거움은 불가능하지만 꼭 받아 내져야 되겠고, 그 대신 저주가 꼭 주어져야 되겠거든요. 타임머신을 되 돌려서라도 말입니다. 꼭 해야 되겠는데, 꼭 안 되는 거──이거 절망이 라는 거죠. 이 절망이라는 것이 사람을 한없이 원통하게 해주는 재주를 가지고 있지요. 사랑하는 사이인데 헤어졌다면 지나간 일들을 더 계속하 지 못해서 가슴이 아플 테고, 사실 그것은 전혀 불가능한 일은 아니죠. 미 래라는 것은 일진만 좋으면 얼마든지 달라질 수가 있으니까요. 과거는 좋 았다. 미래가 암담하다. 그런데 미래는 가변이다. 그러니 전혀 희망이 없 는 것도 아니다──대개 이런 식이죠. 그런데 이건 어떻습니까. 미래는 시원하게 되었다. 문제는 과거다. 그런데 과거는, 그렇죠, 가변이 아니지 요. 짓밟아버리고 싶은 과거가, 말살해버리고 싶은 과거가 불변이라니,

참을 수가 없지요. 이때가 위험합니다. 충족되지 못한 파괴에의 욕구가 엉뚱한 곳으로 터져나올는지도 모르니까요. 잉크병이 커다란 거울 한복판으로 날아간다든지, 화분이 마당 한가운데로 내동댕이쳐진다든지, 입고 있는 옷이 갈기갈기 쥐여 뜯겨진다든지, 뭐, 이런 정도야 괜찮다고 할 수도 있겠습니다만, 때로는 이런 것들보다 훨씬 더 중요한 것이 망가지는 수도 없다고는 할 수 없겠지요."

"그만 좀 해두세요. 정말 자상하시군요."

그녀가 소리쳤다. 행동보다 말이 앞서는구나, 그녀는 생각했다. 그것은 미덕일까, 악덕일까.

"그렇지만 기쁨은 몸으로 느끼는 것이 좋고, 불행은 말로 느끼는 것이 좋습니다. 말로 분석하면 분산되어 버리거든요."

"아마 그래서 제가 일루 왔겠죠. 괜찮으시다면 새벽까지 이야기해도 좋아요."

그가 그렇다고 대답했으므로, 이번에는 그녀가 이야기하기 시작했다.

5

그녀가 석민을 처음 만난 것은 대학교 일 학년 때 창경궁 식물원 앞에서였다. 대학교 일 학년이라고는 하지만, 여고를 졸업한 지 채 오십 일이 되지 않았을 때였다. 재경 군민 춘계 친목회라는 이름의 모임이 있었는데, 그녀는 고등학교 때의 교복 스커트에 연분홍 빛깔의 엷은 봄 스웨터를 걸치고 친구 하나와 함께 갔었다. 같은 해에 고등학교를 졸업한 남학생들의 머리가 밤송이 같은 것과, 그녀도 남에게 그렇게 보였겠지만, 그들의 몸짓이나 옷맵시가 촌스러운 것이 하도 우스워서 친구와 함께 입을 가리고 한쪽 구석에서 킬킬거리고 있었는데, 마침, 그때, 국회의원이 그녀를 알아보고 불렀으므로 도망쳐버리고 싶었지만, 그 앞으로 가서 인사를 했다. 국회의원은 대개 누구와나 그렇지만, 그녀 아버지와도 친분이 있어서, 고향집으로 오셨을 때, 몇 번 뵈온 적이 있었다. 그는 그녀를 무조건 칭찬해주고 나서 음악대학이라고 대답하자, 자기가 정치 다음으로 좋아하는 것은 음악이라고 고백했다. 석민은 그 옆에 서 있었다.

그의 머리는 길었고 손질되어 있지 않았으며, 양복은 짙은 감색이었는데, 세탁소 구경을 한 지가 일 년은 넘었을 것 같았다. 구두창은 너무 오래 눌려서 각각 양옆으로 비죽이 밀려나와 있었고, 가죽은 약 기운이 떨어져서 허옇고 꺼칠꺼칠해져 있었다. 그런데도 넥타이는 매고 있었다. 국회의원이 그녀를 그에게 소개했다. 그는 일류 대학의 법과 졸업반이었다. 아마 그래서 주제에 태연할 수 있었나 보다. 그녀는 그를 힐끗 쳐다보았다. 얼굴은 야위고 까칠해서 윤기가 없었다. 머리를 염색까지 해서 기름을 발라 양옆으로 짝 갈라 붙인, 살이 쪄서 턱 밑이 두두룩한 풍채 좋은 중년 정치가 곁에 서 있었으므로 법대 사 학년생은 키가 컸음에도 불구하고, 더욱 초라해보였다. 그런데도 딴 것에 비해 조금 큰 입을 꼭 다물고 있어서 여간 오만한 인상을 주는 것이 아니었다. 주제에. 그녀는 그에게 지도 같은 것을 받을 생각은 추호도 없었지만, 국회의원이 그녀를 대신해서 그렇게 부탁했으므로, 할 수 없이 고개를 까딱해보였다. 그 무렵 그녀는 갑자기 너무 많은 것을 새로이 배우고 있었으므로, 웬만한 것이면 으레 그러나 보다고 생각해버리는 것이 편리할 정도였다. 그런데, 이건 딴 얘기

지만 그녀가 양보를 하면 할수록 세상은 그녀에게 더 양보할 것을 요구해
왔다. 웬만하면 "웬만한 것"이었다. 법대생이 말했다.

"들어와보면, 대학이라는 것도 실망될 겁니다. 고등학교 때 생각했던
거와는 딴판일 테니까요. 결국, 자기 할 나름이죠."

그녀는 놀랐다. 그는 눈썹 하나 까딱하지 않고 그런 말을 한다. 분다분
다 하니까 겉보리 서 말을 다 분다더니, 이건 지도만 잘 받으면, 조금은
덜 낙담할 수도 있다는 듯한 말투가 아닌가! 그럴 바에야 차라리 낙망을
더 하는 편이 훨씬 낫겠다. 그러나 그녀는 공손하게 "정말 그런가 봐요,"
라고 대답했다. 그리고 법과 대학생이란 원래 그런가 보다, 가난하고, 오
만하고, 그리고 되지 못하게 남을 지도해야 되겠다는 생각으로 가득 차
있나 보다, 고 생각해버렸다.

그 후로 그녀는 그를 만나지 못했다. 그날, 그녀와 그녀의 친구는 도시
락을 하나씩 받아들고 맛있게 먹은 다음, "애, 이익은 많이, 손해는 적게,
이게 경제원칙 아니니? 더 있어봤자 나올 건 별로 없는 모양이고, 기껏 노
래나 한 자리 뺏기든지, 아니면 창피를 사든지, 둘 중의 하나겠다. 우리
슬쩍 '바람과 함께…' 하자,"고 타협이 되어 변소 가는 척하고 빠져나와
버렸었다. 그 이래로 그녀는 그녀 자신이 사 학년이 되었을 때까지 다행
히 그의 지도를 받을 기회를 갖지 못했다. 졸업을 눈앞에 둔 겨울방학의
어느 추운 날, 그녀의 어머니가 그의 이야기를 꺼냈을 때, 그녀는 그의 초
라한 모습을 거의 잊어버렸다.

그녀의 동생들도 대학에 다니게 되었으므로 그들은 원효로에다가 집을
한 채 마련해가지고 그녀의 어머니가 한 달이면 절반은 고향서 지내고,
나머지 절반은 서울로 와서 살림을 보아주시는 것이었는데, 방학이 되자

동생들은 다 내려갔지만, 그녀는 졸업 연주 때문에 바쁘다고 핑계하고서 그냥 처져 있었다. 그랬더니 그예 어머니가 올라오셨다. 아무래도 그녀가 조금 수상쩍었던 모양이었다. 며칠을 눈치만 살피다가 사흘째 되는 날 아침, 그녀 어머니는 밥을 먹으면서 석민의 이야기를 꺼냈다. 처음에는 그저 또 어떤 청년이 이력서를 내놓았구나 쯤으로 생각했었는데 나중에야 그 어떤 청년이 몇 년 전에 창경궁에서 만났던 법대생임을 알았다. 얼굴 모습은 기억이 잘 나지 않았지만, 초라한 복색으로 멀쑥하게 서서 메기처럼 입을 딱딱 벌려가며 할 말을 다 하던 그의 모습이 선하게 떠올랐다. 그 밑의 그림 설명에는 다음과 같이 씌어 있었다. "자존심 하나로 등뼈를 이루고 있는 가난한 법과 대학생."

그러나 어머니가 내놓은 사진에는 제법 귀골 같은 얼굴이 찍혀 있었다. 사실 까칠한 깡마름 같은 것을 사진으로 붙잡기는 힘들 것이다. 닳아져서 번들번들한 옷소매라든지 더구나 쭈그러진 구두짝 같은 것은 물론 나와 있지 않았다. 하긴 그동안 신입생이 졸업반이 될 만큼 세월이 흐르기도 했지만.

그녀 어머니의 말에 의하면, 그는 같은 기간 동안에 대학 졸업반으로부터 사단장으로 있는 그녀 외삼촌의 당번병이 되어 있었다. 학교를 졸업한 다음 고향으로 내려와서 이 년 동안 모교의 독일어 선생으로 있다가, 그 동안 두 차례나 고등고시 일차 시험에 합격했지만, 현역병 중서가 그런 사정을 몰라주었기 때문에, 번번이 무종을 맞을 수도 없는 일이어서 입대를 했는데, 훈련을 마치고 부대 배치를 받은 것이 그녀 외삼촌이 지휘하는 사단이었다.

그녀는 그가 매일 아침 장군에게 지휘봉을 어떻게 전달하는가를 한번 보고 싶었다. 그녀는 전에 두 번인가 외삼촌한테 놀러간 적이 있었다. 당번은 지휘봉을 공손히 두 손으로 받쳐들고 저립해 있다가 장군의 엉덩이가 짚차 의자 위에 닿자마자 허리를 굽혀서 그것을 장군 앞으로 내밀었다. 장군이 괴로운 표정으로 두 손가락을 그것의 중간쯤에 대었을 때, 차가 부르릉 하고 떠났으므로, 지휘봉은 자석이라도 끌려가듯 장군이 채 팔을 불러들이기도 전에 사병의 손을 떠났다.

막대기가 손을 떠나자, 당번병은, 이미 삼 미터는 돌진해버린 자동차의 꽁무니를 향해서 황급히 거수경례를 했다. 옆엣 사람들은 벌써 손들을 내리고 잡담을 치면서 돌아서고들 있었는데.

그러나 그것은 조금도 우스운 일이 아니었다. 그리고 이상한 일도 아니었다. "군대란 참 이상한 곳이다."고는 생각되었지만, "저 사람은 참 이상한 짓을 하고 있다."고는 생각되지 않았다. 이상하다면 그가 군복을 입고 있는 것이 이상했어야 했다. 그런데 그 당번병은 그녀에게 군복을 입고 처음으로 나타났었다. 따라서 그가 군복을 입고 있지 않다면 오히려 이상할 판이었다. 그는 군복을 입고 있는 군인이었고, 군대란 그런 짓을 지극히 당연한 것으로 받아들이고 있음이 틀림없었다. 군대에 관해서라면 군대가 생각하고 있는 것처럼 생각하는 수밖에 없었다. 그랬는데 그 자리에다가 가난한 한 법대 졸업생을 세워놓고 보자, 그 광경에 대한 견해를 전혀 군대의 것에만 의존할 수가 없었다.

군대가 제아무리 뭐라고 해도 그가 창경궁에서 국회의원 옆에 서 있었고 고등 고시를 두 번이나 보았으며 모교에서 독일어를 가르쳤던 사실은 지울 수 없었다. 그가 그 자리에 서자, 그 광경은 대번에 달라졌다. 그때까지 그녀 마음속에서 처음에 들어왔을 때의 인상 그대로를 지키고 있던 그 광경은 갑자기 변하여 만화가 되었다. 그리고 그것이 변하여 희화가 되자, 그것은 원래부터 희극였음이 드러났다. 원래는 웃기지 않았던 그 당번의 광경도 이제 와서 생각해보니 처음부터 소극였었다.

그녀가 학교를 졸업하고 고향에 내려와 있게 되자, (사실 사회라는 것도 나와 보니 별것이 아니었다.) 그와 만날 기회가 종종 생겼다. 그는 적어도 한 달에 한 번씩 사단장의 명령으로 그곳에 왔다. 정확히 말하자면, 사단장이 아니라, 사단장 부인의 심부름이라고 하는 것이 옳다. 바로 말하면, 곗돈 심부름이었다. 그녀의 군대에 관한 견해는 대체로 소박한 편이어서, 군인이라면 총을 메고 만리장성 같은 전방의 진지에서 보초를 서거나, 그렇지 않으면 철모 밑에 쭈그리고 앉아서 먼지를 뒤집어쓰며 짐차를 타고 어디론지 멀리 사라져가거나, 또 그렇지 않으면, 타고 온 차들을 일부러 내려서 그것들이 미리 가 있는 곳으로 열을 지어 활개를 치고 걸어가면서도 막상 구경하고 있는 사람들에게는 알은체도 해주지 않거나… 뭐, 그런 것쯤으로 알고 있었는데, 그는 야전 작업복과 군화를 착용하고 있었는데도 불구하고, 태연히 부인의 곗돈을 서류용 봉투 속에 넣어가지고 한 달에 한 번씩 어김없이 찾아왔다. 그러나 본인은 대단히 진지하다. 혹시 그런 심부름을 하는 것이 어줍잖은 기분은 안 드느냐고 그녀가 노골적으로 한 번 묻자, 그는 그런 질문을 받은 것만으로도 조금은 창피할 터인데, 그런 기색은 조금도 없이, 마치 올 때 버스길이 험하지나 않더냐는 질문이라도 받은 것처럼 조금도 그렇지 않다고 딱 잘라 대답했다. 그가 하는 일은 설사 중대장이 한다 하더라도 결코 수치스러울 것이 없다고 말했다.

"하물며 나 같은 이등병에게 있어서야 더 말할 필요도 없겠지요. 소총수는커녕, 기관총 사수가 된다 해도 지금보다 더 사단의 전투력에 기여한 다고는 할 수 없을 겁니다. 요는, 사단장이 사단에서 얼마나 중요한 인물 인지 잘 모르시기 때문이죠."

"그렇지만, 사단장 부인의 곗돈이 기관총보다 더 중요하다고 한다면 아무래도 조금 우습지 않겠어요?"

"전혀 우습지 않지요. 사단의 작전 명령을 넣고 가는 연대의 문서 연락 병보다 곗돈을 들고 가는 제가 더 대우를 받고 있습니다. 그리고 이것은 이론으로도 전혀 모순되는 일이 아닙니다. 누구를 붙잡고 물어봐도 다 그 렇게 생각합니다."

"선생님 자신도 그렇게 생각하세요?"

"물론이죠. 일만 오천의 생사여탈권을 한 손에 쥐고 있는 사단장의 일 이라면 아무리 사소한 일이라 할지라도 그것을 도와주는 것을 중요하지 않다고 할 수 없습니다. 저는 장군이 정장을 하는 것을 몇 번 시중든 적이 있는데, 훈장이 왼쪽 호주머니 위의 가슴을 다 메우고 남아서 오른쪽으로 몇 개가 밀려나가 있더군요. 훈장이 말입니다. 울긋불긋한, 붉고 푸른 그 훈장들 뒤에는 얼마나 많은 시산혈가가 숨어 있겠습니까? 그런데도 그것 들은 더없이 아름답게 보였습니다. 사실 그것들 뒤에 엄청난 비극이 숨어 있지 않다면 누가 그 따윗 것들을 달고 다니겠습니까. 그것들은 확실히 장군이 장군들의 모임을 위해서 달고 다니기에 충분하리만큼 훌륭한 것 이었습니다. 나도 저런 것을 두 개쯤만 달아보았으면 했죠. 내가 훈장을 아주 좋아한다는 것을 그때야 처음으로 깨달았습니다."

"만화예요, 정말!"

"본래부터 만화죠. 어른들이 전쟁놀이를 한 것부터가 농담이었습니다.

일단 농담으로 시작된 이상, 그 다음부터는 장난이래야만 진지한 것이 됩니다. 장난 속에서는 희극이 되어야 할 필요가 있습니다. 그렇지 않으면 그것이 삼화 씨가 의미하는 소위 희극이 되는 거죠. 희화 속에서는 희화 아닌 것이 만화입니다. 저는 만화가 되고 싶은 생각은 없습니다. 걸리버가 표류한 섬이 릴리푸트의 나라였다는 것을 일단 인정한다면, 여왕의 궁궐에 난 불을 오줌을 내깔겨서 껐던 사실도, 그리고 그렇게 함으로써 일방 공을 세우고 타방 불경죄를 지었던 사실도 인정해야 합니다. 그것은 그들에게는 전혀 희화가 아닙니다. 그들은 그를 재판에 회부하리만큼 지극히 진지합니다."

"그렇다면 진지하다는 것도 별로 좋은 일이 못 되는군요. 히틀러도 진지했겠죠. 아마 너무 진지했겠지요. 히틀러도 법과대학 출신인가요?"
"네?" 그는 어리둥절했다. 그러나 즉시 대답했다.

"히틀러는 법대 출신이 아닙니다. 그는 미술학교 출신입니다."

그녀는 그가 장군의 계 심부름하는 것을 더 보고 싶었지만, 와서 일을 해주어도 별로 반대하지 않을 곳이 한 군데 생겼다는 연락이 친구로부터 왔으므로, 다시 서울로 갔다. 그리고 그가 서울에는 더 자주 나타난다는 것을 알았다. 그녀의 외삼촌 집은 서울에 있었다. 그는 서울에 나타나면 꼭 원효로로 그녀를 찾아왔다. 서울에 나오는 것은 남의 심부름이었지만, 그녀를 찾아오는 것은 그 자신의 의사였다. 그럴 기회가 별로 없는 사람에게는 자기 자신의 의사가 행동으로 나타나는 것을 보는 것이 대단히 즐거운 모양이었다. 그들은 고향에서보다 더 자유로웠다. 그녀는 어른이 된 데다가 직장을 가지고 있었고, 그는 고시 공부를 포기해버렸었다.

"나의 계획 제 일 안은 실패로 돌아갔습니다." 그가 비원으로 들어가는 도중, 순종 황제가 탔다는 마차 같은 커다란 자동차 앞에서 딱 멈춰서더니, 그렇게 말했다.

"대학 삼 학년 때부터 시작해서 네 번이나 해보았습니다. 다섯 번째로 떨어질 준비는 하지 않겠습니다. 앞으로 또 네 번쯤만 더 해보면 혹시 될는지도 모르겠지요. 그러나 이젠 그만두겠습니다. 지나간 네 번으로도 충분하다고 생각됩니다."

그는 다시 걸음을 옮겨놓았다. 그녀는 동정에 가득 찬 시선으로 그의 뒤꼭지를 바라보면서 뒤따랐다. 그는 말하기 아니면 걷기라는 식으로, 제 발끝을 내려다보면서, 두어 걸음 앞서서, 열심히 걸어갔다.

"나무가 좋군요."

그녀가 말했다.

"네."

"비가 좀 와야 되겠어요."

"그래요?"

"농촌에선 모를 내고 있겠군요."

"그렇죠."

그는 걸어가면서는 대답밖에 할 줄 모르는 모양이었다. 나지막한 조선조의 궁내 돌담이 나타났다. 그가 문득 걸음을 멈추었다. 아마 또 이야기를 할 모양이었다. 그녀도 따라 섰다. 그리고 그의 큰 입이 딱 벌어지기를 기다렸다. 그는 진지한 이야기가 아니면 아예 하지도 않는다는 듯한 태도로 말했다.

"전 법무관이 되기 위해서 두 번이나 병역법을 위반했어요. 법무관이 되는 것만이 소원이었으니까요. 법무관이 돼라. 아, 제발 법무관이 돼라.

병역법쯤이야 두 번은커녕 스무 번이라도 위반할 자신이 있었죠. 그러나 역시 위반만 가지고 되는 일이 아니었어요."

말을 마치자 그는 깜박 잊었었다는 듯이 다시 열심히 걷기 시작했다. 그녀는 다시 뒤따라갔다. 그는 아마 노력, 두뇌, 행운 따위의 낱말들이 만드는 순열, 조합이라도 생각하고 있는 모양이었다. 그녀가 영화관과 배우의 이름을 몇 개 주워섬겼지만 그는 간신히 대답만 했다. 아마 그는 자기가 말을 할 때에는 걸음을 멈춰야 하지만, 남이 말을 할 때에는 걸음 같은 것을 늦출 필요가 없다고 생각하고 있는 모양이었다. 뒤에서야 뭐라고 하든 걸음만 걸으면 되는 모양이었다. 커다란 연못이 나타나도 그는 걸음을 멈출 생각을 하지 않았다. 연못에는 수련이 가득 피어 있었다. 그녀는 그를 걸어가도록 내버려두고 혼자 연못가로 가서 걸음을 멈추었다. 그는 그런 줄도 모르고 열 걸음이나 더 걷다가 비로소 혼자 된 줄 알고 꽃을 들여다보고 있는 그녀 곁으로 되돌아왔다. 그도 꽃을 바라보는 척했다. 그러나 그녀가 연꽃의 꽃말을 생각하고 있을 때, 그는 걸음을 멈추었으니 또한 마디 하지 않을 수 없다는 듯이 연못 한가운데를 바라본 채 불쑥 말을 꺼냈다.

"제가 입대하면서 은근히 걱정했던 것은 혹시 아는 사람들 중에서 우리 사단 법무관이 생기면 어떡하나 하는 것이었는데, 그것이 얼마 전에 현실로 나타났었죠. 새로 부임한 법무참모가 숙소로 사단장 각하를 찾아왔었는데, 보니까 동기 동창이었습니다. 그놈은 나보다 한 번 더 병역법을 위반했더군요. 막상 당하고 보니 생각했던 것처럼 뭐 그렇게 원통하지도 억울하지도 않았습니다. 사단장은 훌륭한 동창생을 가져서 기쁘겠다고 말했습니다. 그래서 나는 훌륭한 동창생을 가져서 기쁘다고 생각했습니다. 그리고 그가 한턱내겠다고 하자, 즉시 응낙하고 따라가서 실컷 마셔주었습니다."

연꽃의 꽃말과는 달리 그는 실패의 이야기를 하고 있었다. 하긴 실패가 성공과 전혀 관계가 없는 것은 아니었다. 그는 말을 계속했다. 멈춰 있는 한 얼마든지 말을 해도 좋다고 생각하는 모양이었다.

"제 일 안은 이렇게 해서 실패로 돌아갔습니다. 나는 그것을 깨끗이 받아들이기로 했습니다. 조금 가슴 아팠지만 일단, 그것을 받아들이고 나자 한결 기분이 시원해졌습니다. 법무참모가 전용 짚차를 타고 다니는 것은 의무참모가 그러는 거와 마찬가지였습니다. 제가 아무리 군의관이야 될 수 있겠습니까? 군의관과 법무관은 될 사람들더러 되라고 하기로 했습니다. 그리고 나는 내가 될 수 있는 것이 무엇인가나 알아보기로 했습니다. 나는 지금 나의 계획 제 이 안을 구상 중에 있습니다. 한국은행 외국부에 들어가서 도쿄 파견 근무를 하느냐, 신문사에 들어가서 국회 출입 기자가 되느냐, 미국에 가서 후진국 경제와 자본 형성이라는 논문을 써가지고 박사가 되느냐, 박사가 되어가지고 나와서 국장이 되느냐, 조교수가 되느냐…"

그는 진지했다. 그러나 그녀는 조금 귀찮았다. 그는 항상 그러했다. 항상 그는 자기 자신의 일에 관해서 너무 열중해 있었다. (일에 관해서 열중해 있다는 것과 일에 열중해 있다는 것은 전혀 별개의 것이었다.) 남이야 영화관에 가고 싶건, 연못가에 앉아서 유월의 노래를 부르고 싶건 상관이 없었다. 밥을 먹을 때에는 열심히 밥을 먹었고, 걸을 때에는 열심히 걸음을 걸었다. 그리고 말을 할 때에는 열심히 자기 말만을 했다. 어쩌다가 그녀가 한 마디쯤 딴 화제를 꺼내면 그는 으레 "아 그래요?"라고 말하는 것이었는데, 그 표정이 얼마나 남의 이야기는 들을 가치가 없다고 노골적으로 말하고 있었는지, 그녀는 "네, 그래요."라고 대답하는 것 이상으로 그녀의 화제를 끌고 나갈 수 없었다. 그의 이야기는 들으면 들을수록 더 들을 것이 생겼는데, 그것은 물론 그것이 재미있어서가 아니라 그가 그렇게 고집했기 때문이었다. 그것은 분명히 귀찮은 일이었다. 그렇지만 그는 보채는 어린애처럼 그녀의 주의와 돌봄을 받는 데에 성공했다. 어쨌든 그는 군대에 있었고, 군대에 있는 사람이라면 서울에 나와서 그만한 특권쯤은 누려도 좋았다. 그녀는 학교에서 상업 선생이 어떻게 교감을 궁지에 몰아넣었고, 교감과 교장이 부하 직원들 앞에서 어떻게 절제를 잃었으며, 직원회 때 어떤 선생이 어떻게 뭐라고 말을 했는가 하는 것 따위는 학교에 다니는 동생들에게 이야기하는 것으로 만족하는 수밖에 없었다. 한 특권은 다른 특권을 몰고 왔다. 그는 차츰 원효로의 그녀 집에 무상으로 드나드는 특권을 인정받게 되었다.

그들은 그해 가을에 약혼을 했다. 그는 일 계급 진급을 해서 일등병이 되어 있었고, 그녀는 일주일 전에 스물세 번째의 생일을 지냈었다. 물론 당사자의 의사도 있었겠지만, 그의 일종의 돌봄이 필요한 상태는 그녀에게보다, 그녀 어머니에게 더 호소력을 가지고 있는 듯했다. 그의 계획 제이 안은 지금도 미정이었다. 어느 안이 가장 현실성이 있고, 동시에 가장 장래성이 있는지를 영내에 들어앉아서 결정하기란 사실 어려운 노릇이었다. 그리고 여러 후보안들에 공통되는 선행 조건부터 해결하는 것이 급한 일이기도 했다. 그는 혹시 몸에 이상이 없는가 여러 각도로 검사해보았다. 그러나 장군 부인의 곗돈을 운반할 수 없을 만큼 고장난 곳은 한 군데도 없었다. 전에 있었던 위장병조차, 하긴 신체검사에 합격했었던 정도라면 그렇게 대수로운 건 아니었겠지만, 동정해서인지 업신여겨서인지 몸이 천해지자 그를 별로 알은체하지 않았다. 그는 독자이고, 아버지가 안 계셨지만, 어머니가 예순이 되려면, 그가 복무연한을 마치고 나서도 오 년이나 있어야 했다. 가장 간단한 방법은 찾아다니면서 거짓말하고 협상하고 사정하는 것보다 가만히 앉아서 그저 기다리는 것이었다. 그러나 그러자면 앞으로 이 년을 더 지금까지 해온 것처럼 인종의 미덕을 닦아야 했다. 그리고 그것은 박사나 국장이 되고 싶은 사람에게는 별로 달가운 일이 아니었다.

"그거이 니 고민이냐?"

어느 날, 사단장의 전속 부관이 말했다. 그는 농과대학을 중퇴한 사람이었는데 법대를 나온 그를 대단히 귀여워해주었다.

"그렇다면 제대를 해라. 의병 제대가 제일 쉬을 거이다."

"그렇지만 몸에 아무런 병이 없습니다, 부관님."

"자식아, 니가 몸에 병이 있으면 여그서 근무허거 있겠냐?"

"하긴 그렇습니다만."

"그런디 또 딱이 그렇지만도 않단 말이다. 세상에 병 없는 사람이 어딨다냐. 나만해도 다섯 손가락을 다 꼽고도 남겄다. 결국, 의사가 보기 나름잉 거이여."

"하지만, 제대를 시키려면, 어떤 일정한 정도에 도달해 있어야 될 것 아닙니까?"

"그야 의사가 그렇게 보면 된단 말여. 각하께 한번 여쭤봐라. 사람을 죽이고 살리기도 허는디, 아프고 안 아프게 허는 것쯤이야 문제가 되겠냐. 문제가 있다면 각하가 그렇게 하는 것이 필요하다고 생각하는지 안 하는지 하는 것뿐이다. 각하가 필요하다고만 생각한다면, 병이냐 군의관들이 열 개라도 찾아낼 거이다. 니 혹시 그 흔해 빠진 치질은 없냐? 나는 그걸로 십 년째 고생을 허고 있다만. 고시 공부를 했다면 위장병 한, 둘은 있을 거이고, 잘 허면 신경통도 있을지 모르겄다. 허파는 싱싱허냐? 뭐 그렇지만 그런 건 우리가 걱정헐 것 없다. 군의관들이 어련히 알아서 허겄냐, 그거이 전문인디."

"그러나 부관님, 병원으로 가면 각하의 지휘권을 벗어나는 거 아닙니까? 병원은 의무병과가 관장하고 있을 텐데요."

"니가 어찌 그리 멍청허냐. 글고도 법대를 나왔다니 기특허다마는. 임마, 준위허고 별은 병과가 없는 거이여. 니 각하 병과 밧지 다는 거 봤냐? 또, 사단 의무참모는 좆뿔라고 있다냐? 니가 각하 부탁만 짊어지고 가봐라. 의무참모는 두 손 들고 얼렁 오라고 헐 거이다. 각하 부탁을 받게 해주어서 고맙다고나 안 헐는지 모르겄다. 아마 각하는 한 번도 독촉헐 필요가 없을 거이다. 의무참모는 그가 의무병과 안에서 병신이 아니라는 것을 보여줄 좋은 기회를 잡았다고 생각헐 거잉께, 어느 날 오후에 결재판을 탁 덮음시롱 문득 생각난 것처럼, 저, 각하 전번에 말씀하신 김 일병 건 말입니다, 삼 병원 내과부장한테서 다음 파스에 제대 상신하겠다고 편지가 왔습니다, 하고 말하게 될 때를 손꼽아 기다릴 거이고, 각하께서 벌써? 하는 표정을 쬐끔이라도 보여주면 그것으로 만족해헐 거이다. 니는 감히 딴 건 걱정할 것 없고, 각하 승낙받을 걱정이나 해라."

사단장의 오케이를 받는 것은 별로 어려운 일이 아니었다. 그는 그녀에게, 그녀는 그녀 어머니에게, 그녀 어머니는 사단장에게 차례로 부탁을 했다. 사단장은 전속 부관에게 지시를 했고, 전속 부관은 의무참모에게 충실히 그것을 전했다. 김 일병과 사단장은 그 일에 관해서 단 한 마디도

주고받지 않았다. 의무참모는 그를 제대권이 있는 병원에 입원하도록 손을 썼다. 그가 사단을 떠나게 되자 사단장은 그에게 몸조섭 잘 하라고 말했다.

세 군데의 병원을 거쳐 두 달 후에 그는 제대를 했다. 봄의 소리 왈츠가 도처에서 들려오기 시작하는 때였다. 그는 군대의 찌꺼기와 함께 조심스러운 자신을 등에 짊어지고 서울로 왔다. (그의 고향은 서울서 버스로 세 시간 거리에 있었다.) 봄날은 생각했었던 것만큼 기쁘지 않았다. 그는 이미 종로에서 만나는 사람들에게 "군대에 있기 때문"이라고 말할 수가 없었다. 이제는 그도 그들과 똑같은 '민간인'이었다. 몇 군데 찾아다녀보았지만 "아, 기다리고 있었네. 어서 오게."라고 말해주는 데는 한 군데도 없었다. 그는 다시 고향에서 독일어를 가르치면서 기회를 기다리기로 했다. 여러 후보안들 중에서 하나를 선택할 것도 없이 맨 처음 기회를 제공하는 것을 그의 계획 제 이 안으로 삼을 작정이었다. 그는 그저 최초의 기회를 놓치지 않도록 발톱이나 열심히 갈고 있으면 되었다. 그랬더니 마침내 최초의 행운이 나타났다. 그것은 훔볼트라는 이름을 뒤집어쓰고 있었다. 그는 맹렬한 기세로 덤벼들었다. 그리고 선발되었다. 그가 일단 그 장학생으로 뽑히고 나자, 그녀는 먹기 아니면 훔볼트, 걷기 아니면 훔볼트, 영화관에서도, 강가에서도 훔볼트, 낮에도, 밤에도 훔볼트, 도대체 그가 약 육 개월의 수속 기간을 거쳐 김포 공항의 남쪽 하늘로 사라져버렸을 때까지 훔볼트의 홍수 속에서 살지 않으면 안 되었다. 그것은 아마 얻기 어려운 장학금인 모양이었고, 따라서 한 번 따놓으면 대단히 편리한 장학금인 모양이었다. 그러나 그렇다고는 하지만 '한국적인 배타적 관료주의 국가체재하'에서는 그 관료들이 국민을 그들의 지배권 밖으로 내보내기를 지극히 싫어하기 때문에 모처럼의 공짜 유학이 별로 공짜처럼 느껴지지 않는 모양이었다. 그의 소원은 박사가 되는 것이었지만 서독 정부에서 약속한 기간이 일 년뿐이었으므로 그는 석사 학위도 못 따고 귀국했다. 거기 가서 체류 기간을 연장할 수 있으면 좋겠다고 말했었는데 그것이 잘 되지 않았던 모양이었다. 그러나 그렇게 억울해할 건 없었다. 어쨌든 그는 그때까지도 합법적으로 군복을 입고 영내에 머물러 있을 수도 있었다. 뿐만 아니라 관료들은, 특히 '후진국'의 관료들은 그들이 세워놓은 고약한 관문을 통과한 사람이면, 그가 그 관문을 통과하고 나가서 무엇을 했느냐에 상관없이, 다만 그 관문을 통과했었다는 이유만으로도, 충분히 존경하지 않으면 안 된다고 생각하는 듯했다. 그는 국장은 아니었지만 경제기획원의 한 중요한 자리에 발탁되었다. 그녀는 감탄했지만 그렇지 않은 경우를 별로 본 적이 없었기 때문에 으레 그러나 보다 했다.

그러나 사실은 그렇지 않았던 모양이었다. 어느 날 홀연히 원효로 그녀 집에 나타나서 아무리 방으로 들어가자고 해도 듣지 않고, 기둥을 바라보면서 그는 이런 이야기를 했다.

"옛날 조선 시대의 양반 제도와 오늘날의 관료 제도를 비교해보면 재미있습니다. 옛날에는 사대부만이 관리가 될 수 있었습니다. 오늘날에는 국민 누구나가 다 관리에 임명될 수 있습니다. 이것은 갑오경장 이래 분명해진 사실이고, 해방 후에는 헌법 사항으로 보장되고 있습니다. 그런데, 어떻습니까. 국민의 일 할이 못 되는 양반들끼리 너 그거 써라 나 이거 쓰마 식으로 나눠 가지기에는 감투의 절대수가 워낙 너무 모자랐기 때문에, 매년 삼분오열하여 치열하게 치고 박고 죽이고 쫓고 했던 것입니다. 오늘날이라고 해서 감투가 모자란다는 점에 무슨 변화가 있겠습니까?

물론 조금 늘었겠지요. 그러나 인구 증가율을 생각하면 그런 건 아무것도 아닙니다. 그런데다가 누구나가 다 이 감투싸움에 참가할 수 있게 되었습니다. 즉, 국민의 극소수가 아니라 그 전체가 이 싸움의 잠재적인 세력이 된 것입니다. 그들은 각양각색의 경쟁을 통해서 엄청나게 많은 사람들을 물리치고 관리에 임명됩니다. 그리고 조금씩 승진합니다. 이 승진의 사닥다리를 기어오르는 속도가 또한 볼만합니다. 십 년 걸려서 주사가 되고, 잘하면 사무관이 됩니다. 십 년이 또 한 번 지나가면, 그리고 운수가 좋으면 아마도 서기관이 될 것입니다. 그러면 끝입니다. 거기서 또 십 년을 기다려보았자 정년퇴직밖에 올 것이 없습니다. 그런데 이 정도의 감투라면 옛날 조선조 때의 서리, 중방에 해당되는 것이고, 서리 중방은 양반이 아니라 중인들이 쓰는 감투였습니다. 즉 대학을 졸업하고 수많은 경쟁을 통과한 다음 꾸준히 기어올라가보아야 중인밖에 안 된다는 이야기입니다. 그 이상으로 올라가려면 아무래도 사닥다리보다는 조금 나은 도구를 사용하지 않으면 안 됩니다. 필경은 집권자에게까지 미치는 많은 줄들의 어느 한 가닥을 붙잡을 필요가 있습니다. 그 줄은 붙잡고만 있으면 몸이 저절로 솟구쳐 올라가는 아주 편리한 줄입니다. 그것을 놓쳐서는 안 됩니다. 그것을 놓치거나, 그것이 끊어지거나 하면 냉큼 새로운 가닥을 붙잡지 않는 한, 옛날, 임금의 은총이 사라졌던 때와 마찬가지로 마지막입니다. 그것은 원칙적으로 황금의 줄입니다. 그것을 잡은 사람은 놓치지 않기 위해서, 또는 더 큰 놈을 잡기 위해서, 그리고 놓친 사람은 다시 붙잡기 위해서 격렬한 싸움들을 합니다. 옛날에는 절대군주의 은총을 가운데 두고 양반들끼리 맹렬한 기세로 다투었습니다. 은총을 받은 사람은 더 많이 받으려고, 놓친 사람은 다시 받으려고 말입니다. 그러면 금석을 비교해보십시다. 옛날은 순수한 혈통상의 문제였습니다. 양반이 되기 위해서는 좋은 핏줄을 타고나는 수밖에 없었습니다. 그러나 황금의 줄을 붙잡기 위해서는 핏줄만 가지고는 부족합니다. 민주주의는 우생학을 별로 믿지 않았습니다. 혈연과 지연과 학벌과 출신 성분과 친소, 정실과… 이런 모든 것들이 미묘하게 작용해서 황금의 줄을 붙잡도록 해줍니다. 누구의 사촌의 조카의 남편의 동생이 된다든가, 대학 다닐 때 어디서 누구와 함께 하숙을 했다든가, 언제 어디서 누구와 어떻게 생사고락을 같이했다든가, 결국 이런 것들이 문제가 됩니다. 민주주의는 잡다한 것들을 좋아합니다. 물론 그것들은 중요한 것이 아닙니다. 그러나 학력이라든가, 경력이라든가 하는 중요한 것들을 제대로 평가받기 위해서는 그런 것들의 도움을 받지 않을 수 없습니다. 그렇다고 이와 같은 현상이 불공평한 것은 아닙니다. 아까도 말씀드렸지만, 원래 감투수가 부족한 것이 유죄였습니다. 반상의 벽은 무너졌습니다만 그런 건 전혀 소용이 없습니다. 갑오경장이나 헌법 조문도 아무런 도움이 못 됩니다. 전 국민에게는 유효할지 모르지만, 갑남을녀에게는 아무 뜻이 없습니다. 만일 어떤 선남선녀가 높은 감투를 썼다면 그것은 유구한 반만 년 역사의 권위에 장한 헌법의 보장 때문이 아니라, 양반이 되는 것보다 더 힘든 일을 해치우는 재주를 부렸기 때문입니다. 아, 말이 너무 길어졌습니다. 이럴 생각이 아니었는데…. 이건 아마 자신이 없어져가고 있기 때문일 것입니다. 그것이 가장 필요한 때에 자신이 없어져가고 있습니다. 대학생류의 자신을 항상 지니고 세상을 살아갈 필요가 있는데도 그것이 잘 되지 않는군요. 정말 죄송합니다."

말을 마치자, 그는, 자기 상품이 생각했던 것보다 시시하게 나타난 데에 놀란 외무사원처럼, 주섬주섬 물건을 챙겨가지고 황망히 대문 밖으로 사라졌다.

그가 귀국했으면 그녀는 게르만 민족의 근면이라든가, 라인 강의 풍치, 특히 전설 깃든 로렐라이가 백마강의 낙화암과 어떻든 달랐는가 하는 것 따위에 대해서 귀에 못이 박이도록 들었어야 했을 텐데, 벌써 여섯 달이 되어가는데도 그는 라인 강을 끼고 가는 본서부터 프랑크푸르트까지의 급행열차가 대단히 안락했었다는 것 정도밖에 이야기하지 않았다.

그는 퍽 바쁜 모양이었다. 그가 정부에 출사한 지 석 달이 되었는데, 귀국 후 첫 달은 인사차, 그 다음 두 달은 취직 운동차, 그리고 그 후 석 달은 물론 나랏일로 각각 다망했던 모양이었다. 이미 일 년 동안이나 수련을 쌓기도 했지만, 그녀는 그 없이 주말을 지내는 데에 익숙해져 있었다. 그러나 지루하고 때로는 보채는 어린애와도 같이 귀찮기까지 한 그였지만, 요청했더라면 그녀는 쾌히 응했을 것이다. 그가 그녀를 귀찮게 해주는 것은 얼마든지 받아들일 작정이었다. 그러나 그를 귀찮게 해줄 생각은 추호도 없었다. 의무는 다할 생각이었지만, 권리를 주장할 생각은 조금도 없었다. 그런 경우, 권리라는 것이 도대체 얼마나 권리다운 것인지 알 수 없는 일이었지만.

그날, 뚝섬에서 그를 만났을 때, 그녀의 마음은 평온했었다. 그는 경제 과학 심의위원을 큰아버지로, 그리고 변호사를 아버지로 가지고 있는 한 아리따운 처녀와 함께 적십자사 구호반의 천막 뒤를 걷고 있었다. 그녀는 못 본 척해버릴 작정이었지만, 고개를 돌리는 것이 조금 늦었기 때문에 그와 눈이 마주쳤다. 그는 흠칫 놀랐다. 그녀는 그가 모른 척하고 그대로 가기를 바랐다. 때로는 실례가 예의가 되는 수도 있었다. 그러나 그는, 커다란 무례라면 몰라도, 작은 결례야 어떻게 범할 수 있겠느냐는 듯이, 굳이 여자를 데리고 그녀에게로 다가왔다. 그녀는 수치감으로 온몸이 머리 끝에서부터 발끝까지 붉어짐을 느꼈다. 구체적인 불편은 추상적인 괴로 움보다 훨씬 더 가혹했다. 인생은 일장에 춘몽인데. 어디선가 중년 여인 들이 장구에 맞춰서 그렇게 노래 부르는 소리가 들려왔다.

그는 동행을 그녀에게 소개했다. 그녀는 예절의 범위 안에서 가장 빨리 그곳으로부터 빠져나갈 수 있는 방법을 궁리했다. 그러나 아무리 생각해 보아야 의미 없는 웃음을 병신처럼 웃으면서 서로 가던 길로 그저 가버리 는 것밖에는 달리 뾰족한 수가 없었다. 그녀는 그렇게 하기로 했다. 그리 고 앞에 서 있는 여자를 똑바로 쳐다보았다. 어떤 적의 같은 것을 기대하 고서였지만, 그 여자가 대단히 차분하고 단정하고 무관심했으므로, 그녀 는 오히려 실망을 했다. 그녀가 그 여자에게 아무런 원한도 가지고 있지 않다는 것을 보여주고 싶었는데, 그 여자가 하도 스스럼없는 표정을 하고 있어서, 그럴 필요가 없었다.

그녀는 그 여자에게 동정을 느꼈고, 그것은 연민이라기보다 호감이었 다. 그래서 그녀는 그 여자가 입고 있는 물방울무늬의 시원한 원피스를 대단히 개성적이라고 생각할 수 있었다. 그 원피스의 한쪽 가슴 위로 나뭇 잎들이 펄럭이는 그림자를 던지고 있었다. 그때, 문득, 그녀는 그 여자의 입술과 콧날의 아름다운 곡선에서, 그리고 숱이 많은 속눈썹 속에 깊숙이 담겨 있는 눈동자의 조용함에서, 어떤 비극적인 것의 그림자를 보았다.

그것은 즉시 팔월의 열기를 타고 전율처럼 그녀의 전신을 사로잡았다. 그것은 그녀가 그때까지 조금씩 빠져들어 갔었던, 그리고 그때, 그 자리 에서 절정에 도달했던, 단순히 미열이나 냉소, 또는 수치감이나 역겨움 정도로만 생각했었던, 그 끈적끈적한 감정의 여울에 대한 전격적이고 결정적이 설명이었다. 섬광처럼, 계시처럼, 그 비극이라고 하는 낱말이 한 번 번뜩이자, 그녀는 가슴속에서 답답하게 얽혀 있던 어떤 응어리가 스물스물 무너지면서 풀어헤쳐지는 것을 느꼈다. 조금씩 맺히면서 굳어지면서 쌓여왔었던, 그러면서 그녀의 활기를 야금야금 잠식해왔었던, 그 어떤 응어리가.

그 여자는 고맙게도 마음에 없는 말을 나불나불 입을 놀리는 대신에 어른처럼 잠자코 서 있어주었다. 그리고 석민은 잠시 하얀 손수건으로 이마의 땀만 훔치고 있었다. 그녀는 한층 더 커진 중년 부인들의 노랫가락 소리를 들으면서, 그리고 속으로 따라서, 니나누니라누 하면서, 어물쩍하게 애매한 표정을 해보이고 그들과 작별을 했다.

그러나 채 열 걸음도 못 가서, 그녀는 석민이 뒤따라오는 것을 알았다. 그녀는 걸음을 멈추지 않았다. 그는 부지런히 쫓아와서 그녀와 나란히 되자 손수건으로 연방 이마를 문지르면서 머뭇거렸다.

"사실은."

아, 또 근세조선의 관료 제도에 대한 소론이 나올 모양이었다. 그녀는 그 자리에 주저앉아 발을 뻗고 울고 싶었다.

"사실은."

이미 암묵리에 충분히 내통되어버린 일이라 할지라도 막상 그것을 소리 내어 말하기는 조금 어려웠던 모양이었다. 그는 그녀가 걸음을 잠깐 멈추어주기를 바라는 눈치였다. 그녀는 걸음을 더 빨리 했다. 그는 연거푸 "사실은, 사실은," 하고 머뭇거리면서 열심히 그녀를 따라갔다. 풀밭을 지나서 모래밭으로 들어서자 그들의 걸음은 둘 다 갑자기 느려졌다. 그녀가 문득 걸음을 멈추고 그를 똑바로 쳐다보았다.

"동생들이 있는 데까지 따라오시겠어요?"

"아, 아니죠. 그럴 생각은 없습니다. 그냥 여기서 잠깐만…, 그저 한 말씀만…."

모처럼 걸음을 멈추었으니, 기회를 놓칠 수 없다는 듯이, 그가 황급히 말했다. 발이 푹푹 빠지는 모랫바닥에서는 숨이 막히도록 뜨거운 기운이 내뿜어져 나오고 있었다.

"만나지 말자는 말씀 같으면 새삼스럽게 하시지 않아도 되겠죠."

"아, 그렇지만 어디 그렇게 단도직입적으로 말할 수야 있겠습니까? 저는 속물에 대해서 말씀드리려고 생각했었습니다. 간단히 말씀드리겠습니다. 저는 속물을 아주 싫어했습니다. 그리고 그 싫어함에는 지금도 아무 변화가 없습니다. 다만 속물에 대한 저의 해석이 조금 달라졌을 뿐입니다. 사실 어떤 현상에 대해서 항상 같은 견해를 가질 수는 없는 법입니다. 배타적이고 독선적인 것만이 속물이 되지 않는 길이라고 생각했던 적도 분명히 있었습니다. 그러나 어찌 세상을 살아가는 길이 그것뿐이겠습니까. 그런 식으로만 세상을 살려는 것이 바로 속물이라고 말할 수도 있지 않겠습니까. 주어진 기회를 최대한으로 이용하고, 그 결과의 성패에 대해서 노심초사하여, 타협적으로 겸허하게 살려는 노력이야말로 얼마나 인간적인 것입니까? 그것이 만일 속물이라면 저는 즐거이 속물이 되겠습니다. 인간적인 것, 진실로 인간적인 것이야말로 어떠한 대가를 치르고라도 추구할 만한 가치가 있는 것입니다. 저는 그렇게 생각합니다. 어떠한 명제도 인간 상실을 정당화할 수는 없습니다."

그녀는 홱 돌아섰다. 더 참을 수가 없었다. 진실로 인간적인 것이 그렇게도 인간을 괴롭히는 힘을 가지고 있는 줄은 몰랐었다. 파렴치한 장광설은 뜨거운 뙤약볕과 결탁하여 그녀를 거의 미치게 했다. 그녀는 다시 걸었다. 몇 걸음 걷다가 그가 인파 속에 그녀를 놓쳐버릴 수 있도록 뛰기 시작했다. 천천히 달렸지만 십 미터도 못 가서 숨이 찼다. 그녀는 그 자리에 주저앉았다. 그리고 숨을 헐떡이면서 어떤 환청 같은 소리를 듣고 뒤를 돌아다보았지만, 인간적인 괴물의 그림자는 아무 데에도 보이지 않았다.

그녀는 동생들이 있는 물가로 갔다. 그리고 예컨대, 조물주가 치타와 타조, 둘 중 어느 것에 더 빠른 발을 주었겠는가 하는 따위의 질문에 시원찮은 대답을 해주다가, 다섯 시가 되자 그들을 챙겨서 차 태워 보내고 혼자 강가를 걸었다. 모래의 열기는 아직도 대단했지만, 강바람은 시원했다. 그녀는 강물을 따라서 한참을 걸어갔다. 인적이 점점 드물어져갔다. 그리고 마침내 끊어져버렸다. 그녀는 갑자기 피로를 느끼고 걸음을 멈췄다. 어둠이 수면 위를 조용히 덮어오고 있었다. 그녀는 전설처럼 쉬지 않고 흐르는 강물의 검은 물줄기를 멍하게 바라보았다.

6

김포에서 온 식모는 그녀의 왼쪽 어깨를 돌아보면서 킬킬거리고 웃었다. 그날따라 그녀의 기분이 대단히 좋은 모양이었다. 벌써 다섯 번이나 함경도 아줌마한테 주의를 받았지만 소용이 없었다. 여섯 시가 되자 석민이 나타났다. 다른 손님들은 대개 와 있었다. 그녀는 그녀답지 않게 화를 내면서 미장원으로 달려갔다. 그러기 내가 뭐랬어. 그 알량한 소설 하루쯤 안 보면 못쓰나 뭐? 미리미리 서둘래도 안 듣더니, 그여 남에 속을 썩이잖어. 손님들만 다 가고 니 봐라, 내 가만 있나 좀.

원희는 머리를 다 하고 손톱 손질을 하고 있었다. 성정 같아서는 한 마디 해주고 싶었지만, 남들 보는 앞이라 순아는 참았다.

"왜 그러니, 순아야?"

"시계 좀 봐요, 몇 신가."

"왜? 여섯 신데. 집엣 시계는 자니?"

"자요? 저렇금! 빨리 그거나 끝내요."

그녀는 무서운 얼굴을 해보였지만, 아가씨는 별로 두려워하는 기색이 없다. 어머머, 저게 뭐람, 채신머리 사납게! 한 젊은 부인이 속치마 바람으로 두 다리를 꼬고 앉아서 양동이를 뒤집어쓰고 있었는데, 허옇게 허벅 다리가 들여다보였다. 순아는 얼른 고개를 돌리고 긴 녹색의 비닐 의자 한쪽 끝에 걸터앉았다. 그리고 한 개의 손톱을 다듬기 위해서 열 개의 손가락들이 열심히 협업하고 있는 것을 바라보았다. 그녀는 아마 원희를 앞세우지 않고서는 집에 들어갈 생각이 없는 모양이었다. 잠시 후 원희의 마지막 손톱에 대한 손질이 끝났을 때, 그녀는 집을 나올 때와는 달리 아주 즐거운 표정으로 구경을 하고 있었다. 앞으로 한 시간을 더 기다려야 한다고 해도 그녀는 결코 화를 내지 않았을 것이다. 집에 있었더라면 벌써 다섯 번은 대문간으로 뛰어나가보았을 텐데. 함경도 아줌마는 부글부글 끓고 있겠지, 약탕기처럼 들먹들먹하면서. 망한 년. 땀 뺄 년.

그런 안 보이는 것은 잊혀지는 법이었다. 그녀가 그것에 생각이 미친 것은 원희를 앞세우고 집을 향해서 미장원의 문턱을 넘어섰을 때였다. 물론 때는 이미 늦었지만.

그날 밤, 열한 시가 지났을 때, 그녀는 부뚜막 앞에 쪼그리고 앉아서 꾸벅꾸벅 졸고 있었다. 석민은 이미 떠났고, 원희도 제 방으로 건너가서 불을 끄고 잠잠해졌다. 아직 남은 손님들은 경제 전문가인 임 변호사의 형을 포함해서 셋뿐이었다. 그들은 주인과 함께 안방에서 죄형 법정주의와, 역금리 체제의 전망에 대해서, 그리고 멧돼지와 골프에 대해서 이야기했다. 순아의 축제 기분에는 어쩔 수 없이 파장이 왔다. 남은 것은 피곤과 졸음뿐이었다. 함흥댁은 부엌방에 걸터앉더니 신발을 신고 발을 드리운 채 그대로 잠깐 하면서 눕자 이내 나지막하게 코를 골았다.

순아는 솥뚜껑의 뾰족한 손잡이를 향해서 정기적으로 머리끝을 조아렸다. 아마 조왕 대감이 터줏대감을 더불고 살며시 나타나기라도 한 모양이었다. 짧게 매여진 전깃줄 끝에 그을린 백열전등이 높직이 매달려서 누르스름한 불빛으로 부엌 안을 희미하게 비추고 있었고 수도꼭지에서는 물방울이 하나씩 똑똑 떨어지고 있었다. 이따금씩 안방으로부터 웃음소리가 울려왔지만, 곧장 공허하게 밤의 정적 속으로 사라졌다.

순아가 퍼뜩 고개를 들었다. 그리고 솥뚜껑의 손잡이 끝을 바라보았다. 멀리서 전차가 소리를 내면서 달려갔다. 둔중한 울림소리. 목쉰 경적 소리. 상처 입은 맹수의 포효처럼 전차 소리는 밤하늘에 길게 여운을 끌면서 사라져갔다. 순아는 원희의 방 쪽 동정을 살폈다. 아무 기척이 없었다. 그것은 무덤처럼 조용히 어둠 속에 잠겨 있었다.

어느 날

"이봐, 미스타 김!" 전화를 받고 난 과장이 코끝으로 해동을 가리키면서 우렁찬 목소리로 말했다. "부장님이 부르셔. 빨리 가보게."

그러고는 해동이 자리에서 일어나 비척거리며 문께로 가는 것을 미심쩍게 쳐다보았다. 그는 방문을 닫고 복도로 나서면서, 등 뒤로 과장이, "저 친구 웬일이야? 무슨 재앙을 떤 게 아냐?"라고 말하는 소리를 거의 듣는 듯했다. 그는 과장 앞에서 너무 어깨를 웅크리고 조심해서 걸었던 것이 조금 화났으므로, 아무도 없는 복도에서 활개를 쭉 펴고 숨을 한 번 깊이 들이마신 다음, 뚜벅뚜벅 걸어갔다. 그는 별로 잘못한 일을 기억해낼 수 없었다. 그러나 '부장실'이라 씌어진, 반투명 울퉁불퉁 유리 앞에 서자, 문득 "전셋돈 팔십만 원?"이라는 생각이 그의 머리를 스쳤다. 그는 즉시 머리를 흔들었다. 그것은 개인적인 문제였다. 아무리 부장이라 할지라도 사생활에 간섭할 권한은 없었다. 부장 아니라, 사장이라도 그런 일에 참견하면 박치기를 해야 될 것이 아닌가고 생각하면서 그는 문을 두드렸다.

　방 안에는 예쁜 처녀가 짧은 치마를 입고 다리를 괴고 앉아서 생글거리려다 말고 문득 정색을 하면서, "저기 앉아서 조금 기다리세요,"라고 또렷이 말했다. 그는 '고것 참 똘똘하다.'고 생각하면서, 깨끗하고 푹신한 안락의자에 깊숙이 몸을 묻었다. 그리고 탁자 위에 커다란 화보가 몇 권 있었으므로, 아무렇게나 한 권 집어들고 대강 훑어보았다. 처음에는 무슨 기공식 나부랭이뿐이었는데, 나중에 홀랑 옷을 벗은 여자가 대담하게 서 있어서, 그는 깜짝 놀랐다. 그는 흘끗 비서를 쳐다보았다. 비서는 그를 쏘아보고 있었다. 그는 자기 주위를 둘러보았다. 탁자 위에 잡지들이 조금 흐트러져 있을 뿐, 잘못된 것이 없었다.

　그때 한 사내가 별나게도 허겁을 떨면서 허둥지둥 진짜 부장실에서 나오더니, 비서에게 한 눈을 찡긋해보이며 씨익 웃다가 그를 발견하고 즉시 새침해져서 복도로 나가버렸다. 비서가 부장실에 들어갔다 나오더니, 그더러 들어가보라고 말했다. 그래서 그는 한쪽 눈을 감을까 말까 망설였는데, 어느새 부장실 문이 눈앞에 나타났다.

　부장은 비대한 몸을 의자 뒤로 발딱 눕힌 채 하품을 하고 있다가 그가 들어가자 "아, 자네가 김 군인가,"라고 운을 뗀 다음 저고리 밑으로 하얀 셔츠를 유난히도 많이 드러낸 채 말을 계속했다.

　"에, 오는 팔 일, 본사 창립 삼십 주년 기념행사 때 자네를 십 년 근속 모범사원으로 추천할까 하네. 이, 십 년 근속 사원들 중에서 모범사원을 뽑아, 그 일석에는 표창장과 함께 부상 일금 이십만 원정을 주기로 돼 있단 말야. 어떤가!"

　"아, 그렇습니까! 벌써 십 년이 되었군요."

"그렇지. 십 년 근속 사원 하나에 특별상여금 이십만 원이란 말야."

"참, 세월이 빠릅니다, 부장님."

"세월이 빠르다고!"

"네, 정말 빠릅니다. 바로 어제 같은데, 어느새 그렇게 긴 시간이 흘렀군요."

"그럴 테지. 십 년을 하루같이 근속해줬으니, 고맙다는 말밖에 할 말이 없군."

"아닙니다! 고마워하실 것까진 없습니다. 저는 다만 제가 당연히 해야 할 일을 했을 뿐입니다. 이제, 만일 그 상금을 탄다면, 생활안정기금은 신청 안 해도 되겠군요?"

"생활안정기금이라니?"

"네, 부장님. 지금 제가 무슨 돈에서 꼭 이십만 원이 부족해서 생활안정기금을 신청하고 있는 중입니다. 은행에서 신용 대출해주는 그 돈의 한도액이 이십만 원이랍니다."

"그래!"

"네, 솔직히 말씀드려서…."

"아, 아니. 더 솔직히 말씀드릴 필요가 없네. 그 안정기금인가 뭔가 하는 것은, 이왕 신청하려던 것이라니, 그대로 신청하는 것이 좋겠네."

"그렇지만, 부장님…."

"어차피 상금 결정은 간부회의에서 하게 된단 말야."

"아, 부장님은 저를 굉장히 혼란하게 만드십니다."

"그건 자네도 마찬가지야."

"네?"

"자네만큼 나를 혼란하게 만든 사람도 별로 없어."

"…"

"자, 어서 가서 일을 보게. 자네가 당연히 해야 할 그 일 말일세."

그가 부장실을 빠져나와 비서실을 지나갈 때, 예쁜 그 여비서가, 잘 재단된 양복을 입고, 비싼 넥타이를 매고, 머리를 잘 빗어 넘긴, 테 없는 안경을 쓴, 대단히 지성적으로 생긴 어떤 남자와 나란히 그가 조금 전에 앉아 있었던 자리에 앉아서, 웃으며 이야기를 하고 있었다. 그래서 그는 전 세계가 그를 배반하기로 모의를 했다고 생각했다. 그리고 더 기가 죽었다.

점심을 먹고 그는 총무과로 갔다.

등기우편이 와도 벌써 며칠 전에 왔어야 했다. 총무과 놈들은 편지 하나 제대로 전달하지 못한단 말이야…. 그는 제법 소리까지 내어 중얼거렸다. 그러나 그들은 밖에 나가서 점심을 먹는 데는 소질이 있는 모양이었다. 사환 소녀를 제외하고는 그들의 방은 텅 비어 있었다. 교복을 입은 그 여학생은 막 도시락 뚜껑을 닫고 보리차를 마시는 중이었다.

"나한테 등기 온 거 없니?"

"어머, 김 선생님, 있어요."

사환은, 성능 좋은 기계처럼 재깍 보리차 잔을 내려놓고, 도시락 밑에 깔려 있던 서너 권의 서류철 중에서 민첩하게 '등기우편물대장'을 꺼냈다. 이것은 조금 의외였다. 등기요? 그래, 등기 말이다. 나한테 온 등기. 알았어요. 조금 기다리세요. 그러고서는 자기가 하던 일을 착실하게도 마저 다 한다. 그것은 물을 한 잔 마시는 일일 수도 있었고, 옆엣 사원과의 농담의 마무리일 때도 있었다. 그러고 나서는 정 할 일이 없어서 죽겠을 때야 비로소, 아이 참, 누군가 등기를 찾는 사람이 있었지 하는 식으로 코

앞에 있는 대장을 꺼내서, 이게 아마 틀림없이 등기우편물대장이지 하고 확인이라도 하고 싶다는 듯이 물끄러미 쳐다본 다음에야, 편지가 왔는지 안 왔는지 알아보기 위해서 대장을 펼치는 것이 보통이었다.

"이거, 언제 온 거지?"

해동이 서류가 든 커다란 봉투를 받아들고 말했다. 조잡한 먹물 도장과 소인이 난폭하게 찍혀져 있었는데, 그것들이 그렇게도 듬직하게 보였다. 어쨌든 서류가 왔으니 다행이었다.

"지난 목요일에 왔나 봐요."

사환이 대장을 들여다보고 나서 말했다.

"뭐, 목요일?"

그날은 화요일이었다. 그가 서류를 해보내라고 전보를 친 것은 지난주 화요일이었다. 닷새 동안이나 그 서류를 그가 일하는 곳에서 십 미터도 안 되는 데에 처박아두고, 그는 그의 동생을 욕하다가, 체신부를 의심하다가, 심지어는 그 자신의 수 불길을 한탄하기까지 했었다.

"얘, 얘. 이거 이러지 말자, 응. 이거 정 사람을 미치게 만드누만. 미치게 만들어."

그때, 언제 들어왔는지 직원 하나가 이쑤시개를 입에 물고 배비작배비작 돌리면서 "뭘 그래?" 하고 사환에게 물었다. 사환이 사실을 말한 다음, 목요일은 전화를 했었지만 수신인이 자리에 없었고, 금요일은 사장님 순시 때문에 정신이 없었고, 토요일은 배구시합이 있었고, 월요일은 다니는 야간 여자 고등학교에 중간고사가 시작되는 날인데다가, 첫 시간에 영어 시험이 있었다고 말했다. 그 직원은 자기 의자로 가서 앉더니, 팽그르 맴을 돌아서 해동을 향하여, "뭐 그럴 수도 있죠. 우리 과가 편지 나부랭이나 전하는 일만을 하고 있는 것은 아니니까요."라고 말했다. 그리고 해동이 미처 뭐라고 대꾸할 말을 찾지 못하고 있을 때 (이럴 경우 대꾸를 찾으려 하는 것은 어리석은 일이었다. 그저 감탄사만 연발하면 되는 일이었다.) 그는 계속해서 "그리고 이왕 오셨으니 말씀인데, 지난번 거 융자 신청했더랬죠? 거 아무래도 안 되겠시다. 대출이 중지됐대요."라고 말했다.

"아니, 건 또 무슨 말씀이오?"

"이 몸인들 어찌 알겠습니까? 은행에서 그렇다고 하니까, 그러나 부다 할 뿐이지요."

"이건 지난번 이야기완 아주 다른데요."

"다르지요. 생각이 있으시면, 개인적으로 직접 한번 뛰어보세요."

그는 실지로 서류를 서랍에서 꺼내어 책상 위에다 펼쳤다. 다섯 장인가 여섯 장으로 된 그 서류는 열흘 전에 그가 제출한 그대로였다.

"내가 개인적으로 할 수 있으면 무엇하러 애초에 여기까지 왔겠어요? 그리고 그동안에 내부결재라도 받아둘 수 있는 것 아니오?"

"아, 은행에서 돈이 안 나온다는데 경리과장, 사장 도장 받아놓으면 뭘 해요?"

"돈 안 나온다는 게 잠시 중단됐다는 얘기지, 영 안 나온다는 건 아니지 않소?"

"걸 누가 알아요? 그리고 댁의 태도가 마치 돈을 융자받아서 갖다 바쳐야 하는 의무가 우리들에게 있는 것처럼 생각하시는 모양인데, 천만의 말씀이오. 같은 직원이라 편리를 봐드린다는 것뿐이지요. 그러니 편리를 안 봐드릴 수도 있는 것 아니오?"

"의무가 아니라고 합시다. 그럼, 어떻게 하겠다는 겁니까? 편의를 봐주겠다는 겁니까, 못 봐주겠다는 겁니까?"

"내 입에서 못 봐주겠다는 얘기가 나와야 시원하시겠습니까?"

"그럼 이 서류를 두고 갈까요, 가지고 갈까요?"

"그야 좋으실 대로 하세요. 두고 가시려면 두고 가시고. 그거 하나 서랍 속에 넣어놨다고 해서 힘들 거야 하나도 없을 테지요."

이땐 벌써 총무과 직원들이 거의 다 들어와 있었다. 그들은 개개이 이쑤시개들을 깨물고 있었다. 해동은 더 이야기할 것을 그만두고 그의 과로 돌아갔다.

무슨 급한 볼일이라도 있는 것처럼 제자리로 돌아온 해동은, 불쾌함과 울적함과 분노인지 혐오인지 알 수 없는 감정 때문에 숨이 막히는 것 같았다. 그러나 그러한 그를 개의하는 사람은 아무도 없었다. 그는 원래 그러한 사람이었고, 다만 때에 따라 정도가 조금씩 다를 뿐이었는데, 그때 조금 정도가 심했던 것뿐이었다.

그는 화가 나면 일을 더욱 열심히 하는 성질이 있었다. 원래는 등기가 오면 곧 동사무소로 뛰어갈 판이었었는데 어떻게나 화가 났던지, 동사무소 따위는 안중에 없었다. 그는, 빌어먹을, 퇴근시간 후까지 남아서 일을 할까…고도 생각했다. 그러나 시계의 짧은 바늘이 세 시와 네 시 사이를 기어가고 있게 되자, 우선 그의 화가 약간은 풀린 모양이었다. 그는 과장에게 개인적인 볼일로 조금 일찍 관청문 닫기 전에 나가봐야겠다고 말했다.

과장은 "자네가 어련히 알아서 할려구!"라고 말했다. 그는 가방을 챙겨 들고 밖으로 나와서 "염병헐 자식, 인심을 쓰려면 좋게 쓰지, 왜 토는 달어!"라고 중얼거리며 문짝을 노려보았다. 그러고는 뛰듯이 층계를 향하여 걸어갔다.

동사무소는 그가 살고 있는 곳에서 오백 미터쯤 떨어진 언덕배기에 있었다. 그의 동네는 경기도 땅에서 특별시 땅이 된 지 몇 년 안 된, "시청 앞까지 삼십 분 거리"에 있는 그런 데였다. 물감칠을 한 청색, 녹색, 적색의 번지르르한 지붕들이 일대를 메우고 있어서 독립된 작은 도시 같은 인상을 주었다. 그는, 가방은 집에 던져두고, 등기우편 봉투만 가지고 동사무소로 갔다. 네 시가 조금 지나 있었다. 이십여 평 되는 사무소는 은행처럼, 단지 훨씬 더 초라하게, 시멘트로 칸막이가 되어 있어서 동직원들이 드문드문 책상을 놓고 앉아서 사무 보는 데와, 동민들이 기다려야 하는 데가 갈라져 있었는데, 저쪽은 텅텅 비어 있어서 '동장 아무개'라고 쓴 꽤 큰 팻말이 커다란 책상 하나를 지키고 있었고, 그 위에 자물쇠 달린 작은 상자 속에 전화기가 들어 있었다. 그리고 이쪽을 향하여 작은 책상 대여섯 개가 줄지어 있었는데, 예비군 중대장, 재산세, 수도세, 이런 데는 비어 있었고 맨 끝에 주민등록이라 씌어 있는 팻말 앞에 직원 하나가 앉아서 열심히 뭘 쓰고 있었다. 그 직원 앞으로는 칸막이 이쪽에 대여섯 사람들이 우두커니들 기다리고 있었는데 모두 그 직원에게 일감을 가지고 온 듯했다. 딴은 해동이도 그 사람에게 볼일이 있었다. 한 십 분 기다려보았지만 좀체 그 직원의 시선을 붙잡을 수 없었다. 그 직원은 기다리는 사람들의 뭇시선을 받으면서 일하는 데에 이력이 난 듯, 아주 침착하게 사무를 보았다. 어찌 보면 그것을 즐기고 있는 것처럼 보이기까지 했다. 그는 지금 백 장도 더 되어 보이는 종이묶음을 한 장 한 장 넘기면서 일정한 난에다가 도장을 찍어넣고 있었다. 잠바를 입은 키 큰 사내 하나가 접어서 쭈그러진, 볼펜으로 기입란을 메운 '주민등록증 재발급신청서'를 그 직원에게 내밀었다. 그는 손바닥으로 그 서류를 쫙 펴면서 훑어보더니 신청자는 쳐다보지도 않고, 그것을 책상 한쪽에 놓았다. 거기에는 모두 똑같은 신청서가 다섯 장도 더 쌓여 있었다.

해동은 그렇게 기다리다가는 해빠지겠다 싶어서, "전입신고 하나 합시다."라고 불쑥 말했다. 그랬더니 그 직원은 도장 찍어넣기를 중지하고 손을 내밀었다. 그는 얼른 주민등록부를 그것이 들어 있는 봉투와 함께 내밀었다.

"아니, 이건 개봉이 되었잖어. 이러시면 안 되는데요. 이건, 원래는, 공문서로 직접 발송해야 되는 겁니다."

그는 그 서류를 자세히 살펴볼 생각도 하지 않고, 책상 위가 아니라, 분리대의 펑퍼짐한 시멘트 위에다 도로 내밀었다. 그러고는 자연스럽게 도장 찍는 일로 되돌아갔다.

"제가 조금 급해서요, 사람이 저쪽 동회에 직접 가서 서류를 해달라고 사정을 해서 저에게 직접 부친 것을, 제가 겉봉을 딸 때, 모르고 동회에서 넣어준 봉투까지 뜯어버렸군요. 그건 제 잘못이니, 양해하시고 접수해주시면 감사하겠는데요."

동직원은 들었는지 못 들었는지 무표정하게 앉아서 도장 찍는 일을 끝내고 두꺼운 주민등록증 발급대장을 끌어당겨서 펼쳤다.

"얘, 가서 풀 한 갑 사와라."

그가 펼쳐진 대장을 들여다보면서 마치 거기에 씌어진 글씨들에게 말하기라도 하듯이 말했다. 그러자 그 옆 책상에 앉아서 무슨 증명서 위에다 열심히 이 도장 저 도장을 찍고 있던 '방위'라고 앞가슴에 써붙인 군복을 입은, 대단히 앳된 사내가 문득 일어나서 그의 옆으로 다가왔다.

"쥐어짜는 거 말고, 갑 속에 든 거 말야,"라고 말하면서, 그는 '방위' 군복을 입은 사내가 코앞으로 내민 증명서에다가 동장 직인이라고 생각되는 네모난 도장을 찍어주고 서랍에서 십 원짜리 두 개를 꺼내주었다. 그는 아마 그 동에서 발행되는 모든 문서에 필요한 도장을 가지고 있는 모양이었다. 그리고 그는 미심쩍었던지 책상 한 구석 서류더미 속에 묻혀 있던 꺼멓게 곰팡이가 핀 말라비틀어진 빈 풀갑을 기어코 찾아서 벌써 출입구께로 다가가고 있는 '방위' 군복의 사내에게 "이것 말야"라고 덧붙였다.

해동은 "허ㅡ" 하고 탄식했다. 벌써 네 시 삼십 분이 지나 있었다. 결국, 그 직원은 바빠야 할 아무 이유가 없었다. 그는 다시 용기를 내어 "이거 좀 받아주실 수 없어요?" 하고 그의 옆얼굴에다 대고 말했다.

하도 오랫동안 생각을 머금고 말을 하지 않았으므로, 입 안에서 혓바닥 움직이는 것이 느껴졌다. 이번에도 직원은 불쑥 손만 내밀어서 말없이 서류를 받아들였다. 그러고는 늘어지게 기지개를 켜더니, 마치 공기를 붙잡고 철봉 턱걸이라도 하는 것처럼 자리에서 일어섰다. 옆 책상에 가서 '공문서 접수대장'을 가져오고 그리고 거기에다 그의 서류를 쳐다보아가면서 뭔가 적어넣었다. 해동은 조금 안심이 되었다. 그는 직원이 그의 서류를 쭉 검토해나가는 것을 조심스럽게 지켜보았다. 그리고 그의 입술이 벙긋하기만 기다렸다. 그러나 그는 서류를 다 보고 나서 한쪽으로 밀어 치워버렸다.

"오늘 중으로 주민등록초본 두어 통 빼낼 수 없을까요?"

해동이 웃으면서 말했다. 그의 웃음이란 게 원래 뺨을 두어 번 씰룩거리는 것에 지나지 않아서, 그렇게 상냥한 것이 못된데다가, 그나마 억지로 끌어냈으니, 해동이 자신도 오히려 역효과를 내지 않을까 걱정이 될 정도였다. 그리고 실지로 종종 그런 일이 있었다. 그러나 다행히도, 그 직원은 그를 쳐다보아주지 않았고, 따라서 그가 그의 애교를 조소로 받아들였을까를 걱정할 필요는 없었다.

"오늘 중으로요?" 그가 한참 있다가, 쓰던 난을 마저 다 기입하고 나서 그를 쳐다보았다. "한 일주일쯤 있다가 다시 한 번 오슈."

"일, 일주일이요?"

"서류를 반려해야 되겠습니다. 미비가 돼서요."

"반려요? 뭐가 미빕니까?"

"우선, 인력카드가 없구요. 그리고 여기에 날짜와 관계 담당자 도장이 빠졌어요."

"인력카든가는 여기서 작성할 수 없어요? 그리고 그 도장은 꼭 있어야 되는 겁니까?"

"하, 물론이죠. 인력카드는 여기서도 작성할 수 있지만, 거 있는 거 뭐 하러 또 새로 작성하겠어요? 그리고 이번 달이 주민등록부 정리 강조 월 간이란 말씀예요. 이 기간 동안에 본적지 조회를 해야 하는데, 안 해도 위법이고, 이중으로 해도 위법이에요. 이중으로 하게 되면 이중등록으로 벌금을 물어요. 그런데 이거 보세요. 이게 본적지 조회필 도장인데, 날짜도 기입 안 되었고, 확인자 도장도 안 찍혔으니 조회를 한 건지 안 한 건지 어떻게 알아요?"

결국, 강조 월간 유죄였다. 해동은 맥이 빠지고, 입 안에 침이 마르는 것을 느꼈다.

"그럼, 그건 천천히 확인하시고, 우선 초본 두 장 떼어주실 수 없어요?"

"여보세요, 갑자하고 을축이지 을축갑자하겠어요? 부전지를 달아서, 내일 아침 일찍 등기로 반려하면, 모레는 들어가겠지요."

"들어가기야 빨리 들어가겠지만, 저쪽 동네 사람들이 또 며칠을 깔아 뭉갤는지 누가 알아요?"

"그야 아무도 알 수 없지요. 저쪽 동네 사람들도 모르지요."

"그럼 할 수 없군요. 서류를 돌려주세요. 내가 밤차로라도 가서, 내일 다시 오리다."

"그렇게는 안 되겠는데요."

"예?"

"서류를 내드릴 수 없습니다."

"아니, 내가 방금 제출한 서류를 다시 내달란 말씀예요."

"글쎄, 그게 안 됩니다. 일단 접수가 됐으면, 공문서로 반려해야 합니다."

이때 해동이 폭발해버리지 않은 것은, 그 직원이 현명하게도 낮고 느린 말씨를 사용한 탓도 있었지만, 원래가 '불발'이 그의 장기(長技) 중의 하나였다. 폭발했더라면 불과 몇 분 안에 사그라져버렸을 것이 이제, 흐린 날 초가집 구들장에서 새어나온 군불 연기처럼 온 집안 구석구석에서, 일주일이고 열흘이고 모락모락 피어오를 판이었다. 직원은 "이제 아시겠어요?"라는 듯이 그를 잠깐 빤히 쳐다본 다음, 초벌 벽지로 사용해도 조금도 지나칠 것이 없는, 엽서 반쪽만 한 종이쪽지 하나를 서랍에서 꺼내어, 그 위에 두어 줄 뭐라고 써넣고는 동장 직인을 찍었다. 아마 부전지인 모양이었다. 그는 그것을 서류 맨 위에다 덧붙이더니, 서류를 말쑥한 새 봉투 속에 집어넣었다. 그리고 수신인란은 펜으로 쓰고, 발신인란은 도장으로 꽝 눌렀다.

"정말 그 서류 돌려줄 수 없어요?"라고 해동이 말했을 때, 그것은 요청이 아니라 확인이었다.

"예, 정말 돌려드릴 수 없습니다."라고 그가 대답했는데, 그것은 마찬가지로 거절이 아니라 끝맺음이었다. 그는 봉투에 풀칠을 해서 뚜껑을 봉했다.

해동은 동사무소를 나왔다. 오히려 마음이 후련해지는 것처럼 느껴졌다. 그리고 갑자기 세상이 너무 조용하다고 생각되었다. 그는 빗물에 파여서 울퉁불퉁한 포장 안 된 길을 한참 걷다가 문득 걸음을 멈추고 서서, 지는 해를 받아 노랗게 빛나는 집들을 죽 훑어보았다.

그때 누가 그의 등을 툭 쳤다.

"형씨, 그럴 거 없지 않소?"

그가 돌아볼 필요도 없이, 그 사내가 그의 앞으로 썩 걸어나서면서, 금니 하나를 드러내보이며 씨익 웃었다. 그는 주민등록증 재발급 신청을 내밀었던 키 큰 잠바 차림의 사내였다. 광대뼈가 불거지고, 눈은 작지만 눈꺼풀이 얍실얍실한 것이 농간깨나 부릴 만했다. 머리에 빗질을 얼마나 안 했는지, 머리카락 한 가닥이 꼿꼿이 하늘로 향해 서 있었다.

"뭐가 그럴 게 없단 말이오?"

"아하, 화는 내지 마시고! 나도 민원사무 보러 왔던 사람이오."

"그래서요?"

"상당히 급하신 모양인데, 아니, 아니, 서류 말이오. 누구 초본이 필요하시우?"

"내 거가 필요하오."

"그래요? 이따 저녁에 봅시다."

"좋소. 난 말이오, 그런 거 아주 질색이오만 이왕 말을 낸 거니, 어디

해봅시다. 몇 푼이나 들겠소?"

"뭐가 몇 푼이 든단 말이오?"

"얼마나 집어줘야 되겠느냔 말이에요."

"하, 그야 많을수록 좋지요. 하, 하. 이거 보세요, 형씨. 형씨는 날 모르시는 모양인데, 난 형씨를 형씨가 출근할 때, 꼭 두 번 보았시다. 형씨, 이 동네로 이사 온 지 한 달도 못 되지요? 난 바로 형씨 뒷집에 살고 있소. 그러니 몇 푼 집어줘야 할까는 걱정하지 마시고, 이따 또 만납시다. 먼저 내려가세요. 하, 하, 하."

뒷집에 산다? 해동은 고개를 갸우뚱했다. 그러는 사이에 키 큰 사내는 돌아서서 휘적휘적 동사무소를 향하여 걸어갔다. 그리고 곧 건물 속으로 사라졌다.

해동은 집을 향하여 천천히 걸음을 옮겼다. 그날은 이상한 날이었다. 조금 전에 느꼈던 세상의 조용함, 또는 세상의 새로움은 그 깊이를 더하고 있었다. 그는 눈에 보이는 모든 것을 면밀히 검토해야겠다는 듯이, 눈에 들어오는 물건 하나하나를 새삼스러운 애정을 가지고 물끄러미 쳐다보면서 걸었다. 그러자 그 물건들이 차례로 꿈틀거리기 시작하면서, 윤곽이 하나의 선이 아니라 여러 개의 선들로 변했는데, 그것들은 그가 보아온 조금씩 다른 많은 선들의 동시적인 출현이었다. 그것들이 녹아서 하나의 뚜렷한 선으로 되더니, 그것이 옆엣 사물의 윤곽과 합쳐지면서 때로는 땅 위를 기어가고, 때로는 담을 타고, 또 때로는 하늘로 치솟기도 하며 점점 더 굵어지다가 마침내는 물건 그 자체를 집어삼켜버렸다.

약속대로 키 큰 사내가 저녁때 집으로 찾아왔다. 그는 주민등록초본 두 통을 내놓았다. 경비가 얼마 들었느냐고 묻자, 수수료 육십 원이 들었을 뿐이라고 대답했다. 그들은 서로 자기 집으로 들어가자고 했으므로, 공평하게 파주쌀집 옆에 있는 대폿집으로 가기로 했다. 싸전이 저만치 보였을 때, 그들은 문득 생각이 났으므로, 골목 한복판에 멈춰 서서 수인사를 했다. 그는 이춘호였다. 그는 그 대폿집에는 단골인 듯, 그들은 곧 안방으로 안내되었다. 그들은 곱창과 소주 삼십도 짜리 두 병을 시켰다.

"김 형, 미국에 가본 일 있으쇼?"

"미국요? 바다 건너라면 제주도도 아직 못 가봤소."

"그건 나두 마찬가진데, 집에 동생놈 하나가 서독에 가서 팔자에 없는 광부 노릇을 하다가 얼마 전에 미국으로 갔어요. 실은, 오늘 개한테서 온 돈을 찾으러 청계천에 나갔다가, 외환은행 놈들이 한사코 주민등록증을 내놓라고 해서 동사무소에 갔었어요. 그걸 잃어먹었지 뭐예요. 공무원증이면 되리라 했는데, 거 은행놈들이 들어줘야죠. 근데, 거 동생 편지에…"

"그래, 주민등록증은 내셨소?"

"이게 아마 주민등록증이 틀림없지요? 이거 하나 내려고, 동사무소에 두 번씩이나 갔어요. 오전에 가서 발급신청용지 하나 달래니깐 없대요. 지금 떨어졌으니까 며칠 후에 오래요. 그러면서 바쁘면 대서소에 한번 가보라고 하기에 대서소로 갔더니 거 몇 줄 안 되는 걸 자기들이 꼭 써넣어야겠다는 거예요. 그래 홧김에 구청으로 뛰었지요. 그랬더니, 그거 한 장 얻으려고 내가 거기까지 달려간 것이 미안하지도 않은지, 왜 동사무소 놔두고 구청에까지 와서 귀찮게 구는지 모르겠다고 투덜대면서 한 장 줘요. 그래, 이러다간 천덕꾸러기가 되고, 시간은 시간대로 허송하겠다 싶어서, 급행료 담배 두 갑을 별첨해서 동사무소에 냈지요."

"내 거 하는 데도 급행료 내셨소?"

"그건 덤이었어요. 나오다 동회 앞에서 막걸리 한 사발씩 했지요. 틈나는 대로 전입신고서에 반장 도장 받아가지고 제출해달랍디다."

그때 술이 들어왔다. 춘호는 자기 몫이 된 술잔을 냉큼 비우고, 몽둥이 같은 대나무쪽 젓가락으로 안주 한 점을 집어들었다.

"나는 곱창을 아주 좋아한단 말이야."

"몸에 좋지요."

해동이도 술을 목구멍에다 털어넣고 안주를 한 점 했다.

"호랑이가," 춘호가 암소 창자 한 토막을 열심히 씹으면서 말했다. "멧돼지를 잡아먹을 때, 창자부터 먹는대요. 나는 이 곱창을 먹을 때마다, 창경궁에 있는 호랑이 생각이 난단 말예요. 아, 거 얼마나 날쌔요. 그 민첩한 근육, 그저 쉭——하기만 하면, 그저 날지요, 날러. 하, 하, 하."

"하하하. 그러니 당신도 좋은 단백질을 많이 섭취하면, 호랑이처럼 날쌔고 기운이 세지겠지요."

"그러기 말예요. 나에게는 인생에 있어서 목적이 셋이 있어요. 일본 농부들은 삼 씨라고, 칼라 테레비, 마이 카, 마이 카티지라 합디다만, 거 칼라 테레비 있으면 뭘 해요. 나오지도 않는 거. 난 내 집, 내 차, 그리고 이거, 곱창이에요. 그저 사는 날까지 기운이나 쓰고 싶은 대로 쓰다 죽자, 이거지요. 첫 번째 건 어떻게 그럭저럭 달성했고, 세 번째 건 이렇게 수시로 수행 중에 있고, 남은 것은 두 번짼데, 이것을 위해서 지금 맹렬히 준비 중에 있지요. 눈앞에 보일락 말락 합니다."

그들은 동시에 술을 목구멍 속으로 털어넣었다.

"당신은 재주가 참 좋소. 무슨 사업을 하시는진 몰라도."

"사업이라뇨? 난 월급쟁입니다. 이래 봬도 난 대학을 못 나왔어요. 그래서 대학 나온 사람들을 아주 미워하죠. 실례, 실례! 김 형이 대학을 나오셨다면, 아마 틀림없이 나오셨을 텐데, 예외로 해드리죠. 처음엔 안 그랬는데, 대학 나온 마누라를 데리고 살면서부터 조금씩 그렇게 됐죠. 우리 집에 방이 하나 비어 있어서 그걸 내놓았었는데, 돈이 급했던 건 아니어서 조건이 좀 까다로웠죠. 마누라는 몰랐지만, 대학을 나와서는 안 된다는 것이 조건 중의 하나였죠. 그런데 염병할, 셋방 얻으러 다니는 놈들은 모조리 대학을 나왔습디다. 이 핑계, 저 핑계 해서 모조리 거절을 했지요."

"아니, 대학 나온 사람들이 당신한테 무슨 원수라도 졌소?"

"지다마다요. 그놈들은 우선 건방져요. 쥐뿔, 가진 것도 없으면서 흰소리는 도맡아 한다니까요. 흰소릴 하는 것까지는 좋았어요. 그럼 끝까지 해얄 게 아녜요. 염병할, 처먹는 데는 똥파리보다 더 빠르고, 치사하기로는 국민학교도 못 나온 사람보다 더 해요. 나는 도둑놈이에요. 그런데 대학 나온 놈들, 더 큰 도둑질합디다. 내가 대학을 나왔더라면, 코티나가 뭐예요? 포드 이십 엠을 굴려도 진즉 굴렸을 거예요."

"그래요? 대학 나온 놈들 모주리 전셋방 얻으러 다닌다더니, 대학 나온 놈들이 또 포드를 굴려요?"

"거, 그렇다니까요. 그놈들이 그놈들이에요. 나는 도둑질을 하고, 그리고 나는 도둑놈이라고 생각을 해요. 만일 내가 그 짓을 안 한다면, 나는 그것이 아니라고만 생각을 해요. 그런데, 그놈들은 그것을 안 할 때에는, 그것하지 말라고 막 나팔을 불지요. 그러다가 즈놈들이 그것을 하게 되면, 이건 뭐야? 끽껙 꼑꼑 이상한 소리를 질러가지고서는 그것 아닌 것처럼 보이게 해버린단 말씀예요. 그래 가지고서는, 즈놈들 자신에게도 그것이 그것 아닌 것으로 생각돼버리는 모양이에요. 난 그것을 그것이라고 생각하고 하지만, 그놈들은 그것을 그것 아니라고 생각하고 하지요. 그놈들이 그것을 안 했던 것은 안 해서 안 한 것이 아니고, 못해서 안 했던 거죠. 그리고 그것하지 말라고 나팔을 불었던 것은, 남이 그것 다 해버리면, 즈들이 해먹을 그것이 없을까 봐서 그랬던 거죠. 그러니, 그것을 하는 놈이나 안 하는 놈이나, 그놈들은 모조리 도둑놈들이란 말예요."

"하, 이건 대단하신데요."

"대단하다마다요. 그놈들은 보통 도둑놈들이 아녜요. 창녀 같은 도둑놈들, 갈보, 똥갈보 같은 도둑놈들이에요."

"하, 그럼 당신은, 그것을 그것이라고 생각하고 하니까, 날도둑놈이로군요."

"예, 나는 날강도입니다. 나는 정직하게 훔치지요. 큰 놈은 큰 도둑질, 작은 놈은 작은 도둑질. 트인 놈은 갈보 도둑질, 막힌 놈은 날도둑질. 만일 이 각종 도둑질에 비협조적인 놈이 있다면, 그놈은 숨이 콱콱 막힐 겁니다."

"예, 숨이 콱콱 막히지요."

"숨이 콱콱 막히다 뿐이오. 온몸의 피가 머리통으로 쏠려서, 명대로 못 살 겁니다. 그런 놈들만 없으면 이 세상은 참 잘 돌아가지요. 이보다 더 유쾌한 세상이 어디 있어요. 어떤 놈이 나한테 도둑질한다고 해서 화낼 거 하나도 없어요. 나도 딴 놈한테 하면 되거든요. 손발이 척척 맞아떨어지는 게, 시계 톱니바퀴보다 더 일사불란하지요."

해동은 그때, 거대한 톱니바퀴들을 보았다. 가령, 시계 뱃속에 들어 있는 톱니바퀴들 중에서 제일 작은 부분의 직경이 사람 키만 한 그런 톱니바퀴들을. 그것들을 질서정연하게 동작을 전달하고 있었다. 그것들 하나하나는 그 동작의 원인이자 결과였다. 그것들 하나하나는 전체에 완전히 종속되어 있었고, 동시에 그 전체에게 결정적인 영향을 주었다. 가장 작은 톱니바퀴의 움직이는 방향을 바꾸는 일은 전체의 파괴 없이는 불가능했고, 전체의 파괴는 가장 작은 부분의 파괴로 가능했다.

"술이 떨어졌군요."

"한 병 더 할까요?"

"글쎄, 그러고 싶지만, 난 또 조금 후에 약속이 있어요."

"절도질하려는 약속이오?"

"물론이지요. 다만 우리는 그걸 생활이라고 부를 뿐이지요."

"생활이요?"

"예. 나는 절도질이 생활이고, 생활이 절도질입니다. 숨 쉬는 것에서부터 걸음 걷는 것에 이르기까지 모든 것이 생활이고, 곧 도둑질이지요. 이 둘은 완전히 겹칩니다. 만일 조금이라도 안 겹치는 부분이 있으면, 이건 아주 불편한 일이에요. 그 조그마한 부분이, 나머지 커다란 부분이 도둑질이라는 사실을 끊임없이 깨우쳐 주거든요. 이건 귀찮기 짝이 없는 일이에요. 완전히 겹치면 이런 일은 없지요. 잊어버리거든요. 우린 다만 그것을 생활이라고 부르기만 하면 돼요. 그러면 곧 최면에 걸려버리니까요."

"당신이 바로 당신 문자로, 갈보 도둑이구료."

"무슨 소리! 그놈들은 우리들보다 한술 더 뜬다니까요. 그놈들은 강도질을 하면서, 좋은 일을 하고 있다고 믿고 있고, 그리고 좋은 일을 하고 있다고 떠들어댄단 말예요. 그러면 그게 또 좋은 일이 돼요."

"그거 복잡하구료."

"그런데, 그게 또 그렇게 복잡하지도 않아요. 즈놈들이 아무리 떠들어 댄대도, 척 보면, 똥인지 된장인지 모르겠어요? 난, 이런 일이 있어요. 옛날에 취직을 하려고 병적확인서를 끊으러 갔었어요. 그런데, 이런 제길헐, 군번과 계급 성명은 틀림없이 내 건데, 나이가 마흔다섯으로 되어 있고 본적지는 포항으로 돼 있더란 말이에요. 포항이라면 지금도 나는 그게 경상북도인지 남도인지 잘 몰라요. 그리고 내 나이 그때 서른도 못 됐어요. 어이가 없었지만, 직원에게 그렇지 않다고 얘길 했어요. 그랬더니, 마치 그것들이 토론의 대상이 될 수 있는 것처럼 느껴진단 말이에요. 그래서 그 건방진 직원놈이 앉아서, '이거 가짜 아냐?'라고 서 있는 나를 위 아래로 훑어보면서 말하자, 나는 혹시 내가 가짜가 아닌가 하는 생각이 문득 들면서, 기가 팍 죽지 않겠어요. 웃으실지 모르지만, 그게 그렇게 됩디다. 정문과 안내실, 하얀 시멘트 삼층 건물, 음침한 내부, 무슨 감독관실, 무슨 동원실, 줄지어 늘어선 철제 캐비닛들, 책상들을 맞대고 앉아 있는, 마치 백 년 천 년을 그렇게 앉아서 그 일들을 보아온 듯한 사무원을, 물을 뿌려서 비질을 한, 파여서 울퉁불퉁한 시멘트 바닥들… 이런 모든 것들이 갑자기 한 덩어리가 되어 덮쳐오는데, 바람 부는 날 구름 조각처럼 그곳에 언뜻 나타났다가, 또 그렇게 언뜻 그곳으로부터 사라져버릴 나의 말보다는, 그 모든 것들이 주장하는 말에 더 신빙성이 있습디다. 나는 겁이 나서 그 방을 빠져나와, 죄지은 사람처럼 슬금슬금 대기실인가 면회실인가 하는 데로 갔어요. 거기, 딱딱한 나무 의자에 앉아서, 어떤 창구 앞에 십여 명의 장정들이 몰려서 무슨 증명서 같은 것을 교부받고 있는 것을 보고 있느라니, 나는 이제 취직은 평생 다 했구나 하는 걱정이 들고, 또 군대 갔다왔다고 술 받아준 동네 사람들과 친구들은 무슨 면목으로 대하나

하는 걱정도 들고 해서, 나는 고만 공포에 사로잡혀버렸지요. 그러나 말예요 김 형. 정문과 안내실과 건물이 백 개 있으면 뭘 해요? 감독관실, 시멘트 바닥, 철제 캐비닛, 사무원, 이런 거 백 개, 또는 이백 개가 있으면 뭘 해요? 내가 원통리와 백암산과 신산리에서 삼십팔 개월의 젊은 날을 보낸 것을 즈놈들이 어떻게 하겠소? 승패는, 아니, 시비진부는 내가 어이없어했을 때 결정이 난 거예요. 바로 그때 천지현황을 뒤엎어버리지 않은 것이 잘못이라면 잘못이지요. 거짓말은 얼른 거짓말이라고 해버려야지, 만일 그게 진짜 거짓말인지 어쩐지 미적미적 따져보고 있으면 어느새, 참말로 둔갑을 하는 수가 있어요."

"당신 오늘 최면이 덜 된 모양이구료."

"예, 오늘 조금 덜 됐어요. 동생 하나가 미국에 가 있는데, 걔한테서 편지가 왔어요. 난 걔 편지만 오면 속이 안 좋아요. 우린 기집애들 없이 사내들만 삼 형젠데, 나는 대학을 못 나왔지만 걔들 둘은 대학을 가르쳤거든요. 그런데 둘째는 삼 학년 때 멀쩡하던 놈이 병신이 되어버렸고, 남은 건 지 하나뿐인데, 대학까지 나온 놈이 하라는 도둑질은 안 하고, 서독까지 가서 광부질을 해요. 일이라는 게 뼈다귀에 붙어야지, 아무나 하는 게 아니거든요. 고생 좀 했나 봐요. 그러다가 미국으로 건너갔는데, 처음에는 공부를 해야겠다고 하더니, 어떻게 잘 안 되는지 공부는 당분간 그만두고, 돈이나 벌어야겠다지 뭡니까."

춘호는 잠바 안주머니에서 반으로 접은 편지 봉투를 꺼냈다. 울긋불긋한 항공봉투였다. 그는 아무리 보아도 역시 신기하다는 듯이, 겉봉을 펴가지고 잠시 들여다보다가 해동에게 건네주었다.

"둘째 동생은 어떻게 해서 갑자기 병신이 되었소?"

그가 편지를 받으면서 물었다.

"그 이야긴 별로 하고 싶지 않은데요. 못난 놈이 못난 척하고 있지 않고, 건방을 떨다가 그렇게 됐지요. 그 애 소리를 들으셨군요? 물론 들으셨겠지요. 동네가 미안하고 창피해서 못 살겠어요."

그는 말을 멈추고 잠시 침묵을 지켰다.

해동은 조금 미안했다. 그는 편지를 훑어보았다. 거기에 나오는 지명들은 그에게는 전혀 추상명사였다. 우선 안부 인사가 있었고, 최근에는 자리를 옮겼는데, 새로 일하게 된 데는 돈도 시간당 이 불 삼십 전으로 전보다 십오 전이 더 많고, 주인도 더 친절하다는 말과, 어렸을 때부터 많이 들어와서 여름에 얼음 먹으면 배 아프다고 믿어왔었는데, 냉장고에서 얼음 아무리 많이 내먹어도 배 안 아프고, 따라서 배가 아픈 것은 얼음 때문이 아니라 먹은 얼음 속에 대장균이 들어 있기 때문이라는 간단한 사실을 알게 되었다는 말, 그리고 잘 검열된 육류와 우유와 진짜 버터와 치즈 같은 영양가 높은 음식물을 정책적으로 미국 사람들만큼 많이 섭취하고 있으므로 건강 상태가 대단히 좋으니, 염려 놓으시고, 행여 라면 같은 것을 소포로 보낼 생각은 하지 말라는 말이 씌어 있었다. 그리고 그곳의 기후와 두고 간 한국의 기후가 비교되어 있었고, 그 차이가 그의 몸과 마음에 미치는 영향이 조금 시적(詩的)으로 언급되어 있었다. 낮에는 바쁘고 밤에는 피곤해서, 외로워할 시간이 없는 모양이었고, "말은 잘 안 통하지만, 말이 제대로 통해서" 좋은 모양이었다. 그는 편지를 돌려주었다.

그들은 술집을 나왔다. 헤어지기 전에 해동이 "뇌병원에 한 번 보내보는 것이 어떨까요?"라고 말했다. 춘호는 그를 물끄러미 쳐다보다가 "뇌병원에 일 년 동안 있다가 나온 결과가 저거랍니다."라고 대답했다. 그리고는 무교동으로 가기 위하여 버스 정류소를 향해 어둠이 깔린 골목을 휘적 휘적 걸어나갔다. 해동은 그와 반대 방향으로 돌아서서 집을 향하여 걸음을 옮겼다. 그리고 무엇인가 중대한 것을 결정해야 할 때가 왔다고 느꼈다.

집에 가자, 아내가 그의 저고리를 받아 걸면서, 국민학교 오 학년인 딸이 월말고사에서 학년 석차 이등을 차지했다고 말했다. 그가 멍하니 있자, 아내가 약속대로 시계를 사줘야 될 게 아니냐고 말했다. 그래서 그는 "아, 시계!"라고 나지막하게 중얼거렸다. 저녁을 먹고 그는 석간을 마저 읽었다. 그리고 라디오를 틀어서 뉴스를 더 듣고, 광고가 나오자 껐다. 양치질을 하고 문단속을 한 다음, 자리를 깔고 드러누워서 눈을 말뚱거리며 천장을 쳐다보았다. 그때, 뒷담 저편에서 짐승의 울부짖음과 같은 그 소리가 들려왔다. 그 소리는 숨이 내뱉아지면서는 물론이지만, 들이마셔지면서도 났다. 덫에 치인 맹수가 몸부림을 치다가 상처만 더 입고 지쳐서 지르는 울부짖음 같은 그 소리는 약 이 분 동안 계속되었다. 그것은 혀나 입술 같은 것을 사용하지 않고, 순전히 성대만을 진동시키는 소리였다. 갑자기 사방이 더 조용해졌다.

"하루고 이틀이고 말 한 마디 없이 창밖만 내다보고 있다가, 저렇게 느 닷없이 고함을 지른대요. 옆엣 사람들이 얼마나 놀라겠어요."

아내가 말했다. 사람이 하루나 이틀 동안에 말을 해서 공기 중으로 내보내는 음파를 똘똘 뭉쳐서 한꺼번에 내보내면 저런 소리가 될까?

"말을 못하니 얼마나 답답하겠어요? 미숙이 엄마가 그러는데, 인물은 삼 형제 중에서 제일 잘났대요."

사람이 말을 가지고 통신을 할 수 없으면, 고함을 지르는 수밖에 없겠지. 답답한 것은 고함을 지르는 쪽이 아니라, 그 고함소리를 알아듣지 못하는 쪽이 아닌가!

　아내는 그의 귀에다 대고 계속해서 무슨 말을 소곤댔다. 그러나 그는 그것을 알아듣지 못했다. 아내는 말을 그쳤다. 그는 두 눈을 말똥거리면서 거대한 언어의 탑이 무너진 폐허 위로 밤이 더욱 깊어가는 것을 지켜보았다.

금산사 가는 길

눈보라를 뚫고 두 사람이 비탈을 오르고 있다. 눈이 많이 쌓여서 논두렁인지 길인지, 길인지 밭인지 도통 분간할 수가 없다. 한 사람은 하얀 바지저고리에 솜을 넣어서 누빈 하얀 방한복을 입고 있고, 또 한 사람은 잿빛 바지저고리에 솜을 넣어서 누빈 잿빛 방한복을 입고 있다. 하늘과 산과 들판——온천지가 하얗고 그리고 잿빛이다. 한 사람이 고함을 지른다.

"아직 멀었느냐?"

"예?"

"아직 멀었느냐 말이다."

"뭐가요?"

"뭐가요라니, 금산사 말이다."

"금산사요? 한 삼 킬로미터 남았습니다."

"삼 킬로미터? 눈이 이렇게 쏟아져서야 촌보를 옮기기가 힘들구나. 바람은 왜 또 이렇게 분다? 이런 폭설은 내 생전 처음이다."

"내리는 눈은 괜찮은데, 쌓인 눈 때문에 걷기가 힘듭니다. 발이 사뭇 무릎까지 빠지는데요. 적설만 아니면, 이런 함박눈 맞으며 걷는 것도 운치 있는 일이 아니겠어요? 운치 말이에요."

"무슨 치? 운치? 염치가 좋겠다."

"화나셨군요? 처음엔 좋아하신 것 같던데."

"내가 좋아했어? 지금 생각해보니, 처음부터 싫어했던 것이 분명해."

"처음부터 어째요?"

"싫어했어."

"아니, 처음부터 싫어했으면 싫어했고, 좋아했으면 좋아했지, 지금 생각해보니 싫어했다――는 건 뭐예요? 조금 이상한데요."

"이상할 거 하나도 없어. 이렇게 걷는 시간이 길어지면 길어질수록, 지금 생각해보니, 내가 처음부터 더욱더 싫어했어. 한없이 갈 테냐?"

"저기 저 능선만 넘으면 인가가 있습니다. 혹 사람이 없을지 모르지만, 적어도 눈과 바람을 잠시 피할 수는 있습니다."

"그렇다면 빨리 가자. 네 걸음이 더디구나. 내 등에 업혀라. 나는 지금 한 발자국 떼어놓기가 힘에 겨웁다. 그러나 저 능선까지라면 참을 수가 있어."

젊은 놈이 늙은 사람 등에 업힌다. 늙은이는 일어설 때 약간 비틀거리지만 곧 발걸음을 되찾는다. 그는 사십 년 이상을 지게질을 해왔다. 등에 진 짐은 쌀 한 가마보다 조금 더 무겁다. 그러나 그것은 그의 근육에는 고통을 주지만, 뼈다귀에는 전혀 부담이 되지 않는다. 그는 뼈다귀로 짐을 지탱하는 법을 그 뼈가 채 굳기 전부터 배우기 시작했었다.

"업히니 편한데요. 아주 편해요. 마치 사흘 밤을 철야하고 잠자리에 든

것 같아요. 내 다리가 아주 피곤했었던 모양이야. 조심하세요. 발을 헛딛
으면 넘어집니다. 이렇게 눈이 온 산을 덮을 때는 굶주린 늑대가 나타날
지도 몰라요. 아, 졸음이 오는구나. 눈에 덮인 산과 들, 한없이 가봤으면
좋겠다."

"어떻게 가봤으면 좋아?"

"빨리 저 능선에 갔으면 좋겠어요. 나는 지금 젖은 방한화와 양말을 벗
고 뜨듯한 아랫목에서 몸을 녹이고 싶어 견딜 수 없어요. 사람들이 집을
비우고 없으면, 나무토막을 주워다가 화톳불을 피우면 되겠지요. 어쨌든
나는 이 방한화만 좀 벗으면 살겠어요."

"나는 네 놈 몸뚱이만 내팽개치면 살겠다. 어쨌든, 네 놈의 두 팔이 나
의 목을 이렇게 조이지만 않아도 숨을 쉴 수 있겠다."

"내가 이렇게 꼭 붙잡지 않으면, 나의 몸이 당신 등에서 밑으로 흘러내
릴 텐데요."

"그래주면 더욱 좋지."

"업기만 더 힘들 텐데, 좋을 게 뭐 있겠어요? 내 엉덩이 밑에 깍지 낀
당신의 두 손을 한 번 풀어보세요, 누구 숨통이 더 조여지나."

그들 사이에는 말이 끊어진다. 노인에게는 말을 꺼낼 기력이 없는데,
젊은 놈이 말을 걸어오지 않으니, 대답할 일이 없다. 그의 목을 조이고 있
는 팔이 점점 느슨해진다. 그럴수록 그의 등짐은 더 무거워진다. 그러나
숨통이 트여서 우선 살 것 같다. 그는 땀을 흘리고 있다. 드디어 그들은
능선에 이른다. 눈앞이 확 트이고 골짜기의 설경이 멀리까지 뻗쳐 있다.
그러나 원근에 인가는 보이지 않는다. 늙은이는 낙담한다. 깍지 낀 그의
손에서 맥이 빠진다. 등짐이 그의 등을 미끄러져 내려서 눈 위에 풀썩 떨

어진다. 젊은 놈은 잠이 들었다.

"인가가 없다."

"그럼 화톳불을 피워야지요."

"어디서 나무를 구해?"

"그럼 다음 능선 너머로 가야지요. 저 능선만 넘으면 사람들이 사는 집들이 있고, 주막이 있습니다. 우리들은 술을 마실 수 있고, 원한다면 따뜻한 방에서 잠도 잘 수 있습니다."

"나는 여기서 쉬고 싶다."

"여긴 인가가 없습니다."

"나는 여기서 쉬고 싶다. 이제는 한 걸음도 더 뗄 수가 없어."

"여기는 인가가 없습니다. 그리고 바람 소리에 섞여서 들려오는 저 소리를 들어보십시오. 늑대의 울음소리입니다. 그러고 보니, 이 근처에도 늑대의 발자국이 있을지 모릅니다. 눈이 이렇게 쏟아지니, 지나가자마자 지워져버릴 것입니다만, 보십시오, 여기, 그리고 또 여기. 희미하긴 하지만, 늑대 발자국인 것 같습니다. 자세히 보십시다. 늑대 발자국입니다. 그렇습니다. 틀림없이 늑대 발자국입니다. 우리가 여기 있으면, 둘 중의 하나, 주린 늑대에게 잡혀먹히거나, 얼어 죽거나 할 것입니다. 어떻게 하시겠습니까?"

그들은 다시 걷는다. 바람은 아까처럼 세지 않지만, 눈은 여전히 쏟아진다. 그리고 바람결에 들짐승들의 울부짖음 소리가 들려온다.

"저기 가면 밥이 있겠느냐?"

"술이 있는데 밥이 없겠습니까? 나도 배가 고픕니다. 우린 언제 밥을 먹었지요?"

"금산사는 아직 멀었느냐?"

"십 킬로미터쯤 남았습니다."

"뭐? 십 킬로미터?"

"예. 우린 그동안 약 칠 킬로미터를 걸어왔습니다."

"지금 시각이 어느 때쯤 되었을까?"

"열한 시쯤 되었을까요? 배가 고픈 것을 보면 한 시? 두 시? 아니면 네 시?"

"넌 시계 하나도 없느냐?"

"있습니다. 스위스제인데, 십만 원짜리입니다. 십 년에 오차가 영점 오 초밖에 안 생기는 정밀한 시계입니다. 스위스 사람들이 그들의 연방 공화 제만큼이나 자랑으로 삼고 있는 시계입니다. 그리고 마터호른보다 스위 스를 더 유명하게 만들어준 시계이기도 합니다. 그런데 이 시계는 아홉 시 반에서 멎어 있습니다."

"그건 우리들이 출발하던 시각이 아니냐."

"정확히 그렇습니다. 이 시계는 우리들이 출발하자마자 멎어버렸습니 다."

"훌륭하다, 너의 시계여! 우리들은 해 떨어지기 전에 도달할 수 있겠느 냐?"

"있습니다. 다만 우리들이 해 떨어질 때까지 계속해서 걸을 수 있느냐 가 문제입니다."

"해 떨어질 때까지 계속해서 걷자는 얘기가 아니야. 어두워지기 전에 도착을 해야 되겠다는 얘기야."

"그게 그 이야기죠."

"왜 그게 그 이야기야? 떠날 때 뭐라고 했어? 금산사에 가서 점심을 먹을 수 있다고 했지? 잊었어? 그런데 지금 이게 뭐야? 분명히, 점심때는 훨씬 겨웠는데, 금산사는 아무 데도 보이지 않고, 우리들은 눈보라 속에서 길을 잃었어."

"우리들은 다만 눈보라 속에 있을 뿐이지요. 눈보라는 곧 개입니다. 그리고 이대로 계속해서 걷는다면, 우리들은 잠시 후 마을에 도착합니다. 거기에는 사람들이 살고 있고 지금 우리들에게 필요한 모든 것이 있습니다. 우리들은 다만 거기에 가기만 하면 됩니다. 쌀, 물, 아궁이, 땔감, 솥단지, 희석식 소주, 지난봄에 깨서 마당과 뒷동산에 놓아먹인 살찐 닭들, 마루 밑에 파묻어놓은 고구마, 벽, 지붕, 방문, 동치미, 뜨거워진 구들장…."

두 사람은 능선을 향해서 걷는다. 그것은 보기보다 멀다. 그것을 오르기 위해서 그들은 먼저 골짜구니로 내려간다. 골짜구니는 생각했던 것보다 더 평퍼짐하고 넓다. 눈을 무겁게 인 이십 년생 소나무들이 가지를 땅에 질질 끌고 있다. 주위가 컴컴해진다.

"저게 무슨 소리냐?"

"나뭇가지 꺾어지는 소리요."

"저 소리는?"

"가지 끝에 바람 지나가는 소리요."

"저건?"

"짐승들 소리요. 늑대 울음소리요. 멧돼지 부리 처박는 소리요."

그들이 동서남북을 잃어버린 것은 이미 오래지만, 이제는 그들이 걸어온 곳과 그들이 걸어가는 곳조차 분간할 수가 없다. 그들은 그저 걷는다.

걷는다기보다, 눈에 빠진 두 다리를 부지런히 교대로 뽑아올린다. 이쪽 다리를 뽑아올리면, 저쪽 다리가 빠져들어가고, 저쪽 다리를 뽑아올리면, 이쪽 다리가 빠져들어간다. 앞선 사람이 왼편으로 기울면 뒷선 사람은 오른편으로 기울고 앞선 사람이 오른편으로 기울면 뒷선 사람은 왼편으로 기운다. 또는, 같은 방향으로 기울기도 한다. 그들은 그들의 다리를 뽑아올리는 일에 골똘해 있어서, 그들이 어디로 가고 있는가를 생각해볼 겨를이 없다. 까마귀가 운다. 둘 중의 한 사람이 침을 뱉는다. 거대한 뱀이 용틀임을 하고 하늘로 솟아 있는데, 자세히 보니 낙락장송이다. 노인이 그 앞에 쓰러진다. 그러자 젊은 사람도 다리 뽑아올리는 일을 그만두고, 풀썩 눈 위에 주저앉는다. 꿩 한 마리가 소나무 가지 끝에서 툭 떨어진다. 젊은 사람이 두 눈을 번뜩거린다. 그러나 장끼는 간 곳이 없다.

"저쪽이다. 이 바보 같은 놈아. 저기를 봐라."

"그렇지만 떨어진 것은 바로 여긴데요."

"꿩이 네 눈보다 빠르고나. 꿩은 내려앉으면 기는 법이다."

"그런 법쯤은 나도 알아요. 우린 돌격할 때, 뛰다가 엎드리면 반드시 왼편이나 오른편으로 몸을 몇 바퀴 굴리지요."

"왜 굴려?"

"적의 눈을 속이기 위해서지요."

"너 같은 놈이나 속지. 이번엔 자세히 봐라. 또 하나 떨어진다."

"아무리 또 떨어질랴구요."

그때, 저만치 또 한 마리가 툭 떨어진다. 그리고 조금 전에 장끼가 사라졌던 방향으로 기는 듯 나는 듯 없어져버린다. 꿩이 떨어질 것을 기다리고 있었던 사람에게는 꿩이 자취를 감추는 것이 보였지만, 그것을 믿지 않았던 사람에게는 이번에도 꿩은 땅속으로, 눈 속으로 잦아들었다.

"세 번째는 꼭 봐야지."

"세 번째라는 건 없어."

"당신 맘대루요?"

"내 맘대로가 아니야, 이 건방진 놈 같으니. 난, 세상을 내 맘대로 움직일 수는 없지만 그 세상이 어떻게 돌아갈 것인가 하는 것은 어렴풋이 짐작을 할 수가 있어. 유감스럽게도 이 세상은 그런 것을 전혀 짐작조차 못하는 놈들에 의해서 움직여지고 있지만. 가령 너 같은 놈들에 의해서 말이야. 방금 떨어졌던 것은 까투리였어."

"정신을 차립시다. 여기서 정신을 놓치면 죽습니다. 기운을 차려서 갈 수 있는 데까지 가봅시다."

"가는 것만이 능사가 아니야. 어디로 가느냐가 문제야."

"어디로 가든 가봐야 어디로 가느냐가 문제가 돼도 될 게 아녜요? 이대로 있으면 어디로 가느냐 하는 것은 절대로 문제가 안 됩니다. 하여튼 가봅시다. 그리고 어디로 가느냐가 문제가 되는지 안 되는지 봅시다."

"그땐 이미 돌이킬 수가 없다. 그땐, 해결을 찾는 문제가 아니라, 파국을 발견하는 문제가 있을 뿐이지. 난 그것을 우리들이 첫발을 떼어놓기 전에 문제로 삼고 싶다."

"난 그것을 우리들이 마지막 발을 떼어놓은 다음에 문제로 삼고 싶소."

"마지막이라는 말에는 절망의 그림자가 스며 있어."

"이 세상에서 이야기만 가지고 되는 일은 하나도 없습니다. 기운을 내시오. 정신을 차리시오."

"정신을 차려야 할 것은 너야."

두 사람은 일어선다. 쓰러져 있던 노인은 머리와 어깨에 쌓인 눈을 털면서 일어서는데, 주저앉아 있던 젊은이는 온몸이 곱아서, 일어서자 윗몸이 땅과 평행선을 긋는다. 그는 네 발로 기듯 엉금엉금 걷는다. 골짜구니가 깊다. 소리와 울림이 함께 메아리쳐서 소리 나는 곳을 종잡을 수 없고, 그 소리가 대단히 괴이쩍어서 무슨 소린지 짐작하기가 힘들다. 뾰쭉한 모서리들이 모두 닳아지고 윤곽이 팅팅 부어서, 소리들은 본래의 날카로움을 들려주지 못하고 골짜구니에서 공허하게 울린다. 소나무들이 적어진다. 뼈만 남은 관목들이 나타난다. 그들은 아마 골짜구니의 맨 밑바닥에 도달하고 있는 모양이다. 발에 밟히는 눈이 단단해지더니, 얼음으로 변한다. 개천이다. 물이 흐르던 몸짓 그대로 얼어붙었다. 젊은 사람이 엎드려서 주먹으로 얼음을 친다. 그러나 얼음은 그가 기대했던 것만큼 소리를 내지 않는다. 그는 일어서서 두 팔을 축 늘어뜨리고 주위를 살핀다.

"무엇을 찾느냐고 묻지 않으세요? 나는 돌을 찾고 있습니다. 내년 봄에 다시 오면, 눈이 녹고, 그 밑에서 돌이 나타난다고는 말하지 마세요. 그때는 돌로 얼음을 깰 필요가 없습니다. 나는 지금 돌이 필요합니다."

그는 바지를 무릎까지 걷어올려부치고 옅은 개울물에 들어가서 모래무지를 잡으려는 개구쟁이처럼 허리를 굽히고 눈 속을 더듬는다.

"따라 오너라."

늙은이가 쭈그리고 앉아서 얼어붙은 물결의 무늬를 물끄러미 들여다보고 있다가, 홀연히 일어서서 젊은이를 거들떠도 안 보고 앞서 걷는다. 젊은이는 그때 손끝에 와서 닿는 돌의 차가움에서 돌이 물보다 더 얼어붙었음을 알아차린다. 그는 심술에서 돌을 힘껏 밀어본다. 돌의 저항이 어깨에까지 와서 닿는다. 그는 일어서서 노인의 뒤를 따른다. 미련이 남은 듯

뒤를 돌아보지만, 손에 묻은 언 눈을 털자 생각도 없어져버린다. 그들은 얼어붙은 개울 위를, 개울을 거슬러서 걷고 있다. 미끄러워서 더러 넘어지기도 하지만, 쌓인 눈 위를 걷기보다는 힘이 덜 든다. 저만치 사슴인지 노룬지, 다리 긴 짐승 하나가 가마솥에 콩 뛰듯이 산비탈을 뛰어간다.

"다 왔다. 조금만 더 가면 물을 마실 수 있어."

발밑에서 차츰 바스락 소리가 나기 시작한다. 그들은 산모롱이를 돈다. 젊은 사람이 걸음을 딱 멈춘다. 그리고 턱을 떨어뜨린다. 그는 그의 눈앞에 지옥이 아가리를 벌리고 있다고 생각한다. 물이 오륙 미터의 낭떠러지를 떨어지다가 얼어붙어 있다. 그것은 거대한 괴물의 이빨들처럼 날카롭고, 동굴 속의 돌고드름들처럼 음침한 하얀 빛으로 번득이고 있다. 노인이 그 바로 밑으로 다가간다. 골골골 괴이한 소리가 난다. 마치 창자 속에서 나는 소리 같다. 노인이 배를 깔고 엎디어 두 손으로 물을 퍼 마신다. 물은 생각했던 것보다 덜 차다. 늪에는 얼음이 언 데는 눈이 소복하게 쌓였고 그렇지 않은 데는 그늘 속에서 검푸른 빛으로 괴어 있는 맑은 물이 들여다보는 사람의 얼굴을 비쳐준다. 늙은 사람은 물을 다 마시고 제 얼굴을 들여다본다. 그 얼굴 옆에 또 하나의 얼굴이 나타난다. 젊은 사람이 두 손을 물속에 넣자 그 얼굴들은 산산조각이 난다. 젊은 사람이 손으로 물을 퍼 올려서 소처럼 입을 대고 들여마시는 동안, 깨어진 얼굴들이 다시 맞추어진다. 채 완성되기도 전에 그것들은 다시 박살이 난다. 그리고 다시 맞추어진다. 늙은이는 그 얼굴들의 여러 가지 모습들을 물끄러미 들여다보고 있다. 젊은 사람도 물을 다 마셨는지 문득 물속에 있는 두 개의 얼굴을 알아차린다. 그들은 나란히 엎드려서 물속을 들여다보고 있다.

"이대로 엎드려서 한숨 푹 잤으면 좋겠다."

"나도 그렇다. 한숨 푹 잤으면, 얼어 죽어도 한이 없겠다."

"여기가 어딥니까?"

"골짜구니다. 산과 산 사이의 가장 낮은 곳이다."

"우리들은 이제 어디로 가야 합니까?"

"우리들은 이제 네가 이끄는 데로 가야 한다. 그런데 너는 어디로 가야 할지를 모른다. 우리들은 아무도 어디로 가야 할지를 모른다."

"아무도 어디로 가야 할지를 모른다면, 나는 어디로 가야 할지를 말할 수 있습니다. 저 능선을 넘어갑시다. 우리들은 처음부터 저것을 넘으려고 했습니다. 저 너머에 인가가 있습니다."

"우리들이 찾는 것은 인가냐?"

"그렇습니다. 우리들은 인가를 찾고 있습니다."

"너는 금산사를 잊었느냐?"

"금산사가 뭡니까? 우리들은 우선 이 젖은 신발을 벗어야 합니다. 나는 나의 다리 한 토막을 톱으로 잘라내고 싶지는 않습니다. 벌써 나의 발 한 부분에 감각이 없습니다."

"감각이 없는 것이 너의 발뿐이라면 좋겠다."

노인이 일어선다. 젊은 사람은 물을 주먹으로 쳐서 그 속에 있는 얼굴을 깨트려버린 다음 일어선다. 노인이 걸어간다. '저 능선'을 향해서다. 젊은 사람이 뒤를 따른다. 그는 다리를 전다. 그들 둘 사이의 거리가 차츰 멀어진다. 노인은 그것을 안다. 그러나 그는 뒤를 안 돌아보고 걷는다. 그들 사이의 거리가 점점 더 벌어진다. 그 거리가 일정한 길이에 이르자 노인이 우뚝 걸음을 멈춘다. 마치 그들 둘 사이에 밧줄이 묶여져 있는 것 같다. 노인이 아무리 그의 보조대로 걸어가고 싶어도, 그 밧줄의 길이가 허용하는 범위 밖으로 걸어갈 수는 없다. 젊은 사람이 다리 하나를 질질 끌면서 기듯이 언덕을 올라온다. 밧줄은 느슨해진다. 노인은 자유를 느낀다. 그러나 그는 가버리지 않는다. 그는 그가 걸음을 옮기면 밧줄이 다시 팽팽해질 것을 안다. 그는 그의 자유의 폭을 잘 알고 있다. 그는 움쩍도 않고 서서 젊은 사람을 기다린다. 젊은 사람이 옆으로 다가오자, 그가 쭈그리고 앉는다.

"나는 너를 목을 비틀어서 죽여버리고 싶다."

젊은 사람이 그의 등에 올라탄다. 늙은 사람은 아까보다 훨씬 더 힘들게 일어선다. 쌓인 눈 속에서 발을 뽑아올리는 힘은 갈수록 줄어드는데, 그 눈 속에다 발을 처박는 힘이 갑자기 두 배 이상 늘어난다. 그의 목에는 댓줄기 같은 핏대가 선다. 그는 언덕을 기어오른다.

그는 놀랄 만큼 잘 견뎌낸다. 젊은 사람도 아까와 마찬가지로, 처음엔 놀란다. 그러나 노인의 명태 같은 두 다리가 괴로워하면 할수록, 그의 놀라움은 조금씩 사라지고 그 대신 졸음이 온다. 사실, 놀라움이란 오래 가면 놀라움이 아니다. 그것은 놀라운 일을 행하는 쪽에서도 그렇다. 노인은 처음에는, 그에게 아직 그와 같은 엄청난 힘이 남아 있음에 놀랐다. 그런데, 그 놀라운 일을 오래 하면 오래 할수록, 놀랍게도, 놀라운 생각은 점점 더 줄어져갔다.

그는 차츰 그가 보통의 일을 하고 있다고 생각하게 된다. 그리고 차츰 당연한 일을 하고 있다고까지 생각하게 된다. 그는, 혹시 저 능선 너머에 인가가 없고, 그래서 그가 저 능선을 넘은 다음에도 계속해서 이 무겁고 거추장스러운 짐을 짊어져야 되는 것은 아닌가 하는 생각이 들자, 갑자기 아랫배가 서늘해지면서 불안해진다. 그리고 문득, 금산사 경내까지 이 짐을 이렇게 지고 가는 것은 아닌가, 아니, 금산사가 나타날 때까지 이 짐을 이렇게 짊어지고 가야 되는데, 금산사라는 절은 결코 안 나타나는 것이 아닌가, 하는 의심이 든다. 그는 계속해서 언덕을 기어오른다. 마치 그 불길한 의심을 떨쳐버리려는 듯이 결사적으로 명태 같은 두 다리를 움직인다. 의심은 절망보다 더 견디기 힘들다. 그는 조금이라도 빨리 능선에 도달하고 싶다. 그러나 젊은 사람은 서둘러야 할 아무런 이유도 없다. 그리고 능선 너머에 별로 관심이 없다. 그는 늙은이의 등에다 얼굴을 묻고 잠이 든다.

늙은이가 마침내 능선을 넘는다. 그리고 완만한 경사 위에 총총히 들어선 눈에 덮인, 수많은 무덤들을 본다. 동네는 동넨데 죽은 사람들의 동네다. 뼈다귀들과 해골들이 덜그덕거리는 소리가 들리는 듯하다. 늙은 사람이 맞잡은 두 손을 등 뒤에서 풀자, 젊은 사람이 떨어져서 눈 속에 처박힌다. 늙은이는, 조금 전에 불안해했을 때 이미 그가 분노와 절망과 공포를 겪어버렸다는 것을 깨닫는다. 지금은 오히려 아무렇지 않다. 등짐을 내던져버려서 몸이 홀가분하고, 마음이 착 가라앉기까지 한다. 피곤할 뿐이다. 그는 그 자리에 쓰러진다. 잠을 자고 싶다.

"능선을 넘었소? 우리들은 능선을 넘었소? 마을이 보이오? 인가는 어디에 있소?"

"우리들은 능선을 넘었다. 그리고 우리들은 공동묘지에 와 있다."

"공동묘지? 정말! 이건 공동묘지구나. 아니, 우리들은 어디 가서 이 젖은 신발을 벗고, 주린 창자를 채우지? 우린 부락으로 갈 수도 있었을 텐데, 하필이면 공동묘지야! 공동묘지라면 이 세상에서 맨 나중에 찾아가도 늦지 않을 텐데."

늙은 사람은 말없이 얼굴을 눈 속에 처박고 있다. 젊은 사람은 잠이 완전히 깨었는지, 두 다리를 눈 속에 딛고 꼿꼿이 서서 탄식한다.

"일이 갈수록 어려워지는군. 그러나 너무 걱정하지 말아요. 어려운 때일수록 정신을 바짝 차리고 기운을 내야지요. 너무 낙담 말아요. 내가 있지 않아요. 여기가 공동묘지라면, 마을이 머지않았어요. 부모 조상들을 멀리 갖다 묻지는 않았을 테니까요. 기운을 내요. 조금만 더 가면 사람들이 이마를 맞대고 사는 마을이 있어요."

기운을 내라고 하니, 늙은 사람은 기운이 나는 것 같다. 그러나 그는 기운을 내고 싶은 생각이 조금도 없다. 그는 그의 몸에 기운이 전혀 없으면 좋겠다고 생각한다. 그는 아마 어렴풋이 무엇을 깨달은 모양이다——. 조금이라도 기운이 남았으면, 그는 그 기운을 낼 것이 틀림없고 그가 낸 그의 기운은 틀림없이 그의 불행을 위해서 사용될 것이다. 그는 차라리 그 자리에서 쓰러진 채 동태가 되고 싶다.

"갑시다. 일어서세요. 이러고 있을 때가 아닙니다. 굳세게 나아가야 합니다. 우리들은 지금까지 훌륭하게 참아왔습니다. 여기서 중단할 수야 없습니다. 공동묘지에서 늑대의 밥이 되기 위하여 지금까지 눈보라를 무릅쓰고 걸어왔던 것은 아닙니다. 우리들은 오래전에 늑대의 밥이 되거나, 얼어 죽을 수도 있었습니다."

노인이 얼굴을 쳐든다. 그리고 원근을 살핀다. 잿빛 하늘을 뚫고 시각을 짐작하기란 여전히 힘들지만, 어쩐지 날이 저물고 있다고 느껴진다. 그리고 그들이 지금 있는 곳은 밤을 새우기에는 썩 좋은 곳이 못된다. 그는 일어선다. 그들은 다시 걷는다.

"우리들은 이제부터 모든 고난 참아내고… 눈보라가 제아무리 가는 길을 막아도… 한마음 한뜻으로 어려움을 이겨내어… 쉬지 않고 끊임없이 앞으로 나아가서… 희망에 찬 우리들의 보금자리 찾아내고….'

"네놈의 말에는 아무 뜻이 없다. 네놈은 말을 타락시키고 있어."

"우리들이 지금 말의 타락을 따지게 됐소?"

"뭐야? 뭐라고? 말을 타락시키는 것이 말을 타락시키는 것으로 그치는 줄 아느냐? 이 바보 같은 놈아, 네놈은 말을 사용하는 모든 사람들의 사고 방식을 타락시키고 있어! 타락된 그 사고방식에서 나온 모든 범죄 행위에 대해서 네놈은 책임을 져야 돼!"

"그렇지만 나는 그 말을 하면서 힘과 용기와 자신을 얻었는데요."

"북을 쳐라. 둥, 둥, 둥, 하고 북을 쳐. 북이 없으면, 손뼉이라도 쳐. 하낫 둘, 하낫 둘 하고 고함이라도 질러. 그러나 제발 뜻 없는 말만은 하지 마라. 네놈이 책임질 수 있는 범위 안에서만 죄를 지어. 네 한 목숨을 바쳐도 속죄할 수 없는 죄는 짓지 말어. 네 한 목숨을 바쳐서 속죄할 수 있을 때, 목숨을 바치고 속죄를 해. 때를 놓치면, 죄가 하늘에 사무쳐서, 그 누 (累)가 위로는 조상을 욕되게 하고, 어쩌다가 잘못하여 너와 같은 시대에 삶을 살게 된 많은 사람들을 불행하게 만들고, 아래로는 자손만대에 한을 남긴다."

"아, 당신은 내가 모처럼 얻은 희망에서 박력을 빼버리는군. 나에게 그 것이 원래 많았기 망정이지, 그렇지 않았더라면, 어떻게 이 눈보라를 뚫고 마을을 찾아갈 수 있을까!"

"네놈 말에는 뜻이 없어. 금산사는 얼마쯤 남았느냐?"

"이십 킬로미터 남았소. 우리들은 약 십 킬로미터 걸어왔소. 내 말에 뜻이 없다, 없다, 하는데 내 말이 당신한테 마술을 걸었다면, 그 마술은 뜻이 아니고 무어요? 당신은 누구 말을 듣고 오십 리 눈밭길을 여기까지 걸어왔소? 그래도 내 말에 뜻이 없다고 할 테요?"

"바로 그래서 뜻이 없다고 한다."

날이 저문다. 그들은 산비탈을 내려가고 있다. 그들이 산모퉁이를 돌자, 바람이 갑자기 거세진다. 소나무 가지 끝에서 바람 소리가 나고, 깨어진 눈송이들이 그들의 옆얼굴을 친다. 배는 더 고파오고, 창자가 빌수록 몸은 더 얼어붙어온다. 그들의 발은 감각이 없다. 그러나 아무 데에도 마을의 불빛은 보이지 않는다. 젊은 사람이 발을 잘못 딛었는지, 데굴데굴 아래로 굴러 떨어진다. 늙은 사람은 바람이 불어오는 쪽으로 등을 돛처럼 엇비슷이 향하여 그 기세를 피하고, 네 발로 쌓인 눈을 움켜잡으며, 젊은 사람이 꼬라박혀 있는 데로 줄줄 미끄러져 내려간다. 젊은 사람은 머리를 눈 속에 처박고 있는데 엎드려 있는지 웅크리고 있는지 알 수 없다. 늙은 사람은 미끄러져 내려오던 몸짓 그대로 젊은 사람 옆에서 멎는다. 그는 눈 위에 얼굴을 묻는다. 두 사람 중의 누구도 일어나서 걷고 싶은 생각이 없다. 눈이 그들 위에 쌓인다. 늙은 사람은 그의 몸뚱이가 굳어옴을 느낀다. 그는 움켜잡은 두 팔을 거두어들이고 한 바퀴 굴러서 젊은 사람에게 부딪힌다. 젊은 사람이 상반신을 일으킨다. 그러나 하반신은 땅에 얼어붙은 모양이다. 늙은 사람이 또 한 번 젊은 사람 앞에 쭈그리고 앉아서 등을 댄다. 젊은 사람이 노인의 목을 두 손으로 움켜잡는다. 늙은 사람이 일어서자 젊은 사람은 그 등 위에 대롱대롱 매달려서 업힌다. 늙은이가 걸어간다. 밤이 되고, 바람 소리는 더 흉악해진다.

"나는 어젯밤에 꿈을 하나 꾸었다."

"뭘 꾸어요?"

"꿈을 꾸었어. 금 덩어리를 하나 샀는데, 집에 와서 보니, 도금한 놋쇠였어."

"놋쇠요? 저런! 사기를 당했군요."

"일이 거기서 끝났더라면 사긴데, 일이 거기서 끝나지 않았어."

"돈을 물렀어요?"

"물러줄 사람 같으면 그걸 천 배나 값을 더 받고 팔았겠느냐? 오십만 원을 주고 샀는데, 알아봤더니 오백 원짜리도 안 되는 것이었어. 그 사람은 금인지 놋쇠인지에 상관없이, 나에게 팔았던 것을 팔았던 값에 팔았을 뿐이라고 딱 잡아뗐어."

"영락없이 당했군요."

"누가? 내가? 나는 며칠 뒤에 그 사람을 난간 없는 다리 위에서 다시 만났지. 밤이었는데, 그 사람은 술이 취해 있었어. 나는 팔꿈치로 그 사람의 옆구리를 밀었어. 그 사람은 서너 길 다리 밑으로 떨어졌는데, 거기엔 물이 없었어. 그 사람은 뇌진탕을 일으켰지. 그리고 며칠 후에 아마 죽은 모양이야."

늙은 사람은 몸에서 힘이 빠져나가는 것을 느낀다. 그는 지금 오르막도 내리막도 아닌 편편한 들판을 걷고 있다. 그는 이제 쓰러지면 다시는 일어나지 못할 것을 알고 있다. 그리고 그가 쓰러지는 것은 다만 열 걸음, 스무 걸음 또는 쉰 걸음의 문제라는 것도 알고 있다. 젊은 사람은 또 잠이 드는지, 사지가 축 늘어진다. 바람이 분다. 눈 조각이 그의 두 눈을 후빈다. 그러나 그는 그것을 막을 손이 없다. 그는 비틀거린다. 마지막이라는 생각이 휘청거리는 그의 두 다리를 용케 붙잡아준다. 보통 때 같으면 넘어져도 벌써 여러 번 넘어졌을 거리를 그는 춤을 추듯 아슬아슬하게 걸어간다. 그렇게 해서 몇 걸음을 더 걸어가나 덜 걸어가나 아무런 차이가 없다는 것은 전혀 생각지 못한 채, 그에게는 이미 원근 어디에 불빛이 있는지를 찾아볼 기운이 없다. 그는 쓰러진다.

이튿날 날이 밝자, 큰길가에 나온 동네 사람 하나가 논바닥 위에서 두 사람이 눈에 묻혀 있는 것을 발견한다. 어제의 잿빛 구름은 간 곳이 없고 태양이 하얀 눈 위에서 눈부시게 빛나고 있다. 그는 동네로 들어가서 사람들을 데리고 나온다. 길에서 먼 쪽에 묻혀 있는 사람은 웅크린 채 꼿꼿이 굳어져 있는데, 얼굴이 핏기 하나 없이 새하얗고, 거기서 길 쪽으로 열 발자국이나 떨어져서 허우적거리던 자세 그대로 엎드려 있는 사람은 노인인데 얼굴이 깡마르다. 동네 사람들이 그들을 떠메고 큰길로 나선다. 큰길가에는 이정표가 눈 속에 묻혀 있는데, 구경하던 동네 사람 하나가 무심코 거기에서 눈을 털어내자, '금산사 1km'라는 글자가 나타난다. 그리고 그 위로 찬란한 겨울 햇살이 가서 닿는다.

탱자꽃

보리가 하나둘씩 패기 시작하고 재거름 묻혀서 묻은 감자 토막에서 봄비 내린 뒤 굳어진 붉은 황토의 거죽을 뚫고 새움이 돋아오르면 가시 울타리에 탱자꽃이 하얗게 핀다. 다섯 가닥, 여섯 가닥의 가냘픈 꽃잎들로 된 무수히 많은 작은 꽃들이 탱자 울타리를 하얗게 소복단장하는 것을 보면 김 씨는 삼십 년 전 일이 어제 일처럼 눈앞에 선해진다.

그는 마당에 서서 울 너머로 먼 산을 바라본다. 어디선가 멀리서 상여 소리가 들려온다. 어──어 노옹, 어──어 노옹. 아마 십 리 떨어진 읍내 누군가가 죽어서 내오는 모양이다. 김 씨는 울 쪽으로 다가간다. 뒷산 소나무 사이에서 꿩이 운다. 집 앞에는 큰길가에 버드나무들이 늘어섰는데, 자동차 흙먼지가 뿌옇다. 파릇파릇 새잎이 돋아나는 가지 위에 작은 산새가 앉아서 하얀 날갯죽지와 꼬리깃을 파득거리면서 재잘거린다.

김 씨는 마루 끝에 걸터앉는다. 그는 아침나절 내 마음이 들떠 있다. 버스 두 대가 앞서거니 뒤서거니 나란히 내려가는 것으로 보아 열한 시가 지났음이 분명한데 아침 숟가락 놓고 마을 간 그의 아내는 돌아올 줄을 모른다. 오늘은 지난 설 때 못 온 그의 아들이 집에 다니러 온다.

성칠이는 집에서 국민학교를 마치고 읍내 중학교에 한 일 년 다니는 둥 마는 둥 놀다가 일찌감치 군대에 갔다와서 서울로 기어올라가 출가한 저희 누나집에 얹혀 지내면서 용돈이 궁하면 중뿔나게 집에 오더니 무슨 철 공소에 취직을 하면서부터는 일 년 가야 한두 번 명절 때나 간신히 집에 얼굴을 비친다. 마침내 그의 아내가 사립짝을 밀치고 들어선다. 마루 끝에 앉아 있는 그를 흘끔 쳐다보고 그녀는 부엌 모퉁이로 그냥 돌아간다. 그는 짐작이 간다. 나쁜 일이 좋게 되기란 힘드는 법인 모양이다. 간밤에 지 서방네 딸년이 도망을 쳤다. 그래서 그 하회가 궁금했는데, 사실 이런 일에 기다릴 것이 별로 없다는 것은 김 씨 자신도 잘 알고 있다. 바로 그래서 더 기다려졌는지도 모르지만. 그는 안 보는 척하면서 슬금슬금 부엌 쪽을 쳐다본다.

양자는 지난겨울에 그의 아들과 거의 혼례를 치를 뻔했던 동네 처녀다. 둘은 몇 년 전부터 좋아지내는 사이인 듯했고, 근자에 와서는 망측한 소문이 떠돌 정도였다. 그랬는데 정작 신부집 쪽에서 이 핑계 저 핑계로 날짜를 미뤘다. 서발 장대 거칠 것이 없기로는 두 집안이 마찬가지인데, 눈치가, 지 서방네 그들은 누대(屢代)째 진평에서 살아온 뼈대 있는 집안이고, 이쪽으로 말할 것 같으면 당대에 굴러들어온 떠돌이로 마을 안에 들어오지도 못하고 동구 밖 큰길가에서 엉거주춤 주저앉아 얼마 전까지만 해도 뒷술을 팔던 뜨내기라고 해서 꺼리는 것 같았다. 사실, 나이 좀 든 사람이면 누구나 다 김 씨가 어느 해 섣달 몹시 추운 날 오후에 해가 뉘엿뉘엿해서 병든 과객으로 동네에 들어왔다가 정 참봉네 사랑방에서 겨울을 나고 그 집에 드난살이하던 여자와 배가 맞아서 갈 길을 잊고 그 자리에 주저앉아 버렸던 것을 기억하고 있었다.

그의 아내가 통통하게 살이 찐 암탉 한 마리를 들고 나와서 두 발을 묶어가지고 마당 한구석에 내던진다.

"닭의 새끼 숨통이나 비틀어주어요."

김 씨는 꿱꿱거리면서 날갯죽지 끝으로 흙을 파는 닭을 물끄러미 쳐다볼 뿐 움쩍도 하지 않는다. 그의 아내가 그의 눈치를 살피면서 딴 곳을 쳐다보고 혼잣말처럼 중얼거린다.

"낯짝 뻔뻔한 딸년 과년한 줄 모르고 한갓지게 깐죽거리고 있다가 하로 아침에 저 지경을 당했으니 지 서방네도 눈알이 뒤집혔지, 우리 성칠이가 오늘 집에 온다는 건 어디서 들었는지, 즈이들끼리 선통이 없었겠느냐고 나한테 대들지 않겠수? 불덩이 같은 젊은 애들 놔두고 미적미적 미룰 때는 언제고 이제 와서 우리 성칠이를 어디다 끌어들이냐고 맞고함질을 해댔다우."

그의 아내는 혀끝을 끌끌 차면서 솥에 동이물을 붓고 아궁이에 불을 지핀다. 김 씨는 비선봉 꼭대기에 줄달음으로 올라가고 싶다. 거기서라면 그는 허공에다 대고 마음껏 고함을 지를 수 있다. 나의 아버지는 김 진사…. 일 년 추수 삼백 석 하던 오릿골 김 진사…. 동네에서는 그가 누구인지 아무도 모른다. 사람들은 대개 그가 고향에서 죄를 짓고 도망쳐나왔다고 믿었다. 그는 때로는 "두 눈에 서리는 살기를 보면 잘 알 수 있듯이 논의 물꼬 싸움 끝에 이웃 사람의 머리통을 작살낸 사람"이었고, 또 때로는 "부리부리한 눈과 다부진 입술로 보아 틀림없이 남의 집 규수를 겁간했던 사람"이기도 했으며, 또 어떤 때는 "허여멀쑥한 얼굴에 파르스름한 기운이 도는 것을 보면 분명히 서방 있는 동네 각시와 통정하다가 본부를 때려죽인 사람"이 되기도 했다.

그러나 그가 고향을 버리고 떠나온 것은 그의 나이 스무 살 때였다. 그의 집에는 그가 아니더라도 물꼬 싸움을 할 사람들이 얼마든지 있었고, 그에게는 꽃봉오리처럼 피어나는 정혼한 처녀가 있었다. 그의 아버지는 그가 열여덟 살이 되었을 때 이웃 고을의 열여섯 난 규수에게 혼처를 정해 주었다. 그러나 그는, 사람이 늦되어서 그랬는지, 색싯감이 삼십 리 떨어진 솟을대문 안 깊숙한 곳에 숨겨져 있어서 그랬는지, 그것이 인륜대사라는 것은 잘 알 수 있었지만, 그 인륜대사가 당장 그의 삶에 아무런 변화나 충격을 주지 못했다. 그는 좋을 것도 부끄러울 것도 없었다. 그에게는 봉순이가 있었다. 봉순이는 그의 어렸을 적 소꿉동무였다. 그는 그의 정혼이 그에게 갖는 뜻을 정작 봉순이를 통해서 차츰 깨닫기 시작했다. 그녀의 그를 대하는 태도가 달라져갔다.

그녀는 그의 집 침모의 딸이었다. 그 침모는 그녀를 낳고 그의 젖어미가 되었다. 그들은 소꿉질을 같이 하면서 오누이처럼 자라났다. 철이 들무렵 어느 핸가 그의 생일에 그는, 그에게는 해마다 한 번씩 생일이 있는데, 봉순이에게는 왜 생일이 없느냐고 그의 어머니에게 물은 기억이 있다. 그가 보통학교에 다니게 되자 그들은 서로 만날 시간이 적어졌다. 그는 그의 어머니에게 봉순이와 함께 학교에 다니게 해달라고 얼마나 졸랐는지 모른다. 그의 부모는 물론 그의 청을 들어주지 않았고, 한술 더 떠서 그와 봉순이가 만나는 것을 조금씩 금지했다. 만나는 시간이 적어질수록, 그리고 만나는 것이 어려워질수록, 그들의 만남은 더욱 즐거운 것이 되었다. 그가 학교를 파하고 돌아올 시간이 되면 봉순이는 동네 뒤에 있는 등성이에서 그를 기다렸다. 그들은 큰길을 버리고 오솔길로 들어서서 소나무 사이 잔디 위에 자리를 잡고 앉아 그가 일부러 남겨온 그의 도시락을 나눠 먹기도 하고, 그녀가 치마 밑에 숨겨가지고 온 누룽지를 같이 먹기도 하면서 대개는 그가 그날 학교에서 배운 것을 그녀에게 가르쳐주었다. 그의 동네에는 그와 함께 학교에 다니는 애들이 셋이 있었다. 그 중 한 애가 이런 낌새를 눈치 채고 숨어 있다가 뒤를 밟았다. 그들은 먹을 것을 주기도 하고 연필 토막난 것을 주기도 하면서 그의 입을 막았다. 그러나 마침내 동네에 터무니없는 소문이 떠돌기 시작했다. 그의 아버지가 물어서 물어서 그 소문을 죽 거슬러 올라가보았더니 저쪽 끝에 바로 그 애가 있었다. 그 애는 그가 원했던 것은 음식 찌꺼기나 연필 나부랭이가 아니라 축에 끼이는 것이었는데 넣어주지 않았기 때문에 화가 나서 약속을 어기고 걱정했던 바를 사실인 것처럼 퍼뜨렸다고 말했다. 그가 이 학년 때의 일이었다. 물론 그런 일이 없었더라도 그들의 소나무밭에서의 정기적 밀회는 오래 계속될 수가 없었다. 애들의 장난이란 부처님 손바닥에서 노는 손오공의 잔꾀와도 같은 것이어서 어른들이 마음만 먹으면 얼마든지 그만두게 할 수가 있는 법이었다. 다만 어른들은 그 일 말고도 머리를 써야 할 일들이 얼마든지 있어서 깜빡 잊거나 뒤로 미루는 수가 있었고, 애들은 그 틈을 타서 온몸을 던져 그 일에 부딪혀볼 수가 있었다. 그러나 어른들이 언제까지 잊거나 미뤄주는 것은 아니었다. 더구나 그들에게는 만덕이라고 하는 아주 불리한 상노 아이가 있었다. 만덕이는 비가 오면 그를 업고 학교에 갔다가 끝날 무렵에 다시 데리러 오곤 했었는데, 갠 날에도 그가 늦게까지 학교에서 돌아오지 않으면 동네 뒤 까치골 등성이까지 마중을 나왔다.

이 만덕이의 눈치로부터 피하는 일은 대단히 어려웠다. 사람이란 한곳에 오래 살면 그곳 지리에 물리가 트여서 냄새만 맡고도 안 보이는 데까지 훤히 알 수가 있는 모양이었다. 뿐만 아니라 만덕이는 어른들이 시키는 일조차 제대로 하려 하지 않아서 머리를 썩혀야 할 일이 많지 않다는 점에서는 어린애였고, 그보다 나이가 예닐곱 살 많다는 점에서는 어른이었다. 오뉴월 뙤약볕에 사흘이라지만, 하루가 다르게 자라나는 그 나이 무렵에서는 그 정도의 차이면 어른과 아이를 갈라놓고도 남았다. 만덕이는 어른의 지혜와 어린애의 집중을 겸한, 식구 중에서 제일 고약한 자였다.

그러나 어떻게 해서 그가 봉순이와 함께 무르익은 산딸기를 따먹으면서 굴레 벗은 망아지처럼 온 산을 헤집고 다닌 기억은 오 학년 때까지 계속된다. 그들이 그렇게 어울리기를 언제부터인지 모르게 조금씩 그만두게 된 것은 막상 어른들이나 주위의 간섭 때문이 아니라 그들 스스로 눈이 조금씩 뜨여갔기 때문이었다. 마침내 그들은 매일 집 안팎에서 몇 번씩 마주치면서도 단둘이 일부러 만나는 일은 거의 없게 되었다. 그것은 일방적으로 봉순이가 피했기 때문만은 아니었다. 그녀가 한번 꽁무니를 빼면 그것이 고까와서 다음에는 그가 퉁명스럽게 굴었다. 그리고 퉁명스럽게 군 것이 미안해서 그가 조금 고분고분해지면 이번에는 그녀 쪽에서 새침을 떨었다. 아마 그들은 그들이 마음만 먹으면 얼마든지 만날 수 있고, 또 마음을 안 먹더라도 얼마든지 집 모퉁이에서 우연히 부딪힐 수 있었기 때문에 그런 줄다리기를 했었다. 그러나 그가 고등보통학교에 진학하기 위해서 서울로 가게 되자 비로소 그들은 그들이 서로에게 얼마나 중요한가를 알게 되었다. 봄기운이 완연해진 어느 날, 집에서는 짐을 싸서 그를 서울로 보내기 위하여 정신없이 덤벙들대고 있을 때, 그는 봉순이를 데리고 까치골 등성이로 올라갔다. 응달진 곳에는 아직도 눈 녹은 진창 찌꺼기가 남아 있었지만, 양지바른 곳의 마른 잔디 위에는 다사로운 햇볕이 쏟아지고 있어서 땀이 날 지경이었다. 그들은 날이 캄캄해져버린 다음에야 소나무밭에서 나왔다. 겁이 날 줄 알았는데, 막상 그렇게 되어버리자 집에 가서 꾸며대야 할 핑계가 전혀 걱정이 되지 않는 것이 오히려 놀라웠다. 만덕이가 등성이에 그들을 마중 나와 있었다. 집에서는 난리가 났다고 수다를 떨었지만, 그가 너무 차분하고 냉정했으므로 만덕이는 곧 조용해졌다. 부모들은 근심스럽게 그들을 기다리고 있었다. 그리고 그가 변명을 하지 않았는데도 그의 아버지는 왜 그들이 그렇게 늦었는지에 대해서 전혀 그를 추궁하지 않았다. 아마 그의 부모는 그가 생전 처음으로 부모 곁을 떠나게 되어서 들뜨게 된 마음은 진짜로 떠나기만 하면 곧 가라앉을 것이고, 그의 나이가 어렸으므로 떠나서 안 보게 되면 봉순이도 곧 잊게 될 것이라고 생각하는 모양이었다. 그러나 사실은 그와 반대였다. 그의 부모는 그들의 생각이 대체로 들어맞지 않았다는 것을 곧 알게 되었다.

부모의 슬하를 떠나 있게 되자, 그는 봉순이가 아니라, 언제부터인지 모르게 봉순이와 단둘이 만나는 것을 꺼림칙하고 창피하게, 심지어는 죄를 짓는 것처럼 느껴지게 해주었던 집안의 어른들이 풍기는 분위기를, 잊었다. 그는 고향에 있을 때 왜 그가 봉순이와 더 자주 만나지 않았으며, 만났을 때는 왜 더 즐겁게 시간을 보내지 않았었는지 이상하게 생각될 정도였다. 그는 까치골에서 봉순이와 나란히 앉아 있는 것은 물론, 집 모퉁이에서 그녀와 우연히 부딪히는 것까지도 얼마나 큰 특권인가를 깨달았다. 여름방학이 되어 고향에 왔을 때 봉순이에 대한 그의 기분은 그의 부모의 기대와는 반대로 그동안 떨어져 있었던 것만큼 더 성숙했다. 집에

온 이튿날 아침 뒤안에서 그녀를 처음 보았을 때 그는 그녀가 대단히 촌스럽다고 문득 느껴져서 내심 흠칫 놀랐다. 실물과는 사뭇 거리가 멀 정도로 그의 생각은 앞장서 있었다. 그는 풀이 죽은 기분으로 조심스럽게 그녀를 살폈다. 그들은 마치 잊었던 옛 생각을 되살리기라도 하는 것처럼 조금씩 새로이 접근해갔다. 그들은 그전보다 훨씬 더 어색하고 서툴게 마주 앉아서 훨씬 더 불만스럽게 시간을 보냈다. 그의 부모는 봉순이 문제를 잊은 모양이었다. 그가 봉순이를 잊게 되리라고 그들이 생각했었다는 사실마저 잊어버린 모양이었다. 사실, 그와 봉순이와의 관계는 그들에게는 대단한 것이었지만 어른들이 보기에는 소꿉장난을 조금 벗어난 것밖에 안 되었는지도 몰랐다.

그는 그 자신이 불행하다고 생각했다. 서울에서는 집에만 가면 대단히 행복하고 기쁠 것 같았는데, 이상한 일이었다. 그러나 방학의 날들이 차츰 흘러가자, 그는 서울에 가면 지금보다 훨씬 더 불행해질 것 같은 예감에 사로잡혔다. 옆에서 어른들은 그가 서울물을 마시고 오더니 한결 어른스러워졌다고 생각했지만, 어린애가 어른으로 탈바꿈하는 것은 대단히 괴로운 일이었다. 그는 마치 계절을 타기라도 하는 것처럼 여름내 두 눈이 퀭하게 얼굴이 못되고 몸에 맥이 빠졌다가 찬 바람이 건듯 일자 입맛을 조금 되찾으면서 문득 봉순이와 함께 서울에 가면 어떨까 하는 생각을 했다.

그 생각은 한 번 떠오르자 그의 온 마음을 사로잡았다. 마치 그런 생각을 하지 못했기 때문에 여름을 타기라도 했던 것처럼 그는 갑자기 생기를 되찾았다. 그는 그런 중에도 아버지는 조금 어려웠던지, 어머니에게 넌지시 그의 생각을 털어놓았다. 그의 어머니는 펄쩍 뛰었다. 인삼 넣은 흰닭을 고아주는 대로 다 먹고, 밭두덕머리 쇠뿔참외와 도구친 논에서 잡은 미꾸라지 새끼들도 다 잘 먹겠다고 약속을 했지만 소용이 없었다. 그러나 그는 조금도 실망하지 않았다. 그의 어머니가 완강히 거절할수록 그는 힘이 더욱더 솟아나는 것 같았다. 마침내 그 이야기가 그의 아버지 귀에 들어갔다. 어머니가 아버지에게 이른다고 했을 때는 겁이 나기도 했었지만, 막상 아버지가 알아버리자 그는 당혹하거나 낭패해하기는커녕 오히려 일이 제 순서대로 되어간다고 느껴졌다. 그것은 그에게 이길 자신이 있어서가 아니었다. 그의 아버지가 그의 요구를 들어주지 않으리라는 것은 누구보다도 그 자신이 더 잘 알고 있었다. 문제의 해결이 그의 소망대로 되고 안 됨에 상관없이, 아니, 어쩌면 그의 소망대로는 결코 되지 않을 것이 확실했기 때문에, 그것을 문제 삼는 것만으로 그는 통쾌한 기분을 느꼈다.

그에게는 장가 안 간 삼촌이 하나 있었다. 대단한 바람잡이여서 나타남과 사라짐을 종잡을 수 없는 사람이었는데, 그와는 사이가 아주 좋았다. 아무 소식 없이 몇 달 만에 불쑥 나타나서 묵고 싶은 때까지 머물다가 또 예고 없이 훌쩍 떠나버리곤 했었는데, 이상하게도 그 삼촌만 집에 와 있으면 그의 아버지는 하찮은 일에도 화를 벌컥벌컥 냈다.

그리고 그의 삼촌도 그와 어울려 어린애처럼 신나게 놀다가도 맏형의 그림자가 집 안에 어른거리기만 하면 기가 팍 죽어서 비실비실 쥐구멍을 찾았다. 히노마루를 국기로 알고 있었던 그에게 음양과 건곤감이 사패도 선명한 태극기를 처음 보여줬던 것은 바로 이 삼촌이었다. 어느 날 삼촌이 묵고 있는 뒷방의 문을 반은 장난으로 느닷없이 홱 열었을 때 기겁하게 놀란 삼촌은 무엇인가를 황급히 감추었는데, 들어온 사람이 조카 혼자라는 것이 확실해지자 잠깐 망설이다가 품속에서 숨긴 물건을 꺼내 그의 눈앞에 펼쳤다. 그는 비록 나이는 어렸지만, 그의 삼촌이 중대한 비밀을 그에게 털어놓았다는 것을 알아차렸다. 그는 어린 속에도 삼촌이 그를 믿어주고 어른 대우를 해주고 동지로 생각해준 것에 억누를 수 없는 기쁨을 느꼈다. 그는 삼촌과 그 사이에 이와 같은 일이 있기를 얼마나 열망했었는지 몰랐다. 순전히 그 비밀의 무게만으로도 그는 감격하고 남았다. 그의 삼촌은 그들의 눈앞에 있는 것이 무엇인지만 간단히 설명하고 얼른 다시 접어서 품속에 집어넣었다. 이제 그 무거운 비밀을 나눔으로써 그와 삼촌과의 관계는 더욱더 굳어지게 되었고, 따라서 그의 삼촌은 그가 아무리 멍청한 짓을 해도 그를 저버릴 수 없게 되었다. 그는 삼촌 앞에서 바보가 안 되려고 무진 애를 썼지만, 꼭 중요한 대목에 가서 그도 모르게 그만 실수를 해버리곤 했었는데, 그것이 얼마나 안타까웠었는지 몰랐다. 삼촌은 그에게 비밀을 지키라고 주의를 줄 필요가 없었고, 또 주지도 않았다. 아마 주의를 주었더라면 그는 불만스러웠을 것이다. 그의 삼촌은 그날 밤 자취를 감췄다.

그의 집에서는 그의 삼촌에 대해서 공공연하게 이야기하는 것은 금기였으므로 잘 알 수는 없었지만, 그의 짐작에 삼촌은 서울에 가 있었다. 그의 부모는 무슨 이야기를 하다가 그가 들어가면 문득 그치는 수가 있었는데, 그럴 때면 그는 그들이 틀림없이 삼촌에 대해서 이야기했다고 생각했다. 그와 삼촌이 중대한 관계에 있는 줄을 모르고 그들이 삼촌에 관한 정보를 그에게 감추는 것은 대단히 안타깝고 불만스러웠지만 그들이 눈치를 채고 물어오지 않는 한 그가 스스로 기밀을 누설할 수도 없는 노릇이었다. 서울 유학을 가라고 했을 때 그는 막연하게나마 삼촌을 만나게 될지도 모른다는 희망을 가졌었다. 그러나 삼촌은 서울에도 없었다. 그는 서울 고모 집에서 기식을 했었는데, 어느 날 우연히 생각난 것처럼 삼촌

얘기를 꺼냈을 때 고모는 조카에게 하는 이야기라는 것을 깜박 잊기라도 한 것처럼 "그 미친놈 만주벌판에서 밭두둑 베고 얼어 죽을 거다."고 말했다. 고모 말의 격렬함은 그를 전율케 했고, 그러는 사이에 만주라는 단어는 그의 상상력을 사로잡았다. 그는 갑자기 서울이 따분해졌다. 적어도 봉순이와 같이 지내는 특권을 버리면서까지 눌러앉아 있을 만한 곳은 못 되었다.

여름방학이 끝나고 그가 다시 서울로 가야 되는 날 전날 밤 그의 아버지는 저녁 밥상머리로 그를 불렀다. 가풍의 전통에 따라 김 진사는 지금이라도 막 날아갈 듯한 학 두 마리가 짙은 쪽빛으로 무늬 놓아진 조선 백자로부터 술을 한 잔 가득 따라서 반주로 주욱 들이키고는 무릎을 꿇고 앉아 있는 아들을 물끄러미 건너다보았다. 마치 네가 누구냐고 묻기라도 하는 것처럼. 그리고 나서는 한숨을 포옥 내뱉은 다음 당시의 시국이 돌아가는 형편에서부터 말문을 열었다. 그때는 왜정의 단말마적 말기였다. 다릿가의 철난간에서부터 민가의 놋그릇에 이르기까지 쇠붙이라는 쇠붙이는 모조리 헌납받아 갔고, 농사지은 사람들은 곡식을 공출당해서 조밥이나 싸래기밥도 얻어먹기 힘들었다. 학생들은 송진을 따기 위해서 들과 산을 헤맸고, 몸빼를 입은 부녀자들은 대나무 끝을 뾰족하게 깎아가지고 죽창을 만들어 미영 귀축이 하늘로부터 떨어지면 그 엉덩이를 찌를 준비를 했다. 이러한 비상시국에 그의 집안만이 온전할 리는 없었다. 추수 몇 백을 했던 것은 옛날 얘기였다. 해마다 씀씀이는 늘어나는데 지고 들어오는 볏섬은 줄어들어갔다. 옛날 생각을 하면 사는 것이 도통 사는 것 같지 않지만, 앞으로 다가올 세상을 생각하면 지금 이것도 과분할 정도였다. 요즈음 같아서는 작년이 옛날이 아니라 어제가 옛날이었다. 내년, 또는 내일 당장 어떻게 될지도 모르지만, 아직은 그가 서울 유학을 할 수 있는 것은 그의 복이자 김 진사의 복이었다. 만일 그가 이러한 집 안팎의 사정을 모르고 허튼 생각을 한다면 김 진사는 도저히 용서할 수가 없었다. 물론 한 사람이라도 더 공부를 시키는 것은 좋은 일이었다. 그러나 공부를 시켜도 시킬 사람이 따로 있었다. 그리고 공부를 시킬 목적이 아니면 침모의 여식을 서울로 데리고 갈 이유가 없었다. 아니, 이유가 백 가지가 있더라도 남의 이목이 무서워서도 용서할 수가 없었다. 그가 서울을 못 가기가 쉽지 봉순이를 데리고 갈 수는 없었다.

그는 머리를 다소곳이 숙이고 말없이 듣고 있었다. 김 진사는 그의 의향을 묻기라도 하는 것처럼 잠시 말을 그치고 보통과는 달리 술을 한 잔 더 따라서 죽 들이켰다. 그러고는 그에게 아버지 말대로 마음을 가다듬고 서울 가서 착실히 공부를 하겠느냐고 물었다. 그것은 물음이라기보다, 어찌 들으면 간청이었고 어찌 들으면 명령이었다. 그는 기어드는 목소리로, 작은 목소리로, 그러나 분명하게, 파란 학의 날개끝을 바라보면서, 서울에 가지 않겠다고 대답했다. 그의 아버지는 격노했다. 그는 그의 아버지의 손이 그렇게 떨리는 것을 본 적이 없었다.

그가 고등보통학교를 다닌 것은 그것이 마지막이었다. 그가 어머니를 통해서, 또는 직접, 잘못을 빌었지만 아버지의 노여움은 쉽사리 풀리지 않았다. 비싼 대가를 치루고 나자 봉순이와의 일도 시들해졌고 다섯 명뿐인 그곳의 서울 유학생들이 그만을 빼놓고 모두 서울로 가버리자 집에서 지내기가 더 따분해졌다. 그의 아버지는 그를 불초 막심한 놈이라고 생각하고 있음이 분명했다.

그와 봉순이가 만나는 것은 그의 집에서는 파렴치한 것이 되어버렸다.

아무도 그렇게 말하지 않았지만, 그 스스로가 그렇게 생각했다. 따라서 그들은 눈치와 눈짓으로 어린 머리를 짜내서 남몰래 가장 은밀한 곳에서 만났다. 만나기가 힘들수록 만나면 그들은 서로 위안이 되었다. 해가 바뀌고 봄이 되자 그의 아버지의 노여움도 풀렸다. 그러나 이번에는 학교가 문을 닫았다. 아마 타고난 복은 따로 있는 모양이었다.

그들은 계속해서 은밀하게 만났다. 봉순이의 어머니는 그들에게 대단히 동정적이었다. 그녀가 여러 가지로 감춰주고 감싸주었지만 봉순이와 그가 한꺼번에 없어지는 것이 집안 어른들의 눈에 안 띄는 것도 한두 번이지 무작정 언제까지나 그럴 수는 없는 일이었다. 마침내 그의 부모는 그를 더 이상 그대로 놓아둘 수 없다고 생각하고 이웃골 규수에게 정혼을 했다. 그는 그의 정혼에서 아무 감흥도 받지 못했다. 그가 좋아서 한 정혼이 아니니 그런 정혼이라면 열 번이건 스무 번이건 대수로울 것이 있겠느냐는 생각이었다. 그러나 봉순이의 예감은 달랐다. 그녀가 지금까지 조마조마하게 애태우며 두려워해왔던 그들 사이를 떼어놓으려는 음흉한 음모가 마침내 격식이라고 하는 너울을 뒤집어쓰고 그들을 향하여 내뻗는 최초의 촉수에 닿기라도 한 것처럼 그녀는 그들이 그의 정혼이 알려진 후 처음 만났을 때, 천둥 치는 날의 참새처럼 파랗게 질려 파들파들 떨었다.

그의 정혼은 추수가 끝난 늦가을에 있었다. 식은 이듬해 봄, 날이나 풀리면 올리기로 되어 있었다. 그해 삼동은 유난히도 춥고 길었다. 눈이 펑펑 쏟아지는 어느 날 저녁, 동네 머슴아들과 어한 삼아 술추렴을 하고 들어왔을 때 그의 방에 들른 어머니가 아랫목에서 손발을 녹이고 있는 그에게 "봉순이는 만덕이한테 시집간다"고 말했다. 그가 굳이 내색을 하지 않고 잠자코 있자 어머니는 나가버렸다. 그는 움쩍도 않고 그대로 앉아서

벽만 쳐다보고 있다가 어머니의 기척이 충분히 멀어졌다고 생각되자 벌떡 자리에서 일어섰다. 봉순네 집은 그의 집과 같은 대지 위에 있었지만 담 밖이었다. 집 뒤로 넓은 밭이 있었는데 거기에 감나무와 밤나무가 여러 그루 서 있는 사이로 초집 몇 채가 다닥다닥 붙어 있었고 한쪽 모퉁이 귀빠진 곳에 남새밭 머리로 초가 한 채가 낮게 서 있었다. 그가 막 모퉁이를 돌아섰을 때 눈에 덮인 찌그러져가는 그 초가에서 사람의 그림자 하나가 나왔다. 그럴 것 같이 보아서 그랬는지 그것은 만덕이임이 틀림없었다. 그는 얼른 집 모퉁이로 몸을 피했다. 역시 만덕이었다. 그는 두 발을 교대로 땅에 딛는 것이 아니라 한 발로 두 번씩 눈에 덮인 땅을 디디면서 웃음인지 짐승의 울음인지 알 수 없는 소리를 내며 춤을 추듯 그의 앞을 달려갔다. 그는 문득 속이 메스꺼웠다. 조금 전에 정신없이 헐레벌떡 집을 뛰쳐나왔을 때완 달리, 눈앞에 보이는 저 남루한 집 속에 들어가는 것이 역겨웁게 생각되었다. 그리고 그 자리에 그렇게 서 있는 그 자신이 초라하고 야비하게 느껴졌다. 그는 잠시 눈을 맞으며 우두커니 섰다가 그 외딴 채 앞으로 갔다. 방문을 열자 희미한 호롱불 속에서 머리를 마주대고 있던 모녀가 적이 놀란 눈빛으로 그를 쳐다보았다. 그는 방 안으로 썩 들어서면서 "방금 여길 나간 게 누구여?"라고 말했다. 잠시 침묵이 흘렀다. "만득일세"라고 봉순이 어머니가 죄지은 사람처럼 힘없이 대답했다. "만덕이가 여긴 왜 왔어?" 그가 다시 물었다. 아까보다 더 긴 침묵이 흘렀다. "나 만덕이한테 시집가." 봉순이가 고개를 떨구고 또렷이 말했다. 이번에는 그가 할 말을 잊었다. 침묵이 너무 길어지자 봉순이 어머니가 그의 바짓가랑이를 잡으면서 애원하듯, "앉게나" 하고 말했다.

"너 만덕이를 좋아하고 있었구나?" 그가 말했다. 봉순이가 힐끗 그를 올려다보고서는 다시 고개를 떨어뜨렸다. "우리 아버지가 뭐라고 시켰을 테지. 그러나 니가 맘이 없으면 이렇게 하루아침에 달라질 수가 있겠니?"라고 그가 방문고리를 잡으면서 말하자, 봉순이가 고개를 후딱 쳐들고 "느그 엄마야"라고 얼른 정정을 했다. 그는 방문을 열고 방을 나와서 방문고리를 붙잡은 채 방 안을 들여다보며, "너는 노류장화!"라고 말해주고 싶은 것을 참았다. 그는 문을 닫고 돌아섰다. 눈 쌓인 땅 위에 발을 내딛자 문득 얼굴을 쳐든 봉순이의 두 눈에 눈물이 고여 있었다는 생각이 그의 머리를 스쳤다. 그리고 무엇인가 너무 늦어버렸다는 느낌이 눈앞을 캄캄하게 하면서 절망처럼 그의 뒤통수를 쳤다. 그는 지금이라도 돌아서서 방문을 열고 들어가면 때가 너무 늦지는 않다는 것을 알고 있었다. 그러나 그는 눈 위에 떨어진 발을 뽑아올리고 돌아설 수는 도저히 없었다. 그것이 절망이었다. 결국 때는 너무 늦어버린 것이었다. 그는 문득 흐르기 시작한 눈물을 주먹으로 닦으며 집으로 갔다.

그는 기나긴 겨울을 방구석에서 구들장을 짊어지고 엎치락뒤치락하면서 기다렸으나 봉순이가 시집간다는 소문은 들려오지 않았다. 그녀는 아팠다. 아마 독한 고뿔이라도 걸린 모양이었다. 그는 그녀가 들어서 괴로워할 일 같으면 기를 쓰고 했다. 이웃 고을 최 참봉네 집에 세찬을 갖다주고 와서는 거기서 받은 대접이 굉장히 즐거웠었던 것처럼 떠들어댔으나, 그 자리에 있던 봉순이 어머니가 슬며시 자리를 뜨자 그는 즉시 시무룩해져서 말끝을 얼버무렸다. 그 최 참봉네 집으로 갈 색시 옷감을 봉순이 어머니가 떠 왔을 때, 그는 대단히 만족스럽기라도 한 것처럼 수다를 떨었지만, 역시 봉순이 어머니가 자리를 뜨자 그는 즉시 손가락 끝으로 그 옷감들을 튕겨서 치워버렸다. 봉순이의 속을 상해주면 상해줄수록 더 상해줄 수가 없어서 불만이었다. 그러자 문득 아무리 그래 봤자 그녀가 왼쪽 눈썹 하나 까딱하지 않을지도 모른다는 생각이 들었다. 그리고 그가 장가 가야 할 날은 빠득빠득 다가왔다. 그는 그가 최 씨 집 처녀를 조금도 좋아하지 않는다는 것을 깨달았다. 그는 미칠 것 같았다. 그런데 봉순이는 태평하게 아파 누워서 눈썹 하나 까딱하지 않고 있다니! 그는 또 한 번 절망을 맛보았다. 이번에는 때가 그가 마음만 먹고 돌아서면 안 늦을 수도 있을 정도가 아니라, 늦어도 보통으로 늦지 않고 서너 달이나 너무 늦었다. 그는 알면서 폭포 쪽으로 떠내려가는 작은 배와 같았다.

어느 날 석양이 매봉 기슭으로 비켰을 때 그는 뒷결 우물가에서 봉순이를 보았다. 그들은 말없이 스쳤지만, 그는 그녀가 핼쑥하게 야위고 얼굴빛이 창백한 것을 보았다. 그것이 그가 그녀를 본 마지막이었다.

그들이 어렸을 때 굉장히 멀다고 생각하면서 찾아가곤 했었던 까치골 등성이에는 벼락을 맞아서 반쯤 탄 커다란 나무 하나가 을씨년스럽게 서 있었다. 그가 최 씨 집으로 장가를 들기 위해서 인근 총각들을 모아 놓고 댕기풀이를 하던 날 밤, 봉순이는 그 나무의 북쪽으로 뻗은 뭉툭하게 타 버린 첫 가지의 밑둥에다가 줄을 걸고 목을 매달았다. 그의 부모는 그녀의 죽음이 그들의 집안에 준 충격을 최소한으로 줄이려고 무진 애를 썼지만, 음침한 밤하늘의 파르스름함을 배경으로 대롱대롱 매달렸던 것을 그가 두 눈으로 직접 보아 버린 이상, 최 씨 문중과의 혼사는 적어도 연기되는 수밖에 없었다. 해방되던 해 봄에 있었던 일이었다.

김 씨는 털 뽑은 닭을 거꾸로 들고 짚불 위에다 그슬린다. 더러 살갗이 찢어진 데는 벌건 살이 피직피직 소리를 내면서 탄다. 그는 다리를 구워서 허물을 벗기고 털 없는 닭등을 손바닥으로 철썩 때린다. 그리고 맥 빠진 작은 머리가 긴 목줄기 끝에서 대롱거리고 있는 묘한 그 물체를 부엌바닥 나뭇단 흩어놓은 곳에다 내던진다. 그의 아내는 그것을 집어들고 털이 제대로 빠지지 않았다고 투덜대면서, 받침 하나가 없고 난도질로 반쯤 닳아져버린 도마와 이 빠진 칼을 가지고 집 앞 개천으로 간다.

탱자 울타리 사이로 물이 쫄쫄거리며 흐르는 소리가 들린다. 봉순이를 불에 태워서 십 리 떨어진 냇물에다가 그 재를 뿌리고 돌아왔을 때, 동네 어귀에 다다라서 그의 집이 눈에 보이자, 그는 마치 오줌 마려운 사람처럼 길 한편으로 몸을 틀고 돌아서서 고개를 숙이고 그때까지 참았던 눈물을 주룩주룩 흘렸다. 그 끔찍한 꼴을 보고 나서 처음 흘리는 눈물이었다. 그때 문득 그는 그의 눈앞에서 탱자 울타리가 소복을 입은 것처럼 하얗게 꽃을 이고 있는 것을 보았다.

아내가 도마와 칼끝에서 물방울을 뚝뚝 떨어뜨리면서, 닭의 각 부분을 자르고 배를 갈라서 그 안에다 내장과 제법 굵어진 알들과 알보를 깨끗이 씻어서 담아가지고 들어온다. 알들은 탱자만큼씩이나 자랐는데 노리끼한 바탕에 빨간 핏줄이 가느다랗게 가지를 치고 있다. 그녀는 정성스레 닭을 불 지핀 솥에 안친다. 그리고 큰길에서 차 소리가 날 때마다 부엌 밖을 내다본다. 해가 설핏하면서부터는 내다보는 정도가 아니라 숫제 사립 밖에까지 종종걸음을 치지만 자동차는 구름 같은 먼지를 끌면서 그대로 달아나버린다. 아들은 해가 빠지고 어두워진 다음에도 나타나지 않는다. 봉순이 어머니는 그해 여름에 그 고을을 떴다. 떠나면서 그녀는 그에게 옛이야기를 털어놓았다. 그의 어머니가 그녀와 봉순이에게 그의 집과 봉순이 집의 형편과 이해득실을 자상하게 늘어놓은 다음 빈말로라도 봉순이가 만덕이에게 시집간다고 그에게 말해달라고 부탁했었다. 물론 봉순이는 만덕이에게 시집갈 생각은 추호도 없었다. 그녀는 그때 임신 중이었다.

읍내에서 나오는 막차가 지나가버린다. 그때서야 그의 아내는 단념을 하는 모양이다. 화가 났는지 그녀는 혼자 고시랑고시랑 투덜대면서 방으로 들어가 누런 삼십 촉짜리 전등을 끈다. 잠이나 잘 모양이다. 그러나 그의 아들은 걸어서 오면 언제든지 나타날 수 있다. 그는 담배를 한 대 붙여물고 밖으로 나간다. 아내가 먼저 알고 방 안에서 뭐라고 소리치지만, 그는 별로 무슨 소리를 들은 것 같지 않다. 그는 거기서 조금 떨어진 주점으로 간다.

밤이 늦도록 양주는 잠을 이루지 못한다. 술을 한잔 하고 들어온 그는 물론이지만 초저녁잠이 많은 그의 아내도 마찬가지다. 하루 종일 싸돌아다니다 들어온 막내만 콧소리도 요란하게 녹아떨어졌을 뿐이다. 그때 바깥이 소란해진다. 두 사람은 누운 채 숨을 죽이고 귀에다 신경을 모은다. 삼백 원이 어떻고 오백 원이 어떻고 하는 소리가 들린다. 나가보니 그의 아들이 떡이 되도록 취해서 택시 운전수와 시비다. 그들이 종일 기다렸던 아들은 얼굴이 잘 익은 대춧빛이고 숨에서는 잘 익은 홍시 냄새가 난다. 방으로 떠메다 놓자 제 딴에는 무릎을 꿇겠다는 셈인 모양인데, 엉거주춤 몸을 추스리는가 싶으면 비그르르 무너져버린다.

"아버지, 읍내, 맥주홀에서, 술 마셨습니다." 완전히 코 먹은 소리다. 비그르르 무너지기를 수삼 차 하더니 마침내 코를 방바닥에 처박고 골기 시작한다. 그러다가 문득 고개를 쳐들고, "아서, 아서!" 하면서 고양이처럼 손으로 코끝을 할퀴더니, 이내 다시 엎드려서 쩝쩝하고 입맛을 다신다. "기집애, 그거 금갔어. 지가, 무슨, 돈 번다고. 지가!" 그는 계속해서 뭐라고 불평을 늘어놓는다. 그러나 갈수록 그의 소리는 작아지고 짧아진다.

마침내 그는 잠에 곯아떨어진다. 선잠 깬 막둥이가 주먹으로 눈을 비비면서 아버지와 형을 번갈아 멀뚱멀뚱 쳐다본다.

여인숙

"눈, 이, 내, 리, 네. 눈, 이, 내, 리, 네."

유미가 문턱에 턱을 괴고 엎드려 밖을 내다보면서 노래를 부른다. 곡조
는 낙타등처럼 삼각형이 둘인데, 꼴은 둘 다 똑같은 이등변 삼각형이
지만, 뒤엣것이 앞엣것보다 한 음계가 낮은 것 같다. '눈'과 '네'가 바닥에
있는 두 점이고 '내'가 꼭짓점인데, 아무래도 뒤엣것의 '내'가 앞엣것의
'네'보다 낮다. 별 하나 없이 찌푸린 밤하늘에 눈발이 하나둘씩 희끗거렸
다. 그녀는 사실이 아니라 기대를 노래하고 있었다. 무겁게 짓누르던 남
자의 체중이 모로 빙그르 나가떨어져 더러운 이불 속에 푹 파묻혀 있다.
그녀는 시원했다. 남자가 옴폭하게 편 손바닥을 벗은 그녀 엉덩이의 솟은
부분에다 덮어씌우는 것조차 즐겁다.

"옥이야, 눈 오냐? 눈 오냐?" 그녀는 뻔뻔스럽게 방문을 벙긋이 열어
놓고 대문 밖을 향해서 어린애처럼 소리쳤다. "옥이야, 눈이 오냐?" 그녀
는 스물두 살이다. 옥이는 손님이 없는지 대문 밖에서 서성거리다가 조금

전에 눈이 온다고 호들갑스럽게 하늘나라 선녀님들을 찾으면서 안으로 들어왔는데 다시 밖으로 나간 모양이다. 유미는 혹시 거리에는 눈이 펑펑 쏟아지는가 싶어서 가는 목을 쑥 뽑고 땟국에 절인 이불자락을 풀썩이며 밖에다 소리를 내지르지만, 옥이는 대답이 없다. 눈은 거리에도 쏟아지지 않는다.

싸라기눈이 떼굴떼굴 굴러가고 대폿집에서 퍼엎지른 물이 아스팔트 위에 허옇게 얼어붙어서 길 건너 가로등의 불빛을 반사한다. 전봇대 옆에는 귤과 사과를 탐스럽게 쌓아놓고 한 남자가 옹졸맞게 두 손을 코끝에 대고 서 있다. 오늘따라 그 사람이 더 병신스럽다. 옥이는 울적해진다. 눈이라도 한번 멋있게 퍼붓는 건데. 갑자기 혀 밑이 짜릿해진다. 그녀는 길 건너 귤 더미를 본다. 귤 장수가 여전히 말뚝처럼 아니, 성냥개비처럼 서 있다.

대폿집 문이 드르륵 열리고 옆구리에 서류봉투를 낀 건수가 나왔다.

"염병을 헐! 눈이 쏟아질 모양이군," 하고 그가 말했다. 그리고 외투 단추를 딴 채 어깨를 웅크리고 그녀께로 두어 걸음 다가와서 "자야, 무슨 일고. 꽃이 나비를 쫓아야지, 나비가 꽃을 쫓노"라고 말하고 그녀의 엉덩이를 토닥거리면서 대문 쪽으로 민다. 옥이는 "꽃 좋아하시네" 하면서 잽싸게 몸을 빼친다. 그는 벙긋이 열린 대문을 밀치고 안으로 들어가고 찌그러진 문짝은 다시 제자리로 돌아와서 벙긋이 열린다. 한 집 처마 밑을 이어 내서 안쪽으로는 두 사람이 빠듯이 누울 수 있는 방들을 들이고 길 쪽으로는 대폿집을 냈는데, 대문은 대폿집과 나란히 붙어 있다.

"유미 바빠. 미안해." 옥이가 그의 등을 향해서 소리쳤다. 이것은 어쩌면 유미를 귀찮게 하고 있을 늙은 손님 들으라고 한 말인지도 몰랐다. "뭐라꼬? 글마 바쁜 거와 나와 무슨 상관 있노?"

그가 돌아서서 문설주를 붙잡고 말했다. 대문이 질겁을 해서 삐거덕거리고 흔들거렸다. 그러자 그가 놀라서 문을 놓아 주고 안으로 들어갔다. 그는 그가 꽃과 나비를 거꾸로 말했던 것을 깨닫지 못했다. 그리고 그것을 눈치 채지 못하기로는 옥이도 마찬가지였다. 그는 그 여인숙에서 닷샛가 엿샛째 묵고 있는 서적 외판원이었다.

"우리 다음에 사진기계 가지고 청수 저수지 놀러갈까?"

늙은 탕자가 넥타이를 매면서 말했다.

"좋아요. 어디든지 다 좋아요."

유미는 눈발이 슬슬 꽁무니를 뺀 것에 심술이 난 모양이다.

"너 다음에 사진 찍어도 좋다는 거 정말이지?"

"그럼요. 얼굴만 찍지 마세요."

"물론이지. 왜 얼굴을 찍니?"

유미는 어느새 옷을 다 입고 일어나 팔짱을 끼고 서서 남자 거동을 멀끄미 내려다보고 있다. 마침내 남자가 옷을 다 꿰고, 유미가 길을 트여주자 두더쥐처럼 엉금엉금 기어나간다. 그가 손바닥만 한 툇마루에 걸터앉아 구두끈을 매고 있는 동안, 그녀가 역시 팔짱을 끼고 뜰에 서서 그를 굽어보고 있다. 그녀의 무릎이 숱 적은 그의 머리끝에 닿는가 싶도록 바짝 다가서 있는데도, 그녀의 어깨 끝이 옆집 담벽에 가서 닿는다.

"니도 마 일찌감치 털고 속 챙겨라."

건수가 말했다. 그는 불 켜지 않은 그의 방문을 활짝 열어놓고 구두도 벗지 않은 채 마루에 걸터앉아서 옆방 쪽으로 목을 쑥 뽑고 기분 나쁘게 히죽거렸다. 그의 옆방은 바로 유미의 방이었다. 늙은 남자는 나잇값을 하느라고 점잖게 구두끈을 다 매고는 끙 하고 일어서서 뒤도 돌아보지 않고 문께로 갔다. 그러고는 "건방진 자석, 여물지 않은 뻑다귀 속에 썩은 물 들어갈라. 조심해라,"고 중얼거리면서 문밖으로 사라졌다. 유미가 그의 뒤꼭지에다 대고 "안녕히 가세요. 또 오세요,"라고 말했다.

"또 오랠 사람더러 속 챙기래?"

옥이가 들어오면서 말했다.

"또 올 거야. 또 올 사람은 그런 말 들어도 또 오고, 또 안 올 사람은 그런 말 안 들어도 또 안 와. 그런데 이게 뭐니, 눈도 안 오고?"

"정말 이게 뭐니, 난, 눈도 안 오고 손님도 없고?"

"잘들 논다, 잘들 놀아. 임마들아, 속 챙겨, 속. 인생이 항시 장천 청춘인 줄 알어, 이 불쌍한 인생들아? 소년이노 학난성이라, 엿다 이거나 먹어라."

건수가 귤을 하나씩 던졌다. 옥이는 받고 유미는 놓쳤다.

"좋았어, 꺽쇠 선생."

옥이가 좋아라 소리친다.

"꺽쇠 선생, 오늘 책 좀 팔았어?"

유미도 얼른 귤을 집으며 한마디 한다.

"뭐라꼬? 이놈의 가시나들 사람을 우습게 안다? 느그덜 중학교 쬐끔 다녔다고 했지? 무슨 중학교고? 내 이래뵈도 왕년에 중학교에서 쬐끔 안 가르쳤나. 아니다. 내가 언제 중학 선생했더노? 우찌됐건, 느그덜 사람 우습게보지 말았으면 좋겠어. 사람이 사람 같아야 사람이지, 체면도 양심도 없음사 우찌 사람이락 하겠노?"

"그래서 꺽쇠 선생은 알새벽에 유미 방 덮쳤어?"

옥이가 행복하게 귤을 씹으며 말했다. 눈발이 다시 히끗거리기 시작했다. 유미도 기분이 조금씩 풀리는지 쿡쿡 웃으며 "나 놀랬어. 코가 크지 않니?"라고 말했다.

"보소보소. 또 그 이야기고? 사람이 세상을 살아가는 데, 우찌 좋은 일만 바라겠나? 바라, 마 오늘도, 나, 오십 리는 걸었을 끼다. 저녁을 묵고 나모, 마 삭신이 팍 퍼진다. 밥 묵고 살기가 이렇그로 안 고달프나. 그런데 말이다. 새복에 오줌이 마려워서 뽈딱뽈딱 하는 것을 보모 신기하지 않더노. 그래서 옆방에 좀 들어갔기로, 그게 그리 숭이 되더나?"

"흉은 무슨 흉? 너무 늦어서 흉이 될 뻔했지." 옥이가 말했다.

"책 팔려고 뛰었으면 두 다리가 피곤하지 왜 대롱대롱 매달린 것이 피곤헐까?"

모퉁이 저쪽에서 아주머니 목소리가 들려왔다. 유미와 옥이는 서로 마주보고 입술을 쫑긋했다.

"빠져라고 뛰어서 안 그라요." 건수가 말했다. 그리고 신발을 벗고 방으로 들어가서 문을 닫았다. 옥이는 다시 대문 밖으로 나갔고, 유미는 부엌으로 들어갔다.

잠시 후 부엌에서 나온 유미는 제법 나부끼는 눈송이들을 멍하게 바라보았다. 삼각형 둘을 세워놓은 듯한 단조로운 가락을 또 뽑을까 말까 망설이는 눈치였다. 그러나 그녀는 잠자코 그녀 방으로 들어갔다. 그리고 옷을 입은 채 이불자락 속으로 기어들어갔다. 밖에 나가야 되겠는데 나가기가 싫었다. 한 사람 지나갔으니 엄마도 밥값 생각이 많이 나지는 않겠지. 그녀는 엎드려서 베개에 턱을 묻고 두 손을 따뜻한 아랫목에 쑤셔넣었다. 옥이는 천치같이 입을 떡 벌리고 눈 내리는 길 저편으로 귤 장수를 쳐다보고 있겠지. 그녀는 눈을 감았다. 영등포에서 간호원 노릇을 하고 있는 언니 생각이 났다. 그리고 아버지 생각도 났다. "양장점이 그렇게도 세월이 없니?" 지난번 찾아갔을 때, 돈 좀 달라고 하는 그녀에게 언니가 그렇게 말했었다. 그들은 그녀가 양장점에 다니는 줄 알고 있었다. "기술을 잘 배워둬라"고 국민학교 교감인 그녀 아버지는 충고하기까지 했다. "얘, 시간없어. 남자 친구와 떠나기로 했지 뭐니?"라고 말하고 그녀 언니는 데이트 자금 중에서 일부를 때내주고는 비번인데도 그녀를 따돌려버렸다. 언니 남자 친구 몇이우? 얜, 그런 건 알아서 뭐 하니?

그녀는 얼굴을 번쩍 들었다. 방문이 열리고 건수가 들어오고 있었다.

"니 혼자가? 내가 손님 되어주꼬마."

"또 뿔딱뿔딱 해?"

"앗다, 이방 따십다. 내 방은 와 그리 춥노? 좀 눕자."

"돈 내놔."

"일마 바라. 이웃 인심 이래 험하기가?"

"엄마 갖다줘야 한단 말이야."

"엄마 엄마카지 마라. 니 엄마가 울겠다."

건수가 돈을 꺼내 주었다.

"옷 벗고 기다려."

그녀는 돈을 가지고 밖을 나갔다. 눈이 펑펑 쏟아지고 있었다. 안방은 불이 꺼지고 조용했다. 그녀는 미닫이를 열었다.

"누구니?"

발가벗고 남자와 누워 있던 그녀 엄마가 고개를 획 돌렸다. 조금 놀랐던 모양이었다. 그녀는 돈을 내밀었다.

"긴 밤이냐?"

그건 대답을 하지 않아도 좋았다. 돈을 보면 알 일이었다. 사내는 희미한 눈빛 속에서도 처음 보는 사람임이 분명했다.

"밤새도록 거기 섰을 거니?"

돈의 액수를 알아보고 나서 그녀 엄마가 말했다. 조금 전 말에 그녀가 대답을 하지 않은 것이 조금 괘씸했던 모양이었다. 그녀는 미닫이를 닫았다. 그녀가 기다리던 눈이 아낌없이 퍼부어서 그녀의 머리와 어깨와 엉덩이와 팔과 발 위에 사뿐사뿐 내려와 앉았다. 그녀는 눈을 털고 방으로 들어갔다. 건수는 코를 골고 있었다.

"아, 졸립다."

그녀가 들어가자, 자지 않고 있었다는 것을 보이고 싶은지, 그가 두 손을 허공에 허우적거리면서 입맛을 쩍쩍 다셨다. 그리고 모로 돌아누웠다.

"오늘 정말 오십 리 걸었어?"

"오십 리가 다 뭐고, 오십 리가. 그렇지, 오십 리는 걸었지 싶다."

그는 잠이 확 깨는지 이쪽으로 다시 돌아눕고 입이 찢어지게 하품을 했다.

"책은 몇 권이나 팔았어?"

"책말이가? 몇 권이나 팔았지 싶나?"

"열 권?"

"니 참 인심 한번 후해 좋다. 세상 물정 좀 알거라. 내 여기 온 지 엿새째 아니가? 꼬박 닷새를 뛰었제? 몽땅 몇 권 팔았을 거 같나?"

"열 권."

"열 권 좋아하지 말거라. 삼백 명을 만나 가 세 권 팔았다."

"그렇게 안 팔려서야 어떻게 먹고살어? 자고, 또——놀고?"

"다 사는 수가 안 있나. 돈은 말이다, 쓰는 사람이 임자다. 알겠나? 누가 돈에다 말뚝 박아놨더나? 돈은 도는 기다. 니 바라. 세상 모든 물건에는 이름이 붙었제? 돈에는 그 이름이 없다. 니 돈에다 이름 써바라. 안 걸리나. 돈은 말이다. 묵고살라고 있다. 돈은 말이다. 만 원, 이만 원, 십만원, 이십만 원, 백만 원. 이백만 원이모, 우리들헌테 밥과 옷이 되고, 시계와 구두가 되고, 떡과 술이 되고, 주사값과 수업료가 된다. 그러나 말이다, 천만 원 이천만 원, 억, 이억이 돼바라. 돈이 아니고 짚검불이다. 누가 짊어지고 다니노. 종이떼기에다 이름을 써갖고 주고받고 안 하나. 천만 원이고 억이 돈이지 싶은 것은 만 원이나 십만 원 백만 원으로 쪼개질 수 있기 때문인기다. 사람을 죽이고 살리는 것은 만 원 십만 원 백만 원이지 억이 아니다. 병원에 가 바라, 십만 원 없으면 사람 죽는다. 억 가진 사람 그돈 임잔줄 아나? 그 사람 그 돈 임자락하는 기 아니고, 보관자락하는 기다. 만 원씩 십만 원씩 그 돈 뽀개 쓰는 사람이 임자 아니가. 누가 쓰면 어떻노? 아무라도 쓰면 임자 아니가. 원 시상에 누구 왕년에 이 세상 먹고살려고 태어났지, 굶고 죽을려고 태어났더나? 먹고살려고 쓴닥하는데 누가 뭐락 할끼고?"

"누가 쓸 줄 몰라서 안 쓰나? 없어서 못 쓰지."

"맞다. 바로 그기다. 없어서 못 쓰지? 그자? 있으면 왜 안 쓰겠노? 안 그렇나? 있으면 쓴다."

"없으면 안 쓴다."

"아니다. 없으면 있게 한다."

유미는 홀랑 벗고 이불 속에서 건수와 나란히 누워 캄캄한 천장을 쳐다보고 있었다. 건수는 아직 옷을 입은 채였는데, 처음에는 안 그랬겠지만 이야기를 하는 사이에 풀이 죽어버린 모양이었다. 유미가 꿈틀거리면서 그의 생기를 되찾아주었다. 그는 큰맘 먹고 일을 시작했다. 그러나 불행히도 그는 너무 피곤해서 끝까지 지탱할 수가 없었다.

"안되겠구마. 양기가 몽땅 입으로 올랐어. 마, 잠이나 자자."

그는 미련없이 내려가서 벽을 향하여 모로 누웠다.

"술탓이겠죠."

그녀가 위안했다.

"술탓도 있고…. 원체 신경이 날카로워서 안 그러나. 저기 무슨 소리고? 머릿골이 복잡해 놓이, 신경이 쭈뼷쭈뼷해서 미칠 것 같고마. 자자, 마 잠이나 자자."

"음지 피를 먹으면 좋대요."

"음지 피만 좋나? 노루 피도 좋고 사슴 피도 좋고, 뱀도 좋고, 뱀 중에는 도마뱀이 제일 좋닥 하더라. 꼬리 톡톡 끊고 달아나는 놈 쏙 집어가 목구멍 속에 퐁 집어넣으모, 성질 급한 짐승이라 숨이 콱 막혀 죽는닥 하더라. 가만 있거라. 자다가 또 오줌마려울끼다. 그때 보자."

그는 잠시 후 코를 골았다.

유미는 옷 주워 입을 생각도 하지 않고 멀뚱멀뚱 천장만 쳐다보았다. 밖에는 눈이 펑펑 쏟아지고 있겠지. 얼마나 쌓였을까. 눈이 펑펑 쏟아지면 즐거울 거라고 생각되었는데, 이상한 일이었다. 즐거웁기는커녕 즐거우리라고 생각했던 자신이 바보처럼 느껴졌다. 집 안은 조용했다. 옥이도 조금 전에 짧은 손님 하나를 해치우고 쉬는지 잠잠했다. 그녀는 밖에 나가서, 방 밖이 아니라 집 밖으로 나가서, 소복이 쌓인 눈 위에 아스팔트 길을 따라서 멀리멀리 발자국을 내야겠다고 열심히 생각했다. 차곡차곡 쌓인 눈 위로 두 발을 질질 끌고 한없이 걸어가면 그녀의 몸이 부어올라서 마침내는 풍선처럼 두둥실 하늘로 떠오를 것 같았다. 그녀는 하얗게 쌓인 눈을 두 발로 무자비하게 짓밟았다. 시컴한 아스팔트가 흉측하게 드러나고 그 위로 늙은 여자와 젊은 남자의 머리들이 데굴데굴 굴러갔다. 그녀는 무서웁고 추위에 오들오들 떨면서 또 짓밟았다. 젊은 여자와 늙은 남자의 머리들이 데굴데굴 굴러갔다. 그것들은 조금 전의 머리들과 합쳐져서 서로 부딪혀 방향을 바꿔가며 잘도 굴러갔다. 그녀는 그 속에서 그녀 자신의 머리통과 그녀 어머니들의 머리들, 그리고 그녀 아버지와, 조금 전에 사진을 찍자고 한 남자와, 음지의 피를 빨아 기운이 좋다면서 하룻밤에 세 번을 올라탔던 오십 먹은 남자의 머리들을 보았다. 그녀는 그녀가 해괴하고 무서운 꿈을 꾸고 있다고 생각하면서 열심히 건수의 머리를 찾았다. 그러나 실핏줄이 톡톡 터진 건수의 머리는 분명히 본 것 같은데 보이지 않았다. 그것들은 굴러가면서 합쳐져서 커다란 덩어리가 되었다. 커다란 덩어리 위에 작은 덩어리가 톡 튀어오르자, 그것은 크고 하얗고 탐스러운 눈사람이 되었다. 그녀는 놀랍고 즐거워서 그것을 붙잡으려고 손을 내밀었다. 그것은 스물스물 움직이기 시작하더니 우스꽝스러운 오뚝이의 모습으로부터 균형 잡힌 사람의 모습으로 변해갔다. 그것은 굉장히 낯익은 모습이었다. 그녀는 머릿속이 흙탕물로 가득 차 있기라도 한 것처럼 그를 퍼뜩 알아볼 수 없었지만, 그녀가 그를 아주 먼 옛날로부터 엄청나게 먼 옛날로부터 알고 있었음이 분명했다. 그녀가 막 그를 알아보려 했을 때 찬 바람이 불어오고 말소리가 들려왔다. 그녀는 잠을 깼다.

"이 방엔 사람이 있는 모양인데? 실례합니다. 임검이오."

유미는 소스라치게 놀랐다. 이상한 일이었다. 임검이라면 짜증스럽고 약간 창피했을 뿐이지 이렇게 가슴이 덜커덩 내려앉는 법은 없었다. 아마 꿈 탓인 모양이었다. 그녀는 옷 입을 생각도 못하고 바들바들 떨었다.

"불 좀 켜."

남자가 손전등 불빛을 번득거리면서 조금 거칠게 말했다. 유미는 우장 뒤집어쓰듯 이불을 뒤집어쓰고 엉거주춤 일어나서 백열전등을 켰다. 누워 있는 건수의 몸이 이불자락 밖으로 드러났다. 임검 나온 사람은 둘이었는데, 하나는 밖에 섰고 하나가 눈을 어깨와 가슴과 머리에 인 채 한쪽 무릎을 방 가운데 꿇고 손전등을 건수 얼굴 바로 위에다 대고 비췄다. 열려진 방문 밖에는 눈이 찢어진 솜 조각처럼 너풀너풀 쏟아지고 있었다.

"와 이라노?"

건수가 눈이 부신지 얼굴을 찡그리고 꿈틀했다. 남자가 그의 어깨를 꽉 움켜쥐고 낚아채듯 그를 일으켰다. 건수는 머리통을 뒤로 덜렁 떨어트리고 일어나 앉았다.

"누가 이라요?"

"나, 이런 사람인데, 당신 주민등록증 좀 봐."

그는 두 발을 마루밖에 둔 채 방바닥 위에 엉덩짝을 내리고 비스듬히 앉아서 신분증을 꺼내 건수의 이마빡에 바짝 들이대고 말했다. 건수는 정신이 조금 드는지 겁먹은 눈알을 데룩데룩 굴리면서 두 손으로 가슴짝을 만지작거리다가 한 손을 바지 뒷호주머니께로 가져갔다. 그가 주민등록증을 뽑아내자 내밀기도 전에 남자가 그것을 빼앗듯 낚아챘다. 그리고 사진과 얼굴을 대조해 보는 둥 마는 둥 대강 한번 훑어보고는 주민등록증을 제 호주머니에 집어넣고 "당신 우리들하고 같이 좀 가야 되겠어."라고 말했다.

건수의 두 눈이 더 둥그래졌다. 그는 그들과 같이 가고 싶은 생각이 전혀 없는 모양이다.

"와 그라요? 잠자는 사람 깨워 가 어딜 가작하는기요?"

"가보면 알 거 아냐?"

"와 내가 가요? 가고 싶은 생각 없는 사람 억지로 끌고 갈 수 있는기요?"

"이 친구 똑똑한 체하는데?" 남자가 벌떡 일어서서 건수의 어깻죽지를 낚아챘다. 건수는 허가비처럼 마당으로 끌려나갔다. "이것 봐. 당신뿐만 아니라, 이 집 색시들, 주인 포주 아줌마, 모조리 끌고 갈 수도 있어. 빨리 들어가서 옷 꿰어 입고 소지품 가지고 나와."

건수는 더 초라할 수 없이 어깨를 웅크리고 어슬렁어슬렁 제 방으로 갔다.

"이봐, 이봐. 어딜 가는 거야?"

남자가 소리쳤다. 건수는 들은 척도 않고 방으로 들어가서 불을 켰다. 남자는 문짝을 잡고 서서 그를 지켜보고 있다가 그가 옷을 입고 구두짝을 들고 나오자, 너무 크게 소리를 질렀다고 생각이 되었는지 "물론 말이야, 당신이 오늘 우리가 찾고 있는 사람이 아닌 것은 분명한 것 같애. 그렇지만 말야, 당신 털면 먼지 나올 것 같애. 큰 건 아니고, 사기니 공갈, 횡령 같은 거 말야. 그렇지?"라고 말했다. 건수는 신을 신고 마당으로 나섰다. 그는 한결 의젓해져 있었다. 마치 주위에 아무도 없이 혼자 외출하려다 잠시 걸음을 멈추기라도 한 것 같았다. 그는 유미에게 한 걸음 다가섰다. 유미는 어느새 옷을 주워입고 밖으로 나와 처마 밑에 붙어서 있었다.

"이 친구들 눈대가 제법이고마. 내가 오긴 곧 올끼다만, 그동안에라도 딴 데로 갈락하거든 포주 마누라쟁이한테 일러나 놓고 가소."

건수는 그렇게 말하고, 정작 포주 마누라쟁이는 거들떠보지도 않고 문밖으로 걸어갔다. 한 남자가 그 뒤를 급히 따르고, 또 한 남자는 남아서 바로 그 포주 마누라쟁이한테 "아주머니, 이 사진 좀 잘 봐요,"라고 말하면서 사진 한 장을 건네주었다.

"우리 항상 사진 잘 봐요."

"이건 여러 장짜리가 아니고 한 장짜리란 말예요. 큰 고기야. 저 색시들에게도 보여주고 아줌마도 잘 봐뒀다가 비슷한 사람이 나타나면 곧 알려줘요. 우리 협조 좀 합시다."

뚱쟁이 아줌마가 사진을 전깃불에 비쳐보았다. 인쇄된 인물 사진이었는데, 흉악범 같기도 하고 조금 모자란 사람 같기도 했다. 그녀가 사진을 유미에게 건네주었다. 유미는 그것을 보고 옥이에게 주었다. 옥이도 고개를 모로 저었다. 그러자 남은 남자가 "아줌마 잘 부탁해요,"라고 말하고 밖으로 뛰어나갔다.

"별 옴따까리진 꼴 다 보겠다."

포주가 투덜대면서 안방으로 들어갔다. 그것이 방금 뛰어나간 사람을 두고 하는 말인지 맨 먼저 걸어나간 건수를 두고 하는 말인지는 분명치 않았다. 유미는 넋이 나간 듯 안방 쪽을 멍하니 바라보고 있었고, 옥이는 그런 그녀의 옆구리를 쿡쿡 찌르면서 백치처럼 킬킬거렸다. 눈발이 가늘어졌다. 바람이 불고 있었다.

옥이는 유미를 데리고 제 방으로 들어갔다. 거기서는 대폿집에서 떠드는 소리가 그대로 들려왔는데, 지금은 그릇 달그락거리는 소리만 조금씩 들려올 뿐 대폿집은 잠잠했다. 밤이 꽤 깊은 모양이다.

"너 밖에 안 나가니?"

유미가 요 밑에 두 손을 쑤셔박고 이불에다 뺨을 묻으면서 말했다.

"넌?"

"난 그냥 잘래."

"나도 그냥 잘까 봐."

두 발을 요 밑에 쑤셔넣고 세운 무릎에다 턱을 받치고 있던 옥이가 정말 졸립다는 듯이 하품을 했다.

"귤 장수는 어떡하고?"

유미가 말했다. 옥이는 잠시 두 눈만 말똥거리다가 "올 테면 오라지," 라고 말했다. 유미는 입을 다물었다. 둘 사이에는 잠시 침묵이 흘렀다. 대폿집에서 마지막 손님 나가는 소리가 났다. 귤 장수 이야기가 나오면 킬킬거리는 웃음소리가 터지는 법이었는데, 이상했다.

"저 있잖니?" 옥이가 입을 열었다. "아까 문간에서 눈 오는 것을 보고 섰는데, 어떤 사람이 자전거를 타고 가다가 미끄러져서 귤 상자를 넘어뜨렸지 뭐니? 너, 귤 잔뜩 쌓아놓은 줄 알지? 그게 아냐, 애. 귤 몇 개로 나무 상자와 라면 상자를 발라놓았지 뭐니? 나도 뭐가 와르르 무너지는 줄 알았는데, 귤 몇 개가 떼굴떼굴 굴러가지 않겠니? 이 친구 화도 내지 않고 엎드려서 귤만 줍고 있어, 애. 자전거 탄 사람이 미안해요, 미안해요, 하면서 비실비실 꽁무니를 빼는데도 말야. 자니?"

"아냐, 안 자."

그러면서도 유미는 이불에서 얼굴을 떼지 않는다. 이불이 더럽기로는 어느 방이나 마찬가지다. 그녀는 두 눈을 말똥거리고 있지만, 방향이 달라서 옥이에게는 보이지 않는다. 바람이 처마 밑을 지나갔다. 대폿집 유리문이 덜커덩거렸다. 그녀는 그녀 방으로 건너가서 사지를 쭉 뻗고 잠을 자야겠다고 생각한다.

"자니?"

"아니."

찹쌀떡 장수가 길게 꼬리를 끌면서 웨고 간다.

"너, 내가 중학교에 다니다 말았다는 거 진짜라고 생각하니?"

"그럼 가짜로 다니는 수도 있니?"

유미가 고개를 돌려서 역시 이불에다 뺨을 대고 옥이를 빤히 쳐다보았다. 옥이는 두 무릎을 세우고 그 위에다 턱을 괴고 있었는데, 유미가 돌아보거나 말거나 한 군데만 물끄러미 쳐다보고 있었다.

"나, 국민학교 사 학년 다니다 말았다. 아빠 죽고 엄만 개가했다. 나는 열한 살 때부터 남의 집 밥을 먹었다. 처음엔 공밥만 먹다가 차츰 월급을 타서 엄마한테 갖다주었다. 엄마는 그 돈으로 술을 마시고 담배를 피웠다. 울 엄만 술도 많이 마시고 담배도 많이 피웠다. 울 엄만 남자하고 싸워도 지지 않는다. 지금 네 사람인가 다섯 사람째하고 산다. 집주인 아줌마가 처음엔 나를 기특하다고 하다가, 차츰 나를 불쌍히 생각해서, 시집갈 밑천 장만하라고 월급으로 적금 들어주면, 번번이 울 엄마가 쫓아와서 시비를 했다. 싸움질하는 것까지는 좋은데, 여자가 방 안에서 연기 나갈 틈도 없이 줄담배 태우는 것에 딱 질색을 해서, 주인 아줌마가 나를 쫓아냈다. 나는 열 번도 더 식모살이를 옮겼다. 나는 식모살이도 넌더리가 나고, 옮기는 것도 넌더리가 났다. 딴 사람들은 아프기도 잘 하고 병도 잘 들고 차에 치이는 사람도 많더라만, 울 엄만 통뼈가 굳어서 귀신도 무서워한다." 그녀가 말을 잠시 그쳤다. 밖에서 무슨 인기척이 났다. 그녀는 유미를 쳐다보았다.

"귤 장수 아저씬가 봐."

유미가 말했다. 그러자 방문이 열리고 벙거지처럼 방한모를 깊숙이 눌러 쓴 초라한 남자가 나타났다. 유미는 한쪽 틈을 비집고 나가서 제 방으로 갔다.

"불 꺼."

그는 항상 모자를 벗기 전에 옥이로 하여금 불을 끄게 했다. 옥이는 그것이 싫을 리 없었다. 수치심도 예의도 없이 불을 켠 채 옷을 벗게 하여 짓궂은 장난질을 하고 이곳저곳 들여다보는 사람들보다 얼마나 더 좋은지 몰랐다. 그 대신 그는 불만 끄면 모자고 옷이고 벗어 내던지고 난폭하게 달려들어 그녀를 깔아뭉갰다. 하루 종일 서 있어서 기운이 아래로만 쏠리는 모양이었다. 난폭했으면 짧기라도 하련만, 한 시간도 좋고 두 시간도 좋았다. 길길이 날뛰다가 제 풀에 지치면, 내려서 더러는 코를 골기까지 하면서 쉬었다가, 다시 기어올라왔다. 그녀는 숫제 죽은 것처럼 사지에서 맥을 빼고 몸을 송두리째 내맡겼다. 그러고는 그저 세상에는 이런 남자도 있고 저런 남자도 있나 보다고만 생각했다. 이런 남자가 만일 몸의 근대라도 많이 나갔더라면 밑에 있는 사람은 깔려 죽었을 것이 분명했다. 그는 새벽녘에 눈을 잠깐 붙였다가, 아침이 되면, 동이 부옇게 터오기가 무섭게 일어나서 주섬주섬 옷을 주워 입고 문턱을 넘었다. 그녀가 잠이 덜 깬 채, 피곤할 텐데 왜 그렇게 서두르냐고 물으면, 그는 "약광에 일찍 가야 싸고 좋은 귤이 얻어 걸려"라고 대답하고 귀덮개가 있는 방한모를 깊숙이 눌러썼다.

"방 안에 누가 있는지 어떻게 알아서 노크도 없이 방문을 열어요?" 급한 대로 우선 한바탕 뛰고 나서 잠시 쉬려고 그가 내려갔을 때, 옥이가 물었다.

"유미가 와 있는 걸 알았지."

"엿들었군요."

"십 분쯤 서 있었어."

"내 이야기 다 들었어요?"

"조금."

"아까 귤 괜찮아요? 물어내라고 하지."

"미끄러워서 그랬겠지."

"다 팔았어요? 많이 팔았어요?"

"누구 다녀갔어?"

"누구? 잽 아저씨들?"

"그래."

"무슨 사고났나 봐요. 그리고 그 전에 한 사람. 오늘은 손님 하나밖에 없었어요."

"나도 손님이지."

그들은 잠시 쉬었다가 다시 한 판 일을 치렀다. 그리고 그는 눈을 붙였다. 새벽이 되자 그는 벌떡 일어나서 옷을 찾아 입고 모자를 썼다. "벌써 날 샜어요?" 옥이가 이불 속으로 파고들면서 말했다. 그리고 잠결에 어렴풋이 "이 귤 유미하고 나눠 먹어. 선물이야,"라는 말을 들었다고 생각했다. 그것이 그와의 마지막이었다.

겨울 나그네

사군자를 치고 있던 영해는 문득 얼굴에 수연한 빛을 띠고 붓을 내던졌다. 그녀는 잠옷을 외출복으로 갈아입고 책갈피에 감추어두었던 돈 만 원을 꺼내어 지갑 속에 집어넣었다. 그녀가 가진 돈 전부였다. 얼마 전까지 이만 원이었었는데, 길거리를 정처없이 쏘다니다가 우연히 어느 양장점 진열창에 매달린 옷을 보았을 때 별로 마음에 들었던 것도 아니었는데 불현듯 그런 옷을 맞추고 싶은 생각이 치밀어서 유리문을 밀치고 들어가 만 원을 써버렸었다. 지금 입은 옷이 그 옷이었다. 소매가 길고 발뒤꿈치에까지 치렁치렁 내려오는 긴 옷이었다. 그녀는 살며시 방문을 열고 밖으로 나갔다. 그녀 어머니는 재빨리 안방 문을 열고 쫓아나왔지만 그녀가 조금 더 빨랐다. 그녀는 어느새 골목 밖으로 사라져버렸다. 토요일의 한낮이었다. 하늘은 맑게 개었지만 날씨는 차가웠다. 북향으로 난 건물들 앞에는 아직도 며칠 전에 내린 눈이 질펀하게 얼어붙어 있었다. 그녀는 안전하다고 생각되자 걸음을 늦추고 숨을 헐떡거렸다. 어디로 갈까? 그녀는 돈과 수면제 스무 알이 들어 있는 조그마한 가죽 지갑을 만지작거렸다. 기집애들을 모아 놓고 어두워질 때까지 떠들까? 머슴애들을 불러내어 맥주를 마실까? 대폿집에 가서 혼자 막걸리를 할까?

　버스는 만원이었다. 합동 정류소를 출발했을 때는 좌석이 반도 차지 않았었는데, 서부 영업소에 닿자 인도에서 기다리고 있던 사람들 오륙십 명이 달려들었다. 빈손은 하나도 없고 모두 크고 작은 장 꾸러미들을 들고 있었다. 버스 안은 금방 난장판이 되었다. 조금 전에는 저만치 있는 사람과 할 이야기가 있으면 두어 걸음 걸어가서 귀에다 대고 낮은 목소리로 속삭이면 되었었는데, 이제는 몇 걸음 옮겨가기는커녕 몸이 한쪽으로 밀려서 넘어져도 발목을 뽑아올릴 수 없었으므로, 운이 좋으면 마주보고 그렇지 않으면 뒤꼭지를 쳐다보거나 전혀 딴 데를 향해서 고함을 지르지 않으면 안 되었다. 그것도 비슷한 형편에 있는 딴 사람들의 악다구니들 속에 묻히지 않으려면 보통으로 질러서는 안 되었다. 어린애들도 지지 않고 악을 쓰며 울었다. 선반에 비집고 밀어 넣은 꾸러미가 자리에 앉은 사람의 머리 위에 떨어졌다. 그러나 얻어맞은 사람은 화를 낼 수가 없었다. 그 물건의 주인이 누구인가를 알 수 없었기 때문이었다. 그는 그 꾸러미를 창밖으로 던져버릴 수도 없고 그렇다고 그대로 들고 있을 수도 없었다. 그는 할 수 없이 일어서서 꾸러미를 선반 위에 비집어 넣었다. 그때 몸이 저 안쪽에 있는 사람 하나가 목을 이쪽으로 쑥 뽑고, "그거 안 떨어지게 잘 쑤셔 박아요"라고 말했다. 머리통을 얻어맞은 사람은 자리에 주저앉으면서 손바닥으로 머리를 더듬더듬 만졌다. 그는 털실로 짠 모자를 쓰고 있었다. 그는 담배를 한 대 꺼내 피워 물고 연기를 깊숙이 들이마신 다음, 모자를 벗고 머리를 옆엣 사람에게 들이밀며, "연기 새나 보시오."라고 말했다.

"이 차, 항상 이렇게 만원이 되어요?" 영해가 옆 자리의 중년 여자에게 물었다.

"이 앞 버스가 한 본 빼묵어서 안 그려요?" 그 중년 여자는 처음 탈 때 그녀 옆의 빈자리 위에 허겁지겁 엉덩이부터 올려놓았던 거와는 달리 차분하게 대답했다. "여름철로는 더러 저수지로 놀러 가는 사람들로 만원이 되지요."

"겨울에는 놀러 가는 사람 없어요?"

"이 추운 삼동에 누가 물가로 놀러 가겠시유?"

버스는 도중에 한 번 고장이 났다. 산과 들에는 눈이 하얗게 쌓여 있었다. 운전수는 엔진 위의 짐 나부랭이들을 밀어내리고 뚜껑을 열어젖혔다. 그리고 머리통을 그 속으로 집어넣었다. 영해는 마술사를 보듯 자동차 바닥 밑으로 머리를 처박은 운전수의 등짝을 조심스럽게 지켜보았다. 승객들은 그새 꽤 내려서 통로에 서 있는 사람들이 제법 자유롭게 몸을 움직일 만큼 되어 있었다. 그들은 차 바닥에 엎드려 있는 운전수에게 별로 신경을 쓰지 않았다. 차가 고장났다는 것까지도 별로 대수롭지 않게 여기는 것 같았다. 더러 내려서 오줌을 누기도 했다. 박박 깎은 머리가 밤송이처럼 자란 추루한 중늙은이 하나가 두 손으로 바지 앞단추를 잠그면서 입구 쪽으로부터 어정어정 걸어왔다. 한 깡마른 여자가 좌석에 앉아서 앞 좌석의 등을 두 손으로 붙잡고 엉덩이를 들 듯 말 듯하면서 그에게 "어디서 타셨시유?"라고 아는 체를 했다. 노인은 우는 것인지 웃는 것인지 알 수 없게 입을 벙벙히 벌리고 "언제 나갔대야?"라고 되물었다. 그의 얼굴에는 하얗게 쉰 수염이 쭈뼛쭈뼛 자라 있었다. 딴 데에서도 서로 알아보는 수

인사 소리들이 들려왔다. 그들은 대개 조금씩 일가친척붙이가 되는 모양이었다. 영해 옆 자리에 앉은 여자가 등 뒤로 고개를 돌리고 뒷자리에 앉은 구릿빛으로 얼굴이 찌든 여자에게 "윤주가 또 집을 나갔담서?" 하고 물었다.

"또 나가? 서울서 내려온 지가 몇 조금이나 되는디?"

"기돌네가 며칠 전에 서문시장에서 만났는디, 동산동 공업단지에 취직했다고 그러드려."

"취직을 혔어? 잘 혔그만."

"취직은 지가 무슨 취직이여? 술집에 있다든디."

"술집? 오매."

"지집아 바람 한본 나먼 마음 되잡기 어려운 벱여."

"자식이 아니라 골병가심이그만. 누구 본 사람이 있대야?"

"본 사람이 있길래 소문이 났을 테제. 한일관인가 뭔가 허는 집에 있대야."

"한일관은 음식을 파는 집인디요?" 그때까지 찌든 여자 옆에 앉아서 듣고만 있던 남자가 여전히 창밖을 내다본 채 불쑥 말했다. 그것은 맞는 말이었다. 한일관은 영해도 잘 아는 이름난 한식집이었다.

"음식점에서 일허는 것이 숭이사 될라고?" 찌든 여자가 말했다. 영해 옆에 앉은 여자는 조금 불만스러운 모양이었는데, 그녀가 뭐라고 대꾸하기 전에 조금 전의 남자가 역시 창밖을 내다본 채, "한일관 옆에 영일옥이라고 조그마한 대폿집이 하나 있습니다."라고 말했다. 버스는 이십 분쯤 지체한 다음 다시 달리기 시작했다.

승객들이 점점 줄어갔다. 종점이 가까워지는 모양이었다. 한 정류소에 차가 멎었을 때 영해는 차창 밖으로 초가집의 썩은새 끝에 오십 센티도 더 되는 고드름들이 줄줄이 매달려 있는 것을 보았다. 그녀 옆 자리와 뒷자리에 앉은 사람들은 거기서 내렸다. 조금 더 가자 마침내 거대한 호수의 물굽이가 산골짜기에서 찰싹거리고 있었다. 호수를 왼편으로 끼고 산골짜기를 들어갔다 나왔다 하면서 십 분쯤 달리자 종점이 되었다.

"해가 짧아서 아침 수깔 놓고 시내 나들이 갔다오니 보 어두워지네," 라고 어떤 사람이 중얼거리면서 차를 내렸다. 영해는 시계를 보았다. 세 시 반이 조금 지나 있었다. 표 파는 사람은 한 시간 걸릴 거라고 했었는데 삼십 분이 더 걸린 셈이었다. 영해는 차에서 내려 바스락거리는 눈을 밟았다. 눈은 얼어서 미끄러웠고, 바람은 차가웠다. 그녀는 이 년 전 그곳에 찾아왔었던 때를 정확히 기억했다. 그때는 물론 둘이서였었다. 그리고 이렇게 추운 때가 아니라 단풍이 곱게 물든 가을철이었었다. 차에서 내린 사람들은 추운 한데에서 잠시라도 더 머뭇거릴 필요가 없다는 듯이 갯벌에서 게가 제 구멍 찾아가듯 각각 제 갈 길들을 서둘렀다. 영해는 커다랗게 군수가 써 붙여 놓은 안내판 앞으로 갔다. 그 저수지의 면적이 얼마이며 물의 분량은 얼마여서 얼마나 넓은 논에 관개를 할 수가 있고 십 킬로미터를 더 가면 댐이 있는데 거기서는 몇 만 킬로와트의 발전을 해서 얼마나 넓은 일대의 지역에 전력을 공급하고 있는가가 씌어 있었다. 그리고 계속해서 그 저수지에는 물보다 고기가 더 많으므로 얼마든지 와서 낚시질을 하기 바란다는 말과 물이 너무 깊으므로 절대로 수영은 하지 말라는 말이 씌어 있었다. 읽고 보니 이 년 전에 읽은 그대로였다. 그러나 감회는 그때와 지금이 같지 않았다. 저 아래 호수의 물이 와서 찰싹거리고 있는 곳에 나룻배가 닿아 있었고, 사람들이 타고 있었다. 그녀는 문득 그 배를 타야겠다고 생각했다. 어떤 사람이 자전거를 버쩍 들어 싣고 있었다. 배가 곧 떠날 것 같았지만 길이 미끄러워서 내리막을 빨리 걸어갈 수가 없었다. 다행히 등 뒤에서 소주병 열 개짜리 상자를 짊어진 사람이 내려왔으므로 그녀는 천천히 걸어가서 배를 탔다. 배는 펑퍼짐하게 넓적했는데, 뒷부분에 보리타작 때 쓰는 발동기가 장치되어 있었다. 떨어지고 기름때가 묻은 군대 야전잠바를 입은 더벅머리 머슴애가 발동기 옆으로 가서 허리를 굽히고 무슨 끈을 힘껏 잡아당기자 통, 통, 통 하면서 기계가 돌아가고 배가 움직이기 시작했다. 배에 탄 사람들은 다 해서 열 명이 못 되었다. 배 꽁무니로부터 물살이 뒤집어지면서 갈라져서 길게 파문을 일으켰다. 이 년 전 그녀는 그와 함께 배 한 척을 한 시간 동안 세내어 가까운 섬으로 가서 사진을 찍으며 놀았었다. 누가 그녀 옆으로 다가와서 그녀에게 더러운 손을 내밀었다. 발동기에 시동을 건 머슴애였다. 그녀는 지갑에서 십 원짜리 동전들을 꺼내어 그의 손바닥에다 하나씩 떨어뜨렸다. 다섯 개가 되자 그는 머리를 까딱했다.

건너편 산골짜기가 점점 눈앞으로 다가왔다. 떠나온 골짜구니는 산봉우리의 그늘 속에서 점점 작아져가고 있었다. 더벅머리 사공의 친구인 듯한 앳되어 보이는 젊은 남자 승객이 배 꽁무니께에 서서 가랑이 사이에다 키를 끼고 배의 방향을 잡고 있었다. 사공 머슴애가 발동기를 껐다. 배는 속력을 줄였다. 그리고 축대께로 다가가서 살며시 접안했다. 사공이 밧줄을 들고 뭍으로 뛰어올라가 배를 묶었다.

"이 배, 언제 되돌아가요?" 영해가 물었다. 지금 당장 되돌아간다고 하면 내리지 않고 그대로 돌아가고 싶었다. 불과 오 분 안팎의 뱃길이었지만, 물이 바닥이 안 보이게 깊고 호수가 폭은 좁아도 길이가 가물가물하게 먼 데까지 뻗혀 있어서, 그녀는 버스가 와서 닿는 저쪽 계곡이, 뻔히 보이는데도, 아득하게 느껴져서 문득 겁이 났다. 그러나 사공이 "다음 차가 들어와야 손님 받으로 가요."라고 말하고, 소매를 걷어붙이고 시계를 들여다보면서 "네 시 반에 가요."라고 대답하자, 그녀는 실망했는데, 그것은 배가 지금 당장 되돌아가지 않기 때문이 아니라, 그 배가 막배가 아니었기 때문이었다. 겁이 났던 것은 돌아가지 못할까 봐서였고, 돌아가지 못하는 것은 그 배가 마지막 배여야만 가능했다. 그 배가 마지막이 아니라는 것이 분명해지자 그녀는 어떤 긴장 같은 것이 풀리는 것을 느꼈다. 그것은 두려움이 가라앉는 것이라고 할 수 있었고, 기대가 무너지는 것이라고도 할 수 있었다. 조금 전 겁이 났을 때 겨울철 지는 해의 가냘픈 빛속에서 떨고 있는 이 육지가 삭막하고 차갑고 생소해보였다면, 이제 그런 기분들이 싹 가실 법도 했는데 이상하게도 그런 기분들은 가시기는커녕 더욱 뚜렷해지고, 그 위에 그것들과는 반대가 되는 나른하고 지겹고 귀찮은 기분들이 겹쳐왔다. 그녀는 어깨가 축 쳐져서 맨 나중에 배를 내렸다.

사람들은 뭍에 오르자 해 빠지기 전에 집에 들어가기 위해서 어깨들을 웅크리고 종종걸음으로 산비탈을 걸어올라갔다. 그녀도 그렇게 하고서 그들 뒤를 따랐다. 길이 평탄해지고, 잔솔 우거진 모퉁이를 돌자 집이 두채 나타났다. 담이 없었으므로 한 소녀가 방문을 열었을 때 안방에 있는 귀 빠진 장롱의 서랍까지 들여다보였다. 그 옆채의 길 쪽으로 난 마루에는 담배 소매 상자가 있고, 과자 라면 술병 따위가 널려져 있었지만 근처에 얼씬거리는 사람은 아무도 없었다. 다만 토방 위에 신발짝들이 무질서하게 어지러져 있었고, 닫힌 방 안에서 사람들이 웃는 소리가 들려왔다. 그녀는 춥고 배가 고팠다. 함께 배에서 내린 사람들은 어디론가 다 사라지고 아무도 없었다. 한 여자가 이른 쇠죽을 퍼가지고 김을 모락모락 피우면서 외양간으로 갔다. 이따금씩 방문들이 여닫히면서 사람들의 머리들이 들쑥날쑥했지만 아무도 밖에 서 있는 사람에게 관심을 보여주지 않았다.

"아주머니, 모래미술 있어요?" 영해가 말했다. 쇠죽을 퍼주고 온 여자는 그녀 앞에서 걸음을 멈추고 "모래미술은 떨어지고 병소주뿐인디요,"라고 말했다. 그리고 그녀를 빤히 쳐다보다가 집 모퉁이로 돌아갔다. 그녀는 계란 넣고 라면이나 하나 삶을까 했지만, 귀찮고 괘씸하고 서운해서 그만두기로 했다. 살찐 암탉 한 마리가 뒤뚱거리면서 그녀 앞으로 길을 가로질렀다. 그녀는 얼어붙은 눈 위로 바스락바스락 소리를 내면서 동네 쪽으로 걸음을 옮겼다. 그날 아침 그녀는 아빠와 싸웠었다. 엄마와는 하도 자주 싸워서, 싸우지 않은 날이면 오히려 마음이 꺼림칙할 정도였지만, 아빠완 달랐다. 항상 그녀 편을 들거나 적어도 침묵을 지켰던 그녀 아빠가 그날 아침따라 화를 내었었고 그것도 고함을 꽥꽥 지르면서 굉장히 화를 내었었다. 그녀는 처음 몇 번 맞고함을 지르다가 방을 나와버렸었다. 아빠에게 눈물을 보이고 싶지 않아서였다.

길은 호수의 물을 피하여 호수의 표면과 평행을 이루면서 산모퉁이를 맴돌아 구불구불 나 있었다. 이년 전 그녀의 남자 친구가 겁 없이 마시고 녹아떨어져 추태를 부렸던 것이 바로 저 모래미술이었다. 그녀는 술에 취하여 뱃전을 붙잡고 물에 빠져 죽겠다고 아우성치던 그의 모습이 눈앞에 보이는 듯했다. 해가 설핏해서 돌아가는 버스에 탔을 때, 그는 제정신이 아니었고 몸을 거의 가누지 못했었다. 그녀는 문득 동네를 향해서 무작정 걸어가는 것에 아무런 뜻이 없음을 깨달았다. 그녀는 걸음을 멈췄다. 왼편은 잔솔과 관목이 빽빽하게 들어선 산이었고 오른편은 가파른 비탈 아래로 호수의 물이 찰랑거리고 있었다. 그녀는 오른편으로 내려갔다. 발밑에서 흙이 버실버실 무너졌다. 아래로 내려갈수록 흙은 검고 굵은 모래가 되었다. 물가에 이르자 모래에 물이 배어서 발이 쑥쑥 빠져들어갔다. 잔물결이 제법 소리를 내면서 찰싹찰싹 연안을 핥고 있었다. 그녀는 물기스민 모래를 밟으며 선착장 쪽으로 걸어갔다. 경사가 급해서 걸어가기가 힘들었다. 급경사는 물속에서도 그대로 계속되고 있었다. 한쪽 구두짝 안으로 물이 들어왔다. 나머지 한 짝에도 물이 들어왔다. 그녀는 그 자리에 주저앉았다. 찬 바람이 불어왔다. 찰랑거리는 잔물결들이 사위를 더욱 조용하게 했다. 그녀는 수면 위를 바라보았다. 아물아물 멀리서부터 어둠이 조금씩 깔려오고 있었다.

"아가씨, 또 만났그만요." 키가 꺼정하게 크고 털실로 짠 모자를 귀밑에까지 푹 눌러쓴 늙은 남자가 칵 쉰 목소리로 말했다. 영해는 더벅머리 사공에게 오십 원을 쥐어주고 그 남자를 바라보았다. 같은 버스로 와서 아까 그 배로 같이 건너왔던 사람이었다. 사공 머슴애가 그에게 다가가서 손을 내밀었다. 배에는 그들 둘과, 사공과, 고등학교 일, 이 학년쯤 되어 보이는 소년과 소녀뿐이었다. 사공은 제 또래의 소년과 소녀에게는 돈을 달라고 하지 않았다. 그는 그들과 아는 사이인 것 같았다. 소년과 소녀는 남매인 듯했는데, 바람 불어오는 쪽에다 나란히 등을 대고 서서 사공과 농담을 주고받았다. 물 건너 마을 누구 집에 공부라도 하러 가는지 예쁘장한 여학생은 참고서와 공책을 들고 있었다. 그녀는 두 무릎을 꼭 댄 채 옅은 빛 외투의 깃을 세우고 서서 사공과 남학생이 주고받는 말에 연방 해죽해죽 웃었다. 배가 기슭에 닿자 그들은 사공보다 먼저 뛰어내려서 비탈진 길을 달음질쳐 올라갔다.

"아저씬 왜 도로 나가세요? 볼일 다 보셨어요?" 어두워오는 비탈길을 걸어올라가면서 어깨가 구부정하게 굽은 그 남자에게 영해가 물었다. 그 남자는 땟국이 흐르는 후줄근한 잠바를 입고 있었다.

"허탕쳤소. 아가씨는 볼일 잘 보셨소?"

"저도 허탕쳤어요."

"저런! 안되었소. 이런 추운 날에 여그까지 와서. 아가씨허고 나만 객지 사람인가비요 잉."

"어떻게 아세요?"

"들어갈 때나 나올 때나 우리 둘헌테서만 돈을 받지 않습디요? 저 나룻배에서는 객지놈들헌테서만 선가를 받는다우."

"아저씬 어디서 오셨어요?"

"서울서 왔소."

"무슨 일로요?"

"뭐, 그저… 돈 몇 푼 빌려준 거 받을라고 왔소."

그들은 커다란 안내 간판을 지나 버스 정류소로 갔다. 차는 아직 들어오지 않았다. 한 젊은 남자가 쭈그리고 앉아서 아궁이에 나무토막들로 군불을 지피고 있었다.

"저그 가서 불이나 쬡시다."

"아저씨, 그것보다 춥고한데, 대포나 한잔 하세요. 이곳 모래미술이 유명해요."

"아가씨나 한잔 허시오. 난 감기가 들어서 안 할라요. 버스나 지시간에 왔으먼 좋겄는디."

그는 아궁이 옆에 쭈그리고 앉아, 목구멍으로 골골 소리를 내면서, 활활 타들어가는 불길에다 손바닥을 내밀었다. 그녀는 차 시간을 알아보았다. 네 시 삼십 분 도착에 다섯 시 출발이 막차였다. 차 들어올 시간이 십 분이나 지나 있었다. 또 오다가 고장이 나서 다릿가에다 세워 놓고 수리를 하고 있는 것일까. 그녀는 허기가 지고 발끝이 곱아왔다. 정말 라면이라도 하나 삶아야 될 모양이었다. 그녀는 연기를 피하느라고 목을 뒤로 쑥 빼고 군불을 때고 있는 사내의 등 뒤로 가서 "여기 모래미술 파는 데 없어요?"라고 물었다. 그 사내는 한쪽에다 대고 술 팔라고 소리를 질렀다. 자그마한 사내아이가 한 모퉁이에서 나와 그녀를 나무문짝 하나가 따져 있는 컴컴한 데로 데리고 갔다. 거기에 탁자가 있고 그 위에 젓가락짝들이 가득 찬 통과 엎어놓은 술잔들과 안주 접시들이 널려 있었다. 사내애가 커다란 주전자를 들고 틉틉하고 뿌연 막걸리를 한 사발 따랐다. 그녀는 선 채 엎드려서 잔에다 입술을 대고 한 모금 빨았다. 진저리가 쳐였다.

"뜨뜻한 방 없어?" 그녀가 말했다.

"우리들 잠자는 방뿐이오. 거그라도 쪼끔 들어가실라요?"

그녀는 그 애를 따라 방으로 들어갔다. 바로 군불을 때고 있는 방이었는데, 방문은 술청으로 나 있었다.

"얘, 너, 아궁이에서 불 쬐고 있는 아저씨 들어오시라고 하고, 소주 삼십 도짜리 있지? 그거 맥주잔에 반만 따라 오고 계란도 하나 가지고 와. 빨리 해야 돼, 시간없어."

"시간은 충분혀요. 차 아직 들어오지도 않았는디요?"

잠시 후 그 애가 소주 한 잔과 계란 하나를 쟁반도 없이 가지고 들어오고, 그 뒤로 키 큰 그 남자가 허리를 굽히고 따라 들어왔다. 그는 털실 모

자를 손바닥으로 벗어서 잠바 호주머니에 쑤셔넣고 방바닥을 만지면서,

"아이고, 따셔서 좋다."고 말하고 한쪽에 주저앉았다.

"아저씨, 감기에는 계란술이 좋대요. 한잔 꼴깍 하세요."

"나는 술 안 헐라요. 감기에 기운이 쇠해서 한잔 들어가면 갱신을 못헐 거이요. 아이야, 아, 이놈아, 가서 쟁반도 하나 가져오고 제범짝도 좀 가져오고 그려라?"

"그리고 그 모래미술 따라놓은 것도 가져와."

영해는 계란을 깨서 소주잔에다 부었다. 그리고 애가 나가서 술잔과 안주 몇 개를 쟁반에 받쳐들고 들어오자, 젓가락짝으로 소주잔을 휘저었다. 그리고 그것을 그 앞으로 밀어놓았다.

"한잔 하세요. 몸에 좋대요."

"아, 아가씨가 허시요. 그 좋은 술을 왜 난테 주시오? 저 물 탄 막걸리에다 댈 것이요? 모래미도 진국 겉으면 참 좋은디."

그는 자기 앞에 놓인 유리잔을 물끄러미 쳐다보았다. 그리고 그때까지 방 한구석에 우두커니 서 있던 애에게 "아이야, 니 얼렁 가서 라면 두 개 삶아 내오니라"고 말하고 바지 호주머니에서 백 원짜리 한 장을 꺼내주었다. 그 애가 돈을 받아들고 나가자, 그는 문득 소주잔을 집어들고 단숨에 훌짝 반을 비웠다. 영해는 그녀의 술잔을 입술에다 대고 또 한 모금 꿀꺽했다. 그리고 진저리를 쳤다.

"아저씨 서울 어디서 오셨어요?"

"서울이 아니고 성남서 왔소. 원래 집은 전라돈디, 서울서 고생깨나 허고 돌아다니다가 철거돼가지고 성남에 땅 한 조각 얻어서 기왓장 몇 개 얹어놓고 지금 사요."

"자제분은 몇이나 되세요?"

"자제분이랄 것도 없이, 더러 죽기도 허고, 딸년은 출가허고, 큰놈은 제금나가고, 막둥이는 군대 가 있소. 늙은 것들 둘이서 가게 하나 채려놓고 입에 풀칠을 허고 있소."

그는 화가 나는지 남은 술을 마저 들이켰다. 영해도 또 한 모금 꼴깍 했다. 진저리가 조금 덜 쳐졌다.

"돈은 얼마를 빌려줬는데 그러세요?"

"돈이요? 삼만 원 빌려줬소. 이자까지 치면 사만 원도 넘지라우."

"그런데 여기까지 와서 한 푼도 못 받으셨어요?"

"사람이 있어야 받고 말고 하지라."

"나쁜 사람이네요. 고생은 그만두라고라도 서울서 여기까지 차비가 얼만데. 고속버스가 천이백…."

"고속버스가 무슨 고속버슬랍디요. 어젯밤에 용산에서 완행열차 탔소. 차비도 싸고 여관비도 안 들고. 다 그것이 몸삯 아니요?"

방이 따뜻해서 언 몸이 녹고, 물탄 술이지만 몇 모금 넘어가자 뱃속으로 퍼져서 기분이 느긋해졌다. 잠시 후 라면이 들어오자 그들은 냄비 하나씩을 차지하고 훌훌 소리를 내면서 먹었다. 밖은 완전히 어두워져 있었다. 버스는 다섯 시가 되어도 들어오지 않았다. 영해는 걱정이 되었다.

"이렇게 늦은 것을 보니 빼묵어뿔랑개비요." 군불 때던 청년이 말했다. 손님이 없으면 더러 결행하는 수도 있는 모양이었다. "삼십 분만 더 기다려봅시다."

방 안에는 그 남자가 오똑 앉아서 목구멍으로부터 골골 소리를 내며 눈을 감고 머리를 앞뒤로 조아리고 있었다. 그가 눈을 번쩍 뜨고 말했다.

"아따 아가씨, 뭐이 걱정이요? 이 방도 좋고, 이 방이 안되면 딴 데 아무 데나 민가에 방 하나 얻어서 하룻밤 눈 붙이고 주무시오. 나는 요 아래 한 오 리 가면 막은데라는 동네에 먼 발치로 친척되는 사람이 하나 사요. 나는 거그 가서 잘라요."

"아저씨, 저는 이제 겨우 스무 살을 넘었어요. 아저씨는 적게 잡아도 쉰은 넘으셨을 텐데, 딸도 큰딸은 못 될 저에게 왜 꼭꼭 존대를 쓰세요?"

"아니, 그것이 무슨 말씀이다요? 나이야 못난 놈도 제절로 줏어묵는 것이지 별것일랍디요. 나는 배운 것도 없고 소학교빽에 못나온 놈이요. 뭐이 잘났다고 처음 보는 여자헌테 말을 쪼금이라도 놓을 것이요?"

"아이 아저씨 재밌어요. 하하. 많이 알고 많이 배운 사람은 별것일랍디요?"

"별것이겠지라. 아가씨는 무슨 일로 추운디 여그까지 나와서 허탕을 쳤소?"

"저요? 전 그냥——놀러 나왔어요."

"놀러 나와요?"

"예. 속상한 일도 많고 해서 바람이나 쏘일까 하고… ."

"바람은 많이 쏘였겠그만요."

"빠져 죽을 데는 많겠어요. 물이 깊고 넓어서요. 하하."

"죽을라먼 아랫목에 요 깔아놓고 드러누워서 구멍탄 피워놓고 죽제 여그까지 나온다요? 아가씨 겉은 사람들헌테도 다 속상허는 일이 있소?"

"속 안 상하는 일이 가다가 한 번씩이라도 있었으면 좋겠어요."

"무얼보고 속상허는 일이라고 허는디요?"

"세상 일이 마음대로 안 되면 속상하는 거지요, 뭐."

"세상 일이 허고 많은 사람들 맘대로 어찌 다 될 것이요? 좋아허는 남자가 세상을 버렸소?"

"아니오."

"좋아허는 남자가 딴 여자를 좋아허요?"

"아니요."

"그러면, 좋아허는 남자가 처음부터 없었습디요?"

"아, 니요."

"그럼 뭐이요? 좋아허는 남자가 싫어졌소?"

"아, 아니요. 싫어지지도 않고, 좋아지지도 않고, 뭐 그저 그냥 그래요. 아빠 엄마하고 만날 쌈질이나 하고 그냥 그래요."

"참말로 모르겠소."

"저도 모르겠어요. 그래서 가슴이 답답하다 못해 때로는 툭 터져버리려 해요. 제게는 고등학교 때 은사 중에 시인이 한 분 계세요."

"시인이 뭐허는 사람이다요? 노래 부르는 사람이요?"

"노래를 쓰는 사람이지요."

"노래를 쓰면 뭐 헐랍디요, 불러야 맛이제."

"그분은 묵은 노래를 새로운 목소리로 부르기 시작한 장래가 촉망되는 젊은 시인이었어요. 얼마 전에 하도 답답해서 찾아가봤더니, 매화가 피는 창 앞에서를 뇌까리고 있었어요. 그런데 그는 아직 이십대지요. 그는 실지로 마당 한복판에다 매화나무 한 그루를 심어놓았어요. 정말 잊어주었으면 좋겠어요. 다음으로 찾아간 것은 난초를 잘 그리는 삼십대의 서예가였어요. 그는 나에게 습자를 가르쳐주고 쳇줄을 준 분이었지요. 그런데 그는 영혼이 방황하고 있는 것 같았어요. 찾아간 나의 이야기는 꺼내지도 못하고 꼬박 두 시간 동안 그의 이야기만 듣다가 나왔지요. 나올 때, 삼십에 불혹이라는데 선생님은 아직 미망이 많으시군요, 하고 말했더니, 불혹은 사십이야, 라고 대답했어요. 할 수 없이 나는 생전 알지도 못하는 사십대의 한 유명한 분을 찾아가기로 했지요. 그는, 무엇으로 유명한지는 몰랐지만, 하여튼 유명한 것으로 널리 알려진 분이었어요. 나는 그냥 가기가 미안해서, 서문 시장에 가, 노란 동국화 화분을 사가지고 갔지요. 그는 집에 부재중이었어요. 그의 집 식구들 중에서 그가 어디를 갔으며 언제 올 것인가를 아는 사람은 아무도 없었어요. 그에게는 행선지를 정하지 않고 아무도 몰래 슬쩍 여행을 떠나는 괴벽이 있었어요. 그래서 나는 가슴이 답답한 것은 나 혼자만이 아니라는 것을 어렴풋이 깨닫게 되었어요. 주무세요, 아저씨?"

그 남자는 꼿꼿이 앉아서 턱을 가슴에 묻고 가느다랗게 코를 골고 있었다. 그들은 여섯 시까지 기다렸지만 차는 오지 않았다.

"나 혼자 가슴이 답답한 것은 아니라는 것을 아는 것은 나에게 아무런 위안이 되지 못했어요. 그것은 모든 사람들이 다 가슴이 답답하다는 것을 뜻했고, 모든 사람들이 다 가슴이 답답하다면, 각자 자기의 답답한 가슴은 자기 자신만의 문제라는 말이 되었어요. 그것은 답답한 가슴에다가 절망감을 보태주었어요. 아저씨, 졸리우세요? 아무래도 오 리 떨어진 동네로 가야 될까 봐요."

그들은 밖으로 나갔다. 그는 비틀거리면서도 재빨리 호주머니에서 털실로 짠 모자를 꺼내 머리를 덮었다. 아, 거대한 호수가 있는 곳에서는 밤이 낮보다 얼마나 더 삭막한가! 바람이 제멋대로 불고 있었다. 소리가 커서일까, 주위가 조용해서일까, 저 아래에서 물이 산기슭에 부딪치는 소리가 찰싹찰싹 들려왔다. 그 큰 물속에 물만큼 큰 괴물이 물과 같은 꼴을 하고 들어앉아서 천의 혓바닥들을 날름거려 물을 핥고 있는 것일까. 남자는 어깨를 꾸부정하게 구부리고 비틀거리면서 집 뒤로 돌아갔다. 아마 작은 볼일이라도 있는 모양이었다. 도시 같으면 초저녁도 안 될 시간이었지만 외진 산골은 한밤중의 어둠과 괴괴함에 싸여 있었다. 영해는 버스가 방향을 바꾸는 펑퍼짐한 데로 걸어갔다. 눈이 자동차의 바퀴 자국대로 얼어붙어 있었다. 그녀는 어깨를 웅크리고 버스가 들어오는 길이 산기슭을 따라 구불구불 나 있는 쪽을 바라보았다. 그때 그쪽에서 무슨 불빛이 산비탈에 번득였다. 그녀는 걸음을 멈추었다. 멀리서 내연기관의 폭발음이 나지막하게 들려왔다. 그 소리는 점점 커져갔다. 그리고 문득 강렬한 두 줄기의 빛이 산모퉁이에서 튀어나왔다.

"차가 오는개비요." 어느새 나타났는지 그 남자가 그녀의 등 뒤에서 말했다. 빛의 줄기는 차가 구불구불한 길을 달림에 따라서 사라지기도 하고 다시 나타나기도 했다. 길이 산골짜기를 둥글게 맴돌 때에는 더러 꼬리의 빨간 불빛이 보이기도 했다. 그리고 경적 소리가 들렸다.

"그게 뭐에요, 아저씨?" 영해가 말했다.

"이거요? 지팡이 헐라고요."

"그거 대나무 아녜요?"

"아가씨 눈 참 좋소. 오죽(烏竹)이요. 아까 낮에 보았더니 마디가 까뭇까뭇헙디다."

차가 그들에게 불빛을 정면으로 들이대면서 다가왔다. 그런데 불빛이 어쩐지 조금 낮았다. 그것은 버스가 아니었다. 택시 한 대가 그들 앞에서 멎었다. 문이 열리자 외투 아래로 화려한 빛깔의 한복 치맛자락을 펄럭이면서 여자가 내렸다. 그리고 그 뒤로 양복을 말끔히 차려입은 남자가 조그마한 가방을 들고 따라내렸다. 그는 주위를 한 번 둘러보고, 벌써 저만치 가고 있는 여자 뒤로 걸어갔다. 차가 방향을 돌렸다.

"어이, 여그 손님 안 태우실라요?" 언제 나왔는지 그 집 청년이 영해가 미처 뭐라고 하기도 전에 소리쳤다. 그러자 차를 돌려 세운 운전수가 몸을 뒤로 돌리고 뒷문을 활짝 열어젖혔다. 영해는 그 남자의 등을 밀었다. "어서 타세요, 아저씨." 그리고 그녀도 그 뒤를 따라 차 안으로 들어갔다.

그 남자는 담배를 한 대 꺼내 피워물고는 몇 모금 빨다가, 감기가 들어서 담배도 못 피우겠다고 불평을 하고는 꺼버렸다. 그리고 곧 졸기 시작했다. 영해는 황량한 물의 벌판을 등 뒤로 하고 사람들이 옹기종기 무릎들을 맞대고 사는 도시로 가면서도 마음은 거꾸로 점점 더 삭막해져 갔다. 남자는 목구멍에서 골골 소리를 냈다. 그는 입술을 들썩거리면서 뭐라고 혼자 중얼거렸다.

"… 나쁜 년… 니가 내 돈 묵고… 어디…."

영해는 피곤은 했지만 잠은 오지 않는다고 생각했다. 옆에서는 코를 골며 자고 있었다. 그랬는데 어느새 그녀도 깜빡 졸았던 모양이었다. 눈을 떠보니 길 양편으로 불이 휘황하게 켜져 있었다.

"벌써 다 왔는개비요." 남자도 잠이 깬 모양이었다.

"어디로 갈까요?" 운전수가 말했다.

"아저씨 저녁 잡수셔야지요? 한일관으로 갑시다."

"저녁은 아까 묵었는디 또 무슨 저녁이요?"

차가 한일관 앞에서 멎었다. 그들은 차를 내려서 음식점 안으로 들어갔다. 도시 사람들은 이제 막 그들의 주말을 즐기고 있는 것 같았다. 영해와 남자는 비빔밥을 시켜 먹었다. 밥을 먹고 나왔을 때 영해는 문득 길 건너 편에서 영일옥이라는 간판을 보았다. 그녀는 걸음을 멈췄다. 그리고 옆으로 다가오는 남자의 어깨를 한 손으로 붙잡았다.

"아저씨, 아저씨는 달아난 색시를 잡으러 왔지요?"

"아가씨가 윤주는 어치케 아요?"

"그렇지요? 윤주를 붙잡으러 왔지요?"

"지가 나헌테 꾸어간 이잣돈만 갚으면 되제, 내가 가를 잡아다 뭣헐 것 이요? 아, 달아난 년 아니면 사람 없다요? 쌔뿌렀소, 새뿌렀어."

"아저씨, 내가 윤주 있는 델 알으켜드릴 테니까 일루 와요."

"아따, 왜 이러요? 쩌어그 저그가 기차 정거장인디, 나는 지금 얼렁 가 서 기차를 타야 허요. 지금 타먼 낼 식전에 서울에 떨어지요. 이거 놓시오 잉. 나도 바쁘요."

그는 그녀를 뿌리치고 성큼성큼 걸어갔다. 그녀는 쫓아가야 할지 그냥 서 있어야 할지 알 수 없었다. 거기는 인적이 끊긴 거대한 호숫가가 아니 라, 눈썹 끝으로 사람들이 스쳐가는 도시의 한복판이었다. 그는 벌써 오 죽 지팡이를 휘저으며 사람들 속으로 저만치 사라져가고 있었다. 영일옥 에서 한 떼의 사람들이 몰려나왔다. 그리고 또 한 떼의 사람들이 몰려들 어갔다. 그녀는 그 집에서 떠드는 술꾼들의 소리를 한참 듣고 있다가, 고 개를 떨어뜨리고 천천히 역 쪽으로 걸어갔다. 역에는 등산복을 입은 사람 들도 있었지만, 남루한 옷을 입은 사람들이 많았다. 그리고 더러는 긴 대 합실의 의자에 파김치처럼 지쳐서 눈을 감고 기대앉아 있기도 했다. 그러 나 털실로 짠 모자를 쓰고 골골하면서 칵 쉰 낮은 목소리로 말하는 남자의 모습은 아무 데에도 보이지 않았다.

행려

　꽃샘바람 잎샘바람이 부옇게 황토 먼지를 일으키면서 산마루 너머로
불어왔다. 버스에서 내린 두 사람은 눈썹에 허옇게 묻은 먼지를 때 묻은 옷
소매로 씨익 문지르고 산모퉁이로 사라져가는 차의 뒷모습을 바라보았다.
　"염병헐 년, 이왕 태워줌서 곱게 태워주지."
　얼굴이 검붉은 흙빛으로 찌들어진 남자가 두 눈을 디룩거리면서 투덜
댔다. 그의 눈은 결막염으로 안쪽 흰자들이 모두 생선 창자가 되어버렸고,
흙먼지 바람에 바깥쪽 흰자들에는 핏발이 서 있었다.
　"태워준 것만도 감삽소."
　여자가 말했다. 그녀는 색이 바랜 헌 수건을 고깔처럼 머리에 둘러매고
있었다.
　"안 태워 주고 배기냐, 타고 나서 없다는디?"
　"동냥차 타는디 이력이 났구료."
　"이력은 났다마는 신물이 난다."

192

남자가 엄지손가락으로 이쪽저쪽 코를 풀고 손가락을 바지 허벅지에다 문질렀다. 그리고 손잡이 끈이 떨어져서 노끈으로 가운데를 둘러맨 헌 검정 비닐 가방을 옆구리에서 내려놓고 저만치 길이 굽어도는 데에서 아래로 몇 걸음 내려가 소피를 보았다. 여자는 옆에 끼고 있던 보따리를 내려놓고 머리에 수건을 풀어서 옷의 먼지를 털었다. 찌들고 그슬리기는 남자나 여자나 마찬가지였지만 그녀는 아직도 이마와 코빼기로 하얀 기운이 조금 남아 있었다. 남자는 새것이었을 때도 부자들이 운동을 할 때 썼을까 싶지 않은 헌 골프 모자를 쓰고 있었는데 땀과 때에 절일 대로 절어서 더 흙먼지가 묻어봐야 별 흔적이 나지 않게 된 그 모자 밑으로 머리카락들 위에 황토 가루가 부옇게 묻어 있었지만 모자를 벗어볼 생각은 없는 모양이었다. 그는 "오늘 저녁은 또 어디서 하룻밤을 얻어잘거나"고 중얼거리면서, 지구 위에 크고 날씬한 비행기가 그려진 헌 가방을 다시 옆구리에 끼고, 뼘이 넘게 자란 보리가 파랗게 출렁이고 있는 밭두렁으로 내려섰다.

"오늘 저녁에는 라면이나 하나 안 삶을라요?"

여자가 보따리를 챙겨들고 뒤따르면서 말했다.

"가만 있거라. 나헌테도 다 생각이 있다. 내일 저녁에 흰밥 한 그릇 먹여주마."

"내일이 무슨 날이오?"

"느그 성님 기일이다."

"아이고, 마시요. 죽은 사람이 무슨 소용 있다요? 지난 초아흐레가 오빠 생일인 것을 나도 아요. 왜 그때는 모락모락 김 나는 쌀밥 한 그릇 먹자고 안 했소? 망처 생각한다고 누가 새내 도랑에 열부 정문 세워준답디요?"

남자는 대답 대신 한숨을 내쉬었다. 두 사람은 말없이 보리밭 사이를 터벅터벅 걸어갔다. 흙 속에 묻힌 자갈들 사이로 풀포기가 드문드문 자란 수레길이 나타나고, 산기슭 안에 옹게종게 자리 잡은 동네가 엇비스듬히 눈 안으로 들어왔다.

"효자 열녀 정문 있다는 말은 들었어도 열부 정문은 금시초문이다." 남자가 동구로 다가가면서 혼잣말처럼 앞을 바라본 채 말했다.

"속 참 좋소." 동생이 한쪽으로 닳아진 오빠의 농구화 뒤축을 바라보며 대꾸했다.

동구의 가게 앞에서는 남자들이 너덧 쭈그리고 앉아서 장기를 두고 있었다. 그들은 피골이 상접해 있었고, 주름살 진 얼굴은 흙빛이었다. 어른들 옆에 올챙이처럼 배가 부른 어린애들이 눈을 퀭하게 뜨고 맨땅에 주저앉아 맥없이 놀고 있었다. 동네에 하나뿐인 구멍가게에는 두 홉들이 소주병 몇 개와 라면 몇 봉지가 사탕과 과자 나부랭이와 함께 먼지에 쌓여서 주인도 없이 마루 한구석에 놓여 있었다. 또 한 번 그들은 대단한 한촌에 찾아온 모양이었다. 그러나 풍년거지가 더 섧은 법이어서 그들은 이런 데에 오면 오히려 더 마음이 편했다.

"장 받어! 뭘 혀?"

"궁을 틀었잖여?"

"상장 받어야지."

"차로 상을 쳐."

"포장은 장 아닌감?"

"접장이여, 양수 접장!"

"말이 많어서 궁이 운신을 못허네그랴."

"급헌디 이녁 말이라도 잡아먹지그려?"

"아, 뭣혀? 한 수 물리든지 술을 사든지 혀."

"그 구멍 하나 보고 차를 하나 줬는디 물려?"

"그 구멍이고 저 구멍이고 내기 장기에 물리기는 뭘 물려?"

방금 갈아엎어 놓은 쟁깃밥처럼 유난히도 검붉은 흙빛의 얼굴 광대뼈 위에 피부병으로 동전 크기만 한 죽은 핏빛 반점이 있는 사람이 손가락들 사이에 끼고 딱딱 소리를 내고 있던 죽은 말들을 장기판 위로 내던졌다. 그러자 상고머리를 한 키 작은 사람 하나가 냉큼 가게로 가서 술 한 병을 따가지고 왔다. 아마 주인인 모양이었다. 그 사람은 한쪽 눈이 반쯤 감겨 있어서 상대방을 쳐다볼 때는 고개를 뒤로 발딱 잦히는 버릇이 있었다. 그들은 안주 없이 강술 한 잔씩을 돌렸다. 맨 나중에 술잔을 받은, 목덜미에 오리알만 한 혹이 붙어 있는 사람이 잔을 비우고 저만치 느티나무 아래에 모로 앉아 있는 낯선 행객을 불렀다.

"저 길손, 이리 와서 술 한 잔 안 허시랴오?"

그 낯선 사내는 금세 얼굴 위에 화색이 돌았지만, 엉덩이가 바윗돌 위에서 선뜻 떨어지지 않았다. 여자는 두어 걸음 떨어져서 둥구나무 저쪽으로 남자들에게 등을 돌리고 앉아 있었다. 나머지 사람들이 한 마디씩 거들자 길손은 못 이기는 체 주춤주춤 다가와서 인사로 얼굴에 웃음을 띠고 보기 좋게 잔을 짝 비우고는, 카——하면서 손바닥으로 맨 입을 씩 닦았다.

"워디서 오는 길이요?"

혹부리가 말했다.

"배티재 넘어서 왔소."

"이치 넘어온 줄 누가 몰라서 묻소? 왜 재를 넘었소?"

눈을 가느다랗게 뜨는 헬게가 고개를 뒤로 잦히고 조금 투박하다싶게 말했다.

"작년에 수해를 만나서 가실 곡식을 물에 떠내려보내고, 봄에 양식이 떨어져 서울 가서 날품이나 팔까 하고 길을 떠났소."

"자식새끼들은 어쩌고 안식구만 데리고 가오?"

점박이가 물었다.

"여편네는 연전에 죽었소. 새끼들은 찢어서 여그저그 맡겨놓았소. 저건 동생이요."

"읍내나 장터로 해서 가는 것이 노수 마련에도 수월치 않겠소?"

혹부리가 인정 있는 체 물었다.

"큰질가로도 가고 이렇게 샛질로도 가고 그라요. 잠자리 얻어 자기는 이런 처진 동네가 더 낫습디다."

"오늘밤 잠자리 마련허지 않으실랴오?"

그때까지 잠자코 있던 머리를 박박 깎은 사내가 말했다. 그는 아까 내기 장기에 이겼던 사람인데, 뒤꼭지가 한쪽으로 형편없이 비틀어져 있었다.

"글씨 나도 지금 안 그래도 그것이 걱정이오."

"이리 오시오. 나허고 장기 한 수 합시다."

비틀이는 벌써 장기판을 차리기 시작했다.

"장기판에서 잠자리가 나올랑가 모르겠소."

"당신이 이기면 내가 남매 잠자리 마련해드리리다. 당신이 지면 술 한 병만 따시오."

"고마우신 말씀이요. 수가 엇비슷해야 내기가 될 테니, 우선 한 수 놓아봅시다. 그래야 차포를 띨지 양포를 띨지 어림이 설 것 아니요?"

"그 양반, 잘 뚠단 말인지 못 뚠단 말인지 모르겠는디, 그냥 뚭시다. 수가 질면 이기고 짧으면 지는 것이 장기 아니요?"

뒤꼭지가 비틀어진 사람은 꽤 자신을 가지고 대든 모양이었지만, 행마가 길손의 적수는 못 되었다. 그는 말을 아직 많이 남겨둔 채 상길 닿는 곳에 차를 몰고 들어와 장을 부르는 바람에 꼼짝 못하고 잡은 말들을 장기판 위에다 내던졌다. 그리고 눈을 헬게하게 뜨는 사람의 옆구리를 찌르면서 "자네가 나서야겠어,"라고 말했다. 아마 가게 주인이 그들 중에서 제일 윗수인 모양이었다. 그러나 헬게도 그의 적수가 아니었다. 내리 두 판을 휩쓸고 나자 나머지 사람들은 엄두를 내지 못했다. 두 번째는 저녁밥 내기였다. 그는 미안도 하고, 숙식이 해결되자 안심도 되고, 또 오래간만에 승벽을 부려보았더니 기분이 좋기도 해서, 망처 기일에나 사려고 뫄져 놓았던 술 한 병을 그 자리에서 땄다.

"이거 하나에 우리께에서는 백이십 원씩인디, 여그서는 얼마씩 허요?"

"여그도 당신네께허고 마찬가지요. 더도 덜도 말고 그 돈만 내시요."

가게 주인이 제 코끝을 바라보려는 것처럼 눈을 가늘게 뜨고 말했다. 그리고 뽀빠이 다섯 봉지를 안주로 내왔다.

"한 봉은 따지 말고 저기 저 처자 갖다 줘요."

혹부리가 곰살맞게 말했다.

"아이야, 갓방아, 이거 하나 갖다 묵어라."

길손이 제법 호기 있게 소리쳤다.

"매씨가 이거 가질로 여그 오겄시요? 당신이 갖다 줘요."

점박이가 자상한 체하며 말했다. 길손이 봉지 하나를 집어들고 동생께로 갔다. 그녀는 고개를 숙이고 손끝을 들여다보고 있었다. 그는 그 손에다 봉지를 쥐어주었다. 그리고 남자들께로 다시 가서 술잔을 돌렸다. 몇 모금씩밖에 차례가 안 돌아왔지만, 빈속이어서 술은 취해왔다. 술이 오르자, 그것 몇 모금 마시자고 물려주니 못 물리니 장이니 멍이니 하고 떠들던 사람들이 문득 처량하고 침울해져서 하품들만 벅벅 하고 있다가 제각기 배꼽들을 들여다보면서 자울자울 졸기 시작했다. 동네 가운데서 낮닭 우는 소리가 더욱 한가롭게 들려왔다. 집들은 모두 기어들어가고 기어나와야 할 만큼 찌그러지고 낮은 흙벽에 골이 패이고 잡초가 난 퇴색한 초가지붕이었지만, 집집마다 한두 그루씩 서 있는 몇십 년 묵은 키 큰 나무들이 눈부시게 새파란 새잎들을 아낌없이 내뿜고 있고 동네 뒤 등성이에는 느티나무 몇 그루가 벌써 색이 짙어가는 울창한 잎새들의 숲을 이고 서 있어서, 마을은 한결 싱싱하고 풍요로워 보였다. 집에 있는 나무들은 대개 검은 껍질이 자라등처럼 쩍쩍 벌어진 감나무들이었는데, 오랜 세월 동안 모진 풍상을 이겨온 검은 껍질의 인고는 그 메마름 속에 햇볕 중에서 가장 섬세하고 연한 신록의 빛깔을 뽑아내는 오묘함을 간직하고 있었다.

고개를 제일 많이 꾸뻑거린 점박이가 그 반동으로 퍼뜩 놀라 정신을 차리고 일어서서 바지 엉덩이를 털털 털었다. 그리고 햇병아리 우리를 짜맞추어야 한다고 중얼거리면서 뒤도 돌아보지 않고 터덜터덜 동네로 들어갔다. 그 다음에는 혹부리가 문득 일어서서 머리를 털더니, 이장 집에 간다고 나와서 한나절을 보내버렸다고 투덜대며 동구 밖으로 뚜벅뚜벅 걸어갔다. 그 다음에 비틀이가 입맛을 쩝쩝 다시며 일어서더니, 아무 말 없이 잠시 눈만 껌뻑거리고 있다가 헹하고 동네 속으로 들어갔다. 그러자 얼핏 코까지 골았던 헬게가 언제 졸았느냐는 듯이 멀쩡하게 일어서서 고개를 뒤로 발딱 잦히고 비틀이의 뒤꼭지가 사라진 쪽을 향하여 눈을 가느다랗게 뜨고는 "저 녀러 자석이 또 필시 즈그 마누라 매타작이나 허려고 저렇게 발걸음이 급허지,"라고 중얼거렸다. 해가 큰길 저쪽 산등성이 위로 지고 있었다. 참 오래간만에 그 길손에게 해가 뉘엿뉘엿 빠지는 것이 서름도 시름도 아닐 수 있었다. 그는 그날 저녁 동생과 함께 가겟집에서 머굿대 나물에 더운 보리밥을 맛있게 대접받았다.

저녁을 먹고 나서 약속대로 비틀이 집에 잠을 자러 가야겠다고 헬게와 이야기하고 있을 때, 점박이가 찾아왔다. 그는 가게 주인을 한쪽으로 데리고 가서 한참으로 쑤근대더니, 길손에게로 다가와서, "노형, 술을 좋아허는 것 같은디, 노독도 풀겸 한 병 더 깝시다"고 말했다. 길손은 듣던 중 반가운 말이었지만, 체면이 있었으므로, "술을 좋아허기는 허요마는 눈병이 있어서 많이는 못 허요."라고 사양했다.

"눈병이라니, 앞이 안 보이시오?"

"안 보이면 장님이게요? 양쪽 눈에 인당 쪽으로 조구 속젓을 담았소."

"그럼 되었소. 그런 건 다 돈 있는 놈들이 병이라고 허는 것이오. 어서 오시오. 우리 한잔씩 짝 돌립시다."

그들은 저녁에 먹다 남은 나물 반찬을 안주로 해서 술잔을 기분 좋게 돌렸다. 병이 바닥나자 가게 주인이 또 한 병을 땄다. 그래서 두 병이 또 바닥났을 때 길손은 그의 차례가 왔다고 생각하고 과외의 비용이 너무 많이 나는 것에 가슴이 뜨끔했지만, 술김에 마음 한 번 독하게 먹고, 그가 낼 테니 술 한 병 더 따라고 소리쳤다. 그랬더니 두 사람이 약속이나 한 듯이 입을 모아 거기서 술을 더하면 자울자울 잠밖에 더 올 것이 없으니 배창자 속에 기름기 없는 것을 생각하여 술은 거기서 딱 끊어야 한다고 말했다. 그러고는 점보가 목소리를 낮추어, 아까 낮에 목덜미에 새알만 한 혹이 있던 사람은 성이 송가고 이름이 덕삼인데, 그와는 다정한 친구지간이고 사람이 그렇게 좋을 수가 없다고 말했다. 그래서 그가 친구끼리 재미로 내기 장기를 두었었나보다고 했더니 점보가 단연 고개를 절레절레 흔들면서, 같이 내기 장기 둔다고 해서 다 친구일 수는 없고, 특히 머리를 박박 깎고 잘못 밟은 고추장 메주처럼 뒤꼭지가 비틀어진 사내는 동네가 내놓은 건달인데, 끄떡하면 마누라 패주고 서울로 대전으로 기한 없이 떠돌아다니기 잘하고, 길손한테 내기를 건 것도 흉악하게 술 한 병 뽑아 먹으려고 그랬지 지나가는 사람 잠자리 해주고 싶어서 그러지는 않았을 것이라고 말했다. 길손은 한동네에서 같이 어울려 장기를 두며 놀아도, 친불친의 유별이 강물줄기처럼 뚜렷하구나고 생각했다. 그가 그날 밤 잠자리가 또 우습게 되어가는가 싶어 걱정하고 있을 때, 광대뼈에 커다란 점이 있는 사내가 다시 혹부리에게로 화제를 돌려, 덕삼이가 이름처럼 덕이 있고 부지런해서, 남의집살이 십여 년에 논밭이 상답으로 몇 마지기가 되어 의식 걱정은 놓게 되었지만, 딱 한 가지, 처복이 빠졌다고 말했다. 그리고 점박이는 한층 더 은근해진 목소리로 서울에 가봐야 제 돈 짊어진 것 없으면 남의 집 식모살이나 공장 여직공살이가 고작일 터인즉, 매씨를 길가로 끌고 나가 고생을 시키느니 차라리 마땅한 데 묶어서 짝을 지워주는 것이 낫지 않겠느냐고 물었다.

그는 술이 확 깨는 것 같았다. 왜냐면 그도 그런 생각을 은연중에 품어왔기 때문이었다. 그는 한참 동안을 침음부답, 방바닥만 물끄러미 내려보고 있다가, "전실 자식은 몇이나 되요?"라고 물었다. 점박이가 냉큼, 전실 소생이 기집아 하나라도 있으면 아예 말도 꺼내지 않는다고 대답했다. 그리고 덕삼이는 세 번 장가를 갔었는데, 처음 여자는 죽었고, 두 번째 여자는 달아났고, 세 번째 여자는 쫓겨났었다고 말하고, 셋 중에서 덕삼이에게 씨를 받아준 것은 마지막 여자 하나였는데, 그나마 기집애였던 것을 작년 가을 추수 끝내고 날려버렸었다고 설명했다. 그가 그의 동생 갓방이도 초혼은 아니지만 아무리 복이 없어도 세 번씩이라면 조금 너무했다고 말하자, 그때까지 잠자코 있던 가게 주인 헬게가 덕삼이는 이름자에 수자가 들어 있어서 지금까지는 덕풀이하느라고 고생이 많았지만, 앞으로는 틀림없이 운수가 대통할 것이라고 말하고, 좋은 말로 이해와 득실을 따져 점박이의 말대로 하라고 권했다. 그래서 그는 그들의 간곡한 이야기를 한 마디로 잘라 말하기가 어려워 당자의 뜻을 한번 알아보겠다고 넌지시 대답했다. 그랬더니 그들은 혼인이란 시집 장가가는 사람들 마음대로 되는 것이 아니라 중신서기 나름이고, 옆에서 뜻을 모아 시키면 그대로 되는 법이라고 말했다. 그리고 덕삼이는 이장과 먼 당질간이니, 내일이라도 이장 보는 앞에서 찬물 한 대접 떠놓고 천지신명한테 알리기만 하면 된다고 했다. 그러고는 헬게가 점박이도 들어서는 안 된다는 듯이 그의 귀에다 입을 대는 척하고, 그렇게만 되면 덕삼이가 원래 인정 있는 사람이므로 장리 놓을 쌀가마를 풀어서라도 떠나는 사람 노수 몇 푼 안 해주겠느냐고 말했다. 그는 잠시 머리를 주억거리고 있다가 밖으로 나갔다.

"오빠, 방 안에서 한 얘기 밖에서 다 들었소."라고 갓방이가 말했다. 그녀는 그가 나가자 울타리 옆에 고개를 떨구고 서 있었다.

"그랬냐? 이야기가 짧아져서 좋구나." 그가 말했다. "그래, 니 생각은 어떠허냐?"

"우리 형편이 지금 누구 생각 따지게 되얐소? 아무 말씀 마시고 덕삼인가 뭔가 허는 사람이 쥐여주는 노잣돈 받으시요."

"그거이야 어렵지 않겄다마는 뒤에 남은 사람은 어찌 헐 것이냐?"

"뒤에 남은 사람이야 살든 죽든 다 타고난 복대로 될 것이니 염려랑은 마시고 내일 아침 일찍이 동네 사람들 눈뜨기 전에 이 고장을 떠나시오. 고속버스 타고 서울 가시어 부지런히 일해서 사람 사는 숭내라도 한본 내어보시오."

그날 밤 점박이는 얼굴에 희색이 가득해서 동네로 들어갔고 길손 남매는 가겟집에서 잠을 잤다. 비틀이는 내기 약속을 어기고 나타나지 않았지만, 그나 가게 주인은 기다리지도 않았다. 이튿날 아침 일찍 잠이 깬 나그네는 그보다 먼저 일어나서 바깥걸음 한 행보를 하고 들어온 가게 주인에게서 천 원짜리 열 장을 건네받고 안방에서 주인 여자와 잠을 자고 있는 누이를 남겨두고 동네를 떠났다.

"이쪽으로 조금 돌아 앉아봐요." 덕삼이가 말했다.

"밤새도록 바람벽만 쳐다보고 있을 티요?"

"어서 넘 걱정 마시고 먼저 주무시요."

"워찌 넘이당가? 머리맡에 사람 앉혀놓고 혼자 자는 법도도 있당가?"

덕삼이가 갓방이의 잔허리를 끌어당겼다. 그녀는 넘어지면서 그의 팔을 뿌리쳤다. 그리고 얼른 몸을 빼쳐내어 아까보다 조금 더 멀리 떨어져서 앉았다.

"이장 어른이 면에 가고 집에 안 계시는 것을 날더러 위떡 허란 말여? 내가 그 냥반 집에 갔다가 허탕치고 온 것은 임자도 알잖여? 면에까지 가서 안 데려왔다고 그러는 거여? 그 냥반 면에만 가면 술독에 빠지는 양반이여. 떡이 되게 취해가지고 코 불면서 자는 사람 데려다가 뭣 헐 것이여? 내일 아침 내, 식전겉이 쫓아가서 우리 재종숙 술 깨면 모셔올 텡게, 제발 말 좀 들어주어. 우리가 뭐 새 장가가고 처녀 시집가는감?"

"오다가다 홀아비가 과부를 만나도 인륜대사는 대사 아니요? 이장 어른도 좋고, 이장 어른이 안 되면 촌중에 불학무식한 노인도 좋으니, 점잖은 분 모신 자리에 정한 물 떠놓고, 우리들 생년월일시 여덟 자 적어서 구천에 계신 부모 조상님과 천지신명께 아뢰기만 허면 되는 것을, 어찌 그리 마다하시요? 하룻밤 정분을 못 이겨 평생 한을 남기실라요? 헌 장개가는 사람은 찬물 한 종지도 못 떠논단 말이요? 비복에 씨가 없다고 나도 어려서 부모 생전에는 문전걸식허는 사람들은 사람이 아닌 줄 알았다요. 하루 늦게 만난 셈만 치시고 그쪽에서 어서 잠이나 주무시시요. 나도 이쪽 끄터리에서 고자베기 잠을 잘라요."

남자는 화가 나고 불만스러웠지만, 여자가 완강히 버티는 바람에 여자를 옆에 두고 중처럼 담담한 밤을 지냈다. 동틀 무렵에사 얼핏 든 잠에서 깨어나자마자 그는 마누라 아닌 마누라가 지어준 아침밥을 두어 술 뜨는 둥 마는 둥 하고 곧장 이장 집으로 재종숙을 찾아갔다. 무식한 노인이라면 동네 안에도 더러 있었지만, 이왕 하루가 늦어졌을 바에야 굳이 학문 없는 영감태기들을 찾아갈 필요가 없었다.

이장은 집에 없었다. 그러는 일은 별로 없었는데, 전날 나가서 아직 안 돌아온 모양이었다. 그는 내친 김에 면에까지 십 리 걸음을 더 했다. 이장은 면에도 없었다. 회의하러 군에 가서 어딘가 무슨 공장에 견학을 간 모양이었다. 면 직원은 이장이 그날 늦게나 돌아올 것이라고 하면서 전날 집에 못 들어간다고 사람 편에 전갈을 보냈었는데 집에서 모르고 있더냐고 반문을 했다. 덕삼이는 일이 참 묘하게 꼬인다고 생각했다. 그는 짜증이나 실망에 앞서 일이 뭔가 빗나가고 있는 것 같은 방정맞은 기분이 들었다. 색시 그루는 다홍치마쩍이라는데, 지난밤의 실패는 아무래도 입맛 쓴

일이었다. 그는 동네 앞 둥구나무 아래에서 장죽을 입에 물고 비쩍 마른 얼굴로 하품만 벅벅 하고 있는 동네 노인들을 하나씩 머릿속에 그려보며 면의 중심가를 터덜터덜 걸어갔다. 그때 벌건 한낮부터 술잔을 빨고 있던 한 사람이 그를 알아보고 술집 문밖으로 얼굴을 내밀며 소리쳐 그를 불렀다. 홍태였다. 그 전전날, 동네 앞 가게에서 소주내기 장기판을 벌인 뒤로 처음이었다. 그는 별로 반가울 것도 없고 그저 찝찔한 기분이었지만, 밥맛이 없어 아침을 설친데다가 걸음발을 조금 했던 터라 시장기가 들었으므로, 별 생각없이 그의 손짓을 따라 술집 안으로 들어갔다. 그리고 그가 따라주는 대로 연거푸 막걸리 몇 사발을 퍽퍽 들이마셨다.

술이란 반드시 기분이 맞는 사람들끼리만 마셔야 되는 것은 아닌 모양이었다. 속이 언짢던 판이라 술이 들어가자 그는 옆에 누가 있어준 것만도 고마웠다. 그가 별나게 말없이 술만 퍽퍽 퍼마시고 있자 홍태가 웬일이냐고 물었다. 평소 자기는 박박 깎은 중대가리에 뒤꼭지가 밟아놓은 메주처럼 한쪽에 영 달아나버리고 없는 주제에 남의 목덜미에 무어 조금 숫은 것만을 유독 재미있어해하는 놈인지라, 이 청태 같은 것이 무슨 일로 아침나절부터 면사무소까지 껍죽대고 끼대와서 술만 퍽퍽 퍼먹고 있으냐는 듯한 말투가 완연했지만, 술속 좋은 덕삼이는 그런 낌새에는 대거리를 않고, 이장을 찾아왔다고 대답해주었다. 그리고 노처녀가 시집을 가려면 등창이 나더라고 홀아비 삼 년에 신방 차리렸더니, 어디서 별 우멍거지 같은 공장견학이 다 튀어나온다고 혼잣말처럼 투덜댔다. 그러자 비틀이가 벼락에만 암놈 수놈이 있는 줄 알았더니 공장에도 암수가 있냐면서, 신방과 이장이 무슨 관계가 있느냐고 물었다. 그래서 그는 엊그제 동네로 굴러들어온 헌 물건하고 신방을 꾸미려 했더니, 지가 무슨 춘향이라고 찬

물 한 그릇 떠놓고 귀밑머리 풀기 전에는 수절을 하겠다고 왼 새끼를 꼬는 통에 간밤에 한방에서 데리고 자면서도 행방을 못 했다고 말했다. 그리고 또 술을 퍼먹었다. 지난밤에 잠을 설친 그는 술이 취하자 곧 쓰러져서 코를 골았다.

얼마쯤 되었을까, 그가 문득 제 콧소리에 정신이 들어 일어나보니 비틀이는 간 곳이 없었다. 그는 대단히 약삭빨라서 가까이 하여 이로울 것이 없는 놈이었지만, 제놈이 기껏 술값 몇 푼 뒤집어씌우기밖에 더하랴 싶었었는데 막상 당하고 보니 썩 좋은 기분이 못 되었다. 더구나 읍내나 어디로 주색잡기 갔으면 몰라도 같이 들어갈 사람 놔두고 혼자 동네에 들어갔으면 더욱 괘씸한 노릇이었다. 그때 퍼뜩 이상한 생각이 들었다. 그는 주모를 불러 술값을 치루고 밖으로 나왔다. 비틀이는 조금 전에 나간 모양이었다. 해는 중천에 기어올라와 있었다. 그는 잠시 두 눈을 껌벅거리고 있다가, 부리나케 동네를 향하여 걸음을 옮겼다.

동구 앞 둥구나무 아래에는 노인 둘이 나란히 앉아서 체머리짓을 하고 있었다. 그는 인사를 하면서 그들 앞을 지날 때 까닭모를 웃음이 나왔다. 그 웃음은 동네의 한쪽 끝 옛날 남새밭이었던 데에 서 있는 작은 그의 집에 도달할 때까지 계속되었다. 그의 집 토방에는 낯선 남자 고무신 한 켤레가 여자 고무신 옆에 놓여 있었다. 그는 방문을 낚아챘다.

남자는 엉겁결에 바짓가랑이도 꿰지 못하고 홀떡 일어서서 방 한구석으로 물러섰고 여자는 배 위에서 남자의 몸무게가 없어지자 오뚝이처럼 벌떡 일어나 앉았다. 그러자 치마가 제 풀에 미끄러져 내려와서 하얀 아랫도리를 감추었다. 그는 한 걸음씩 남자에게로 다가갔다. 그 경황 중에도 그는 그 남자가 도둑고양이처럼 대단히 잽싼 놈이기 때문에 덤벙대면

실수하기 쉽다는 생각을 했다. 남자는 바지 한끝을 끌어당겨서 얼른 꿰어 입었다. 그리고 등 뒤로 한 걸음쯤 물러날 빈 데가 있었지만 꼼짝도 않고 서서 그를 노려보았다. 그는 두 손으로 남자의 두 어깨를 움켜잡았다. 잽싸기로는 모르지만, 뚝심으로는 아마 혹부리가 비틀이보다 못할 것이 없었다. 그가 그의 두 손을 점점 더 세게 조여 가자 남자는 겁먹은 눈을 하고, "왜 이려, 응? 이거 왜 이려?"라고 낮게 말했다. 그는 손의 압력을 더해 가면서 팔꿈치를 굽혀 남자의 몸을 이쪽으로 조금씩 끌고 왔다. 거리가 점점 좁혀지자 그의 쏘아보는 눈초리를 감당하지 못하고 남자가 시선을 아래로 떨어뜨렸다. 그때 한 팔을 남자의 목뒤로 돌려 앞으로 끌어당기면서 그가 느닷없이 그의 코앞에 있는 남자의 코끝을 물어뜯었다.

비틀이는 비명을 질렀다. 그리고 더럽고 그을린 방의 벽에다 피를 뿌리면서 밖으로 뛰어나갔다. 덕삼이는 혀를 입 안으로 홰홰 돌려서 질기고 짭짤한 고깃조각을 피와 함께 방바닥에 내뱉었다. 그리고 손등으로 입에 묻은 피를 씩씩 문질러서 닦았다. 그는 웅크리고 앉아 있는 여자 앞으로 갔다. 그녀는 눈물이 말라버렸는지 고개를 떨구고 앉아서 코끝만 쿨쩍거리고 있었다. 그는 손끝으로 그녀의 턱 밑을 받쳐올려서 고개를 쳐들게 했다. 눈퉁이가 부어 있었고, 한쪽 입술이 터져서 다문 두 입술이 만드는 직선을 따라 피가 베어나와 있었다. 이쪽저쪽으로 귀싸대기를 호되게 얻어맞은 모양이었다. 매운 손가락들 자국이 양쪽 뺨에 빨갛게 나 있었다. 그는 그녀의 얼굴을 빤히 들여다보면서 "문자 속이 훤히 트인 년이 워쩌다가 냉수 한 그릇 안 떠놓고 이 지경이 되얏을꼬?"라고 말했다. 그녀는 탈진한 짐승처럼 멀거니 뜬 두 눈을 이따금 생기 없이 껌벅거릴 뿐 말이 없었다. 그것은 그녀가 대답할 수 있는 질문이 아니라 바로 그녀가 묻고 싶은 질문이었다.

동네 사람들은 하나같이 입을 모아 홍태 그놈이 쳐 죽일 놈이라고 말했다. 그러다가 그의 코끝이 다 나은 다음에도 영영 없어져버리게 되었다는 것이 알려지자, 태도를 조금 누그러뜨려서 "그래도 싸지."라고 말했다. 그날 해거름에 지서에서 순경이 나와 덕삼이를 붙잡아갔다. 누군지는 모르지만 이 주 이상의 상해는 무조건 구속하기로 방침을 세운 모양이었다. 공장을 시찰하고 돌아온 이장네 집에 모여서 맞고소가 어떻고 간통죄가 어떻고 하며 떠들던 사람들도 덕삼이가 그날 밤으로 본서 유치장에 끌려가서 수감되어 버리자, 말없이 수숫대들을 빨면서 뿔뿔이 흩어졌다. 홍태가 콧등에 붕대와 반창고를 호들갑스럽게 처매고 어슬렁어슬렁 동네 가운데로 기어들어온 것은 그날 밤 밤이 이슥해서였다. 그리고 배우지 못하여 아는 것이 없는 촌사람들이 법률은 주민등록증에 동거인으로 나와 있는 혼인만을 보호한다는 것을 안 것은 훨씬 후의 일이었다.

갓방이는 그 다음날 아침 꼭두새벽에 마디마디의 삭신들이 쑤셔오는 몸을 이끌고 이틀 전에 오빠가 사라져간 큰 길 위로 기어올라갔다. 그녀는 들어올 때와 마찬가지로 머리에 헌 수건을 고깔처럼 두르고 있었고, 옆구리에 작은 보따리를 끼고 있었다. 달라진 것이 있다면 걸음을 조금 저는 것이었다. 큰길 위에 오르자 그녀는 보따리를 길가에 내려놓고, 손으로 한쪽 허리께를 짚으면서 휘파람처럼 긴 한숨을 내쉬었다. 입술은 보기 흉하게 부르텄고 부어오른 눈퉁이는 퍼렇게 멍이 들었다. 그러나 그것들은 무지막지하게 걷어채인 허리와 옆구리와 엉덩이와 가슴팍에 대면 아무것도 아니었다. 그녀는 보따리 옆에 쭈그리고 앉아서, 오빠가 가지고 있는 땀에 절은 누런 편지봉투 뒷면에 적혀 있는 주소를 따로 베껴 놓지 않았던 것을 후회했다. 그것은 그들보다 일 년 먼저 서울로 유랑해가서 날품팔이로 정착을 한 그들과 같은 동네에 살았던 사람의 편지였다.

그의 오빠는 그 사람을 찾아가고 있었다. 그녀는 청량리라는 것 하나만 알고는 찾기가 혹시 좀 어려울지 모르겠다고 걱정을 하면서 무거운 몸뚱이를 일으켰다. 동네 사람들이 무슨 볼일로 혹 일찍 빠져 나올는지도 모를 일이었다. 그녀는 동네 쪽을 돌아보았다. 옅은 아침 안개 위로 어쩌면 바로 거칠고 찢어진 껍질들의 많은 아픔들에서 나왔을지 모를 싱그럽고 고운 감나무의 새잎들이 떠올라 있었고, 그 사이로 몇 가닥의 연기들이 피어오르고 있었다. 그녀는 어찌 됐건 그녀 때문에, 십 년 세월 동안 손발 갈라지게 일해서 모은 땅과 오두막을 송사와 치료비에 고스란히 날리게 된 덕삼이의 동네를 한 번 더 뒤돌아보고 길을 떠났다.

천호동

　검정색 구형 코티나 한 대가 매끈한 아스팔트길을 버리고 왼편으로 꺾어서 흙길로 들어선다. 흙길은 작은 차 두 대가 간신히 어깨를 비비면서 스칠 정도로 좁다. 그리고 교외에서는 대개 어디에서나 볼 수 있는 큰 공장의 부지 시멘트 담벽을 한쪽으로 끼고 있는데, 나머지 한쪽은 남새밭이다. 양쪽으로 푸르딩딩하게 썩은 물이 조금씩 흐르면서 괴어 있다. 자동차가 조금 기어가자 공장의 담벽은 구십 도로 꺾여서 사라지고, 앞이 온통 파랗게 잎사귀를 너울거리는 배추들로 가득 찬다. 원래 길은 담벽 반대 방향으로 몸을 틀고 밭두둑 길이 되어 꼬불꼬불 자취를 감추고 새 길이 배추밭 한복판을 뚫고 계속해서 곧장 나 있는데, 바닥이 유난히도 울퉁불퉁하다. 파란 채소가 길 양쪽으로 꽤 멀리까지 뻗쳐 있어서, 뒷자리 오른편에 앉은 머리통 큰 사내가 내려진 차창으로 들어오는 시궁창 썩은 냄새에 연방 콧구멍을 벌름거리기는 하지만, 버스들이 검은 연기를 내뿜으면서 꼬리를 물고 잇대어 오가는 넓은 아스팔트 길에서와는 달리 제법 한적

하고 싱싱한 기분이 든다. 그러나 차가 앞뒤로 사정없이 출렁이면서 나아가다가 나지막한 등성이 하나를 빨딱 넘자 눈앞의 풍경은 대번에 달라진다. 한 마디로 저만치 동네 하나가 들어서고 있는 참이었다. 많은 집들이 세워졌고, 또 세워지고 있는 중이었다. 다 된 집들은 울긋불긋했고, 덜 된 집들에는 벽돌공과 미장이와 목수들이 각각 높고 낮게 매달려 있었다.

"정말 러닝셔츠 바람으로 괜찮을까요?"

비대한 사내 옆에 앉은 앳되어 보이는 젊은이가 슬쩍 곁눈질을 하면서 말했다.

"그럼 날더러 와이셔츠에 넥타이라도 매란 말이냐?"

사십대 중간쯤의 사내가 커다란 머리통을 의자 뒤에 붙은 푹신한 베개에다 묻으면서 시큰둥하게 되물었다.

"매라는 말씀이 아니죠. 안 벗었더라면 되었죠."

"그게 그 이야기지. 우린 지금 땅 삼십에 이십 평짜리 집을 이, 삼백에 살까말까 망설이는 사람을 만나러 가는 길이야."

"그래도 고객은 고객이죠."

"임마, 은행 성동 지점장은 나를 앉혀놓고 콧구멍을 후볐어. 나는 그놈 고객이란 말이다."

그는 머리통을 베개에서 버쩍 쳐든다. 그러나 곧 다시 의자에 몸을 포근히 눕힌다. 그리고 담배를 뽑아 문다. 젊은 사내가 얼른 라이터를 꺼내서 불을 켜 댄다. 길이 갑자기 세 배나 넓어지고 흙길이긴 하지만 바닥이 잘 다듬어져 있다. 그들은 새 동네에 들어와 있다. 넓은 길 한쪽에 자갈과 모래가 쌓여 있고 그 옆에 그것을 싣고 온 짐차가 서 있다. 차는 그 짐차를 피해서 곧장 미끄러져 간다. 길 위에 길을 가로질러서 기다란 현수막이 걸려 있는데, 커다란 글씨로 '대성주택현장분양사무소'라 쎄어 있다. 그리고 그 아래에 길 한쪽으로 검정색 코로나 한 대가 세워져 있다. 차는 그 차 곁으로 가서 멎는다. 그 차 운전수가 미리 나와서 서 있다가 오른쪽 뒷문을 열고 허리를 굽힌다. 사내가 차를 내려서 인사를 받고 담배를 땅에 떨어뜨려 발로 밟아 끄는데, 양말을 신지 않은 발가락의 끝들이 샌들의 줄 밖으로 비죽이 나와 있다. 그는 키가 작은 편이었지만 뼈대가 굵어서 제법 풍채가 있어 보였다. 분양사무소의 유리문이 열리고 서른에서 마흔 사이의 사내들 두엇이 나와 "사장님, 사장님," 하면서 그를 모셔들인다. 사무실 안에 있는 사람들도 대개 엉덩이들을 의자에서 들어올리는데, 유독 한쪽 구석에 앉아 있는 사람 하나만 피곤한지 무감동한 표정으로 그냥 눌러앉아 있다. 고객인 모양이다. 사장은 전화기가 놓인 책상 옆의 안락의자에 몸을 묻는다. 그리고 저쪽 구석의 낯선 사람을 힐끗 쳐다보고는 옆에 두 손을 마주 잡고 서 있는 키 큰 사내에게 "그래, 어떻게 되었다고, 판매부장?" 하고 묻는다.

사장을 따라온 젊은 사내는 차에서 내릴 생각을 하지 않고, 사장이 내리기가 무섭게 뽑아 문 담배를 빽빽 빨면서 운전수 좌석 등 위에다 두 발을 올려놓고 까딱거리고 있다. 그는 분양 사무소 안에서 일어나고 있는 일에 볼일이 없다. 두 운전수들이 서로 마주 잡고 킬킬거리며 장난질을 치다가 한 놈이 그 차 앞 범퍼에 주저앉아 차체가 털썩하고 내려간다. 그는 화를 낼까말까 망설이다가 그만두기로 한다. 화를 내어보았자 별 볼일이 없다. 그는 빨갛고 파랗게 지붕을 한 새 건물들을 쳐다본다. 대성건축에서만도 그런 집들을 삼백 채 이상 짓고 있고, 그 정도의 집들을 올리고 있는 회사들이 인근에 두 개가 더 있다. 남새밭을 백수십 두락씩 사서 흙을 덮고 길을 낸 다음 땅을 형편 닿는 대로 쪼개서 집들을 짓는데, 더러는 평당 사오만 원에 팔아서 개인들로 하여금 짓게 하기도 한다. 옛날 만호 장안에야 비할 수 없지만 그 열 칸에 하나는 좋이 되니 규모를 짐작할 만하다. 그는 그 울긋불긋한 집들 중의 어느 하나를 차지하고 얌전한 색시나 하나 들여 놓았으면 좋겠다고 생각한다. 그러나 그는 그 빛깔들이 말짱 물감칠이라는 것을 알고 있을 뿐만 아니라, 얌전한 색시를 들이는 일보다 비뇨기과를 찾아가는 것이 더 급하다는 것도 알고 있다. 사장이 사무소를 나온다. 아마도 저 친구를 여편네한테 데려다줘야 그의 오늘 일이 끝날 모양이다. 운전수가 "사장님 나와요."라고 호들갑을 떨면서 운전석 위로 올라탄다. 그는 다리를 의자 등에서 서서히 불러들이고 엉덩이뼈를 뒤로 당긴다. 그러나 사장은 얼른 차에 오르지 않고 뉘엿뉘엇 지는 태양 빛을 받아 검은 얼굴을 구리처럼 번득이면서 판매부장에게 뭐라고 지껄이고 있다. 그때 임시직원인 복덕방과 함께 사무실을 나오는 낯선 사내를 보자 그는 흠칫 놀란다. 어디서 분명히 본 얼굴이다. 어디서일까? 어디서 보았을까? 그는 하마터면 차의 문을 열고 뛰어나갈 뻔했다. 그러나 그 사내는 비친 햇살이 눈에 부신지 잠시 이마를 찡그리다가, 차 안에 있는 어린 남자에게는 물론, 사장이나 그 일당에게조차 전혀 아랑곳하지 않고 여자 어깨처럼 가냘픈 두 어깨를 축 늘어뜨린 채 황톳길 위를 뚜벅뚜벅 걸어갔다. 그는 땀과 먼지로 얼룩진 남방셔츠와 풀기가 가신 후줄근한 화학섬유의 바지를 입었고 더럽혀진 운동화를 신고 있었다. 어디서 저 초라한 사내를 보았을까?

"가자."

사장이 누가 열어준 문으로 엉덩짝을 들이밀더니 털석하고 주저앉는다. 차가 그쪽으로 기우뚱한다. 발동을 걸고 기다리고 있던 운전수가 왼발을 떼면서 오른발을 조금씩 밟는다. 차 소리가 나자 저만치 걸어가고 있던 그 사내가 건물 쪽으로 한 걸음 피한다. 먼지가 싫은 모양이다. 그는 좌우로 원근 일대를 두리번거리느라고 차 같은 것이 옆을 지나가는 것은 안중에 없다.

"계약 안 해요, 선배님?"

"무슨 계약?"

목소리가 퉁명스럽다. 사장은 불필요한 말로 그에게 먼저 입을 여는 법이 없다. 그리고 묻지 않은 말을 그가 날름날름 걸어오는 것도 좋아하지 않는다. 정서적인 말이면 쓸데없다고 생각하고, 사무적인 말이면 건방지다고 생각한다. 그도 그것을 잘 안다. 그래서 별일 없으면 입을 다물고 있으려 한다. 그런데 말이라는 놈은 계획에 없이, 그리고 계획에 있다 하더라도 계획에는 상관없이, 제멋대로 튀어나오는 버릇이 있어서, 그가 깜박 잊고 있을 때 툭 튀어나와 버리면 그도 어쩔 수 없는 일이었다. 그는 저 사장이라는 친구와 함께 일하게 된 다음부터 말하고 나서 흰자를 번득이며 상대편의 눈치를 살피는 습관과, 아무 뜻 없이 그저 한번 내뱉어보았다는 듯한 빈정대는 말투가 새로 생겼다. 눈치를 살피는 것은 말이 저도 모르게 깜빡 튀어나간 것을 뒤늦게 깨달았다는 표시이고, 빈정대는 말투는 그 말이 그가 전심전력으로 한 말이 아니라는 것을 알아달라고 하는 그의 바람이었다. 그래야만 그의 말이 무자비하게 도륙을 당해도 그의 기분이 아픔 없이 버틸 수가 있었다. 처음에 그 습관과 말투가 몸에 배기 전에는 사장의 섬뜩섬뜩한 말씨에서 그는 생리적이기까지 한 고통을 받았었다. 그는 얼굴이 붉어졌고, 숨이 가빴고, 눈에 핏발이 섰다. 그러나 차츰 사장의 말에 비스듬히 빗겨 서는 몸짓을 익혀가자 그의 말이 별로 대수롭지 않게 되었고, 요즈음에는 설사 그 말에 정면으로 맞선다 하더라도 눈썹 하나 까딱하지 않을 만큼 되었다. 따라서 그 습관과 말투는 이제 필요없게 되었다. 그랬는데도 그것들은 그냥 남아 있었다. 그리고 상대방이 사장이 아닌 경우에도 한 번 몸에 밴 그 습관과 말투는 반사적으로 그의 몸짓을 더러 지배했다. 그래서 그는 누이에게 몇 번 꾸중을 들었다. 그리고 사장과의 경우 그의 빗겨서는 듯한 몸짓에 뜻이 조금 달라진 듯했다. 처음에는 적을 경계하고 자신의 아픔을 보호하기 위한 순전한 방어적 뜻뿐이었는데, 방어해야 할 것이 없어져버리자 남아서 넘쳐흐르게 된 힘이 은연중에 공격적인 기미를 띠게 되었다. 남이야 비굴하고 처량한 꼴이라고 할지 모르지만, 둥글넓적한 사장의 머리통 반쪽밖에 안 되는 얼굴을 한 그가 사장을 손바닥 위에 올려놓고 가지고 노는 듯한 기분이 되는 것은 비스듬히 그를 쳐다보면서 흰자를 번득이며 이빨 사이로 말을 이죽거릴 때였다.

"옛다, 넣어둬라."

사장이 미리 준비해놓은 듯한 하얀 봉투를 그에게 내밀었다.

"뭡니까, 선배님?"

사장에게 좋은 점이 있다면 돈을 줄 때 시퍼런 현찰을 펄럭이며 그냥 줄 듯 싶은데, 반드시 깨끗한 봉투에 넣어서 준다는 점이었다.

"펴보면 알 거 아니냐. 그리고 너 제발 선배님, 선배님, 하지 마라. 내가 어쩌다가 네 들어갈 학교에 미리 들어갔는지 모르겠다."

"아따, 선배님, 그랬길래 다 우리 누나와 만나서 결혼도 하고, 그런 거 아녜요?"

"바로 그래서 하는 말이다."

황톳길이 끝나고 차가 주춤주춤하다가 아스팔트 길 위의 교통 폭주 속으로 빨려들어간다. 그들은 서울 변두리의 한 중심가로 들어서고 있다. 그는 봉투를 바지 호주머니 속에 집어넣고 손가락 끝에 와서 닿는 그 부피와 무게로 안에 들어 있는 돈의 액수를 미루어본다. 사장은 돈을 헤프게 뿌리는 사람이 아니다. 다만 돈의 마술을 너무 많이 보아와서 돈 쓸 데를 깜빡 잊어버릴 수가 없을 뿐이었다. 그는 같은 액수의 돈이라도 형편이 다른 사람에게는 가치가 다르게 나타난다는 것을 알고 있었다. 젊은 사내는 그날 점심 후에 있었던 일을 생각했다. 사장에게서 돈이 나왔다면 반드시 그럴 만한 일이 있었다. 그 일의 비중과 방금 집어넣은 봉투의 무게 사이에는 일정한 관계가 있어서 둘 중의 어느 하나를 알면 나머지는 저절로 분명해졌다. 그 일의 내용은 봉투 속에 돈이 얼마쯤 들어 있는가를 말해줄 수 있었고, 반대로 봉투 속의 돈의 액수는 그 일이 사장에게 지니고 있는 뜻을 설명해줄 수 있었다. 그는 우선 그 둘 사이의 함수관계만을 가지고 그 둘을 대강 짐작해보았다. 어렴풋이 뭔가 잡히는 것 같았다. 막연한 대로 그는 돈의 액수를 어림잡았고, 그것을 바탕으로 해서 그 짐작을 도와준 일의 내용을 나름대로 대략 해석할 수 있을 것 같았다. 낮에 다방에서 나올 때 사장의 눈꼬리가 길게 찢어지던 거 하며, 지금 봉투의 부피가 아무래도 조금 도톰하다 싶은 거 하며, 모두 다 척척 맞아떨어지는 것 같았다. 그들은 중심가의 상점들 몇 개를 지나서 넓은 아스팔트 길을 버리고 포석 깔린 좁은 길로 들어선다. 운전수가 경적을 울리고 차를 세우자 사장이 차를 내려서 큼지막한 문간으로 다가오기를 기다려 대문짝 하나가 때맞추어 열린다. 시멘트에 돌조각들을 뿌려놓은 네모난 문간 기둥에 숭얼숭얼 구멍 뚫린 손바닥만 한 철판이 하나 규모 있게 박혀 있어서 뭔가 되게 편리하고 신식이라는 인상을 준다. 집도 집 장사가 지은 집은 아닌 듯 크고 실팍하고 예쁘게 이층으로 솟아 있었다. 그날따라 문을 따 준 사람은 바로 그의 누나다.

그의 누나는 언제 보아도 미인이다. 변두리이긴 하지만 과밀한 도시의 집답지 않게 건축 면적의 배가 넘는 앞뜰이 숨통 막히지 않을 만큼 있었고, 담벽에서부터 건물의 창 아래에까지 잔디가 쫙 깔려 있어서 울 안 전체가 한결 더 신식으로 보였는데, 문간에서 현관으로 드문드문 놓여 있는 발디딤돌들의 중간쯤께에 팔짱을 끼고 웃을 듯 말 듯 서서 남편을 맞고 있는 그의 누이는 키도 늘어지게 컸거니와 그 집, 그 뜰, 그 잔디에 어울리고도 남을 만큼 돋보였고, 품위가 있었다. 그녀는 소매가 없고 발가락 끝에까지 치렁치렁 내려오는 집에서 입는 긴 옷을 입고 있었는데, 작고 하얀 물방울무늬가 남색 바탕 위에 시원스러웠다. 허리와 아랫배에 군살이 디룩거리지 않는 것이 가슴과 엉덩이의 곡선을 강조하고 있어서 마치 흐느적거리는 옷 속에 싱싱한 뱀이 꿈틀거리고 있는 것 같았다. 그녀의 남편은 키가 그녀보다 짧았지만 머리통이 둥글넓적하게 컸으므로 조금은 벌충이 되는 듯했다. 그는 디딤돌을 그녀에게 내어주고 잔디 위로 그녀와 나란히 걸어갔다. 그는 쉰을 눈앞에 바라보고 있었고 그녀는 서른 안짝이었다. 그녀의 어깨 위에는 탐스럽고 윤이 나는 머리채가 치렁거리고 있었지만 그의 어깨 위에는 살찐 목덜미가 디룩거리고 있었다. 사장이 아니라 그녀가 원래 그 집의 주인인 것처럼 보였다.

그러나 두어 걸음 떨어져서 그들을 뒤따르고 있는 그녀의 동생은 그녀가 그 집에 들어오기 전 그와 함께 면목동에서 방 한 칸을 얻어 자취를 했을 때에 얼마나 초라한 모습을 했었는가를 기억하고 있었다. 내심 그 자신도 그녀의 꼴 바꿈에 은근히 놀라고 있었다. 다만 세상 일이 워낙 바쁘다 보니 더러 옛일을 깜빡 잊고 처음부터 그녀가 그렇게 우아하고 멋있는 여자였던 것처럼 가끔 착각을 했을 뿐이었다. 그런데 모를 일은 저렇게 아름다운 부인을 집에 앉혀 놓고 사장이 밖에서 허리에 치마만 둘렀다 하면 사족을 못 쓰는 일이었다. 생김새가 말해주듯이 사장은 대단한 정력가였다. 좋은 한약재에서부터 별 험한 것에 이르기까지 아무거나 가리지 않고 복용할 수 있는 돈과 식성 탓도 있었겠지만, 아무래도 타고난 복인 것 같았다. 언젠가 그는 나이 어린 처남인 그에게 "어쩐지 몸이 지뿌듯하다 했더니 요 며칠 몸을 풀지 않아서 그랬어,"라고 혼잣말처럼 투덜댄 적이 있었다.

더욱 알 수 없는 것으로, 오입질을 그만큼 좋아했으면, 가다가 조금씩은 마누라 구박을 할 만도 한데, 옆에서 보기로는 학대를 받는 것은 바로 사장 자신인 것 같았다. 밖에서 바람을 많이 피워 미안해서 양보하는 것이라고 생각할지 모르지만, 사양이란 안 할 수도 있어야 겸양이지 할 수밖에 없는 굴복이라면 그것은 이미 겸손이 아니었다. 그가 담력을 아무리 긁어모아 흰소리해봐야, 그녀의 입에서 "그런데요?"가 나오면, 별 볼일 없이 되어버렸다. 그가 그 집에 들어온 것은 원래는 그 집 전실 딸인 중 삼을 가르치기 위해서였다. 그랬는데 그 중 삼이 고입 시험에 떨어진 탓도 있겠지만, 언제부터서인지 사장이 집 밖에만 나가면 화장실 앞에까지 그림자처럼 그를 따라다니는 것이 그의 임무가 되었다. 그것도 그녀가 떼를 쓰거나 윽박질러서가 아니라, 지나는 말로 몇 번 떨어뜨린 그녀의 암시에 의해서 사장 스스로가 자발적으로 그를 '비서로 채용' 했다. 부부 사이란, 아니, 남자와 여자 사이란 참 알 수 없는 것이었다.

사장이 방금 현장에서 있었던 일을 아내에게 즐거워 죽겠다는 듯이 설명하고 있는 사이에 그는 얼른 욕실로 들어가서 찬물을 뒤집어썼다. 물을 몇 바가지 푸푸 하면서 머리 위에 퍼붓고 샤워 꼭지에서 쏟아져나오는 소나기에다 몸을 맡기고 있으니, 물방울들이 타일 바닥에서 톡톡 소리를 내면서 튀었고, 그 소리에 섞여서 사장의 너털웃음 소리가 들려왔다. 그는 문득 아까 본 낯선 사내를 생각했다. 그는 그를 예비사단에서 제대복을 입고 그와 함께 열을 섰던 사람들 중에도 놓아보았고, 미타산 기슭의 대학 구내에 있는 잔디밭의 의자와 도서관 좌석과 구내식당 식탁 앞에도 앉혀보았지만, 모두 허사였다. 그는 화가 났다. 아마 그는 서울 운동장이나 무교동 같은 데서 만난 사람인 모양이었다. 그렇다면 그 사내는 목욕탕에까지 따라 들어와 그의 생각을 방해할 필요는 없었다. 빌어먹을 것, 터럭 난 데만 대강 비누칠하고 얼른 나가서 봉투 속이나 들여다봐야지. 그때 밖에서 누가 문을 두드렸다. 그는 엉겁결에 비누 푼 손으로 수건을 집어 들었다. 그리고 문이 열렸으므로 얼른 앞을 가렸다. 식모애가 갈아입을 그의 위아래 내의를 차곡차곡 접어서 한 손에 가지고 들어왔다. 그는 멍하니 그녀를 바라보았다. 그녀는 엉뚱한 데서 이렇게 가끔 그를 놀래준다. 그녀는 접은 옷을 욕조 한끝에 얹어 놓은 다음, 그가 필요 이상으로 크게 "물 튀잖아!"라고 소리쳤지만 들은 척도 않고 그녀의 나이에 손색없이 옆으로 쫙 퍼진 볼품 있는 엉덩이를 삥 돌려서 밖으로 나갔다. 독하기로 말하자면 남자가 여자를 도저히 따를 수 없었다. 강간이라도 하겠다는 비장한 각오 없이는 남자는 여자 목욕하는 데에 들어가지 못한다. 그녀는 열일곱 살이었고, 그녀의 여주인이 가지고 있는 모든 물건에 공통된 얘기지만, 주인을 닮아서 얼굴이 예쁘고 몸집이 좋았다. 그는 픽 웃었다. 욕조 위에 놓인 접은 속옷이 그의 큰 몸뚱이가 들어가기에는 너무 작게 느껴졌다.

그는 목욕 겉옷을 걸치고 이층 층계로 갔다. 사장이 부인에게 얘기를 대강 끝냈는지, 비곗살이 오른 웃통을 홀랑 벗고 팬티바람으로 앉아서, 손바닥으로 터럭 하나 나지 않은 매끈한 허벅지를 철썩철썩 때리고 있다가, "어, 다 했어?"라고 그에게 소리쳤다. 그는 "예——"하고 길게 대답해주고는 그대로 층계를 올라갔다. 사장은 그의 뒤꼭지에다 대고 "자네 또 좀 나가야 돼. 현장 친구들한테 오늘 저녁 술 한잔 사기로 했잖아. 그 친구들 더운데 고생이 많단 말이야."라고 말했다. 모를 소리였다. 아마 오늘밤에 가다가 어쩌려고 인심 한번 쓰기로 결심을 한 모양인데, 아무래도 저 친구 무슨 꿍꿍이속이 있는 것 같았다. 그의 의심은 그가 그의 방으로 들어가서 그 봉투를 따보았을 때 곧 풀어졌다. 그는 봉투 속에 오백 원짜리 열 장쯤이 들어 있을 것으로 짐작했다. 그것은 사장이 철없는 여학생과 차 한 잔을 마시고 지불해야 되는 대가치고는 관대한 편이었다. 그런데 봉투 속에서 나온 것은 조폐공사에서 갓 빠져나온 팔팔한 새 돈으로 천 원짜리가 스무 장이었다. 그는 창밖을 내다보았다. 낮고 더러운 집들이 옹기종기 처마들을 맞대고 밀집해 있었다. 그는 돈을 서랍 속에 집어넣고 자물쇠를 채웠다. 그리고 잠시 울적한 기분이 되어 창가에 서 있었다. "개새끼,"라고 그는 나지막이 중얼거렸다. "자네 좋아하지 마라. 너, 너, 할 때는 언제고."

사장은 아래층에서 부인의 눈치를 살피며 서성거리고 있었다.

"사원들에게 집에서 저녁 대접하면 안 돼요?" 부인이 말했다.

"누가 밥만 먹나? 술도 좀 해야지."

"집엔 술이 없어요?"

"참, 집에도 술이 있지! 가만 있자, 어떡헌다? 내가 나가겠다고 해놨는데."

"현장 사무소로 전화를 하시면 안 되겠어요?"

"그렇지! 전화를 하면 되겠군. 그런데, 벌써들 떠났을지도 몰라?"

"떠났으면 만나기로 한 장소로 거시면 되죠."

"거, 거럼. 거기에도 전화가 있을 거야."

사장이 애처로운 시선으로 그를 쳐다보았다. 그는 사장을 미워했고 철저히 경멸하고 있었다. 그러나 이런 형편이 되면 그는 언제나 그가 무력해짐을 느꼈다. 그것이 반드시 그의 방 책상 서랍 속에 들어 있는 불특정 적금통장의 잔고 때문만이라고 할 수는 없었다. 그는 사장을 싫어하면서도 저버릴 수가 없었다. 그것은 일종의 인간관계였다. 그가 말했다.

"아유, 누나도. 누가 술을 집에서 먹어요! 그렇지 않아도 아까 사장님이 집에서 맥주나 한잔씩 하자고 하시니까 판매부장이 더운데 사모님한테 무슨 폐 끼칠 말씀이냐면서, 그럴 바에야 차라리 구멍가게에서 몇 병 사다 마시는 게 낫겠다고 하잖어. 그래서 사장님이 요 앞에 맥주홀에 가서 실비로 몇 잔씩만 하자고 한 거란 말야. 그랬는데 이제 와서 집으로 오라고 전화하면 술 안 산다는 말과 뭐가 다르겠어? 안 그래, 누나?"

"글쎄, 나도 그게 걱정이라니까!" 사장이 오누이를 번갈아 쳐다본다.

"선배님, 빨리 가세요. 벌써 와서 기다리고 있을 거예요."

그가 사장의 등을 밀다시피 재촉한다. 사장은 마누라를 슬금슬금 쳐다보면서 마지못한 척 현관으로 내려서는데, 동작은 빠르다. 사장이 신발짝을 꿰고 뜰로 나간 다음, 그가 신을 신고 있을 때 그의 누나가 그의 곁으로 다가와서 허리를 굽히고 웃는 듯 마는 듯, "너도 어느 새 물이 많이 들었구나"고 말했다.

차가 다시 변두리의 중심가로 들어간다. 맥주홀 몇 개를 지나쳤지만 차
는 멈출 생각이 없다. 위엄과 냉혹함을 되찾은 사장은 차가 집에서 멀어
질수록 얼굴 표정이 굳어진다. 그래서 그는 가슴속이 싸늘해지는 것을 느
끼면서 눈알의 흰자를 번득이기 시작한다. 아픔 때문에 시작된 그 습관
은, 이제 아픔은커녕 가소로움뿐인데, 아픔을 느꼈을 때보다 더 그에게
잘 어울린다.

"벌써 나와서 기다린다는 건 무슨 얘기야?"

차가 중심가를 빠져나와 허허벌판을 달리고 있을 때 사장이 말했다. 한
쪽으로 시영 아파트가 수십 동 뾰족뾰족 오르고 있는 것이 보인다.

"예? 예! 집을 빠져나가자면 아무래도 누군가가 기다린다고 해야 되지
않겠어요?"

"그렇지? 그저 그랬을 뿐이지? 나는 또 네가, 그럴 리는 없지만, 뭘 알
아서 지껄이는 줄 알고 뜨끔했다. 넌 사람을 잘 놀린단 말야."

그는 잠자코 있었다. 교통량은 많았지만 신호등이 없어서 쑥쑥 잘들 빠
져나갔다. 차가 잠실 대단지 입구께에서 기역 자로 꺾어 오른편으로 접어
들었다. 굉장히 큰 대단지 설계안내판을 중심으로 그 일대에 많은 사람들
이 소풍나온 것처럼 서성거리로 있었다.

"아까 현장에 갈 때도 저고리를 걸칠 걸 그랬지?" 사장이 말했다.

"누나가 눈치를 챘을까요?"

"무슨 눈치를 채?"

"선배님이 낮에 만난 아가씨 보러 간다는 거 말이에요."

"너는 임마, 네 누나가 바본줄 아느냐? 여자가 그만한 육감도 없으면

무슨 여자야."

"그럼 넥타이에 저고리 걸치신 걸 새삼스럽게 걱정할 필요가 없지 않아요?"

"왜 없어? 네 누나가 의심을 하는데도 없어? 우린 지금 암사 시장 안에 있단 말이다. 암사 시장 입구께, 거 뭐야, 이름이…."

"도돔바."

"거렇지, 도돔바 맥주홀에 앉아 있단 말이다. 현장 친구들하고 같이 말이다. 그런데 넥타이에 저고리가 말이 되냐?"

"누나가 뭐라고 해요?"

"차라리 뭐라고 했더라면 걱정이 덜 되겠다."

"그렇지요, 그건. 아무 말 없는 것이 때로는 더 불길한 징조거든요."

"너도 그렇게 생각하냐?"

"그렇지만 별 볼일 있겠어요? 눈치야 이왕 챈 놈의 눈치라면서요?"

"뭐라구? 너는 임마, 네 누나 체면도 생각하지 않으냐? 저쪽에서 눈치를 채고 안 채는 건 우리가 알 일이 아니야. 우리는 눈치를 못 채게 애를 썼다는 흔적만 보이면 되는 거야. 네가 나를 따라다니는 임무가 뭐냐? 네가 왜 나를 졸래졸래 따라다녀? 네가 나를 따라다닌다고 해서, 네 누나가 네 말을 곧이듣고 안심을 해서 눈치를 안 채기라도 한다더냐? 너는 임마 쓸데없이 건방진 생각하지 말고 네 누나한테 말을 잘 하기나 해. 네 누나가 오입쟁이의 여편네가 되느냐 활동적인 사업가의 부인이 되느냐는 나의 행동이 아니라 네 입놀림에 달려 있단 말이다. 내 말 무슨 소린지 알겠지? 너는 대학까지 다니던 애가 돼서 머리가 네모반듯한 게 재깍째깍 잘 돌아가 좋더라. 오늘밤 우리는, 거 뭐냐, 아까 그 맥주홀에서 열한 시까지 술을 마셨어, 그렇지?"

차는 한강 다리를 건너고 있었다.

"그런데 우리는 지금 도대체 어디로 가고 있지요?"

"내가 그걸 말해야 되냐?"

"안 하셔도 되지요. 차가 멎으면 알게 될 테니까요."

"광나루다."

"워커힐이군요."

"광나루라고 했어."

"저는 여기서 내려줬으면 좋겠는데요."

"시내 볼일 있냐?"

"조금 전까지는 그랬었는데, 이젠 달라졌어요. 열한 시까지 도돔바에서 맥주를 마셔야 되거든요."

사장은 차를 세웠다. 그리고 "열한 시까지다. 잊지 마라"고 말했다. 그는 차를 내렸다.

그가 현장에서 본 낯선 사내를 다시 만난 것은 그로부터 삼십 분이 지난 뒤였다. 그는 차에서 내려 역겹고 울적한 기분으로 오던 길을 되돌아 한강 다리로 갔다. 강바람이 불어왔다. 그는 해방감을 느꼈다. 그러나 우울한 기분은 마찬가지였다. 멀리 산기슭 쪽 상류에서 동력을 장치한 놀잇배들이 하얀 물이랑의 깔때기를 뒤로 끌면서 오고 갔다. 그리고 그 건너편에서는 짐차들이 개미들처럼 모래와 자갈을 실어 나르고 있었다. 그는 강을 건넜다. 차들이 소리를 내면서 질주해갔다. 그는 택시를 잡을까 했지만 그의 발걸음이 그를 사람들이 모여서 웅성거리고 있는 데로 끌고 갔다. 넓은 아스팔트 길이 구십 도로 꺾어진 데에는 길가에 집 한 채 없는 빈

벌판을 배경으로 제법 울긋불긋한 바닷가에서 쓰는 둥근 차일들이 드문 드문 세워져 있었고 그 아래에 탁자와 의자들이 놓여 있었는데, 주인인 듯싶은 사람들이 하나씩 허름한 옷들을 입고 멍하니 앉아 있을 뿐 손님은 없었다. 사람들은 부지런히 서성거리고들 있었다. 그들은 끊임없이 움직이고 있었지만, 들고 나는 사람들의 수가 비슷한지 흐느적거리는 그들의 무늬에는 아무 변화가 없었다. 그는 한 차일 아래로 가서 의자를 끌어내고 그 위에 앉았다. 들바람에 까칠해진 얼굴로 넋을 놓고 하늘을 쳐다보고 있던 서른 안팎의 여자가 별로 시원해보이지 않는 청량음료 한 병을 따서 길쭉한 유리잔과 함께 그 앞에다 놓았다. 그는 부지런히 서성거리고 있는 사람들이 부러웠다. 그들은 기껏 오륙 층에 이십 평도 못 되는 아파트 한 칸을 장만하려고 나왔는지 모른다. 그러나 그들은 기대와 흥분으로 가슴이 설레고 있음이 분명했다. 그는 그 설렘이 부러웠다. 그는 이십 평이 아니라 사십 평짜리 전천후 호화 아파트를 계약한다 해도, 그들처럼 그렇게 가슴이 설렐 것 같지는 않았다. 일찍이 그에게도 사글세 방에서 전세방으로만 옮겨도 가슴 뿌듯한 행복을 느꼈던 적이 분명히 있었다. 그는 하릴없이 앉아서 허공을 바라보고 있자 주인여자를 닮아서 그의 넋이 조금씩 빠져나가는 것을 깨달았다. 그는 벌떡 일어섰다. 저만치 땀에 절어 후줄근해진 남방과 풀기 없는 바지를 입고 더럽혀진 운동화를 신은 한 초라한 사내가 비칠비칠 걸어가고 있었다. 그는 쫓아가서 그의 팔을 덥석 붙잡았다. 그는 그 사내를 그의 몸짓만으로도 금방 알아볼 수 있었다.

"이거 오래간만이오."

"예, 오래간만이오. 그런데 당신은 누구요?"

그 사내는 보기보다는 보짱이 편한 사람인 모양이었다.

"나요? 나는 대성주택 섭외부장예요. 우리 저기 가서 막걸리나 한 사발 하시죠."

"거 좋은 생각이오."

그 사내는 스스럼없이 차일 밑으로 따라 들어왔다. 그들은 말없이 막걸리 두 사발씩을 들이켰다.

"시장하던 터라 술맛이 좋군." 그 사내가 말했다.

"당신은 브로커요?"

"아녜요. 그러나 소개할 수도 있죠."

"그게 그거지. 그런데, 난 집을 사러 온 사람이 아니오."

"그래요? 나는 당신 낯이 익어서 붙잡은 거요."

"낯이 익어요?" 그 사내는 그를 물끄러미 쳐다보았다.

"그러고 보니 그런 것도 같군."

"당신 아까 대성주택 현장에 왔었지요?"

"아, 거기서 보았나?"

"아니오. 날 거기서 본 것 같소?"

"글쎄, 아닌 것 같은데요. 당신 혹시 교육대학 나왔소?"

"아뇨."

"그럼, 혹시 인천 결핵병원에 입원한 일 있소?"

"아뇨. 집에서 치료했었소."

"그래요? 덜 심했던 모양이군. 하여간 반갑소. 어디서 만나도 만났길래 얼굴이 익을 테지요. 또 설사 만난 적이 없으면 어떻소?"

그들은 또 한 사발의 막걸리를 마셨다. 키 큰 이탈리아 포플러들의 울창한 잎들을 반짝거리게 하면서 해가 멀리 서울의 또 어느 변두리 위로 떨어지고 있었다.

"당신은 집도 안 사면서 여기서 뭘 하고 있는 거요?"

"집 구경했소. 명일동으로, 풍납동으로, 잠실로, 연사흘째 미친개처럼 쏘다니고 있소."

"구경만 하면 뭘 해요?"

"돈이 없는 걸 어떻게 하오? 제일 작은 집도 백만 원이 부족합니다."

"그야 은행 돈을 안으면 되지요. 주택자금이 아니어서 이자가 좀 비싸고 교제비가 약간 들긴 하지만."

"물론이요. 은행 융자 백만 원 안고, 방 한 칸 삼십만 원에 세놓고 나서 그렇단 말이오."

"아니, 그럼 자기 돈 백만 원 정도 가지고 새 집 사려 했소?"

"백만 원이면 적소? 나는 그 돈을 손에 쥐는 데 십 년이 걸렸소."

"좋은 수가 있어요. 방을 한 칸만 내놓지 말고 독채로 다 내놔요. 그럼 백만 원은 생길 테니, 잘 하면 하나 살 수 있을 거요."

"주인은 어디서 살고요?"

"지금 사는 데서 살면 안 되겠어요?"

"지금 사는 셋방 보증금까지 쳐서 그렇소."

"그래요? 그렇다면 그 자리에 쪼오끔 더 눌러 있어야 되겠어요. 여기 참 전망이 좋은데, 국제 규모로 국립경기장도 들어서고."

"경기장이 없어서 못 살았소?"

"천호대교도 곧 개통돼요."

"어디는 다리 없소?"

"그럼 당신 하필 여기서 집을 찾을 게 뭐요? 강남 강남 하지만 영동도 있고 시흥도 있고 소사도 있고, 얼마든지 있는데."

"이리로 전근이 됐소."

"공무원이요?"

"국민학교 선생이요."

"국민학교?"

"경기도에서 이번에 간신히 전입이 됐소."

"경기도? 인천이요?"

"부천이요."

"부천! 부천 국민학교! 그렇지요?"

"그렇소. 당신도 거기 있었소?"

"나요? 난 어렸을 때 말고는 국민학교에 다닌 적이 없어요."

"그런데 어떻게 부천 국민학교를 아시오?"

"우리 누나가 거기 있었어요. 덕분에 나는 한 일 년 부천서 서울로 통학을 했지요."

"그래요? 누나가?"

그들은 한 사발씩이 막걸리를 더 마시고 자리에서 일어섰다. 들판의 낮은 경사 위로 땅거미가 져오고 있었다. 지친 얼굴로 넋을 놓고 앉아 있던 주인여자가 문득 생기를 되찾고 물건들을 주섬주섬 챙겼다. 서성거리고 있던 많은 사람들은 어느새 간 곳이 없고, 패잔병처럼 여기저기에 한 무더기씩 흩어져 있는 사람들 사이로 시내버스들이 소리를 내면서 검은 연기를 내뿜으며 질주했다. 그들은 비틀거리며 버스 정류소로 갔다.

"여기서 버스를 탑시다." 그가 말했다. 그러자 그 사내가 휘청거리는 두 다리를 애써 버티면서. "아니오. 나는 저쪽으로 건너가서 타야겠소."라고 대답했다. 그래서 그는 꺾어지려는 무릎에다 힘을 주면서 "여기서 탑시다."고 고집했다. 그 사내는 "흐흥" 하고 야릇한 콧소리를 내더니, 문득 돌아서서 버텼던 두 다리를 비틀거리며 차도로 들어섰다. 그는 화가 났다. 술이 취해 있었으므로 그는 그에게 화를 낼 권리가 있는 것처럼 생각되었다. 그는 그 사내의 뒤통수를 향해서 "저기 가서 한 잔만 더 빨고 가요," 하고 고함을 질렀다. 그러나 그 사내는 들은 척도 않고 그냥 길을 건너면서 "집에 가야지, 집에. 시내 들어가서 지하철 타고 전철 타고 집구석에 들어가야지,"라고 혼잣말처럼 큰 소리로 중얼거렸다. 택시가 달려왔다. 그 사내가 차도 위에서 비틀거렸으므로 차는 속력을 줄였다. 마침 빈 차였다. 그는 차를 세웠다. 그리고 차에 올라서 창밖을 내다보았다. 길을 다 건넌 그 사내가 인도 위에 두 발을 딱 붙이고 서서 바람부는 날 버드나무처럼 좌우로 흔들거리고 있었다. 그는 웃음이 나왔다. 그때 차가 출발했다. 그는 그 사내의 모습을 시야 밖으로 놓치면서 덜커덩 하고 엉덩방아를 찧었다. 그래서 그는 벌떡 몸을 일으켜 운전수 좌석 등 뒤를 붙잡고 차를 후진시키라고 명령했다. 운전수가 뭐라고 불평을 하는 것 같았다. 그가 동행을 놔두고 그냥 가란 말이냐고 소리를 꽥 질렀다. 차가 북—— 하고 물러가서 멎자 그 사내는 양옆으로 흔들거리는 몸짓 그대로 허리를 굽히고 차 안을 들여다보았다. 그가 문을 열고 손짓을 하자 그 사내는 별 저항 없이 차 안으로 빨려들어왔다. 그들은 변두리의 중심가를 향해서 차를 몰았다.

"저녁을 좀 먹어야지요?" 그가 말했다. 그 사내는 푸푸 하고 입으로 숨을 쉬면서 두 눈을 멀뚱거렸다. 날은 완전히 어두워져 있었다. 그들은 물 탄 생맥주 한 바가지씩을 퍼마시고 나오는 판이었다. "빈속이라 꽤 올라오는데요."

"밥은 집에 가서 먹읍시다."

그 사내가 말했다. 아마 또 지하철이나 전철이 타고 싶은 모양이었다.

"그것 좋은 생각인데요. 집으로 갑시다."

그가 그 사내의 팔을 붙잡았다.

"나야 우리 집으로 가야지요."

"아무 집이면 어때요? 당신 우리 누나 만나보고 싶지 않소?"

"무슨 소리 하고 있는 거요?"

"우리 누난 미인이란 말요. 그리고 나는 이제 막 당신 이름을 생각해냈어요."

그 사내는 눈에 띄게 기가 죽었다. 그는 풀 죽은 그 사내를 끌고 집으로 갔다. 크고 호화로운 대문 앞에 이르자 그 사내는 겁먹은 듯한 목소리로 "그렇지만 당신 누나는 부자한테 시집을 가지 않았소?"라고 말했다. 그는 문득 그 사내가 대단히 초라하고 병신스럽다고 생각했다.

"누난 지금 혼자 있어요. 같이 저녁 먹을 사람이 나타나면 아마 반가워할 거요."

식모애가 문을 따주었다. 그가 들어가자 그의 누나가 현관 밖으로 목을 뽑고 "벌써 끝났니?" 하고 물었다. 그녀는 정성 들여 화장과 몸단장을 하고 예쁜 자태로 서 있었다. 그녀는 심심하면 열심히 화장을 하는 버릇이 있었다. 아마 그들이 통금시간에 쫓기거나 해야 들어오리라고 생각했던지 조금 놀라는 눈치였다.

"누나, 손님 왔어. 귀한 손님이야."

그가 말했다. 그리고 이층 그의 방으로 올라갔다. 나머지야 그들도 다

큰 어른들이니 그가 없더라도 다 잘 알아서들 할 것이었다. 그러나 잠시
후 저녁 먹으라는 소리에 내려와서 손발 씻고 식당으로 가보니, 두 사람
은 소와 닭처럼 두 눈만 멀뚱거리면서 식탁에 앉아 있었다. 서울에 새 집
사려고 백만 원 가지고 운동화 신고 쫓아온 사람은 그렇다 치더라도, 그
렇게 음울하고 새침하고 우아하고 세련된 그의 누이까지 저 모양으로 바
보스러워 보인다는 것은 아무래도 좀 놀라운 일이 아닐 수 없었다. 그가
조금 퉁명스럽게 "술이 깨었소?"라고 그 사내에게 말했다. 그들은 맥주를
몇 병 내오게 해서 반주로 마시고 그의 누이에게도 한 잔을 따라주었다.
그리고 그는 배가 고팠으므로 맛있게 밥 한 그릇을 먹어치웠다. 그러나
두 사람은 처량한 꼴들을 하고 마지못해 몇 술을 뜨는 것 같았다. 그는 그
가 옛 친구를 데리고 오면 그의 누이의 얼굴에서 음침한 그늘이 걷히고 즐
거운 이야기들이 쏟아져나오리라고 생각했었다는 것을 깨달았다. 그는
그 기대가 빗나가는 듯했으므로, 조금 불만스러운 기분이 되어 자리에서
일어섰다. 그리고 누이에게 "나는 또 나가봐야겠어. 일이 아직 안 끝났지
않어,"라고 말했다. 그의 누이는 문간에까지 그를 따라나왔다. 그는 낮은
목소리로 "열한 시에 들어올 거야,"라고 말했다. 그리고 집 밖으로 뛰어나
갔다. 집을 빠져나와 좁은 길을 걸어가자, 문득 그의 짐작이 옳을지도 모
른다는 생각이 들었다. 그가 보고 나온 처량한 침울함은 메마르고 권태로
운 적막이 아니라, 눅눅하고 끈적끈적하고 폭풍 전야의 정밀과도 같은 침
묵이었다. 그는 오래간만에 그의 누이가 행복하겠구나 생각하면서 도돔
바의 문을 밀고 들어갔다. 아직 시간이 일러서인지 술집 안은 한산했다.
아가씨 하나가 단골을 알아보고 알은체를 했다. 그는 머리를 끄떡거려주
고 시계를 보았다. 열한 시까지는 거의 세 시간이 남아 있었다. 그는 계산

대 있는 데로 가서 수화기를 집어들었다.

　신호를 보내자 다행히 식모애가 전화를 받았다.

　"너냐? 난데, 너 좀 나와라. 시장 입구 다리께로 나와. 오늘 저녁 아저씨하고 데이트 좀 하자." 그는 전화를 끊었다. 저쪽에서 뭐라고 하는 것 같았지만, 잘 알아들을 수도 없었고, 또 별 알아들을 것도 없었다. 그는 그곳의 아가씨들에게 "이따 오께,"라고 말하고 밖으로 나왔다. 여름밤이 깔린 거리 위로 강바람이 시원하게 불어왔다.

가위

1. 동원

어느 날 일터에서 돌아온 그는 아내가 내어주는 종이 한 장을 받았다. 그것은 동원 영장이었다. 천구백칠십 몇 년 오월 십구일로 동원령이 선포되었으니 스물네 시간 안에 부대로 집합하라는 내용이었다. 그는 문서를 세 번 읽고 의자에 주저앉았다.

"여보, 괜찮으세요?"

주의 깊게 그를 지켜보고 있던 그의 아내가 쫓아와서 그를 부축했다.

"응, 괜찮어. 나, 물 좀 줘."

그는 괴로운 듯 몸통을 외로 꼬면서 목을 비틀고 한 손으로 넥타이를 잡아당겼다. 그녀는 그를 도와 넥타이를 풀고, 와이셔츠 단추를 딴 다음, 저고리를 벗겼다. 그리고 빈 의자의 등에다 옷을 얹었다.

"물 여기 있다."

그녀가 돌아서자 어느새 내려왔는지 시어머니가 그녀의 등 뒤에 서 있다가 물컵을 내밀었다. 그녀는 그것을 받아서 남편의 입에다 대주었다. 그는 한 손으로 그릇을 받치고 두 모금을 벌컥벌컥 마셨다.

"알약은 안 먹어도 될 것 같군."

그가 말했다. 그의 이마와 콧등에는 땀방울이 송알송알 맺혀 있었다.

"밖에서 무슨 소문 같은 거 못 들으셨어요?"

그녀가 맨바닥에 무릎을 꿇고 앉아서 그의 이마의 땀을 닦으며 물었다.

"못 들었어. 우린 퇴근길에 까페에 들러서 맥주를 마시고 오는 일요일에 바다낚시 갈 것을 상의했을 뿐이야."

"너는 세상 돌아가는 물정도 알아보려 하지 않고 늦게까지 술만 마시고 다니는구나, 몸에 해롭다는데도."

그의 어머니가 팔짱을 끼고 똑바로 서서 차분한 목소리로 말했다.

"그렇지만 어머니, 동원령은 매일같이 어디선가 떨어지고 있어요. 얼마 동안이라도 그런 것이 안 떨어지면 오히려 이상한 소문이 나돌겠지요."

"여보, 어머님은 걱정이 되셔서 그러시는 거예요. 딴 사람들에게 아무리 동원령이 내리면 어때요? 그것이 당신에게 내렸기 때문에 문제죠."

"글쎄, 그런 거 같군. 나도 지금까진 동원령에 대해서 별 관심이 없었지. 그러나 이젠 별 관심이 없는 것으로는 안 되게 되었어. 관심을 갖지 않을 수밖에 없게 되었을 때는 이미 때가 너무 늦는 것이 보통이지만 말야."

"애야, 마치 남의 얘기를 하고 있는 것 같구나. 너는 환자가 아니냐. 왜 보건성의 후옹 박사에게 부탁을 하지 않니?"

"정말 그렇군요. 후옹 박사한테서 처방받은 약은 오늘 낮 시간에도 어김없이 잡수셨겠지요? 전화를 한번 해보세요. 병원이 아닌 다음에야 아픈 사람을 데려다가 뭘 하겠어요? 신체검사에 떨어지면 현역도 면제되는 거 아녜요?"

"그야 현역이니까 면제가 되지. 보건성의 일개 기술역 과장 정도에서 해결될 문제라면 누가 걱정이나 하겠어! 여기," 그는 의자에서 몸을 조금 일으켜 의자 한쪽에 떨어져 있는 그 명령서를 집어들었다. 그것을 처음 읽었을 때보다 기운이 훨씬 더 돌아온 것 같이 보였다. "여기 이렇게 씌어 있군. '정당한 이유 없이 이 명령에 복종하지 않는 자는 정치국 훈령 이십 호에 의거 군사재판에 회부하여 적전 명령 불복종죄로 총살형을 과할 수 있음. 정당한 이유 여부는 360 사단장이 결정함.'"

"삼백육십 사단장이 누구냐?"

"동원부대장이죠. 삼백육십 사단, 이천구백팔십육 연대, 교육대대, 팔 중대로 집합하게 되어 있어요."

"사단장이라면 싸움을 잘하는 사람 아니냐? 사람의 병도 잘 보는 줄은 몰랐구나."

"전화를 한번 해보는 것도 손해는 없겠어요, 어머니."

"전화보다는 직접 찾아가보는 것이 낫지 않겠니?"

"시간이 없어요. 명령하달 시간으로부터 이십사 시간 이내인데, 벌써 열네 시간이 흘러갔어요."

"그렇지만 여보, 그 영장이 배달된 지 채 세 시간도 안 되었어요."

"그야 어쩔 수 없지. 세포조 연락책과 다툴 수는 없으니까."

그는 잠시 생각에 잠겨 있다가 수화기를 집어들었다. 혼선은 심했지만 다행히 엉뚱한 번호가 나오지는 않았다. 후옹 박사는 아직 집에 들어오지 않은 모양이었다. 그는 들어오는 대로 밤이 늦어도 좋으니 전화 좀 하게 해달라고 부탁하고 수화기를 내려놓았다.

"애들은 자오?"

그가 다시 몸을 의자에 묻고 허공을 바라보면서 물었다.

"네, 일찍 재웠어요. 깨울까요?"

"이르지도 않다. 열 시가 지났어."

그의 어머니가 말했다.

"놔둬."

그는 피곤한 듯 눈을 감았다. 갑자기 사위가 괴괴하게 조용해지고 바깥에서 자동차 질주하는 소리가 정적을 끊고 들려왔다. 언제부터 밤 열 시만 되면 거리에 인적이 끊어지고, 고단기아로 돌아가는 내연기관의 폭발음만이 밤하늘을 가르게 되었는지! 그는 그것이 아득한 옛날부터인 것처럼 느껴졌다. 그리고 그는 삼십대 후반이었는데, 벌써 팔십을 살아버린 것 같았다. 그는 자리에서 벌떡 일어섰다. 옆엣 사람들이 흠칫 놀랐다.

"어머니, 그만 올라가서 주무세요."

"오냐. 애들이 잠을 자니까 집 안이 너무 조용하구나. 그래, 내일 언제쯤 떠나야 되니?"

"일찍 떠나야 될 것 같아요. 명령 하달 시간이 오늘 아침 여덟 시로 되어 있어요."

그녀는 그녀 앞에 오똑 선, 그녀보다는 키가 크지만 남자 키로는 오히려 작은 편인, 뼈 마디마디가 곰살맞아서 허약하게까지 보이고, 눈 밑에 잔주름들이 잡혀서 이제 제법 어른 티가 나기 시작하는 아들의 어깨 위에 한 손을 얹고 또 한 손으로 그의 목과 뺨을 어루만졌다. 그녀가 뭐라고 말을 하려 했을 때 날카롭게 전화가 울렸다. 꿇어앉아서 의자 위에 얼굴을 묻고 있던 그의 아내가 고개를 쳐들고 수화기를 집어들었다.

"후옹 박사예요."

그녀가 수화기를 그에게 건네주었다.

"자넨가? 자네는 나보다 조금 더 늦게 들어오는군."

"자네도 늦게 들어왔었나? 또 맥주를 마셨겠군. 난 친구 병원에서 환자 수술을 하고 들어왔지. 요 며칠 몸이 뿌듯하다 했더니, 이제 조금 풀리는 것 같군. 우린 피를 안 보면 심신이 가물가물해지거던. 그래, 술을 많이 마시지는 않았겠지?"

"자네 허용량은 넘지 않았네. 그런데 또 가슴에 통증이 왔어."

"약은 먹었나?"

"약은 안 먹고 찬물 한 컵으로 가라앉혔네. 동원령이 떨어졌어."

"동원령?"

"내일 아침에 들어오라는 얘길세. 자넨 지금의 내 건강상태로 내가 당과 인민을 위해서 지금보다 더 열심히 봉사할 수 있다고 생각하나?"

"그건 안 되지. 사실은 지금도 무리야. 자넨 바닷가에 가서 한 달만 정양을 했으면 좋겠어. 자넨 아주 운이 나쁘군. 릴낚시는 구했나?"

"진단서를 떼주게."

"뭐? 진단서? 자넨 아직 옛날 세상에서 살고 있군. 그런 문서는 이제 필요가 없다네."

"무슨 소리야?"

"자네와 비슷한 경우가 서넛 있었지. 자네보다 조금 덜 심했지만, 절대 안정을 요한다고 강경하게 진단서를 발행해줬지. 그것은 나의 모든 의학 지식을 동원한 판단이었어. 그랬는데 그 진단서들은 얼마 후에 휴지쪽들이 되어서 나에게 돌아왔고, 나는 그로 인해서 자술서를 두 장이나 썼다네."

"웬걸 두 장씩이나 썼나, 한 장만 쓰지?"

"그건 그들의 통신수단이 느리기 때문이었지. 첫 출석명령서가 두 번째 자술서의 원인 행위가 일어나버린 다음에야 도착했거든."

"그럴듯하군. 그들은 필요하다면 얼마든지 통신수단을 느리게 할 줄 아니까. 자네, 세 번째 자술서 원인 행위가 발생하기 전에 출석명령서가 도착했다는 것은 그들에게 아직도 자네가 필요하다는 증거일세. 세 번째 자술서가 무엇을 의미하는지는 자네도 알고 있겠지."

"알고 있네."

"그럼 잘 있게."

"자네, 내일 아침 몇 시에 떠나나? 떠나기 전에 내, 알약 좀 보내줄게."

"이번엔 자네가 옛날 세상에 살고 있는 것 같군. 동원되면 의료대에서 주는 약밖에 못 먹는다는 것쯤은 자네도 알고 있겠지."

"바보 같은 놈. 니트로글리세린정이 아니야. 자네에겐 이젠 딴 약이 필요할지도 몰라."

"아, 그거——, 그거라면 나도 진즉부터 몸에 지니고 다니네."

그는 전화를 끊었다. 그의 어머니와 아내는 오려붙인 사람들처럼 넋들을 놓고 있었다. 그는 어머니를 부축하고 이층으로 올라갔다. 그가 방에 불을 켜려 하자 그녀가 말렸다.

"큰애가 깬다."

그의 큰아들은 기본학교 삼 학년이었는데, 할머니 방에서 잤다.

"그럼, 어머니 편히 주무세요."

"그런데 애야, 큰애한테 총을 사주겠다는 약속을 못 지켜서 어떻게 하니?"

"어머니, 그 약속은 지켰어요."

"총을 사왔단 말이냐? 기관총을 원하더라만."

"마찬가지죠. 기관총이 마침 떨어져서 기관단총을 사왔어요. 작은놈 것도 하나 사왔죠."

"잘했다. 이따 에미더러 자는 애 머리맡에다 갖다 두라고 해라. 굉장히 좋아할 거다. 기관단총이 뭔지 모르겠다만 기관총과 별로 다르지 않겠지? 원, 요즘 애들은 웬 총을 그렇게 좋아하는지."

"어머니, 독자가 되어서 죄송해요."

"아니다. 네가 독자여서 얼마나 다행인지 모른다."

"…"

"이런 꼴을 두 번씩 보고 싶은 에미가 세상에 어디 있겠니?"

"어머니, 주무세요."

그는 조용히 방문을 열고 밖으로 나왔다. 그가 방문을 닫고 막 돌아섰을 때, 방 안에서 아직 변성기를 거치지 않은, 여자 목소리 같은 소리가 또렷이 들려왔다.

"할머니, 기관단총이 더 좋아요."

아내는 아래층 의자 위에 다소곳이 앉아 있었다. 그는 부엌으로 가서 작은 비파주 병과 잔을 가지고 왔다. 그리고 아내 옆에 앉아서 한 잔을 따라 홀짝 마셨다.

"이번 영장에는 왜 기간이 나와 있지 않아요?"

그의 아내가 물었다.

"이번은 연습이 아니야. 기간을 정할 수가 없지."

"연습이 아니라면, 어디서 또 전쟁이라도 터졌다는 거예요?"

"전쟁이야 항상 터지고 있지. 지배자들이 필요하다고 생각하면 언제든지 터지는 것이 전쟁이니까. 아마 틀림없이 제국주의자들이 어디선가 쳐들어오고 있을 거야. 우리들은 그들과 싸우러 가든지, 그들과 싸우기 위한 군사시설을 하러 가게 되겠지."

"왜 전쟁은 전쟁을 좋아하는 사람에게만 맡겨둘 수 없을까요? 왜 전쟁은 집에서 어린애들과 함께 살기를 원하는 사람들까지도 끌어내야 할까요? 당신은 집에서 가족들과 같이 살면서 전쟁을 싫어할 수 있기 위해서는 먼저 전쟁을 좋아해야 한다고 대답하시겠지요. 전쟁을 없애기 위해서 전쟁을 해야 한다고 하시겠지요. 그러나 전쟁을 없애기 위한 전쟁과 하기 위한 전쟁이 어떻게 다르죠? 하나는 살며시 때려부수고 또 하나는 세게 때려부수기라도 하나요? 또, 설혹 차이가 있다 하더라도, 왜 하필이면 저 백치 같은 유인원들에게 그 구별을 맡겨야 되죠? 그 구별을 하기 전에는 단순한 고릴라에 지나지 않았던 그들이 그 구별을 한 다음에는 살인마가 되는 거예요. 그러나 원숭이들에게 책임을 물을 수는 없죠. 그들에겐 분별력이 없으니까요. 그들에게는 감성도 이성도 없고, 오직 본능이 있을 뿐이에요. 원숭이가 사람을 진단한다면 우습지만, 살인마가 환자를 진단한다면 조금도 우습지 않죠. 살인마가 사람을 진단한다 하더라도 당신들에겐 할 말이 없어요. 그들을 살인마로 만든 것은 당신들이니까요. 애초에 그들에게 식별의 작업을 맡기는 것이 아니었어요. 아마 틀림없이 후옹 박사는 그의 진단서보다 살인마들의 진단서가 더 우위에 있다고 말했겠지요."

"우열의 문제가 아니라, 그의 진단서는 전혀 쓸모가 없다고 말했어."

두 번째 술잔을 입술에 대고 있던 그가 말했다.

"아직은 그들에게 양심이 조금은 남아 있군요. 그러나 머지않아 반드시 그들은 우열을 따지려 들 거예요. 의학박사에게 진료를, 철학자에게 사상을, 문인에게 시를, 그리고 단거리 선수에게 달음박질을 그들은 반드시 따질 거예요. 전문가에게서 그 전문 분야를 파렴치하게 강탈해버리는 것은 아직은 그들에게 자신이 없다는 증거죠. 그들에게 자신이 생기면, 그들은 그들이 탈취해간 전문 분야를 전문가에게 돌려주고, 그에게 그의 전공 분야를 가르치려고 하죠. 공부자 앞에서 문자를 쓴 것이 아니라, 공부자에게 문자를 가르치는 거죠. 전문 분야를 빼앗겨서 허수아비가 되었던 전문가들은 이렇게 해서 꼭두각시나 주구, 둘 중의 어느 하나를 택하지 않을 수 없게 되죠."

"그거라면 벌써 시작이 되었을 거야, 아마."

"인간이란 마땅히 겸손해야 돼요. 겸손하지 않아도 좋은 것은 신과 악마뿐일 거예요. 딴 사람들에게 인간이 종사할 수 있는 많은 영역들 중 어느 한 군데에서도 더 우위에 서지 못하게 하는 것은 그 영역에서 진리를 짓밟아버리지 않고서는 불가능한 일이에요. 그것은 밝히는 쪽과 밟는 쪽 둘 다를 위해서 불행한 일이죠."

"물론이지." 그가 말했다. "그러나 그 정도라면 아직 절망적인 단계는 아니야. 밝으니까 밝히고, 밝히니까 밟는 것이 아니겠어? 거기서는 누가 가해자고 누가 피해잔가가 분명하지. 빼앗은 자가 무언가 자기에게 속하지 않은 것을 가지고 있다고 생각하고 빼앗긴 자가 있어야 할 것이 없다는 것을 알고 있는 한, 거기에는 일정한 질서가 있을 수 있지. 그러나 만일 빼앗은 것이 원래부터 자기 것이었던 것처럼 생각되고, 빼앗긴 것이 부족으로 느껴지지 않는다면, 거기에는 혼돈뿐이야. 그것은 누가 진리를 짓밟았는가를 밝힘으로써 정리될 수 있는데 당신이 생각하는 것처럼, 그렇게 간단한 일이 아니야. 혼란 속에서는 진리가 모습을 취할 수 없어서, 누구에게나 다 그것이 있는 것 같지만 아무도 그것의 모습을 볼 수가 없지. 그것이 유린되고 있는지 아닌지, 지금 발밑에 있는 것이 진리인지 아닌지, 아무도 알 수가 없어. 사람이 진리를 저버렸으니, 그것이 그를 떠나도 어쩔 수가 없지. 남은 것은 죽음에 이르는 암흑뿐이오."

"원인과 결과의 구별이 없어져버린다면, 그건 너무 불공평해요."

"그것이 암흑의 속성인데, 그 구별이 없어지지 않는다면 그것을 어찌 어둠이라 하겠소."

그는 술잔을 탁자 위 술병 옆에다 내려놓았다. 그리고 물을 가져오게 해서 후옹 박사의 알약을 입에 털어넣었다. 마지막으로 아내를 즐겁게 해주기 위해서였다. 그녀는 울었다.

이튿날 아침, 새벽 여섯 시에 그는 집을 떠났다. 부대는 그곳에서 사십 킬로미터쯤 떨어져 있었는데, 그는 대단히 운이 좋았지만 부대 정문 앞에 도착했을 때는 아침 아홉 시가 지났다. 그는 겁을 먹고 허둥지둥 보초에게로 뛰어갔다. 보초는 그를 거들떠보지도 않고 한쪽으로 비키라고 손가락을 내저었다. 그는 그냥 영내로 들어갈 수도 없고, 그렇다고 거기에 들어가기 위해서 왔는데 안 들어가버릴 수도 없어서 우물우물 그 자리에 그냥 서 있었다. 그러자 등 뒤에서 전형적인 군대 억양으로 날카로운 목소리가 들려왔다.

"빨리 비켜, 이 새끼."

그는 깜짝 놀라서 돌아보았다. 움막 같은 진지 안에서 철모를 눌러쓴 정문 하사관이 그를 향해서 주먹을 휘두르고 있었다. 그는 그 이유를 알았다. 영내 백 미터 저쪽에서 탱크 같은 녹색의 군용 승용차 한 대가 굴러오고 있었다. 그는 허겁지겁 보초 진지 뒤로 뛰어갔다. 그러나 그의 동작이 느렸던지 차가 빨랐던지 차는 그가 몸을 숨기기 전에 정문을 지나갔다. 그는 그때처럼 그의 몸뚱이를 거추장스럽게 느껴본 적이 없었다. 우스운 일이었다. 그가 그 자리에 서 있는 것은 전혀 불법이 아니었다. 그랬는데, 보초병이나 하사관은 그렇다 치더라도, 그 자신까지 왜 똥줄이 타게 숨으려 했던가? 동원영장을 받았을 때 그는 절망을 느꼈었다. 그 절망감 속에는 일종의 비극적 아름다움에 대한 의식이 들어 있었다. 그것은 가령 이런 경우, 민간 작업복에 헌 구두를 신고 세면가방을 옆구리에 긴 초라한 모습의 그가 거대한 톱니바퀴의 이빨 속으로 깨물려 들어가면서도 그것의 작은 부속품들이 비정스럽게 돌아가는 것을 인간적인 위의를 잃음이 없이 슬픈 눈으로 묵묵히 바라보고 있을 수 있다는 생각에서 나왔었다. 그는 이제 새로운 의미의 또 다른 절망감을 맛보았다. 그것은 메마르고 추악한 것이었고, 허탈에 가까운 무력감이었다. 차는 정문을 빠져나갔고, 보초는 총을 내밀면서 뭐라고 소리를 질러댔고, 초병 하사관은 전화기에다 대고 "막료장님 정문 통과"라고 외쳤다. 모두가 한순간에 일어난 일들이었다. 그는 노여웠지만, 조금 전에 그 초병 하사관에게 품었던 적의는 까맣게 잊고 스물을 갓 넘겼을까 말까 한 그 어린 얼굴에서 연민을 느꼈다. 그들도 조금 전에 그에게 악다구니를 퍼부었던 일 따위는 까맣게 잊어버리고 그들끼리 무슨 농담을 주고받으며 낄낄대고 웃었다. 그는 이제 그가 그들의 관심을 조금은 끌어도 괜찮다고 생각했다.

"영장을 받고 왔는데요."

그가 종이쪽지를 내보이면서 초병 하사관에게 말했다. 하사관은 철모를 뒤로 발딱 잦히고 웃던 일을 마저 웃고 나서, 영장을 홱 빼앗아 건성으로 읽는 둥 마는 둥 한 번 훑어보고는 도로 내주었다. 그러고는 나가라고 손을 내저었다. 그가 어리둥절해서 서 있자 하사관은 손가락으로 한 군데를 가리켰다. 거기에는 정문 밖, 거대한 활엽수 교목의 그늘 아래에 그와 비슷한 옷차림의 사나이들 이삼십 명이 우두커니들 서서 이쪽을 지켜보고 있었다. 그는 터벅터벅 걸어서 그쪽으로 갔다. 그는 그들이 면회나 그 비슷한 일로 온 사람들인 줄 알았었다. 그런데 사실은 그들도 그와 똑같은 처지에 있는 사람들인 모양이었다.

그들은 열 시까지 기다렸다. 모두 피곤하고 지루한 표정들이었다. 그는 허리가 아프고 졸렸다. 그보다 늦게 머리를 내민 사람들이 서넛 되었는데, 모두 하나같이 초병들 앞에 가서 망신들을 당하고 나서야 그들과 합류했다. 마침내 부대 안에서 오장 하나가 나타났다. 그는 그들을 경멸에 찬 시선으로 한번 훑어보고는 말없이 호주머니에서 종이 한 장을 꺼내어 이름을 부르기 시작했다. 맨 처음에 호명된 사람은 대답을 하고 한쪽으로 비켜섰는데, 두 번째 호명된 사람은 대답만 하고 움직이지 않았다. 그러자 오장이 꽥 하고 고함을 질렀다.

"이쪽으로 나와!"

그 다음부터 사람들은 이름을 불리우기가 무섭게 대답을 하고 뛰어나갔다. 한 사람이 대답없이 나오자 오장은 그를 매섭게 쏘아보더니 "너 이 새끼 벙어리야?"라고 말했다. 사십은 넘었을 그 사내는 흙빛에 가깝도록 목덜미까지 얼굴이 빨개졌다. 오장은 다해서 열두 사람을 불렀다. 그러고는 종이쪽지를 접어서 도로 호주머니 속에 집어넣었다. 그의 이름은 거기에 없는 모양이었다. 오장은 호명된 사람들을 정렬시켰다. 그들은 놀랄 만큼 민첩하게 움직여서 반듯하게 줄을 섰다. 오장은 만족스러운지 나지막하게 "앞으로!" 하고 구령을 내렸다. 그는 그들을 위병진지 앞으로 데리고 가서 정문 하사관 앞에 횡대로 세운 다음, 맨 왼쪽에 서서 경례를 하고 정문 통과 신고를 했다. 하사관이 숫자를 기록하고 고개를 까닥하자, 그는 그들을 다시 종대로 방향을 바꾸게 해서 부대 안으로 인솔해갔다. 호명되지 못한 사람들은 그들이 발뒤꿈치에서 먼지를 풀썩풀썩 일으키며 하얗게 쏟아지는 햇볕 속으로 저벅저벅 멀어져가는 것을 부러운 눈으로 바라보았다.

나머지 사람들은 다시 기다리기 시작했다. 그러나 한 시간이 지나도 부대 안에서는 아무 소식이 없었다. 그들은 또 한 시간을 기다렸다. 그래도 소식이 없었다. 아침나절에 그들이 앉아 있었던 나무 그늘에 볕이 들어서, 눅눅한 황토 위에 그들이 긁적거려 놓았던 낙서들을 허옇게 버슬버슬 말리고 있었다. 그들은 참을성 좋게 기다렸다. 아무도 시원스럽게 불평 한마디 하는 사람이 없었다. 그들은 위엄도 체면도 없이 맨 땅바닥에 질펀하게 내퍼질러져서 두 어깨 사이로 고개들을 떨어뜨리고 앉아 있었다.

"배가 고파 오는군."

성 소재지 한복판에서 잡화상을 하다가 끌려왔다는 살집 좋은 사내가 고개를 숙인 채 땅을 들여다보면서 중얼거렸다.

"우리 뭘 좀 사 먹을까요?"

그가 잡화상의 옆얼굴을 힐끗 쳐다보면서 말했다. 사실 그도 배가 고팠다. 부근 부락에서 온 부녀자들 서넛이 초병의 눈을 피해 물건을 가지고 슬슬 돌아다니고 있었는데, 더러 사먹는 사람들도 있었다.

"가까운 데 어디 음식점이 없을까요?"

잡화상 주인이 비로소 고개를 쳐들면서 말했다.

"왜 없겠어요? 그러나 그동안에라도 사단에서 사람이 나오면 어떡하게 요?"

"우린 네 시간을 기다렸어요. 그들이 단 이십 분을 기다리면 안 된단 말이오?"

그러나 그는 맷집 좋은 중년의 잡화점 주인이 군인에게 단 일 분이라도 기다리라고 요구할 수 있으리라고는 생각되지 않았다.

"귀찮은데, 저 여자들한테서 아무거나 사먹지요?"

"선생은 언제 집을 떠나셨소?"

"오늘 아침 여섯 시에 떠났어요. 그래서 한 시간이나 늦었지요. 도중에 버스가 두 번이나 고장이 났어요. 다행히 운전수가 정비공 출신이어서 고 치긴 했지만."

"참 운이 좋았소. 정비공 운전수를 만났대서가 아니라, 길 가운데서 고 칠 수 있는 고장이 났으니 말이오. 고장이 났다 하면 레카차 신세를 져야 할 차들이 많거든요. 난 어제 다섯 시에 떠났소."

"영장을 일찍 받으신 모양이군요."

"종일 기다리고 있었는데, 오후 다섯 시에 영장이 왔소."

"그럼 받자마자…?"

"그렇지요. 한 유력한 친구에게 하루 전에 귀띔을 받았어요. 평소에 미 리미리 정리를 하고 있었지만, 하루 동안에 마무리를 짓고, 명령서를 손 에 쥐자 곧 떠났지요."

그때 행상 여자 하나가 그들 쪽으로 다가왔다. 그가 그녀를 세우고 "뭘 하나씩 먹지요?"라고 말하자. 그가 "그럽시다. 그러나 가격에 놀라지는 마세요."라고 대답했다. 볼품없고 더러운 옷을 입은 행상 여자는 오만하리만큼 입을 꼭 다물고 그들이 아무거나 하나씩 집어들기만 기다렸다. 그는 우유계란빵 한 봉지와 소다수 한 병을 집어들었고, 잡화상 주인은 풀떡 한 봉지와 탄산수 한 병을 집어들었다. 값은 각각 치렀다.

　　"시중 가격의 배쯤 되는군요."

　　행상이 돌아서자 그가 말했다.

　　"정확히 배요. 그러나 포장을 뜯어보면 생각이 또 조금 달라질 거요. 나는 어젯밤에 도착해서 하룻밤을 지내는 동안에, 우리들이 이 일대에서 법의 보호를 받지 못한다는 것을 알았어요. 이곳 물가는 도심지 만물점 주인의 입을 떡 벌어지게 만들었소. 아마 이곳 사람들은 강탈만 아니면 우리들에게서 돈을 얼마든지 뜯어내도 죄가 안 된다고 생각하고 있음이 분명해요."

　　그들은 음식물의 포장을 뜯었다.

　　"아, 이건 불량품이군요."

　　그가 말했다.

　　"물론이지요. 판매가 금지된 불합격품이 아니면, 헐값으로 방매해야 되는 등외품이오. 선생의 것은 정량 미달까지 겸했군요. 음료수도 함량 미달일 거요."

　　도심지 만물점 주인은 그렇게 말하면서 풀떡을 맛있게 베어 먹었다. 그는 왈칵 눈물이 쏟아지려고 했다. 아, 그는 얼마나 우매했던가. 그날 새벽 집을 떠날 때 아내가 그런 데일수록 돈이 필요할 터이니 조금 많이 넣고 가라는 것을, 그는 "동원되어 가는 사람이 돈은 무슨 필요가 있어,"라고 거절을 했었다. 그의 아내가 끝까지 고집을 굽히지 않았던 것은 얼마나 다행스러운 일인가! 그는 그가 집을 떠나온 이래로 벌써 몇 달이 흘러가 버린 것처럼 느껴졌다. 그런데 그는 아직 부대 안에 들어가지조차 못하고 있었다.

"잡숫지 않고 무얼 그렇게 열심히 생각하시오? 벌써 집 생각이오?"

상점 주인이 말했다. 그는 그때야 흙이 묻은 손으로 계란빵을 움켜쥐고 크게 한 입 베어 어기적어기적 씹어먹기 시작했다.

"집을 떠나올 때, 친구가 인편에 약하고 편지를 보내왔어요." 말없이 빵을 다 먹고 나서, 거품 일지 않는 탄산수로 입을 헹구고는, 손등으로 입술을 문지르면서 그가 말했다. "그놈은 나에게 부대에 들어가면 수면제가 필요할 거라고 했던 놈인데, 막상 보내온 약은 소화제와 진통제였어요. 그 중의 한 가지가 지금 당장 필요하게 되었는데요. 너무 급하게 삼켰던 가 봐요."

"너무 급하게 안 삼켰더라도, 공업용 색소와 세균은 사람의 위장에는 조금 무리이지요."

그는 미세한 갈색 분말 한 포를 입 안에 털어넣었다. 박하향이 입 안으로 가득 퍼지면서 뱃속이 확 트이는 것 같았다.

"사장님도 한 포 잡수시겠어요?"

"아마 나도 조금 있다가 먹어야 될 것 같소. 약은 나에게도 있어요. 설사약과 두통약을 준비해왔지요. 뱃속 편코 머릿골 안 썩으면 우선은 살 수 있을 테니까요."

후웅도 같은 생각이었다.——가루약은 배 아플 때 한 포씩 먹고, 정제는 머리가 아플 때 두 알씩 먹게. 그러면서 일단 살아남게. 힘이 되어주지 못한 것을 원망하지 말게. 나도 자네처럼 동원될 것만 각오한다면 전혀 무력하지는 않네. 최악의 경우, 정 견딜 수 없거든 전화를 하게. 사무실에 자네 전화를 우선순위 일 번으로 취급하라고 일러두겠네. 행운을 비네. 후웅.

한 시가 거의 되어서야 부대 안에서 두 사람의 군인이 나왔다. 부대에서 군인이 둘 나오는 것은 흔히 있는 일이기 때문에 처음에는 그들은 아무 관심을 갖지 않았다. 그러나 그 군인 둘이 그들 앞에 와서 걸음을 멈추자, 그들은 그때까지의 지루함을 잊고 문득 긴장했다. 군인들은 그들 앞에 와서 걸음을 멈춘 다음에까지도 올 때 주고받던 이야기를 계속하면서 싱글벙글 웃고 있었다. 그들 사이에 지금의 업무와는 전혀 관계없이 무슨 재미있는 일이 있었던 모양이었다. 그들은 마치 삼십대, 사십대의 중년 동원병들 삼사십 명이 그들의 눈앞에 아예 있지 않다는 듯한 태도였다. 그들은 채 스무 살도 못 돼 보였다. 하나는 오장이었고, 또 하나는 병장이었다. 오장이 낄낄 웃던 웃음을 문득 그치고 밑도 끝도 없이 그들에게 "여기 요리사 있나?" 하고 소리쳤다. 그들은 무슨 말인지 몰라서 잠시 어리둥절했다. 그러자 병장이 옆에서 "요리사 말야, 요리사. 음식 만드는 사람. 없어?"라고 거들었다. 그제야 그들은 무슨 말인지 알아들었다. 그들은 잠잠했다. 아마 요리사가 없는 모양이었다.

"이발사 없나?"

다시 오장이 말했다. 이발사도 없었다.

"미장이, 토수, 벽돌 잘 쌓는 사람. 없어?"

역시 없었다.

"목수는?"

목수도 없었다. 오장은 종이쪽지를 접어서 호주머니 속에 넣고, 병장에게 "야, 이 새끼, 모두 너 거다."라고 말했다. 그때 그들 중에서 한 중년 사내가 엉덩이를 들고 엉거주춤 일어서서 "저 요리집──, 음식점을 경영하고 있는데요."라고 말하고 오장의 눈치를 살폈다.

"뭐? 너 요리사야?"

오장이 말했다.

"아니오. 요리사를 데리고 음식점을 하고 있어요."

"너가 요리사냔 말야."

"저는 요리사가 아니구요, 요리사 둘을 부리고 있어요."

"요리사가 아니면 필요없어. 부리는 건 우리가 한단 말야. 너 음식 만들 줄 알어?"

"만들 줄은 모르구요. 재료를 사주고 만든 음식을 팔고…."

"이 새끼, 그건 우리가 한단 말야. 생선회를 뜨고, 고기에 밀가루를 발라서 기름에 튀길 수 있어?"

"그건 우리 집 요리사 애들이 아주 잘 하지요. 저는 못해요."

"새끼!"

오장은 그들을 한번 흘겨보고, 병장에게 상소리를 한 마디 하고는 킬킬거리면서 부대 안으로 들어갔다. 오장이 가버리자, 병장의 얼굴에서 짓궂은 소년의 장난기 같은 것이 걷혔다. 그리고 그 자리에 잔혹한 무표정이 드러났다.

"팔 중대 동원병 집합."

그가 손에 쥐고 있던 조그마한 막대기로 자기 앞의 땅을 가리키며 크지 않은 목소리로 말했다. 사람들이 일어서서 우루루 그 앞으로 몰려갔다.

"삼 렬 횡대."

병장이 말했다. 사람들이 갈팡질팡하자, 그는 제일 가까이 있는 사람의 불룩하게 나온 배를 막대기로 사정없이 찌르고 "너가 기준"이라고 말했다. 사람들은 그 사내가 배를 움켜쥐고 지르는 비명에 혼비백산하여, 어느 틈인지도 모르게 열을 서버렸다. 병장이 그들을 물끄러미 노려보았다. 그리고 번호를 붙이게 해서 머릿수를 파악했다.

"모두 팔 중대 틀림없나?"

병장이 말했다. 그들은 서로 얼굴을 쳐다보았다. 더러는 명령서를 꺼내 보는 사람도 있었다.

"다들 확인해."

"중대장님, 저는 팔 중대가 아닌데요."

키가 작고, 머리통이 크고, 눈이 둥그래서 겁이 많아 보이는 사내 하나가 명령서를 펼쳐 들고 병장에게로 다가가면서 말했다.

"그럼 넌 빠져."

"그러나 중대장님, 오늘 날짜와 시간, 그리고 사단, 연대, 대대까지는 틀림없이 맞는데요?"

"그럼 들어가."

"그러나 저는 팔 중대가 아니고, 육 중대로 되어 있는데요?"

"그럼 빠져, 이 새끼."

"빠져요?"

"그래."

"그래 가지고 저는 어떻게 하지요. 중대장님?"

"집으로 가든지 기다리든지, 너 알아서 해. 그리고 난 중대장이 아니야."

"집으로 가다니요! 전 여기서 기다리겠어요."

"기다리기가 지루할 거다. 육 중대 충원은 지난주에 있었어. 앞으로 두 달 이내에는 육 중대에 인원 보충 계획이 없다."

"오늘은 없을까요?"

"오늘은 팔 중대야. 이 바보 새끼."

"중대장님, 팔 중대로 그냥 들어가겠어요."

"육 자를 팔 자로 고쳐라. 너희 동네 세포조 놈들은 동그라미 두 개를 제대로 못 그린단 말이냐?"

"감사합니다, 중대장님."

그는 침을 꿀컥 삼키고 제자리로 뛰어들어갔다. 병장은 또 다른 바보놈이 나타날 수 있도록 잠시 기다리다가, 모두들 자신만만하게 서 있었으므로 "좌로 가!" 하고 구령을 내렸다. 그러고는 왼쪽 발이 땅에 떨어질 때마다 "하나이, 하나이, 하나이," 하고 발을 맞췄다.

"제자리 걸어!" 선두가 보초막 앞에 이르렀을 때, 병장이 구령을 내렸다. "우로 돌아. 열 맞춰!"

그러고는 왼쪽 끝에 자리를 잡고 서서, 병장 아무개가 팔십육 연대 교육대대 팔 중대 동원병 보충병력 서른일곱을 인솔, 정문을 통과하여 부대로 들어간다고 신고했다.

"몇 명?"

"삼십칠 명입니다."

초병 하사는 보초막 안에서 그 숫자를 근무 일일 보고서에 적어 넣고,

의자에 앉은 채 앞에 석 줄 횡대로 늘어서 있는 늙다리들을 죽 훑어보았다. 머릿수를 확인하는 모양이었다.

"일 열 팔 번은 허리끈이 배꼽 밑으로 내려갔다. 쪼인뜨를 까라."

하사의 말이 떨어지기가 무섭게 병장이 쫓아와서 일 열 팔 번의 정강이뼈를 발길로 찼다. 일 열 팔 번은 어이쿠 소리를 내면서 그 자리에 주저앉았으나 곧 일어섰다.

"허리끈을 올려 매라."

"자꾸 내려갑니다."

"내려가면, 또 올려 매라."

"알았습니다."

병장은 제자리로 뛰어갔다.

"됐다. 들어가라."

하사가 부대 안쪽을 손가락 끝으로 가리켰다. 그러자 병장이 열외로 빠져나가면서, "좌로 가!" 하고 구령을 내렸다.

2. 유영

그들은 중대 막사 앞에서 삼십 분을 기다렸다. 뙤약볕이 내리쬐였지만, 중간에 소나기가 한 차례 지나갔으므로 조갈증은 걱정하지 않아도 되었다. 그들은 두 다리들을 땅에 박고 우뚝 서서 잘들 견뎌냈지만, 차츰 윗몸이 앞뒤로, 또는 양옆으로 흔들리기 시작했다.

"아, 당신, 괜찮아요?"

살집 좋은 잡화점 주인이 허연 살갗 위로 비지땀을 흘리면서 말했다.

"예, 괜찮은데요."

그가 대답했다. 그러나 그는 몸이 공중으로 떠오르면서 사지를 버르적거리며 헤엄을 치고 있는 듯한 기분이었다. 그때 막사 안으로 들어가서 죽어버린 줄 알았던 병장이 나왔다. 그리고 그 뒤로 조장이 한 손에 서류철을 들고 따라나왔다. 병장은 손에 커다란 서류용 봉투를 한 묶음 들고 있었다. 조장이 그들 앞으로 썩 나서며 말했다.

"잘 들어라. 너희들은 처음이지만, 우리들은 수십 번째다. 같은 말을 두 번 되풀이하고 싶은 생각이 없다. 오늘 일과다. 지금 목욕을 한다. 그리고 보급품을 지급받은 다음, 이발을 하고 중대장님 훈시를 듣는다."

"중대장님은 오늘 늦을 거요."

병장이 옆에서 말했다.

"그럼 훈시는 내일 듣는다. 봉투를 하나씩 나누어줄 테니 소지품을 전부 집어넣어라. 그리고 겉봉에다가 수령한 동원 명령서의 일련번호를 쓴다. 명령서의 일련번호를 잘 기억해두도록 해라. 그것이 앞으로는 너희들의 이름이 된다. 시작해라. 목욕탕은 눈앞에 보이는 막사 안에 있다. 목욕탕에는 알몸만 들어간다."

그들은 병장이 나누어 준 봉투 속에다가 소지품을 집어넣기 시작했다.

"치약과 칫솔을 가지고 들어가면 안 됩니까?"

누군가가 열 중에서 물었다.

"치약과 칫솔이 너의 알몸이냐? 비누, 수건, 면도기, 아무것도 가지고 들어가지 못한다."

"옷은 어디서 벗어요?"

"그 자리에서 벗어라."

"벗은 옷은 정돈해서 소지품 봉투 옆에다 정렬해놔라."

병장이 거들었다.

"팬티는 입고 들어가도 되지요?"

맨 처음 옷을 벗어서 소지품 봉투 위에다 차곡차곡 쌓아놓은 동작 빠른 사람이 속곳 바람으로 물었다.

"새끼, 너는 너의 어머니 뱃속에서 나올 때 빤스를 입고 나왔냐?"

그들은 알몸이 되어 앞줄부터 열을 지어 목욕탕 안으로 들어갔다. 목욕탕이라고 말하여진 막사 안에는 한쪽 구석에 커다란 가마솥이 걸려 있었고, 거기에는 물이 반쯤 채워져 있었다. 그리고 솥가에는 국자처럼 생긴 손잡이가 긴 작은 바가지 하나가 걸려 있었다. 저쪽 구석에서 누워 있던 군인 하나가 윗몸을 반쯤 일으키면서 그들에게 말했다.

"어서들 와라. 여기는 취사장이다마는 너희들을 위해서 오늘은 특히 거기에다 널판지로 발판까지 만들어놨다. 요즈음 물 사정이 좋지 않다. 국자로 퍼서 찌끄러라."

맨 앞에 서 있던 사람이 물 한 국자를 퍼서 고개를 뒤로 잦히고 앞가슴께에다 퍼부었다. 그리고 국자를 두 번째 사람에게 넘겨주었다.

"목욕을 안 해도 됩니까?"

두 번째 사내가 물을 몸에 바르고 있는 동안 세 번째 사람이 물었다.

"물론이다. 나가는 문은 이쪽이다. 나는 몸에 물 한 방울 찍어바르지 않고 석 달을 싸운 적이 있다. 너희들은 몸을 모가지까지 물속에 담그고 온몸에 비누칠을 한 것이 아직 스물네 시간도 안 되었겠지. 사실은, 너희들을 취사장으로 들여보내는 것부터 나는 반대다. 그러나 한 국자까지는

254

용서하겠다."

취사장과 맞붙어 있는 보급실에는 가운데에 통로를 두고 양쪽에 보급품이 무더기무더기 쌓여 있었다. 그들이 들어가자, 소총수 하나가 벌떡 일어서서, 발을 쩍 벌리고 손을 허리에 얹더니 험상궂은 얼굴로 그들을 노려보았다. 그가 말했다.

"이 방에 있는 보급품들은 작업복 상하, 식기, 수저 그리고 모자를 제외하고서는 전부 군수품이 아니다. 너희들의 선배들이 오늘 너희들처럼 중대에 들어왔을 때 후배들을 위하여 남겨놓은 것을 여기다 품목별로 보관해두었다. 따라서 새것 헌것, 큰 것 작은 것, 좋은 것 나쁜 것이 있다. 누가 새 빤스를 차지하고 누가 헌 칫솔을 차지하든지 나에게는 아무 관계가 없다. 그러나 한 품목에 두 번 손을 대는 놈은 가만 두지 않겠다. 품목별로 맨 처음 손에 닿은 것을 가져라. 어기는 놈은 이 방 안에 있는 물건 중에서 실오라기 하나 주지 않고 내쫓겠다. 자, 한 놈씩 시작해라. 전부 열두 가지 품목이 있다."

맨 처음에는 상하 내의가 서로 마주 보고 쌓여 있었다. 그 다음에는 작업복 상하, 신발과 모자, 식기와 수저, 수건과 비누, 칫솔과 치약이 차례로 대칭을 이루면서 양쪽에 쌓여 있었다. 민간 몰수품과는 달리 군수품들은 형편없는 고물이었다. 녹색 작업복과 모자는 넝마였고, 식기와 수저는 찌그러진 헌 쇠였다.

"치약과 비누를 아껴 써라. 마지막 보급이다."

소총수가 말했다. 그들이 전혀 더 나은 물건을 추리려 하지 않고 질서를 세워준 데 대한 친절인 모양이었다. 그들은 동냥아치 군대가 되어 보급실을 나왔다.

다음은 이발이었다. 보급실 뒤, 쓰레기 소각장 옆에 작은 나무 의자를 네 개 늘여놓고 그 뒤에 이발사들이 서서 그들을 손짓해 불렀다. 그들은 놀라서 황급히 뛰어갔다. 그리고 의자에 앉아서 이발 기계에 목덜미를 내맡겼던 그들은 귀에 "당신들은 어디서 왔소? 무슨 일들을 하다가 들어왔소,"라는 말들이 들어왔을 때, 또 한 번 놀랐다. 그들은 이상한 질문들을 하고 있었다.

"요즈음에도 어린애들은 기본학교에 다니고 있소? 거리에는 자동차들이 다니오? 돈을 주면 술과 음식을 살 수 있소?"

동원병들은 그들의 질문 내용에는 물론이지만, 그들이 질문을 하는 말투의 높낮이에도 깊이 감동했다.

"예, 우리의 자식들은 아직 기본학교에 다니고 있어요. 그렇지만 교과 내용이 전부 개편되어서 헌책을 쓸 수 없지요. 자동차는 저녁 열 시부터 아침 여섯 시까지가 아니면 못 다니게 하지 않는데도, 거리에는 차가 별로 없어요. 바퀴가 제대로 굴러가는 차들은 다 징발되어 한밤중에만 속력을 놓고, 하루 한두 번은 보통 기관고장을 일으키는 고철들만이 터덜터덜 빈 거리를 돌아다니고 있지요. 돈을 주면 물론 술과 음식을 사먹을 수 있어요. 술값이 많이 오르긴 했지만. 그런데 당신들은 언제 붙잡혀 오셨어요?"

"우리도 당신들처럼 제 발로 기어들어왔었다오. 우리 앞 사람들이 개 끌리듯 끌려왔었지요. 벌써 넉 달이 돼가는가 보오."

그때 저쪽에서 소총수 하나가 어슬렁어슬렁 다가왔다. 그들은 입을 다물었다. 그리고 이발사들은 팔뚝에 힘줄이 불끈불끈 솟도록 열심히 손을 놀렸다. 그들은 그날 들어온 사람들과 비슷한 나이일 터인데도, 그들보다

256

더 늙어보였고 더 추루해보였고 형편없이 말라비틀어져 있었다. 그들이 방금 주위 입은 옷과 비슷하게 떨어진 작업복들을 걸치고 있었는데, 그 누더기 아래에서 뼈들이 덜거덕덜거덕 하고 부딪치는 소리가 나는 듯했다.

"이마에서 네 번, 목덜미에서 네 번, 양쪽 귀 밑에서 두 번, 모두 열 번씩만 밀어라. 다 된 놈은 중대 지휘소 막사 앞으로 돌아간다."

소총수가 말했다. 그는 뒷짐을 지고, 네 개의 의자를 앞에 넉 줄로 늘어서 있는 그들 사이를 오락가락하였다. 한 이발사가 고개를 숙이고 목소리를 낮춰서 "살아서 나갈 생각은 마시오. 누워서 나가기 전에는 못 나가요."라고 말하고, 어깨를 탁 치면서 "다음!" 하고 소리쳤다.

중대 지휘소 막사 앞에는 조금 전의 조장이 책상을 내다 놓고 앉아 있었다. 맨 먼저 머리를 깎은 사람들이 기계가 지나간 사이사이로 덜 깎인 머리털들을 낫을 피한 벼포기들처럼 한들거리며 나타나자, 조장이 각자 소지품 봉투를 찾아들고 책상 앞으로 오라고 말했다. 소지품 봉투들은 그들이 조금 전에 열을 지어 서 있던 간격대로 땅 위에 놓여 있었지만, 옷과 신발, 비누, 수건 따위는 말쑥이 사라져버리고 없었다. 그들은 소지품 봉투들을 집어들고 책상 앞으로 갔다. 봉투는 하얀 종이로 봉합이 되어 있었고, 겉에 내용물의 이름들이 적혀 있었다. 조장은 맨 앞 사람의 봉투를 책상 위에 올려놓게 했다.

"먹물을 손바닥에 발라가지고 하얀 종이 위에 봉인을 해라."

"그렇지만 조장님, 돈의 액수가 틀린데요."

"틀리냐? 너의 돈이니까 너의 기억이 맞겠지. 너는 우리들의 잘못을 고쳐주고 싶은 모양이구나. 다음부터는 그런 일이 없었으면 좋겠다. 물론 우리가 조심을 해서 말이다. 너 이쪽으로 나와 있거라. 확인하려면 시간이 조금 걸린다."

조장은 엉덩이를 의자에서 조금 들어올리고, 앞에 서 있는 사람의 허리띠를 움켜잡아 한쪽으로 낚아챘다.

"다음. 너도 액수가 다르냐? 틀리다고 하지 말고 다르다고 해라."

"네, 조금 다른데요, 조장님. 그렇지만 제 처가 넣어준 것이기 때문에 저는 확실치가 않습니다. 아마 여기 씌어 있는 금액이 맞을 겁니다."

"그러냐? 너는 정직하구나. 여자란 얼마나 믿을 수 없는 것인지 모른다. 특히 먼 거리를 떠나는 남편에게는. 어서 봉인을 해라. 그리고 너는 머리끝을 잘리고 오는 사람들에게 소지품 봉투에 봉인하는 순서를 가르쳐줘라. 내가 일일이 되풀이할 수가 없다. 다음."

"저도 처가 돈을 넣어줬지만, 조금도 다르지 않은데요. 딱 맞어요."

"그러냐? 다를 때만 얘기를 해라."

조장이 그 사내를 노려보았다. 그 사내는 손바닥에 먹물을 발라가지고 봉인을 한 다음, 봉투를 책상 한옆 딴 봉투 위에 가지런히 올려놓고, 옆으로 비켜섰다.

"저도 그냥 봉인을 하겠어요."

조장이 "다음"이라고 말하기 전에 맨 처음 사내가 책상 앞으로 다가와서 말했다.

"그냥 하겠다니, 무슨 소리냐?"

"제 기억이 틀렸던 것 같아요. 여기 쓰인 숫자를 곰곰이 들여다보고 있자니, 그런 생각이 드는데요."

"그럼 어서 장인을 찍어라. 그리고 너도 저기 가 서서, 새로 오는 사람들에게 기억을 틀리게 하지 않도록 도와줘라."

그들은 모두 그들의 소지품 봉투에다 손바닥 도장을 찍었다. 그리고 조금 이상하게 생각했다. 그들이 스스로의 의사에 따라서 도장을 찍은 것은 사실이었다. 그러나 아무도 그것이 그들의 의사였다고 믿는 사람은 없었다. 그리고 거기에 적혀 있는 액수와 물품 목록이 맞다고 믿는 사람도 하나도 없었다. 돈은 적은 액수인 경우는 별 차이가 없었지만, 많은 돈은 대개 절반쯤 줄어져 있었다. 그리고 귀중품들은 꼭 한둘이 빠져 있었다. 그러나 그것이 이상하게 생각되는 것은 아니었다. 그들은 동원병들의 돈과 물건들을 아무 번잡을 떨지 않고도 얼마든지 빼앗을 수 있었다. 도장을 찍지 않고 봉투째 가져가버릴 수도 있었고, 혹 자기들 자체 내의 윤리와 질서를 위해서 동원병들의 확인 손도장이 필요했다면, 단순히 "찍어라" 하고 말만 하면 되었다. 그런데 왜 그들은 동원병들의 자유스런 의사를 끝까지 존중하려 들었을까? 아마 그들은 도둑질을 하고 있다고 생각하면서 훔치고 싶지는 않은 모양이었다. 그들은 강탈을 하면서 빼앗고 있지 않다고 스스로 믿고 싶은 모양이었다. 그들은 양심적인 절도, 적게 가져가기 때문이 아니라, 안 가져가기 때문에 양심적인 그런 도둑이 되고 싶은 모양이었다. 한 마디로 말해서, 도둑질을 하면서 안 하고 싶은 모양이었다. 그것은 분명히 무리한 주문이었다. 그러나 아무리 어려운 욕심이라 하더라도 동원병들에게라면 못 부릴 것이 없었다.

중대장의 훈시를 듣는 일은 결코 쉽지 않았다. 그들은 사흘을 기다렸다. 그동안 그들은 제대로 빠진 정규의 노동에 취역했다. 산등성이를 깎아 늪을 메우는 일이었다. 작업의 방법은 만 년 묵은 석기시대의 것이었지만, 그 관리는 근대화해 있었다. 병정들은 기다란 채찍을 휘두르며 돌아다니는 대신에, 짤막한 필기구를 들고 앉아서 벅벅 하품이나 하고 있었다. 그들은 삼 명 일 개 조가 되어, 하나는 파고, 하나는 나르고, 하나는 묻었다. 나르는 사람이 중간에서 그들 조의 번호를 큰 소리로 외치면, 맨 땅에 내퍼질러 앉아 있는 병정이 고개를 까딱하고 수첩에 그들 조 번호 밑에다 작대기 하나를 그었다. 만일 그의 눈에 운반되는 흙의 양이 미흡하면 그는 손을 내젓고 작대기를 그어 넣지 않았다. 그러나 그러는 일은 별로 없었다. 그들은 한 행비라도 허탕을 치지 않기 위해서 오히려 감시병이 요구하는 것보다 더 많은 흙을 날랐고, 감시병은 행패를 부려보아야 불알 두 쪽밖에 없는 그들에게서 아무것도 나올 것이 없다는 것을 잘 알고 있었다. 그가 손을 내젓는다면 그것은 순전히 그의 공정한 업무수행이었다. 그들은 십일 개 조로 편성되어 무장하지 않은 한 사람의 감시병 밑에서 질서 정연하게 작업을 했다. 거기에는 혼돈과 불공평이 없었고, 불평 불만이 없었다. 설마 그들이 그들을 가두고 있는 거대한 테두리를 잊어버리기야 안 했겠지만, 그들은 그것을 문제 삼기보다는 차라리 다음 끼니의 주먹밥의 크기에 더 마음이 쏠렸다. 그들은 그들의 깡통 식기에 떨어지는 밥덩이의 무게에 대한 관심이 그들을 감금하고 있는 체제를 의심해보는 관심과 결국은 표리 동체라는 사실에 생각이 미치지 못했다. 밥덩이의 양에 대한 문제는 그 조직에 대한 문제와 동시에만 해결된다는 사실을 그들은 알아차리지 못했다. 그들은 너무 지쳐 있었다. 불과 며칠 사이에 그들은 몰라보게 망가뜨려져버렸다. 그들을 가두고 있는 울타리 안에 질서가 있다는 것은 당연한 일이었다.

"제군은 여기 있는 중대장 이하 모든 장병들보다 영양 상태가 월등히 우량하다,"고 스물다섯을 넘지 않았을 중대장이 말했다. "그것은 대단히 다행스러운 일이다. 이제부터 제군은 지금까지 제군이 누렸던 특권이 얼

마나 값비싼 것이었는가를 배우게 된다. 제군이 비싼 특전을 누렸다는 말
은, 제군이 그것을 누리기 위해서 많은 사람들이 비싼 대가를 치렀다는
뜻과, 이제 제군이 그것에 대하여 비싼 값을 물어야 한다는 뜻이다. 제군
이 비누거품을 수돗물로 씻어내렸을 때, 우리들은 악어와 싸우며 늪지대
를 행군했다. 우리들은 우리들의 육신을 굶주림과 질병과 총탄 앞에 내던
졌다. 그 결과 우리들의 혼은 불꽃처럼 타오르고 있다. 그런데 제군은 어
떠한가? 제군이 제군의 육신을 살찌우고 있는 동안 제군의 넋은 병이 들
어 서서히 죽어갔다. 우리들은 제군의 혼백을 구하려 한다. 제군의 몸이
완전히 부서지기 전에 그것이 되살아나기를 바란다. 그것이 되살아나기
전에 몸이 망가져버리면, 그땐 끝장이다. 우리들에게는 육신을 질병으로
부터 구하는 반 교육적인 시설은 없다. 육체가 망가진다고 불평하지 마
라. 그것이 제군이 여기에 온 목적이다. 제군의 좋은 체력으로 끝까지 견
디기 바란다. 제군의 교육동원을 축하하고, 그리고 입대를 환영한다."

동원병들은 넋을 놓고, 중대장을 쳐다보았다. 그의 양어깨에는 군졸과
하사관에게는 없는 빳빳한 군관 견장이 빛나고 있었다.

"나는 옛날 대좌를 만난 적이 있어요." 막사로 돌아가면서 8273번이
말했다. "나는 그때, 저렇게 가냘프고 빈약한 체구로 어떻게 몇 천 명을
죽음으로 몰아넣을 수 있을까 하고 의아하게 생각했지요. 그런데 이젠 알
것 같아요. 대위가 저럴 때, 대좌는 반신인이라도 되겠어요. 대위는 별 셋
에 빨간 줄이 하나지요? 대좌는 둘이었어요. 어깨가 온통 벌겠었지요. 그
때, 나는 그것을 떼다가 우리 집 애에게 주면 좋아하겠구나 하고 생각했
어요."

"어린 대위는 우리들을 망가뜨리겠다고 협박을 했소."

8275번이 말했다.

"예, 그랬지요. 우리들의 몸을 박살을 낸다든가 어쩐다든가 그랬던 것 같아요. 그러나 무슨 말인지 자세히는 모르겠어요. 나는 그의 말을 듣고 있지 않았어요. 그저 그의 모습만을 바라보고 있었지요."

"당신은 대위가 부럽소?"

"대위가 부러워요? 우리가 대위를 부러워할 수 있소? 소총수라면 부러워요. 그의 나태, 그의 무지가 부러워요."

"그건 나도 동감이오. 들어오기 며칠 전, 친구 생일잔치에 가서 먹다 남겼던 음식 찌꺼기가 자꾸만 눈앞에 어른거리는 주제에, 대위가 다 뭐요, 대위가! 하사, 조장은커녕 오장, 병장도 과분하지. 그저 소총수처럼 실컷 처먹고, 욕설이나 퍼붓다가, 배 북북 긁으며 잠이나 한숨 푹 잤으면, 세상에 더 부러울 것이 없겠소."

그들은 막사 앞에 도착했다. 막사는 삼십 인용 천막이었다. 천막 안에는 마른 풀이 한쪽에 쌓여 있어서 아무나 필요한 만큼 집어다가 잠자리를 폈다. 그래서 일찍 들어가 누워 있으면, 나중에 들어오는 사람들이 이부자리 깔 때 날리는 먼지로 코가 매웠다. 그러나 그들은 지치고 허기져서, 코언저리가 새큰한 것을 탓하는 사람은 아무도 없었다. 두 다리 죽 뻗고 길게 눕는 것이 더 급한 일이었다. 처음 그들을 그리로 인솔해왔던 소총수가 그들에게 "이것이 너희들이 잠을 잘 삼십 인용 천막이다."고 말했을 때, 그들 중에서 조금 모자란 사람 하나가 "그렇지만 소대장님, 우리들은 서른일곱 사람인데요."라고 말하자, 소총수는 그를 물끄러미 쳐다보다가 "삼십 인용 천막이란 그 속에서 삼십 명이 자는 천막이란 뜻이 아니다. 그 것은 우리들이 치중대에 물품을 청구하거나 반납할 때 쓰는 물품명이다.

그 속에서 우리들은 오십 명이 잠을 잤다."고 말했었다. 그 천막 한쪽 구석에 자리를 잡고 눕자, 8275가 올 때 하던 얘기를 계속했다.

"사실, 나는 한때 군관이 되려 했어요. 동작이 뜨다고 군사학교에서 쫓겨나지 않았던들, 지금쯤 대식만물점은 나 아닌 딴 사람이 경영하고 있었을 거요."

8273은 8275에게 대위 복장을 입혀보았다. 그리고 소좌 복장과 대좌 복장으로 갈아 입혀보았다.

"당신은 역시 만물점 주인이 더 어울릴 것 같아요. 군복을 입고 있다면, 지금쯤 아마 대좌 복장을 하고 있어야 되겠지요."

"같이 훈련받던 애가 중좌 옷을 입고 우리 집에 놀러 온 것이 사오 년 전의 일이오. 개의 월급여액은 그때 나의 월수입의 십분지 일이었소. 그러나 나는 그 애가 부러웠소. 나는 굼뜬 몸을 부지런히 놀려서 돈을 꽤 모았지만, 마음 한편 구석에는 내가 패배자라는 생각이 지워지지 않고 남아 있었소. 남자로 세상에 태어났다가 돈만 평생 만지고 있으면 무엇하랴, 장군이 되어서 천군만마를 한번 질타해보아야 되지 않겠느냐, 이런 생각이었소. 그런데 그런 나의 생각은 이곳에 들어와서 며칠을 지내는 사이에 싹 가셔버렸소. 나는 이제 군인을 전혀 부러워하지 않게 되었소. 그들을 경멸하오."

"그것은 어찌해서 그러하오?"

"생각해보시오. 나는 군인보다 더 떳떳하고 공명정대한 것은 없다고 생각했었소. 그리고 장사치보다 더 야비하고 치사한 것도 없다고 생각했었소. 그런데 나는 여기 와서 사실은 그 정반대라는 것을 깨닫게 되었소. 군인은 사람이 일을 하는 것이 아니라, 옷이 일을 하오. 옷깃에 붙어 있는 울긋불긋한 헝겊 조각과 금실은실이 일을 하오. 그 속에 들어 있는 옷걸이들을 어떻게 떳떳하다 할 수 있겠소? 아까 중대장에다가 소총수의 옷을 입혀보시오. 그는 당장 우리의 작업 감시병에 적합한 사람이 되어버릴 것이오. 감시병에게다 대위의 옷을 걸쳐놔보시오. 그는 당장 우리의 중대장이 되어버릴 것이오. 거기다 비하면 우리 장사치들은 백 번 떳떳하지요. 사장이 노동자 옷을 입으면 사람들이 더 무서워하오. 점원이 가게 주인 옷을 입으면 사람들이 손가락질을 하오. 나의 가게 사장 자리는 내가 앉아 있으니까 사장이지, 딴 사람이 앉으면 사장이 아니오. 딴 사람은 그 가게를 더 번창시키든지 망하게 하든지 둘 중의 하나지, 나와 똑같은 사장은 될 수 없소. 우리들은 열 푼어치 떳떳하면 열 푼을 벌고 서 푼어치 떳떳하면 서 푼을 벌어요. 호리 반 푼도 가차가 없어요. 이렇게 어수룩한 데는 아마 세상에 없을 거요."

"나하고는 거꾸로 되었군요. 나는 전에는 군인을 대수롭지 않게 여겼어요."

8273이 말했다.

"그야 그렇겠지요. 국영회사 사원이 군인 쳐다보게 되었소?"

"그런데 여기 들어와서 생각이 달라졌어요. 군대가 이렇게 좋은 덴 줄은 몰랐어요."

"좋아요?"

"아까 사람이 아니라 옷이 일을 한다고 했는데, 그건 그렇지가 않아요. 그 옷을 벗겨다 쌍퉁 네거리에 가져가서, 거기 지나가는 사람에게 입혀보세요. 그 사람 일 못해요. 아마 웃음거리가 되겠지요. 그러나 그 사람을 이곳으로 데리고 와서 옷을 입히면, 그 사람 무슨 일이든지 다 합니다. 소

264

총수 옷을 입히면 소총수가 되고, 대위 옷을 입히면 대위가 됩니다. 그 간단명료함이 나를 놀라게 해요. 우리들의 생명의 꼴을 변경시켜버리는 가공할 일이 백치에 버금가는 단순 분명함을 가지고 진행되고 있어요. 그것이 나를 경악케 해요. 그것이 갖는 아름다움은 수학의 공리가 갖는 아름다움에 육박하고 있어요. 나는 우리 생활에 별 영향이 없는 작은 원리 원칙 하나를 배우기 위해서도 십 년 이십 년을 보내는 세계에서 살다 왔어요. 삶과 죽음의 문제가 이런 식으로도 해결될 수 있다는 사실, 삶과 죽음의 문제가 이런 식으로 해결될 수 있는 공간을 인간이 제도적으로 확보하고 있다는 사실, 이 사실은 나에게 거의 충격적이기까지 했어요. 우리들은 문제를 해결하려고 바둥대다가 평생을 보내버리지요. 그러고는 "문제는 미해결인 채 연기되다가 죽음이 갑자기 해결해버린다"고 말하지요. 그런데 이렇게 통쾌하게 문제를 해결하는 수도 있었어요. 그렇지 않았던들 인류는 문제 속에 묻혀서 숨통이 막혀버렸을 거요."

"그렇다고 당신이 그 제도를 좋아할 건 없지 않소? 당신은 피해자가 아니오?"

"여보세요, 문둥병의 전염 경로를 입증하기 위해서 자신의 혈관에다가 나병균을 주사한 의학자가 있었어요. 우리들은 가끔 자신의 입장을 떠나서 사물을 볼 필요가 있어요. 남의 입장에 서보는 것만으로는 부족해요. 전체의 입장에서 보아야지요. 그 전체의 입장이 때로는 개인의 입장을 깔아뭉개는 수도 있겠지요."

"나는 반대요. 나 개인의 입장에서 사물을 정확하게 바라보는 것만도 나에게는 힘에 겹소. 중대장은 나의 혼을 구해주느니 마느니 합디다만, 내 혼은 영문을 들어설 때 죽어버렸소. 지금 나를 버티고 있는 것은 내 근육 속에 남아 있는 단백질과 지방질이오. 그것들이 다하면 나는 무너지오. 당신의 혼이나 중대장이 구원해주었으면 좋겠소."

"팔이칠오! 당신은 당신이 지금 당장 풀려 나간다면 어떻게 될 것 같아요?"

"그야 얼마 동안 푹 쉬면 옛날로 되돌아갈 수 있겠지요."

"영문을 들어올 때 죽어버린 혼은 어떻게 하고요?"

"몸이 건강해지면 혼도 되살아나지 않겠소?"

"그렇지요? 당신의 혼이 되살아날 수 있는 죽음을 당했어요. 그러나 나는 지금 당장 집으로 돌아간다 해도, 영영 폐인이 될 것 같아요. 나는 넋을 잃어버렸어요."

"지금 당장 혼이 빠져나가고 없다는 점에서는 당신과 내가 비슷하구료."

"물론이지요. 당신과 나는 똑같이 마른 풀을 깔고 누워 있으니까요."

"그렇지만 당신은 이것을 좋아하고, 나는 싫어하지 않소?"

"누가 좋아해요? 군대가 좋은 곳이라고 했지, 내가 군대를 좋아한다고는 하지 않았어요."

"그렇다면 중대장은 당신의 혼도 구원해주기가 힘들겠구료?"

"중대장 지가 어떻게 남의 혼을 구해줘요? 내가 구하지 못한 나의 혼을 지가 어떻게 구원해줘요? 그리고 또 한 가지, 중대장은 나의 육신을 망가뜨리지 못해요. 내가 망가뜨리지 않는 한."

사흘이 지나간 뒤 곧 석 달이 흘러갔다. 그동안 그들 소대에서 세 사람이 쓰러졌다. 그들은 마른 풀더미 위에서 하룻밤을 지낸 다음, 그 이튿날 전우들이 작업장에 나간 사이에 들것에 들려 나갔다. 그리고 두 사람이 딴 데로 옮겨 갔다. 그들이 어디로 갔는지는 아무도 몰랐다. 충원은 없었

266

다. 그들은 그들의 머리를 맨 첫날 깎아주었던 사람들의 몰골을 차츰 닮아갔다.

그들은 두 번 진지를 이동했다. 한 번은 대대 이동이었고 또 한 번은 그들 소대만 딴 중대로 전속이 되었다. 두 번 다 밤중에 차량 이동이었다. 그들은 그들의 부대 위치를 짐작할 수 없었다.

작업 내용은 맨 처음과 같았다. 그들은 여전히 삼 인 일 개 조가 되어 높은 데를 헐어서 낮은 데를 메웠다. 가지고 들어온 근력은 동이 났지만, 일이 그렇게 힘든 것은 아니었다. 감시병도 그들에게 특별히 원한을 가지고 있지 않았다. 그러나 그들이 처음 가지고 있었던 석 달이나 반 년, 또는 일 년 후면 나갈지도 모른다는 희망을 아직 품고 있는 사람은 거의 없었다. 낙천적인 사람들이 삼 년이나 오 년으로 짐작을 하고 절망을 했다. 그들은 덜거덕거리는 뼈들의 힘으로 이제는 감시병도 두려워하지 않고, 흙을 파서 옮기는 일을 기계적으로 되풀이했다. 뼈와 가죽 사이에 살덩이가 끼어 있을 때 체력의 한계 같은 것이 있었지, 피로를 느낄 수 있는 근육층이 없어져버리자, 그들은 거의 무한한 체력을 가지고 있는 것처럼 보였다. 삼 년이 다 뭐냐, 삼십 년, 삼백 년 동안이라도 뼈와 가죽이 허옇게 성에가 낀 채 흙 파는 것을 되풀이할 수 있을 것 같았다.

감시하는 소총수는 대개 매일 교대되었지만, 더러 며칠씩 근무하는 수도 있었다. 보통 너덧새 터울로 같은 병정이 돌아왔다. 그들은 그날 그들의 작업을 누가 감시할 것인가에 대해서는 이미 관심이 없었다. 도대체 감시하는 사람이 있는지 없는지조차도 관심이 없을 정도였다. 감시병도 그들이 운반하는 흙의 분량이 혹 작더라도 작대기를 그어넣지 않는 일은 별로 없었고, 그저 고개를 갸우뚱해 보일 뿐이었다. 작대기를 안 그어봤자 그들은 겁을 먹지 않았다. 작대기 하나를 안 그어 넣은 것은 한 행비를 더 해야 한다는 뜻이었지만 한 행비는커녕 열 행비를 더 해도 그들의 직업 감각에는 아무 차이가 없었다. 감시병이 고개를 갸우뚱하면 그들도 아무 표정 없이 고개를 갸우뚱했는데, 어찌 보면 웃고 있는 것 같기도 했다. 혹, 무장하지 않은 소총수가 어디 가서 총을 들고 나와 그들을 쏘아 죽이겠다 고 하더라도, 그들은 고개를 갸우뚱하며 그런 표정을 할 것 같았다. 그것은 소총수의 것과는 다른 또 하나의 백치의 표정이었다. 바보는 바보를 만들었다. 그리고 그 천치에게는 작업을 더 하고 덜 하는 차이는 물론, 작업을 하고 안 하는 차이조차 없었다. 작업을 하는 것도 무의미했고, 하지 않는 것도 무의미했다. 그들은 감시 병정이 감탄할 만큼 꾸준히 흙을 팠다.

"언제부터 흙을 팠어?"

한 사람이 삽 가득히 흙을 파서 가마니때기 위에 쏟으며 혼잣말처럼 중얼거렸다.

"석 달 전부터지."

그 가마니때기에 매인 새끼 끝을 한쪽 어깨에 걸치고 그 사람과는 등을 대고 서 있는 사람이 가마니때기 위에 쌓이는 흙의 무게를 새끼줄로 가늠하면서 중얼거렸다.

"석 달?"

삽질하던 사람이 삽을 땅에 꽂고, 허리를 펴면서 중얼거렸다.

"여기 들어온 지가 그렇게 되었어."

새끼줄이 전달하는 흙의 무게가 양에 찼던지, 두 번째 사람이 허리를 굽히고 발바닥으로 땅을 차면서 말했다.

268

"평생을 파온 거 같구나."

허리를 펴고 선 사람이 팔목으로 코밑을 훔치면서 중얼거렸다. 그는 가마니때기를 끌고 가는 사람의 뒷모습을 바라보았다. 끌려가는 흙이 무거운지 그의 걸음걸이는 종교의식을 집전하는 승려의 걸음걸이처럼 장중했다. 그런데 가만 보니, 빈 가마니때기를 끌고 오는 사람의 걸음걸이도 그러하였다. 그리고 이쪽에서 흙을 파는 사람이나, 저쪽에서 그 흙을 받아 메우는 사람도 움직임이나 멈춰 있음이 한결같이 바윗덩어리 같았다.

"처음 이곳에 들어오던 때 생각나?"

그날 저녁 마른 풀 위에 누워서 그가 말했다.

"우리가 처음 들어온 곳은 이곳이 아니지. 우린 거기서 백 리는 떨어져 있을 거야."

"그때 우린 몇 시간을 기다리면서 불평을 했어. 그것이 이 사람들이 우리들에게 베풀어주는 처음이자 마지막의 가장 큰 인심인 줄은 모르고."

"그때 그 부대 정문 앞에서 행상들이 가지고 있는 음식을 모조리 사서 먹어버리는 건데. 그 여자들이 물건을 비싸게 팔았던 것은 고마운 일이었어."

"당신은 마지막 날 밤을 어떻게 지냈어? 집에서 말야."

"그날 저녁 나는 조금 늦게 집에 들어갔어. 당신은 하루 전에 알았다고 했지?"

"친구 덕분이었어. 각오는 하고 있었지만, 연락을 받자, 전화고 손님이고 일체 사절하고, 안방으로 들어가서 문을 닫아걸었어. 그리고 내가 좋아하는 안주를 시켜놓고 술을 마셨어. 밤에는 마누라를 옆에 눕혀 놓고 사타구니를 주물렀지. 우리 마누라는 미인이야. 남자가 돈 벌어서 무엇하겠어. 지금도 곱슬곱슬한 터럭의 감촉이 손가락 끝을 간질이는군. 정작, 마지막 밤은 부대 앞에서 혼자 민박을 했지만 말야."

"나도 술을 했지. 비파주를 한 잔씩 따랐어."

"비파주! 그렇지."

"그러고는 이야기를 했어."

"누구와?"

"마누라와."

"무슨 이야기?"

"이런 이야기, 저런 이야기. 허수아비가 꼭두각시와 주구로 변하는 이야기."

"주구라니, 붉은 개?"

"달리는 개. 그러고는 잤어."

"그냥?"

"그냥일 리가 있어?"

"당신 마누라도 미인이야?"

"제 각시를 미인이라고 생각하는 사람이 어디 있어? 터럭이 곱슬곱슬한 것은 당신 마누라와 같은가 봐."

"제 마누라 미인이라고 생각하면 안 돼? 지는 나를 걱정하고 있겠지만, 나는 지가 불쌍탄 말야. 이런 내 몰골을 보면 얼마나 슬퍼할까."

"난, 당신이 더 급할 것 같아."

"남자가 처자식 아니면 급할 게 뭐 있겠어. 나 한 사람이야 여기서 보는 사람만 없다면, 이렇게 천천히 죽어가도 욕될 거 없지. 그렇지만 처자식들이 나 없이 노두를 헤맨다면, 그게 무슨 꼴이겠어."

"만물점은 어떻게 하고 길거리를 헤매?"

"나 없이도 만물점이야? 장사가 쉬운 것 같아도 아무나 할 수 있는 게 아냐. 장사를 돈 가지고 혼자서 재주부리는 거라고 생각하면 안 되지. 남에게 신용을 받고, 그 신용을 쪼개서 또 딴 남에게 주는 것이 장사야. 신용을 못 받아도 일이 꾀고, 받은 신용을 잘못 나눠줘도 일이 어긋나지. 신용을 주고받는 사이에 운 좋게 떠 있자니, 그게 어디 보통으로 어려운 일인가. 믿을 놈, 조심해야 할 놈, 줄 놈, 안 줄 놈, 줘도 많이 줄 놈, 작게 줄 놈. 이런 것들을 어떻게 다 아녀자가 알아보겠어. 나 없는 대식만물점은 대식만물점이 아니라, 딴 만물점이야. 난 지금 그것이 어떤 딴 만물점이 되어 있는가가 내 뼈가 닳아지는 것보다 더 걱정이 되어. 그리고 내가 떠날 때 큰놈은 유행성 감기에 걸려 있었어."

8275는 깊이 한숨을 내쉬었다. 그래서 듣고 있던 8273은 어둠 속에서 고개를 주억거렸다.

"하긴 자기 죽은 뒷일 걱정하는 수도 있지. 그렇지만 우리 지금 이 형편에 근심을 하면 뭘 하겠어. 아무 소용 없지."

"소용이 있어서 마음을 쓰고 없다고 안 쓰요?"

"그야, 소용이 없어서 더 염려가 되겠지. 그렇지만 밖에 있는 사람들이야 다 어떻게 사는 수가 또 생길 테니, 우리는 우리들 죽을 일이나 챙겨야지."

"우리들 죽을 일 채비가 뭐 따로 있어? 그런 거 신경 쓰는 것이 우리들 죽을 일 준비하는 거지."

3. 선택

며칠 뒤 8275는 작업장에서 감시병에게 다가갔다.

"소총수님, 부탁이 있는데요."

"뭐냐?"

"잠깐 얘기 좀 할 수 있을까요."

"할 수 있다. 잠깐이라면."

"소총수님, 우리 집은 부자입니다."

"새끼." 소총수는 웃었다. "너희 집은 여기야."

"소총수님은 언제고 외박 나갈 때가 있으시겠지요. 그때 소총수님은 어디엔가 가시게 되겠지요. 제가 일러드리는 데로 가시면, 소총수님은 훌륭한 대접을 받을 수 있어요."

"너의 부탁이 뭐냐?"

"소식입니다."

"너의 이야기를 밖에다 전하는 것은 군사기밀 누설이다."

"저의 소식이 아니고, 집 소식을 저에게 알려주시면 됩니다."

"알았다. 나는 어제 휴가에서 돌아왔다. 소총수에게는 일 년에 한 번씩 휴가가 돌아온다."

"아, 그래요? 언제고 나갈 기회가 있으시면, 팔천이백칠십오 번을 잊지 마세요."

그는 일주일을 기다렸다. 다시 그들의 감시병으로 나타난 그 소총수가 작업이 끝난 다음, 천막 앞에서 해산할 때 그를 손짓해 불렀다.

"너, 나한테 한 얘기 딴 군인에게 했냐?"

"아니오, 하지 않았어요."

"그럼 됐다. 내일 내가 쌍퉁으로 출장나간다."

"그래요? 거기가 바로 우리 집인데요!"

"알고 있다."

"짤막하게 편지 하나 쓸 수 없을까요?"

"없다. 주소만 말해라."

"중구 이십사 번가 서쪽 백육십오 번집니다."

"복잡하다."

"찾기는 아주 쉽습니다."

그는 우체국 네거리에서 시작되는 대식만물점의 약도를 설명했다. 소총수는 그의 주소와 중요 지형지물을 수첩에 적어넣었다.

"너야 찾기가 쉽겠지." 그가 말했다.

"제 집사람에게 집안 사정을 잘 좀 물어봐주십시오. 그리고 제가 건강하게 잘 있으니 걱정할 것 없다고 전해주십시오."

"집안 소식은 잘 알아보겠다. 그러나 너의 소식은 한 마디도 전할 수 없다."

열흘이 지나갔다. 그동안 그는 눈에 띄게 생기가 되살아났다. 꺼져가는 잿불의 마지막 작열과도 같았다. 마침내 그 소총수가 그들의 감시병으로 돌아왔다. 그는 가슴이 뛰었다. 작업 중 그는 줄곧 소총수의 눈치를 살폈지만 소총수는 그를 알은체하지 않았다. 그는 일과가 끝날 때까지 기다리기로 했다. 열흘을 기다렸는데 하루 낮을 못 기다릴 것이 없었다. 그러나 작업이 끝나고 막사 앞에 와서 해산을 했을 때, 그가 이제는 그를 손짓해 부르겠지 하고 우물우물하고 있는 사이에 소총수는 돌아서서 지휘소 막사 쪽으로 뚜벅뚜벅 걸어갔다. 그는 그때 뛰어갈 수도 있었지만, 발이 떨어지지 않았다. 그는 뒤통수를 한 대 얻어맞은 사람처럼 멍하게 서서, 사라져가는 소총수의 뒷모습을 바라보았다.

다행히 그 이튿날에도 그 소총수가 감시를 나왔다.

그는 일과 끝까지 기다리지 않기로 했다. 차례가 아니었지만 그는 운반조가 되어, 빈 가마니때기를 끌고 돌아오다가, 소총수 옆에서 걸음을 멈췄다.

"소총수님, 다녀오셨습니까?"

"그래, 다녀왔다."

"저희 집은 못 들리셨습니까?"

"네 부탁을 잊은 건 아닌데, 내가 조금 바빴다. 집을 찾지 못했어."

"아, 그러셨어요? 다음 나가는 분에게 부탁드릴 땐 집 약도를 더 자세히 말씀드려야 되겠군요."

"그럴 필요가 없다."

그는 왈칵 눈물이 나오려 했다. 그리고 악명 높은 동원 명령서를 받은 이래 그때까지 한 번도 운 적이 없다는 것을 깨달았다. 그는 두 눈을 껌벅거리면서 빈 가마니때기를 질질 끌고 흙 파는 사람에게로 갔다.

"더 이야기하지그래. 허리 좀 펴고 섰으니까 살 것 같은데."

흙파기가 말했다. 그는 들어오던 날 정문 초소에서 정강이뼈를 깨인 사람이었다. 그 자리에 8273만 서 있었더라도, 그는 눈물을 흘렸을 것 같았다. 아니, 8273이 아니라 정강이를 깨인 사람이 서 있었다 하더라도, 말 없이 쳐다만 보아주었더라면, 그는 눈물을 흘리지 않을 수 없었을 것 같았다. 8273은 어떻게 그가 지난 열흘 동안을 그날 하루를 위해서 살았는가를 잘 알고 있었다. 작업이 끝난 다음 그는 더 처질 수가 없이 처량한 8275의 어깨 곁으로 다가왔다. 그리고 그의 얼굴을 조심스럽게 들여다보았다. 그때 그보다 먼저 그 처량한 어깨를 두드리는 사람이 있었다. 소총수였다.

"와라."

소총수는 그를 데리고 한쪽으로 갔다. 그리고 나지막하지만 분명한 목소리로 말했다.

"내 말 잘 들어라. 나는 너의 집을 찾지 못했다. 너가 일러준 곳에 대식 만물점은 있었다. 그리고 나는 거기서 좋은 안주와 값비싼 술로 잘 대접을 받았다. 그러나 거기에는 딴 사람이 살고 있었다. 얼마 전에 주인이 바뀌었다고 한다. 그는 너를 그의 훌륭한 친구라고 말했다. 그리고 너의 안부에 대해서 깊은 관심을 가지고 있었다. 물론 나는 너에 대한 이야기는 한 마디도 하지 않았다. 이젠 되었느냐?"

"그 사람의 이름이 무엇인지 기억하십니까?"

"잊었다. 두꺼비처럼, 키가 작고 얼굴이 검고, 큰 눈이 툭 튀어나와 있었다."

"감사합니다, 소총수님. 충분하고 남습니다. 어린애들은 모두 잘 있었을까요?"

"기본학교 오 학년인가 되는 큰애가 학교 시험에서 일등을 한 모양이더라."

천막 앞으로 돌아온 그는 8273이 묻는 말에 아무 대답도 하지 않았다. 그러나 밤에 마른 풀 위에 나란히 눕자, 그가 컴컴한 허공을 응시하면서 혼잣말처럼 중얼거렸다.

"우리 집은 다 잘 있대. 애들은 학교에서 일등을 하고, 가게도 아마 잘되는 모양이야. 성청 산업국의 중요한 자리에 있는 내 친구가 잘 봐주고 있다는군."

"다행이야. 난 뭐가 잘못된 줄 알았지. 가게는 당신이 할 때보다 더 잘될지 모르겠군."

"그건 또 왜?"

"남자들이란 남자보다 여자를 더 도와주고 싶어 하거던."

"바로 그건가 봐."

8273은 조금 지나쳤다는 기분이 들었다. 그가 너무 풀이 죽은 듯해서 일부러 농담을 한 것인데, 그가 그것을 진담으로 받아버리자, 조금 이상해져서 입을 다물고 잠자코 있었다. 침묵이 퍽 자연스럽게 한동안 계속되었다.

"당신 그 알약 실험 아직 못했지?"

8275가 그를 향해 돌아누우면서 말했다.

"알약 실험? 응, 아직 못했어."

"내가 흰쥐를 구해줄까?"

"흰쥐를 어디서 구해?"

"꼭 흰쥐라야만 되나?"

"사람이면 더욱 좋지."

"그럼 됐네. 나한테 하게."

"당신한테? 알약 실험을?"

"왜, 안 되겠어?"

"미안하지만, 거절하겠네."

"어째서?"

"약은 두 알뿐이야. 그리고 그것은 틀림없이 일인분이네."

그는 처음 부대에 들어왔을 때, 소지품과 옷을 홀랑 빼앗기는 바람에, 후옹이 보내준 소화제와 진통제를 잃었었다. 그러나 더 애석했던 것은 그가 아무도 모르게 속곳 고무줄 넣은 데에다 감춰가지고 들어왔던 독약을 빼앗긴 일이었다. 얼마 후에 만물점 주인이 그도 바짓가랑이에다가 아편을 숨겨가지고 들어왔었다고 이야기했을 때, 그는 문득 그들이 입고 있는 옷이 그들의 선배가 그들과 똑같은 방법으로 빼앗긴 옷이라는 사실을 깨달았다. 그리고 그들의 선배의 형편이 그들의 형편과 별로 다르지 않다는 것을 생각해냈다. 그는 즉시 그가 입고 있는 옷가지들을 샅샅이 뒤졌다. 아무것도 없었다. 8275가 입고 있는 옷도 뒤졌다. 역시 아무것도 나오지 않았다. 군인들이 그들보다 먼저 그 옷들을 조사했음이 분명했다. 그러나 그는 그만두지 않고, 이런저런 핑계를 둘러대면서 동료들의 몸수색을 계속했다. 그러던 어느 날, 그가 땅 메우기를 하고 있을 때, 그 옆에서 작업하던 사람이 잠시 허리를 펴고 서서 고의춤을 깠다. 육감에선지, 습관이 되다시피 한 집념에선지, 그도 냉큼 그 옆에 달라붙어서 바지 앞단추를 땄다. 그리고 그의 속옷 허리에서 그가 지금 가지고 있는 알약 두 개를 찾아냈다.

"뱃속이 거북하시오? 이렇게 문지르면 조금 낫지요."

그는 그 사람의 배를 문지르는 척하면서 약이 들어 있는 것을 확인한 다음 "이따 일과가 끝난 뒤에 더 합시다. 많이 좋아질 수 있겠어요."라고 말했다. 그리고 일과가 끝난 다음에 그의 배를 슬슬 문지르면서 주인도 모르게 알약 두 개를 꺼냈다. 그 사람은 "어디 병원에서 조수했소? 시원한데요."라고 말하고, 흡족한 표정을 했었다.

그는 그 약의 효험을 알지 못했다. 그것을 알기 위해서는 동물실험을 해야 했는데, 실험을 하고 나면 정작 쓸 약이 없어져버릴 판이었다. 그러한 귀중한 실험을 아무에게나 할 수는 없었다. 그 약은 그 약을 사용할 사람에게 실험을 하는 수밖에 없었다. 그래 가지고, 다행히 성공하면 제대로 사용한 것이 되고, 실패하면 실험이 될 것이었다. 그런데 그 약을 사용할 사람은 따로 있었다.

"당신 안 좋은 일 있지? 큰애 감기가 덜 나았어? 가게에 무슨 사고가 있었나? 누가 아팠어? 친구가 돌봐준다는 게 거짓말이야?"

알약을 속도 모르고 그전부터 서로 탐내었던 것은 사실이었다. 그러나 실험을 원하기까지는 않았었다.

"나에게 동원령이 떨어질 것을 미리 알려주었던 친구가 나의 처와, 자식들과, 가게를 다 차지했어. 동원명령을 미리 알려준 것과 동원명령이 떨어진 것 사이에 아무 관계가 없을까? 그것이 궁금하군."

8273은 그의 불편과 불행을 종종 농담으로 비꼬아주곤 했었다. 그것은 자신의 처지를 한탄하는 자조와도 같은 것이었다. 지금 그는 8275의 처량함을 그의 아픔으로 받아들이고 있었다. 만일 그가 가지고 있는 알약이 용처만 틀림없다면, 그는 그 알약을 어둠 속으로 말없이 손을 뻗쳐 그에게 건네주고 싶었다. 며칠 뒤, 대식만물점의 주인은 작업장 한 모퉁이에 있는 나뭇가지에다가 목을 매고 죽었다.

8273은 그의 눈으로 그 현장을 보았다. 축 늘어진 발끝과 땅 사이에는 불과 십 센티 정도의 거리밖에 없었다. 그 십 센티가 그를 죽인 모양이었다. 앞에 삽 한 자루가 엎어져 있는 것으로 보아, 그는 삽날 위에 두 발을 올려놓음으로서 치명의 십 센티를 만들어내었던 모양이었다. 8273은 선택을 해야 할 때가 왔다는 것을 알았다. 후웅한테 전화를 하든지, 성분 불명의 알약을 실험하든지.

"동원병은 전화를 할 수 없다."

중대 지휘소 막사의 병장이 책상 위에 얹어놓은 발끝을 까딱거리면서 말했다. 각오는 하고 갔지만, 그는 가슴이 철렁 내려앉았다. 전화를 할 수 없다는 낭패라기보다 동원병의 신분을 새삼 깨달은 데서 오는 절망감이었다.

"딱 한 마디만 어떻게 안 될까요? 요금은 저쪽 부담으로 하고요. 이쪽에서 전화가 왔다는 것만 저쪽에서 알면 됩니다만."

"전쟁성 예산을 걱정해줘서 고맙다만, 한 마디나 여러 마디나 마찬가지다. 중대에는 민간 전화가 없다."

"어디 가면 민간 전화를 할 수 있을까요?"

"너 설마 대대장실로 뛰어가겠다는 건 아니겠지?"

"지금 곧 대대장실로 뛰어가겠습니다. 그러나 중대 지휘소에 들렀다는 말은 하지 않겠습니다."

그는 경악한 병장이 의자에서 채 일어나기도 전에 중대 지휘소 막사를 뛰어나왔다. 그리고 세 번씩이나 넘어지면서 대대 지휘부를 향하여 어둠 속을 달려갔다.

"뭐냐?"

"대대장님께 부탁이 있습니다."

"무슨 부탁이냐?"

"집에 전화를 하고 싶습니다."

"뭐? 너는 누구냐?"

"팔 중대 오 소대 소속 동원병 팔이칠삼입니다."

당직 하사는 분통이 터지는 모양이었다. 그가 옆에 있는 당직 조수에게 말했다.

"동원병이 어떻게 일몰 후에 인솔자 없이 영내를 유동하느냐? 오늘 밤 팔 중대는 누구냐? 당장 뛰어오라고 전화해라."

그러자 당직 조수는, 오장이었는데, 어슬렁어슬렁 지휘부 막사 안으로 들어가면서, "난 팔 중대 놈들이 항상 비위에 안 맞는단 말야,"라고 투덜댔다.

"대대장님은 사단 연회에 참석 중이다. 너를 만나기 위해서 지금 뛰어 올 수가 없다. 긴급한 일 같으면 당직 사령이 알아서 한다. 너의 전화는 긴급한 것이냐?"

당직 하사가 말했다.

"아닙니다. 하사님. 일주일이 걸리더라도 하게만 해주시면 감사하겠습니다."

"그건 안 된다. 긴급한 경우가 아니면 동원병은 전화를 할 수 없다."

"긴급하진 않지만, 아주 중요한 전홥니다, 하사님."

"누구한테 중요하단 말이냐? 너한테? 그건 네가 정할 문제가 아니다. 집이냐?"

"아닙니다."

"그럼 어디냐."

"보건성 전염병 과장, 후옹 박삽니다."

"전염병 과장? 집이 아니냐?"

"아닙니다."

그때 막사에서 당직 조수가 나왔다. 하사가 그에게 물었다.

"바둑은 끝났냐?"

"새로 시작했는데요."

"새끼, 귀찮구나. 넌 나를 귀찮게 하고 있어."

하사가 다시 그를 향해서 말했다. 그리고 의자에서 일어서서 막사 안으로 들어갔다.

"당직 사령님, 동원병이 전화를 하겠다는데요."

당직 사령은 대위였는데, 검은 돌 하나를 손가락 사위에 끼고 바둑판을 집어삼킬 듯이 들여다보고 있었다.

"뭐가 어떻다고?"

당직 사령이 손가락 사이의 돌을 바둑판 위에 올려놓으면서 말했다.

"동원병이 전화를 하겠대."

러닝셔츠 바람으로 앉아서 하얀 돌들을 손가락들 사이로 찰싹거리고 있던 사람이 말했다.

"부대대장님 말씀이 맞는가?"

"예, 당직 사령님."

"당직 하사는 그걸 나에게 보고해야 된다고 생각하나?"

부대대장은 하얀 돌 하나를 바둑판 위에 올려놓았다.

"중요한 전화랍니다."

"무슨 전환데?"

"유행병 과장에게 걸겠답니다."

"유행병 과장?" 당직 사령은 부대대장이 놓은 돌 바로 옆에 검은 돌을 놓았다. "무슨 돌림병 과장?"

"보건성 돌림병 과장이랍니다."

"보건성?"

당직 사령이 처음으로 하사를 쳐다보았다.

"예, 당직 사령님."

"보건성 놈들이 우리와 무슨 상관이 있어? 보건성 놈들에게 할 전화가 우리에게 무엇이 중요하단 말야?"

"동원병과 보건성 사람 인적 사항만 적어놓고 보내라."

"부대대장님 말씀대로 해."

"예, 당직 사령님."

당직 하사는 당직 사령의 눈이 다시 바둑판 위로 돌아가는 것을 보고 막사를 나왔다.

막사 밖에는 팔 중대 당직병이 와서 기다리고 있었다.

"너냐? 이 새끼, 동원병은 왜 대대로 보내냐? 술 먹었냐? 먹었구나. 적어라, 조수. 팔 중대, 근무 중 음주. 유동 병력 발생. 동원병 인적 사항과 보건성 과장놈 인적 사항도 적어둬라."

하사가 팔 중대 당직병 앞으로 다가가서, 그의 다리를 사정없이 발길로 찼다. 병장은 비칠비칠 쓰러졌지만 곧 다시 일어섰다.

"가, 이 새끼!"

그러나 병장은 당직 조수가 동원병에게 인적 사항들을 다 물을 때까지 기다렸다. 그러고는 그를 인솔하여 중대로 돌아갔다.

중대 지휘소 막사로 돌아오자, 그는 의자에 앉아서 아까처럼 두 다리를 책상 위로 뻗었다. 그리고 한참 허공을 바라보고 있다가 느닷없이 소리를 질렀다.

"뭣하러 대대에 갔냐?"

"전화하러 갔습니다."

"누가 보냈냐?"

"아무도 안 보냈습니다."

"됐다. 몇 소대냐?"

"오 소댑니다."

"내일부터 삼 일간, 급식은 반으로 줄이고, 작업량은 배로 늘린다, 소대원 전원."

"나 혼자 벌을 받게 해주십시오."

"나가라, 이 새끼. 벌을 내리는 것은 나다. 너가 나를 네 맘대로 할 테냐?"

"전화를 한 건 나 혼잡니다."

"전화를 했냐?"

"못했습니다."

"무슨 전화냐? 네 친구더러 네 마누라 잘 봐달라는 부탁 전화냐? 이 바보 새끼! 그런 건 너가 걱정할 일이 아니야. 네가 걱정하지 않아도, 네 마누라는 심심하고, 네 친구는 몸이 근질근질하게 돼 있어. 늘어나고 줄어드는 것들이 되어서, 너가 걱정 안 해도 다 잘 맞아 들어가게 돼 있어."

"그런 전화가 아닙니다."

"그럼 무슨 전화냐? 마누라 건드리지 말라는 전화냐? 바보 새끼. 여자란 서방 옆에 앉혀놓고 주전부리한다. 너가 마누라 굶긴 지가 하루냐 이틀이냐? 네 마누라라고 언제까지 굶을 수야 없지 않느냐? 마누라는 마주

보고 있을 때 마누라지, 돌아서면 남이다. 바보 새끼."

"친구에게 전화하려던 것은 사실입니다만, 마누라 얘기하려고 그런 건 아닙니다. 나는 나의 일이 너무 급해서 남의 일을 걱정할 틈이 없습니다."

"옳은 말이다. 너는 그렇게 바보가 아닌 모양이구나. 좋았다. 너 혼자만 벌을 주도록 하마. 그 대신 기간을 닷새로 연장한다."

8273은 닷새 동안 벌을 받았다. 하루 두 끼 주던 밥은 아침 한 끼로 줄어들었고, 작업은 저녁을 굶은 채 밤 열두 시까지 했다. 그는 별빛 아래서 혼자 파고, 혼자 나르고, 혼자 메웠다. 낮에는 파기, 나르기, 메우기 셋 중 어느 하나를 백 번 했고, 밤에는 그 셋 모두를 혼자서 서른세 번 했다. 8275의 목을 조른 나뭇가지가 한 모퉁이에 그림자처럼 을씨년스럽게 서 있었지만, 아무도 그가 자살할 것을 걱정하지 않았다. 그들은 그가 자살하기 전에 쓰러지리라고 생각했다. 그가 이슬에 함초롬히 젖어 천막 한구석을 비집고 들어와서 쓰러지면, 그들은 그것이 그의 마지막일지도 모른다고 생각했다. 그러나 그는 닷새를 버텼다. 그리고 엿새째 되는 날 마침내 쓰러졌다.

그는 정신이 맑아지고 마음이 한없이 조용해지는 것을 느꼈다. 그래서 그는 이제 속세와의 모질고 질긴 끈이 끊어지나 보다고 생각했다. 그는 의식을 잃었다.

"내일쯤 들것에 실어서 치워야 할 겁니다."

그가 정신이 조금 들었을 때, 그런 소리가 들려왔다. 그는 아득하게 먼 옛날의 행복한 잠에서 깨어나고 있는 것 같았다.

"정신이 드는 모양이다."

"대개 한 번쯤은 깨어나죠."

"대대장님께 전화를 해야겠다."

그는 눈을 떴다. 누군가가 눈부시게 쏟아지는 햇빛 속으로 티끌 먼지를 부옇게 일으키면서 천막을 빠져나가는 것이 보였다.

"정신이 드냐? 대대장님이 너를 찾고 있다. 하루만 기다리면 일이 조용하게 끝날 텐데, 왜 대대에서 수선을 피우는지 모르겠다."

잠시 후 대대에서 온 오장이 천막 끝을 들치고 들어왔다. 중대의 병장이 조금 볼멘소리로 물었다.

"대대에서 뭐라고 해요?"

"곧 진중 의사가 온다."

"의사가 와요? 장의사가 아니고요?"

"장의사야 너희 중대에도 많이 있잖어?"

"의사가 오면 팔 중대원 전원을 다 봐야 할 거요."

"사열하냐?"

곧 의사가 왔다. 그리고 의사와 함께 대대장도 왔다. 대대장은 소좌였다. 의사는 마른 풀 위에 누워 있는 사람의 눈꺼풀을 까보았다. 그리고 가슴 위를 몇 군데 두들겨보고는, 주사기를 꺼냈다. 처음에는 팔에다가 알코올 솜을 문질렀지만, 안 되겠는지 그를 옆으로 눕게 하고 거의 허리께에 가까운 엉덩이에다가 주사를 놓았다.

"바늘 꽂을 데가 없군."

의사가 일어서면서 말했다. 다 끝난 모양이었다.

"어때요, 용태가?"

대대장이 물었다.

"며칠은 가겠습니다."

의사가 직업 도구를 주섬주섬 챙겨가지고 천막 밖으로 나갔다. 대대장도 따라나갔다. 대대에서 나온 오장과 중대의 병장은 서로 얼굴을 마주보았다. 이렇다면야 원, 의사가 온다고 좋아할 것도 없고, 안 온다고 서러워할 것도 없지 않으냐! 그들은 풀 위에 누워 있는 사람을 바라보았다. 그는 허공을 향해서 두 눈을 껌뻑거리고 있었다.

"항상 하는 얘기지만, 저는 보급관이 와야 할 데를 또 잘못 왔어요. 보급관이면 제가 한 사람을 치료하는 경비를 가지고 열 사람을 건강하게 만들 수 있어요. 역시 저는 군대에서는 아직 낭비인 것 같아요."

천막 밖에서 의사가 말했다.

"저 사람들 일 개 소대를 한 달 수용하는 경비로 삽차를 한 대만 빌리면, 저 사람들이 한 달 동안에 하는 작업을 사흘에 해치울 수 있다는 계산이 나와 있어요."

대대장이 말했다.

"그럼 왜 그렇게 안 해요?"

의사가 이해할 수 없다는 표정으로 대대장을 쳐다보았다.

"그러니까 당신을 정책 결정에 끼워주지 않지요."

"그래요?" 의사가 말했다. "결국 같은 얘기지만 나는 조금 다르게 생각해요. 나를 정책 결정에 끼워 주지 않으니까 그런 결정이 나오지요."

"그렇지만 당신도 정책 결정에 끼이게 되면, 생각이 조금 달라질 거요."

"그러니, 나는 그런 데에 끼이기보다는 연대장 숙소 같은 데나 부지런히 돌아다니면서 병이나 고치고 있는 것이 낫지요. 의사가 생각이 달라지면 어떻게 사람을 치료하겠어요?"

"연대장 숙소에 누가 아팠소?"

"둘째아들이 나무에서 뛰어내리다가 발목을 삐었어요. 무슨 애들을 그렇게 막되게 기르는지. 나는 지금 거기에 가봐야 되겠어요."

"저 사람을 살릴 수는 없소?"

"물론 있지요."

"어떻게요?"

"우리들이 그를 죽이지만 않으면 돼요."

"가만 놔두란 말이오?"

"넉 달 전엔, 그랬으면 되었지요. 넉 달 전엔 그는 가만 내버려두면 살 사람이었어요. 두 달 전엔 건초더미 속에 처박아두고, 작업을 시키면서도, 밥만 제대로 먹여주었더라면, 그는 살았어요. 한 달 전엔, 작업을 중지하고, 급식을 정상화했더라면, 건초더미 속에서도 그는 살았어요. 일주일 전엔, 대대 병실 정도에다 눕히고, 값싼 영양제나 주사하면서 안정을 시켰더라면, 그는 살았어요."

"지금 말하시오, 지금. 지금은 어떻소?"

"지금은 조오끔 늦은 것 같아요. 지금도 그 사람이 석 달 땅을 파서 받은 임금으로 하루 입원 경비를 대기가 힘든 쌍통 시내 정밀 종합병원에 당장 데리고 가서, 의사와 간호원이 하루 이십사 시간 감시하는 가운데 집중적 치료를 하면, 아직 살 수 있어요. 사람을 망가뜨리기는 쉬워도 망가진 사람 두들겨 맞추기는 어려워요. 저 사람을 보면 망가뜨리기도 힘들다는 생각이 들지만."

"대대 병실 가지고는 안 되겠소?"

"저 사람에게는 여기나 대대 병실이나 별 차이가 없어요."

"대대 병실은 저 사람이 아니라, 작업 나간 저 사람 동료들이 들어가야 되겠지요, 당신 말을 따르자면."

"그렇지요. 지금 당장."

"그 사람들을 다 집어넣자면, 대대를 병실로 만들어야 되겠소."

"바로 보셨습니다. 저 사람들을 살리려면 지금 당장 대대를 하나의 병실로 만들어야 해요. 대대 병실은 대대장님 지휘하에 있지요? 저 사람들을 살리는 일은 아직은 대대장님 능력 안에 있습니다. 할 수 있는 일부터 하세요. 조금 있으면 그들을 살리는 일도 대대장님 능력 밖으로 빠져나갑니다. 저 사람들 빼내는 것은 사단장님 결심이 있어야 되겠지요?"

"물론이오. 그리고 몇 사람을 대대 병실에 집어넣는 것은 대대장이 하는 일이지만, 대대를 병실로 만드는 것도 대대장의 힘 밖에 있소."

"그런데, 대대장님이 원하든 원치 않든 간에, 대대는 이미 하나의 커다란 병실이 되어버렸다는 데에 문제가 있지요."

의사는 연대장 아들의 발목에서 부목을 빼주기 위하여 연대장 숙소로 갔다. 그리고 대대장은 밖에 나와 있는 병정 둘과 함께 천막 속으로 들어갔다. 8273은 탈진한 모습으로 누워서 천막 천장을 쳐다보고 있었다.

"좀 어떠냐? 정신이 드냐? 지금도 전화가 하고 싶으냐?"

"물, 물 좀 주세요."

대대장이 돌아보기 전에 중대의 병장이 천막을 빠져나갔다. 그리고 이내 물주전자와 잔을 가지고 왔는데, 그 뒤를 따라 팔 중대장이 들어왔다. 대대장은 말없이 고개를 끄덕거려서 중대장의 인사를 받았다. 병장이 잔에 물을 따라 죽어가는 사람의 입술을 축여주었다.

"지금도 전화를 하고 싶으냐?"

고개를 움직이는 것조차 귀찮은 듯 꼼짝 않고 누워서 움푹 팬 눈꺼풀로 껌뻑껌뻑 눈동자에 습기를 바르고 있던 8273은 분명히 머리를 가로저었다. 이미 전화를 걸고 싶은 마음은 없어져버린 모양이었다.

"누구에게 전화를 하려 했었느냐?"

"친구에게, 살려달라고, 전화하려 했는데, 이젠 소용이 없습니다."

"후옹 박사가 너의 친구냐?"

8273은 머리를 끄덕거렸다.

"일주일 전, 사단 연회에서 후옹 박사를 만났다. 너가 전화를 하기 위해서 나의 방에 왔던 날 저녁이다. 그는 전염병 과장이 아니라, 방역국장이다. 후옹 국장은 동원병 하나를 열심히 찾고 있었다. 그러나 그는 물론, 나도 그 동원병이 나의 대대에 있는 줄은 몰랐다. 나는 지금 후옹 국장에게 전화를 하려 한다. 무슨 전할 말은 없느냐?"

"없습니다."

8273은 머리를 가로저었다.

"내가 가지고 있는 대대 병실은 여기보다 나은 것이 별로 없다. 너를 그리로 옮겨서 더운 물과 가벼운 음식을 제공하는 것이 내가 베풀 수 있는 친절의 전부다. 너는 지금 곧 좋은 민간 병원으로 가면 생명을 건질 수 있다는 의사 소견이 있었다. 동원병을 부대 밖으로 내보내는 것은 어려운 일이다. 그러나 나는 그것을 허락해달라고 건의하겠다."

"여기 그냥, 누워 있겠습니다. 그 허가나 빨리 나오게 해주시면 좋겠습니다."

"이대로가 좋다면, 그냥 누워 있어라. 그러나 그 허가가 빨리 나오는 것은 내가 장담할 수 없다."

"늦어도, 좋습니다. 나오게만 해주십시오."

대대장은 그를 굽어보면서 머리를 끄덕거렸다. 그리고 천막 밖으로 빠져나갔다.

중대장과 오장은 대대장을 따라 밖으로 나갔지만 병장은 그대로 그 옆에 쭈그리고 앉아 있었다. 8273은 고맙다는 표시인지 그를 향해서 눈을 지그시 감았다 떠보였다.

"방금 그 사람은 누구입니까? 당직 사령입니까?"

8273이 물었다.

"대대장님이다."

병장이 말했다.

"대대장님. 대대장님이면 되겠지요?"

"뭐 말이냐? 허가 말이냐?"

8273은 고개를 끄덕거렸다.

"될 거다, 잘은 모르지만. 그러나 너가 죽은 다음에 허가가 나오면 무슨 소용이 있냐?"

그는 눈을 지그시 감고 아무 말도 하지 않았다.

"서류가 사단장의 책상 위에 올라갈 때까지, 너가 살아서 숨을 쉬고 있을 것 같으냐?"

그는 눈을 감은 채 머리를 내저었다. 병장은 그를 잠시 지켜보았다.

"뭐 먹고 싶은 거 없냐? 물을 더 마실 테냐?"

그에게 닷새의 형벌을 내린 병장이 말했다. 8273은 평화롭게 누워서 조용히 숨을 쉬고 있었다. 아마 주사약 기운이 도는 모양이었다. 병장이 살며시 자리에서 일어섰다.

"포도주가 먹고 싶습니다."

그가 들릴락 말락 하게 말했다. 병장은 일어선 채, 고개를 숙이고, 물끄러미 그를 들여다보았다. 그리고 한참 있다가, 문득 그 옆에 엎드리면서, 그의 귀에다 대고 "너, 종유성사 해주랴?"라고 말했다. 8273의 눈이 번쩍 뜨였다.

"대대장님, 일주일 전에만 손을 썼더라도 쉬울걸 그랬습니다."

천막 밖에서 중대장이 대대장에게 말했다.

"당직 일지를 보고, 우리 대대에 보건성의 후옹 과장에게 전화하기를 원하는 동원병이 있다는 것은 알았지만, 그 후옹이 내가 만난 후옹 국장이라는 것은 어제사 알았지."

"그놈이 일주일만 참아줬더라면 좋았을걸 그랬군요. 사단장께서 허락해주실까요?"

"아마 안 하실 거야. 그런 청탁이 한둘이겠나, 밑에 거느린 병력이 얼만데? 그러나 허락이 나면 뭘 하겠나, 시체야 사단장의 허가 없이도 정문을 빠져나갈 수 있는데?"

"그러나 대대장님, 좀 다르겠지요. 제대로 하자면, 시체가 어디 가족에게 인계됩니까?"

"이 사람아, 죽은 뒤에 시체가 가족에게 인계되면 어떻고, 쓰레기 처리장에서 썩으면 어떤가? 죽은 사람이 뭘 알아?"

"하긴 그렇습니다. 눈에 흙이 들어간 다음에야 무엇이 보이겠습니까? 다만 뒤에 남은 가족들의 기분이 조금 다르겠지요."

"가족이 뭔가, 가족이? 죽은 사람이 눈을 감아버렸는데, 가족이 무슨 상관이야? 일단 눈을 감았으면 그것으로 끝이야. 자네, 팔십팔 연대의 어떤 하사 이야기 못 들었나? 그가 죽자 유가족이 두 개가 나타났어. 하나는 아버지와 동생이었고, 또 하나는 처와 세 살 난 아들이었어. 그들은 한 줌 재를 놓고 결사적으로 싸웠는데, 그것은 그 재에 전사자 포상금이 걸려 있기 때문이었어. 한쪽에서는 저쪽이 내연의 관계이기 때문에 법적 효력이 없다고 했고, 또 한쪽에서는 지난 오 년 동안 코빼기도 안 보이던 사람들이 죽기를 기다려서 느닷없이 나타난다는 것은 말이 안 된다고 맞섰어."

"그래서 어떻게 되었습니까?"

"팔 중대장 자네 같으면 어떻게 했겠나?"

"공평하게 나눠줘야지요."

"아마 그렇게 했을 걸세. 처음에 돈과 영현을 각각 놓고 하나씩 가져가라고 했더니, 잿더미는 서로 마다고 하더래. 부모형제 쪽에서는, 그동안 오래 길렀으니 최근에 만난 가족이 가져가야 할 것이 아니냐고 하고, 처자 쪽에서는 근래에 죽 같이 있었으니, 그동안 떨어져 있던 가족이 가져가야 될 거라고 하더래. 그래서 결국 돈은 반씩 나눠주고, 영현은 공동으로 인수하게 했을 거야."

"영현을 반으로 나눌 수야 없을 테지요."

"그 뒤로 무슨 말이 유행했는지 아나? '전사자 포상금은 죽기 전에 달라.'"

"아, 그 말이 그 끝에서 나왔구만요? 그러나 포상금이 없어져서 유해를 수령하러 오는 유족이 없으면 어떻게 하지요?"

"그것도 골치지. 무주총이 되니까. 그러나 그런 유족이라면 와봤자 반가울 것 없을 거야. 중대엔 별일 없지? 작업 군기는 좋은가?"

"예. 작업 성과가 좋습니다."

"성과가 문제가 아니야. 굶주린 동원병들이 땅을 파면 얼마를 파고, 메우면 얼마를 메우겠어? 작업은 그들이 여기에 있는 목적이 아니야. 그들이 메운 땅을 다음 부대가 다시 파지 않는다는 보장도 없어. 그들이 여기 있는 것은 군기 때문이다. 그들은 군기를 생활하기 위해서 왔어. 작업은 방법이야."

"예, 제 말씀이 바로 그겁니다. 작업 성과가 좋다는 말은 일을 많이 했다는 뜻이 아니고, 노동의 결과로 엄정한 군기가 유지될 수 있었다는 뜻입니다."

"그렇다고 일을 적게 해도 좋다는 이야기는 아니야."

"물론입니다. 작업요법의 비결은 작업에 있습니다."

"저 천막 속에 누워 있는 동원병을 잘 돌봐주게, 운이 없는 놈일세."

"저런 경우가 또 생길까요? 그렇다면, 미리 알면 아주 편리하겠는데요. 지금 저기 누워 있는 사람에게 가령 일주일쯤만 전에 지금 그에게 베풀고 있는 정성의 십분의 일만 보여주었더라면, 효과는 지금의 열 배는 되었을 테니까요."

"무슨 이야기야, 지금? 일주일쯤 전에 저 사람이 후옹 국장의 친구라는 것이 알려졌었다 하더라도, 저 사람은 작업장에 나가서 흙을 파고 있었어야 돼. 왜? 흙을 팔 수 있었으니까. 저 사람의 친구가 보건성의 국장이라는 사실은, 조사만 했었더라면, 일주일 전이 아니라, 넉 달 전에도 알 수 있었을 거야. 그게 어쨌다는 거야? 지금 작업장에서 일하고 있는 동원병들에게는 친구가 없어서 일을 시키고 있나? 후옹 국장은 의학 박사야. 지난 주 사단 영내 연회에서 그를 처음 만났을 때, 나는 의사의 환자 진단권을 놓고 그와 한 시간을 다퉜어. 단순한 생물학적 진단에 대한 정치, 사회, 역사학적 진단의 우위를 주장하는 나에게, 그는 환자 자체가 일차적으로 단순한 생물학적 존재라고 주장했어. 그는 정치, 경제, 사회 역사학도 인간에게, 환자도 인간인데, 역시 일차적이라는 사실을 모르고 있었어. 그는 동원병 한 사람을 열심히 찾고 있었는데, 그에 의하면, 그 동원병은 그의 모든 의학적 지식과 명예를 걸고, 도저히 동원되어서는 안 되는 사람이었어. 그 동원병은 동원되기 전부터 그에게 처방을 받아서 협심증 약을 복용하고 있었어. 의사로서 그가 동원되는 것을 바라만 보고 있는 것은 살인방조행위였어. 그에 의하면 그 동원병은 넉 달 안에 죽을 것이고, 안 죽으면 기적이었어. 나는 그것은 생물학적 판단이고, 사람이란 단순한 생물학적 존재 이상이기 때문에, 환경이 변하고 신분이 바뀌어 상황이 달라지면, 넉 달 사망설은 맞지 않을 수도 있고, 그것이 맞지 않는 것은 전혀 기적이 아니라고 말했어. 그리고 대대에 돌아와서 보니, 바로 그 동원병이 나의 대대에서 넉 달 만에 죽어가고 있었어. 그럴 경우, 내가 어떻게 해야 되겠어? 내가 취한 바로 그 행동밖에 없었어."

"알겠습니다. 대대장님."

"중대장은 쓸데없는 생각 말어. 여기 동원된 모든 사람들이 다 친구를 가지고 있고, 대부분이 도저히 동원될 수 없다는 의사 소견을 가지고 있다. 우리들은 그것을 무시했다. 그리고 대개의 경우 우리들이 옳았다. 틀렸을 경우, 저기 누워 있는 사람의 경우처럼, 틀렸다는 것이 분명해졌을 때, 그것을 예언한 의사의 의견을 존중하면 된다. 물론 너무 늦다. 그러나 틀렸을 경우 너무 늦지 않기 위해서 미리 의사의 주장을 존중해준다면, 옳게 될 경우에는 너무 이른 것이 된다. 너무 이른 것은 미리 포기하는 것이다. 틀릴 것도 해보지 않고 포기하면 서운한데, 옳을 것을 해보지도 않고 미리 그만둔다면 참을 수 없는 일이다. 다만 틀릴 것과 옳을 것은 틀려 버리고 옳아버리기 전에는 틀릴지 옳을지 분명치가 않으므로, 혹 자신 없는 사람들이 포기하고도 더러 애석한 줄 모르는 수가 있다."

대대장과 중대장이 이렇게 이야기하고 있을 때, 무슨 소린지 알 수 없는 나지막한 목소리가 천막 안으로부터 흘러 나왔다.

"8275가 죽자, 나는 견딜 수가 없었소. 그는 걱정해야 할 가족과 가게가 없어지자, 곧 죽었소. 나는 마침내 내가 가지고 있던 알약이 진짜 독약인가를 실험하기로 결심했소. 그리고 그 전에 마지막 수단으로 친구에게 전화를 하기 위해서 당신에게 갔소. 그러나 전화는 대대장실에까지 달려갔지만, 할 수가 없었소. 그때 만일 당신이 나에게 닷새 동안의 형벌을 내리는 일만 일어나지 않았더라면, 나는 닷새 전에 죽었소. 이제 나는 당신에게 깊이 감사하오. 닷새를 더 살게 해주어서 감사하고, 닷새를 참지 못해서 하마터면 놓칠 뻔했던 이 평화스러운 죽음을 만나게 해주어서 감사하오. 나는 집에서 가족과 친구들에게 둘러싸여 있어도 이보다 더 행복하게 죽을 수는 없소."

"그렇지만 나에게 감사를 하는 것은 나를 비꼬는 것이겠지요."

"아니오. 당신과 당신의 중대장들은 비꼬임을 받을 만큼 완전하지 못하오. 알고 하는 일도 값지지만, 모르고 하는 일도 값지오. 그것은 은총이오."

천막 밖에서는 대대장이 중대장과 이야기를 끝내고, 오장과 함께 대대 지휘부 쪽으로 갔고, 중대장은 기가 조금 죽어서 중대 지휘소로 터덜터덜 걸어갔다.

그 이튿날, 8273은 동료들이 작업 출장을 나가고 없는 사이에, 마른 풀더미 위에서 죽었다.

4. 회수

전화 신호가 울렸다. 기다리고 있었지만, 날카로운 쇳소리에 그녀는 깜짝 놀랐다. 그녀는 겁에 질려서 이층 층계 쪽을 힐끗 쳐다보고, 주춤주춤 전화기께로 다가가서 수화기를 집어들었다. 그것은 전화를 받기 위해서라기보다 쇠붙이 소리의 소름끼치는 되풀이를 막기 위한 것처럼 보였다. 전화기는 곧 잠잠해졌다. 그 대신 그녀의 축 늘어진 팔 끝에서 수화기가 목을 밟힌 난장이의 목소리와도 같은 소리를 뱉어내었다. 그녀는 잠시 눈알을 디룩거리고 있다가 수화기를 귀에다 갖다 댔다. 그리고 짧게 "네," 하고 말했다. 그러자 무기질의 소리로 "여보세요"만 되풀이하고 있던 목을 졸린 난장이의 목소리가 갑자기 툭 트이면서 "당신 남편의 시체를 찾아가시오."라고 말했다.

그녀는 수화기를 올려놓았다. 그리고 소리가 새어나오지 못하도록 그위를 손바닥으로 꼭 눌렀다.

"무슨 전화냐?"

어느새 내려왔는지 시어머니가 층계 끝에 서서 그녀를 차분한 시선으로 지켜보고 있었다.

"어머니!"

그녀는 더 참지 못하고 울음을 터뜨리려 했다. 그러자 시어머니는 그녀의 감정이 거추장스럽다는 듯이 조금 차갑게 그녀의 곁으로 다가와서 그녀에게 손을 내밀었다.

"내가 받아보는 것이 좋겠구나."

그녀는 수화기를 건네주었다. 그녀의 걱정은 시어머니의 냉혹에 가까운 침착에 의해서 진정이 되었다.

"끊어졌다."

시어머니가 말했다.

"그가 죽었어요."

그녀는 의자 끝에 주저앉아서 두 손바닥으로 얼굴을 가렸다. 시어머니가 그녀에게 다가와서 어깨 위에 손을 얹었다.

"이제 그애가 우리 곁으로 돌아오게 되었구나."

"어머니, 전 어떻게 해요?"

그녀가 얼굴에서 손바닥을 떼고 말했다.

"뭘 어떻게 한단 말이냐?" 노인은 그녀를 물끄러미 쳐다보았다. "너는 아직 젊고 예쁘다. 넌 쉰다섯이 된 늙은 여자 생각은 하지두 않니?"

"어머니, 이럴 경우 젊다는 것이 무슨 상관이 있죠?"

"애들이 깬다. 전화는 어디서 왔었느냐?"

"세포조에서 왔어요."

"번호가 어떻게 되냐? 너가 다시 걸 테냐?"

"제가 걸겠어요."

그녀는 전화번호부를 펼쳐본 다음 수화기를 집어들었다. 그리고 번호를 돌렸다.

"여보세요. 거기 십 지구 세포조지요? 여기는 트리 쾅 씨 댁입니다."

"누구를 찾으세요?"

"조금 전에 유해를 찾아가라는 전화를 받았는데요."

"그럼 찾아가시죠."

"거기 봉안되어 있어요?"

"뭐가요?"

"유해——요."

"유해라뇨?"

"시체를 찾아가라고 했어요."

"시체요? 여긴 시체보관소가 아닌데요."

"그럼 어디에 있어요?"

"화장터겠지요."

"어느 화장터예요?"

"글쎄, 그건 알 수가 없는데요."

"조금 전에 이리로 전화한 사람을 바꿔주세요."

"어이, 여기…, 어디라고 했지요?"

"트리 쾅 씨 댁이에요, 트리 쾅."

"여기, 트리…, 뭐요?"

"쾅."

"트리 쾅 집에 전화한 사람 있어, 트리 쾅?"

수화기에서 다른 목소리가 흘러나왔다.

"쾅 부인이오? 나, 샹이요. 그렇게 전화를 끊어버리는 법이 어디 있소? 오늘은 딴 날과 다르지 않소? 난 반가워할 줄 알았는데."

"유해가 지금 어디에 안치되어 있지요?"

"그런데 그게 조금 복잡하게 되었어요. 간단히 말하자면 지금 병원 시체실에 있는데, 전사자 유해는 원래 유족에게 인계될 때까지 영현 봉안소에 안치하게 되어 있소. 그런데 쾅 씨는 전사를 하지 않은 모양이오. 그의 유해에는 전사자 통지서가 없어서, 봉안소에서 거절을 했소. 동원병들은 유해 없이 사망통지만 오는데, 쾅 씨는 사망 통지 없이 유해만 왔소. 그리고 해괴하게도 동원해제 명령서가 따라왔소. 그렇다면 쾅 씨는 제 발로 걸어서 부대를 나왔다는 얘긴데, 사실은 작은 소나무 상자 속에 넣어져서 소총수 한 분에게 들려나왔소. 사망 통지 같으면야 얼마든지 책상 위에 쌓아놓을 수 있지만, 유해 상자야 어디 사무실 구석에 놔둘 수 있겠소? 그래서 병원으로 갔지요. 그런데 병원 사람들이 또 안 받아주려고 해요. 병원이야 산 사람이 들어와서 죽어나가는 곳인데, 죽은 사람이 뭣하러 들어오느냐는 거지요. 그래서 죽은 사람들 곁에다 하룻밤만 재워달라고 간신히 부탁을 했소. 이곳저곳에서 퇴짜를 맞을 때는 어떻게 화가 나는지, 쾅 씨만 아니었더라면, 재를 트람 강물에다가 뿌려버릴 뻔했소."

"어느 병원이에요?"

"성청 부속 남부 구호소요. 거기 시체실에 가면, 유류품 봉지와 함께 유해 상자가 있을 거요."

이튿날 아침 일찍, 외출 금지령이 해제되자마자 그녀는 검게 옷을 차려입고 시어머니와 함께 남부 구호소로 갔다. 그리고 잡초가 나고 눅눅하게 하수가 배어 있는 구호소의 뒤뜰에서 세 시간을 기다렸다. 병원이 차츰 깨어나는지 문 여닫는 소리와 사람들 기동하는 소리가 조금씩 들려오기 시작했지만, 잊혀진 지역인 듯 뒤뜰에는 하루의 활기가 좀처럼 찾아오지 않았다. 아마 그곳은 그렇게 해서 해가 질지도 몰랐다. 수위가 가리켜

준 시체실의 문 앞에 맨 처음 직원이 나타나자, 그녀가 그리로 다가갔다. 그 직원은 그런 일에는 길이 들여져 있었는지, 그녀를 똑바로 쳐다보아주지도 않았다.

"유해를 찾으러 왔는데요."

"유해요? 언제 죽었는데요?"

"잘 모르겠어요."

"남자요, 여자요?"

"남자에요. 영현 상자 속에 들어 있어요."

"영현 상자요? 그럼 잘못 오셨는데요. 여기는 시체실이에요."

"아녜요. 여기 있다고 그래요."

"그래요? 그럼 의무과에 가서 알아보세요. 어차피 인수증을 떼어야 되니까요."

그녀는 의무과로 갔다.

"유해 상자요? 화장한 거요?"

"네, 그래요."

"화장한 재가 시체실에 있을 리 있나? 이거 봐, 시체실에 유골이 들어 있다는데, 누구 아는 사람 있어?"

변괴라는 듯이 서로 얼굴만 마주 볼 뿐 아무도 대답하는 사람이 없었다.

"경리과 놈들이 한 짓 아닐까요? 그놈들은 사체와 흙도 구별할 줄 모르니까요."

"글쎄, 딴 과에서 부탁을 했는진 모르지만, 우리 과에서는 모르겠는데요. 우리 과가 거기 담당인데."

"딴 과에서 맡겼더라도 주무과에서 내줄 수 있는 것 아녜요? 빨리 좀 해주셨으면 좋겠어요. 우린 세 시간을 기다렸어요."

"일과 시작이 언젠데, 벌써 세 시간을 기다려요? 그리고 남의 과에서 넣어놓은 걸 우리가 마음대로 빼내줄 수 없어요. 그보다 어느 과에서 그런 짓을 했는지부터 먼저 알아봐야겠는데요. 그건 명백한 규칙 위반이에요."

"얘야, 안 되겠구나. 그 애 일로 더 신세지기는 싫다만, 할 수 없다. 후옹에게 한 번 더 전화를 해야 될까 보다."

시어머니가 딴 사람들에게 안 들리도록 소리를 죽여서 말했다.

"네, 어머니. 한 번만 더 부탁해보고요. 어떻게 빨리 좀 안 될까요, 규칙 위반은 천천히 따지시고?"

"시간이 좀 걸리겠어요. 규칙도 모르고, 담당 업무도 모르는 이런 짓은 소장에게까지 보고가 돼야 해요."

"얼마쯤 걸리겠어요?"

"이왕, 세 시간만 더 기다리세요."

"전화 좀 써도 괜찮겠어요?"

"쓰세요. 교환 전화예요."

그녀는 수화기를 집어들었다. 숫자판이 없는 좀 바보스런 전화기였다. 떼깍 소리가 나더니 잠시 후 교환대가 나왔다.

"보건성 좀 부탁해요. 방역국장실이요."

비서인 듯한 여자 목소리가 들려왔다. 후옹은 사무실에 있었다. 잠시 후 그가 줄 저쪽에 나타났다.

"남부 구호소예요. 여기에 트리의 뼈가 와 있어요. 이따 납골당에서 진혼제 올릴 때나 전화하려 했었는데 유골을 얼른 내주려 하지 않는군요. 아니에요, 일부러 오실 건 없으세요. 전화만 좀 해주세요. 무슨 규칙에 어굿나는 일이 있나봐요. 네, 어머님도 함께 와 계세요. 납골당으로 바로 가야죠."

그녀는 수화기를 내려놓았다. 그리고 문득 슬픔 같은 것이 울컥 하고 치미는 것을 느꼈다.

남편의 유골 상자는 그녀가 생각했던 것보다 작았다. 그리고 유류품 봉투에는 실물대 손바닥의 먹 도장이 찍혀 있었는데, 손가락들은 엑스 광선 사진에서처럼 마디마디가 잘라져 있었다. 그녀는 유골 영수증과 유류품 봉인 확인서에 서명을 해주고, 유골 상자를 가슴에 안았다. 그리고 유류품 봉투를 든 망자의 어머니와 함께 후용의 차를 타고 납골당으로 갔다.

납골당에는 기본학교 삼 학년인 큰아들과 일 학년인 둘째가 나와 있었다. 그들은 이모의 손을 하나씩 잡고 어른스럽게 서서, 어머니를 기다리고 있었다. 그녀는 상자를 큰애에게 안겨주고 둘째의 손을 꼭 쥐었다. 그녀의 눈물이 그녀도 모르게 퐁 하고 떨어진 것은 항아리에 재를 옮기기 위하여 상자를 열었을 때였다. 한줌 흙이라고 말하지만, 그것이 넉 달 전에 새벽 공기 속으로 사라져갔던 남편의 육신이라고는 도저히 믿어지지 않았다. 우선 분량이 너무 적었다. 그것은 거의 죽음이라거나, 시체라거나 하는 말들만큼이나 추상적이었다. 그녀는 눈물을 떨어뜨리면서 상자를 한 손으로 안고, 한 줌 한 줌 재를 집어서 항아리 속에 넣었다. 손바닥에 와서 닿는 버실버실한 촉감에서 그녀는 지난 넉 달 동안에 그녀의 남편의 육신을 관류했던 아픔들을 느낄 수 있는 듯했다.

진혼제를 마치고, 집으로 가는 차 안에서, 무릎 위에 얹어 놓은 남편의 유류품 봉투의 겉봉을 무심코 들여다본 그녀는 조금 이상한 것을 발견했다. 거기에는 내용물의 이름들과 돈의 액수가 적혀 있었는데, 내용물 중

302

에 라이터가 있었다. 그런데 그녀의 남편은 담배를 피우지 않았고, 따라서 라이터를 지니고 나가지 않았었다. 그러나 그녀는 별로 대수롭지 않게 생각했다. 아마 거기에 씌어 있는 낱말이나, 그 낱말들이 나타내는 물건들이 정확한 모습으로 그녀의 머릿속에 떠오르지는 않는 모양이었다. 겉봉 한쪽 구석에는 8275라는 숫자가 적혀 있었다.

집에 와서 봉투를 터 본 다음에야 그녀는 그것이 잘못 전달된 유류품이라는 것을 알았다. 그 속에서 나온 준수되고 이행된 동원 명령서에 의하면, 그것은 트리보다 나이가 세 살이나 많고, 그들의 도시에서 백 리쯤 떨어진 도시에서 살고 있는 사람의 것이었다. 그녀는 세포조로 전화를 해야겠다고 생각했으나, 별로 내키지 않아서, 수화기를 집어들지 않았다. 그리고 그냥 거기에 적혀 있는 주소로 우송해버릴까 하고 생각했다. 그녀의 시어머니도 우송하는 것이 좋겠다고 말했다. 이상한 것은, 결과적으로 남편의 유품이 망실되어 버렸는데도, 별로 서운한 생각이 들지 않는 점이었다.

며칠 뒤 세포조 샹에게서 전화가 왔다.

"진혼제 때 못 가봐서 미안하오. 고인의 명복을 비오."

"고마워요. 그리고 유해 임시 봉안 때 수고해줘서 감사해요."

"말로만 감사하고 말 테요?"

"그럼 돈을 드릴까요?"

"사례금을 주겠소?"

"구호소 사람들 하는 짓 보니까, 수고는 분명히 했겠어요. 얼마쯤 드릴까요?"

"얼마라도 좋으니, 그 돈의 십분의 일어치를 댁에서 술로 주시오. 단한 잔이라도 좋소. 댁에는 오래된 좋은 술이 있다는 얘기를 들었는데, 이제는 마실 사람도 없지 않소."

"그건 안 되겠어요."

"안 되겠다면 할 수 없지요. 쾅 부인이 나에게 안 되겠다고 하는 것이 하나나 둘이어야지."

"전화 끊겠어요."

"그러나 내 생각으로는, 내가 그런 말 않더라도 집으로 오라고 해서 한 잔쯤 줄 법도 한데?"

"사례금은 부쳐 드리겠어요."

"감사하오. 유류품 봉투에 든 돈은 부족하지나 않습디까, 꽤 많던데?"

"봉투가 바뀌었어요."

"바뀌어요?"

"쌍퉁 시에 사는 사람의 것이 왔어요."

"야, 그, 군인 친구들도 되게 웃기는데, 그럼 트리 씨의 것은 쌍퉁으로 갔을 것이 아니오?"

"그건 모르죠."

"아마, 모르긴 모르되, 거기로도 안 갔을 거요. 그거 바로잡으려면, 바로잡을 수가 없는데, 바로잡을 수 있다 하더라도, 일 년은 걸릴 거요. 거, 뭐, 돈은 엇비슷할 테고, 물건이야 얼마차이 나겠소? 그냥 아무거나 받아 두지요?"

"그건 우리가 알아서 하겠어요."

"그럼요, 그냥 알아서 하세요. 무슨 말뚝 박아 놓은 것도 아닌데, 너무 따질 것 없어요. 이 세상."

그녀가 유류품을 싸가지고 쌍퉁을 찾아간 것은 그로부터 이주일이 지난 다음이었다. 우송을 할까 했지만, 혹시 트리의 유물이 거기에 가 있을지도 모를 일이었고, 그런 물건을 뒤에 남기고 간 사람의 가족은 어떠한 사람들일까 하고 궁금하기도 했다. 표면상으로는 첫 번째 이유를 내세우고 싶었지만, 내심은 두 번째 이유가 더 컸다. 사실 그녀는 트리의 물건이 거기에 가 있으리라고는 거의 기대하지 않았다. 그런데도 생전에 본 적도 들은 적도 없는 그 유류품의 유족이 그녀의 마음을 끌었다. 그것이 어쩌면 그녀의 남편이 죽을 때 얘기한 "모르고 하는 일"인지도 몰랐다. 그녀는 어쩌면 그녀도 모르고 죽은 남편의 심부름을 하고 있는지도 몰랐다. 그녀는 대식만물점을 별로 어렵지 않게 찾았다. 그녀가 그 만물점의 살림집을 기웃거리고 있을 때, 안에서 남루한 옷을 입은 한 여자가 나왔다. 그녀는 그 여자에게 그 집에 혹시 후엔 디 씨가 살았느냐고 물었다. 그러자 그 여자는 깜짝 놀라면서 그녀를 한쪽으로 끌고 갔다. 그리고 겁에 질린 목소리로 나지막하게, 그렇긴 한데 얼마 전에 죽었다고 대답했다. 그래서 그녀는 그 미망인을 만나고 싶다고 말했다. 그랬더니 그 여자는 갑자기 눈물을 글썽거리면서, 집 안 쪽을 한번 살펴보고는, 그녀를 끌고 골목 안의 한 누추한 집으로 들어갔다.

"여기는 나의 친구 집이에요. 여기서는 마음 놓고 이야기할 수 있지요. 내가 바로 그 사람의 미망인이에요. 어디서 오셨지요? 무슨 일로 오셨지요?"

"아, 그럼 저 집은 딴 사람에게 팔렸나요?"

"아니오. 안 팔렸어요. 아직 우리 집이에요."

"네, 그러세요?"

그녀는 조금 이상하게 생각되었다. 그 여자의 말씨나 몸짓은 절박하고 꾸밈이 없어 보였지만 입고 있는 옷이나 자기 집을 두려워하는 듯한 눈치는 이해할 수 없었다.

"나를 의심하는군요. 할 수 없지요. 내가 후엔과 행복하게 살던 때를 눈으로 직접 보았던 사람들도 이제는 나를 저 집의 종년 정도밖에 생각하지 않거든요."

그녀는 조금 미안한 생각이 들었다. 그래서 얼른 가지고 온 보자기를 풀었다.

"이 봉투 속에 들어 있는 물건들을 기억하시겠어요?"

그녀는 봉투를 그 여자에게 내밀었다. 그 여자는 봉투를 받아서, 안에 있는 물건들을 꺼내 보고 깜짝 놀랐다. 그리고 그녀를 물끄러미 쳐다보고 있다가, 라이터를 손바닥 위에 올려놓고 주먹을 꼭 쥐고는 눈물을 뚝뚝 떨어뜨렸다. 그녀는 트리의 이야기를 대강 들려주었다.

"아, 그럼 우리 집 후엔과 댁의 애 아빠는 같이 있었군요? 같이 고생하다가 죽었군요? 후엔은 지난달 팔일에 사망 통지가 왔어요. 죽은 몸이나 유물은 아직 안 왔어요. 유물이 오면, 댁의 유물이 오겠군요? 댁은 오래 걸렸어요?"

"알 수가 없지요. 죽은 날짜를 모르니까요."

"정말 그렇군요. 사망 통지에도 아무 날짜 없이 아무개가 사망했음을 통지함,이라고만 되어 있었어요. 이건 나를 주시는 거지요?"

"물론이지요. 후엔 디 씨의 유물인데요."

"고마워요. 나도 유물이 오면 꼭 보내드릴게요. 돈은 절반도 못 썼군요. 모자랄까 봐 걱정하며 넣고 나갔는데. 맛있는 거나 많이 사먹지. 아, 이 돈이면 이제 한 시름 놓겠군. 나는 이제 죽지 않겠어요. 후엔에게 용서를 받는 길은 목숨을 스스로 끊는 것밖에 없다고 생각했는데, 이제 죽지 않고도 그의 용서를 받을 수 있을 것 같아요. 이 유물들이 나에게 용기를 주었어요. 언니 집에 맡겨 놓은 애들을 불러다가 다시 학교에 보내고 열심히 가르치겠어요. 큰애가 공부를 잘하는 것이 후엔의 큰 낙이었는데, 그 애를 가르치지 않으면, 후엔이 땅 밑에서도 용서하지 않을 거예요. 애들을 훌륭하게 가르치려고 고생을 하고 있으면, 그 고생이 후엔의 용서를 사주겠지요."

"후엔 디 씨가 동원이 된 후 후엔 디 씨의 집에 큰 재난이 닥쳐온 모양이군요."

"후엔이 동원된 것부터가 재난이었어요. 그것이 재난의 시작이었지요. 후엔이 가장 믿었던 친구가 후엔을 모함해서 동원병으로 끌려가게 했어요. 후엔은 동원되면서 바로 그 친구에게 사업과 처자를 맡기고, 그의 말대로 하라고 처자에게 일렀어요. 후엔의 친구는 후엔이 집을 나간 지 일주일이 되는 날 밤에 후엔의 처를 겁간하고, 말을 안 들으면 후엔의 사업은 물론, 후엔 자신의 목숨까지 위험하게 된다고 협박을 했어요. 미련한 후엔의 처는 동원병은 살아서 나오지 못한다는 세상이 다 아는 사실을 그때까지 모르고 있었어요. 후엔의 친구가 동원을 해제시켜 주겠다고 후엔이 동원된 날로부터 그럴듯한 말로 속여왔거든요. 후엔의 처를 차지한 후엔의 친구는 그 다음에 후엔의 사업을 손쉽게 차지했어요. 거기까지가 그의 속임수였어요. 후엔을 없애고, 그의 처를 밟고, 그의 사업 위에 올라섰어요. 그 다음부터는 불편한 가면을 벗고 본색을 드러냈어요. 후엔의 처를 구박해서 그녀의 자식들을 시골로 내쫓게 했지요. 그 다음에 그가 할 일은 후엔의 처를 내쫓는 일이었어요. 그는 그의 여자를 후엔의 집으로 불러들여서 후엔의 처가 거처하던 방을 내주었어요. 후엔의 처는 후엔의 용서를 빌고, 자신의 치욕을 씻기 위해서 죽음을 택하기로 마음먹었어요. 지금 생각하면 그것이 후엔의 친구가 가장 바랐던 것이었어요. 그러나 이제 나는 죽지 않아요. 후엔의 처는 반드시 대식만물점의 여주인이 되어야 하고, 반드시 대식만물점 안집의 큰 방을 차지하고 살아야 한다는 법은 없다는 것을 알았어요. 후엔은 대식만물점의 주인에서 한줌의 흙이 되기까지 했어요."

트리 쾅 부인은 조용히 듣고 있었다.

작가 후기(1977)

이 세상에 길이 하나냐 둘이냐 여럿이냐에 대해서는 세 개 이상의 대답이 있겠지만, 어느 분야에서든지 한 우물을 오래 제대로만 파면 반드시 거기에 물이 솟아날 것이고, 그 물은 그 우물의 물이 아니라 그 우물에 고인, 모든 물의 한 줄기일 것이다. 데굴데굴 굴러가는 공도 본때 있게 오래만 쫓아다니면 젊은 마음과 몸을 다 바친 대가로 살아가는 슬기가 사랑에 있다는 것을 보여주는 모양이니, 어느 우물이 딴 우물보다 더 낫고 못하다고 말할 수도 없다. 그러나 판 우물에서 지하수가 아니라 공장 폐수가 나온다면 어찌 될까? 우물을 옮기거나 더 깊이 파면 되겠지만, 그 우물을 판 사람은 반드시 들인 공이 아까워서가 아니라 그 물이 맑은 물이라고 생각하기 쉽다. 그는 그 우물을 파느라고 딴 우물의 맑은 물을 볼 틈이 없었다. 악의에서라면 고칠 수도 있지만, 더러운 물이 그의 맑은 물이다. 그는 그 물을 마시고 딴 사람들에게도 그 물을 권한다. 그 물에 중독이 된 그는 그 물이 얼마나 독한가를 모르고, 딴 사람들이 그 물을 마시고 신음하는 것을 이해하지 못한다. 그리고 딴 사람들이 차츰 중독이 되어서 신음 소리를 그치게 되면 그는 그의 생각이 옳았다는 것을 확인한다. 한 우물을 파서 슬기의 샘을 얻는 일은 선택적 사치가 아니라 대체로 한 사람의 한평생을 잡아먹어버리는 마지막 시도다. 슬기에 이르기 아니면 못 이르기, 둘 중의 하난데, 이르지 못할 경우 새로운 우물을 시작하기에는 대개 몸이 늙기 전에 마음이 너무 굳어져버린다. 그런데 보통 사람들이 슬기의 샘을 얻는 일은 지극히 드물다. 그래서 이 세상에는 이렇게 불행이 많다. 자신도 불행하고 남도 불행하게 만든다. 중독은 건강이 아니라 더 큰 질병이다.

문학은 그것 자체의 슬기의 샘을 가지고 있지 않다. 슬기의 샘이 없는 것이 문학의 슬기다. 문학은 세상의 어떤 분야에 대해서도 그 분야에 종사하는 사람만큼 알지 못하고, 전쟁에 대해서는 장군만큼 알지 못하고, 장사에 대해서는 재벌만큼 알지 못하고, 창녀에 대해서는 포주만큼 알지 못한다. 문학은 한 우물을 파는 사람이 단지 너무 깊이 팠기 때문에 스스로 판 우물 속에서 도저히 헤어나오지 못할 때 그 사람에게 그 우물에서 솟아나올 슬기의 샘물을 파헤쳐주는 것이 아니라, 그에게 남이 될 수 있는 힘을 주어서 제 모습을 제 모습대로 바라볼 수 있게 하여 그의 굳어진 마음을 부드럽게 해주고, 닫혀진 영혼을 열어주고, 비열해진 정신을 끌어올려준다. 우물을 파는 사람들이 모두 맑은 샘물을 얻는다면 문학은 없어도 좋다. 사람이 삼천 년을 살아오는 동안에 그러한 사람들은 다섯 손가락을 다 꼽기가 힘들 만큼 있어왔다. 그러한 사람들에게는 문학이 필요없다. 그 사람들이 바로 문학이었다. 문학은 처음부터 있어왔지만 어리석은 전쟁은 여전히 되풀이되고, 야비한 장삿속은 여전히 판을 치고, 매춘과 약탈과 억압은 여전히 사람들을 괴롭히고 있다. 이것은 문학의 힘이 그만큼 무력하다는 이야기이고, 또 문학적 노력이 그만큼 필요하다는 이야기이다.

요즈음 많은 소설집들이 쏟아져나오고 있다. 이 책은 거기에다가 또 하나를 덧붙인다. 내가 생각하기에도 심란하다. 이러한 일을 맡아주신 홍성사 여러분께 감사한다.

1977년 12월 전주 덕진에서 서정인

해설

가위눌린 '겨울 나그네',
그 여수(旅愁)의 미학 | 우찬제(2007)

1. 혼돈의 질서, 그 소설 언어의 새로운 길트기

　서정인은 속악한 현실에 대한 반성과 비판의 형식으로 소설을 택한 작가다. 1962년《사상계》신인 작품 공모에 단편 〈후송〉이 당선된 이후 반세기 가까운 창작 기간 동안 그는 끊임없이 소설 언어와 그 형식을 나름대로 계발하며 현실에 대한 의미 있는 문학적 메시지를 전달해왔다. 그런 까닭에 그의 소설 언어와 문체는 그를 주목한 많은 논자들의 공통된 관심사였다. 끊임없이 기존의 소설 스타일을 넘어서서 새로운 소설 스타일을 탐색해온 서정인의 서사적 혁신 도정은 한마디로 소설을 소설답게 하는 소설성의 탐색이었으며, 우리 삶에서 소설이란 무엇인가 하는 근본 질문에 답하려는 모색의 과정이었다고 할 수 있다. 물론 많은 작가들이 소설을 쓰면서 이런 질문과 탐색을 행하는 것이 사실이지만, 서정인만큼 소설 혹은 소설성 자체에 대한 자의식을 특징적으로 드러내 보인 작가는 드문 편이다. 기존의 소설 스타일은 물론 자신의 과거 소설 스타일을 손쉽게 모사하여 재생산하는 소설적 매너리즘을 그는 기질적으로 거부해온 것으로 보인다.

　사실 그도 초기에는 고전적 소설 미학을 충실하게 구현한 작가였다. 군대 공간을 배경으로 실존적 분노의 문제를 이명(耳鳴)의 사회적 상징으로 풀어본 데뷔작 〈후송〉을 비롯해, 자유 의지에 입각한 삶의 방향 모색의 비극적 좌절을 보여준 〈미로〉, 〈물결이 높던 날〉 등 실존주의 색채를 지닌 초기 단편에서, 그는 비속한 현실에서 인간 실존의 문제를 내면적으로 다루었다. 소설 형식의 고전적 미학을 유지하던 시절의 작품의 백미는 아무래도 널리 알려진 〈강〉(1968)일 터이다. 그런데 〈강〉 이후에 차츰 그는 단정한 형식으로는 속악한 현실을 실체화하기 어렵다고 생각한다. 삭막하고 막막한 소시민의 일상적 풍경을 조명하고 그 삶의 리듬과 자잘한 기미를 형상화하기 위해 서정인은 서사적 혁신을 도모한다. 이 과정에서 〈원무〉(1969)가 새로운 리듬으로 휘돌아가고, 〈남문통〉(1975)이 새로운 소설 언어로 생기를 얻게 된다. 〈남문통〉을 경유해 연작 중편 〈철쭉제〉(1983~1986)에서 생기 있는 인물들의 발랄한 대화를 적극적으로 끌어들이는 시도를 보인 그는, 《달궁》에 이르러 더욱 적극적으로 소설적 실험을 펼친다. 판소리의 창조적 계승이라 평가되기도 한 《달궁》에서 작가는 해학과 연민의 파토스를 넘나들면서 다양한 인간 군상이 상호 교감하는 특징적 형식을 창출한다. 그런 가운데 삶의 누추함과 고단함을 비판적으로 조명한다. 살아 있는 말과 그 말의 리듬으로 생기 있는 현실을 포착하고자 한 의도였던 것으로 보인다. 《달궁》의 세계는 《봄꽃 가을열매》의 세계로 나아간다. 다른 자리에서도 언급한 바 있지만, 특히 《달궁》 이후의 작업에서 서정인은 한국어로 된 새로운 서사 모형을 어떻게 모색할 수 있을지를 인상적인 방식으로 실험해왔다. 그 실험 결과로서 그의 서사는 단적으로 말하자면, 현실의 무질서와 언어의 새로운 질서 사이의 갈등과 다툼의 충돌 공간이다. 질서를 잃고 혼돈처럼 떠도는 현실에서 질서 있는 진실을 발견하기 위해, 그의 언어는 부단히 무질서의 틈을 파고든다. 그러기에 그의 소설 언어는 혼돈의 질서를 짊어진다.

《달궁》과 《봄꽃 가을열매》에서 보인 열린 서사 형식 실험에 세계 해석의 폭을 넓힌 시도가 밀레니엄 시기의 르네상스 시리즈다. 《베네치아에서 만난 사람》(1999)에서 《용병대장》(2000), 《말뚝》(2000) 등은 14, 15세기 이탈리아의 문예 부흥기에 대한 새로운 소설적 탐구라는 성격을 띤다. 르네상스의 긍정적 빛의 이면을 해체적 시선으로 날카롭게 해부하면서, 르네상스의 진실은 무엇이었고 또 진실의 르네상스는 어떤 모습이었어야 했는지에 대한 본원적인 탐문의 방식을 보여준다. 교회와 귀족과 용병의 타락과 문화의 위장된 순응 양상들은 다채로운 소설 언어와 스타일에 의해 재조명된다. 특히 《용병대장》에서 보이는바, 르네상스의 기운이 기울기 시작하는 15세기 후반에 대한 서정인의 집중적인 탐구는, 타락한 시대에 대한 소설적 대응 담론의 구체적 실천의 측면에서 적절한 것으로 보인다. 《말뚝》은 그 르네상스 탐문 시리즈의 완결편이다.

서정인은 "삶의 형식적 모방이 그 삶의 혼돈으로부터 실체를 보여주고, 형식이 모방의 현실로부터 유리되어 실체를 보여줄 수 없을 때 그 형식을 새로운 형식으로 파괴하여 유리된 현실이 아니라 놓친 실체를 보여주려는 노력이 리얼리즘"이라고 강조한 바 있다. 이처럼 끊임없이 새로운 리얼리즘 소설의 형식과 내용을 실험하고 추구해온 작가가 바로 서정인이다. 《가위》는 그의 두 번째 소설집이다. 1976년 4월 첫 소설집 《강》을 출간한 서정인은 이듬해인 1977년 12월 《가위》를 출간했다. 등단 후 14년 만에 첫 작품집이 나온 것과 비교하면 두 번째 출간은 매우 민첩한 편이었다. 중편 〈원무〉를 비롯한 〈어느 날〉, 〈금산사 가는 길〉 같은 작품이 이미 《강》 출간 이전에 발표된 점을 고려하면(〈탱자꽃〉, 〈여인숙〉, 〈겨울 나그네〉도 시간적으로는 《강》 출간 이전의 작품이지만, 아마도 첫 소설집 원고를 정리해서 넘긴 다음에 발표한 것으로 보인다),《강》출간을 전후해 집중적으로 발표한 소설들을 첫 작품집에 함께 수록하지 못하고 연이어 출간한 것이 아닌가 짐작된다.《가위》는 그동안 첫 소설집《강》의 명성에 비해 덜 조명받은 것이 사실이다. 그러나 여러 면에서《강》의 문학성이나 문제성에 전혀 손색이 없는 문제적인 소설집이다. 아니, 앞에서 거칠게나마 조망한 서정인의 소설 행로에서 의미 있는 변주의 계기를 제대로 헤아리는 데 매우 중요한 소설집이라 할 수 있다. 특히《가위》를 통해 서정인이 보여준 독특한 여수의 미학은 속악한 현실에서 가위눌린 인간 존재에 대한 웅숭깊은 탐문의 결과요, 독특한 서사 스타일로 포착한 산업화 초기의 속사정에 대한 반성적 인식의 결과라는 점에서 각별한 주목을 요한다.

2. 직선적 현실과 복잡 순환의 서사

《가위》는 문제적 중편〈원무〉로 문을 연다. 단적으로 말해〈원무〉는 선형적 세계관과 소설관에 도전한 소설이다. 현실적으로 매우 복잡하고 혼란스러운 삶의 실체를 억지로 단정한 서사 형식에 가두지 않고, 현실 그 자체의 혼돈을 실감 있게 보여주고자 한 의도의 소산이 아니었을까 생각된다. 표제가 암시하듯이, 사건이 선형적 전개 방식에서 벗어나 원환적 구조를 보인다. 그야말로 서로 물고 물리면서 원형을 형성하는 모양새다.

1장에서 임 변호사의 딸 원희는 부모의 바람과는 달리 탈영병 박일호와 놀아난다. 기차에서 우연히 만나 이루어진 사랑 행각이었다. 1장에서 원희와 놀아나던 박일호는 2장에서 고종사촌형이 원장으로 있는 성수병원의 간호원 순이와 정사를 나눈다. 원래는 원희를 찾아가려 했지만 우연히 전화가 연결된 순이와 놀아나는 것이다. 2장에서 일호와의 대화 중에 순이의 동생 윤식의 문제가 거론되면서 담임교사를 찾아가야겠다는 언급이 나오는데, 3장에서는 순이가 동생의 학교로 찾아가 시인이기도 한 윤두석 선생에게 동생 일에 선처를 부탁한다. 학교에서는 단호하게 거절하던 윤 선생은 집으로 찾아온 순이와 시에 대한 얘기를 하며 섹스를 나누고 윤식을 구제해준다. 순이는 시를 쓰다가 중단한다. 4장에서는 순이와 헤어진 윤두석 선생이 우연히 같은 학교 음악 교사인 정삼화 선생과 버스 안에서 만나 서로의 상처를 토로하다 함께 잠든다. 5장은 정삼화 선생과 그녀의 애인 석민의 이야기다. 시골 출신으로 가난한 법대생이었던 석민은 출세하기 위해 처음에는 정 선생을 이용했지만, 배후가 더 든든한 원희 쪽을 택하는 바람에 정 선생이 배신당하는 사연이 전개된다. 6장은 석민이 원희네 집을 찾아오지만 박일호와 놀아났던 원희가 미장원에서 늦장을 부린 탓에 만나지 못한다. 요컨대 다음과 같은 식으로 각 인물들이 맞물리면서 최초의 인물로 되돌아가는 원형 구조를 보인다.

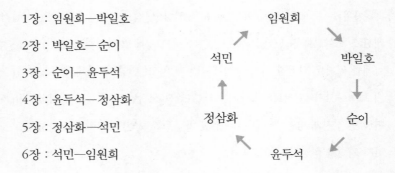

1장 : 임원희—박일호
2장 : 박일호—순이
3장 : 순이—윤두석
4장 : 윤두석—정삼화
5장 : 정삼화—석민
6장 : 석민—임원희

이 인물 다발들의 특성 또한 우리는 어렵지 않게 헤아릴 수 있다. 마지막 6장을 제외하고 1장에서 5장까지 인물군은 모두 우연히 만나 섹스를 나누는 관계로 이루어져 있다. 또한 이 인물들은 정도의 차이는 있지만 상처받은 인물이라는 점에서 한결같다. 나날의 비속한 삶에서 상처받아 우연한 섹스를 통해서라도 위무를 받고자 하거나 위무해주려 하는 인물들의 초상이 그대로 현실의 정직한 거울이 되고 있다.

작가가 선형적 형식을 파괴하고 새로 재구축한 연쇄적 원형 구조는 이미 말한 대로 현실의 실체에 좀 더 내밀하게 접근하기 위한 방식이었으리라 생각한다. 각각의 이야기 시퀀스에서 해당 인물을 초점자로 내세워 그들이 바라보는 현실을 매우 생생하게 묘사하고 있는데, 그 결과 현실에 대한 전면적 파악의 가능성에 좀 더 가까이 갈 수 있었던 것으로 보인다. 부분의 특성을 중시하면서도 부분의 파편성에 함몰되지 않고 전면적 인식의 지평을 도모하기 위한 전략적 담론 구조로 취한 것이 중편 〈원무〉의 연쇄적 원형 구조가 아닐까 짐작한다. 이는 다음 몇몇 인용문에서도 확인 가능하다.

① 그의 머릿속 한 부분은 닳아져서 너무 빨리 돌아가게 되었고 나머지 부분에는 녹이 슬어버렸다. 그는 알맞게 유복한 전문가가 빠지기 쉬운 비극의 결여라는 비극 속으로 빠져 들어가고 있었는데 그것의 비극성은 바로 그것을 비극으로 느끼지 못하는 데에 있었다. 그리고 그것은 좋은 일이었다. 비극이란 안 느낄수록 좋은 것이고, 안 느껴서 생기는 비극이라면 뭐, 그렇게 못 참을 바도 아니다. 인생의 핵심은 될 수 있으면 피하는 것이 좋다. 즉 그럴 수만 있다면 항상 좋은 것이 좋다. 물론, 마음대로 되는 것은 아니지만.(10쪽)

② 자기의 행동이 승리도 복수도 아무것도 아니었다는 것을 깨달았다. 그녀는 세상 모든 것이 귀찮다고 생각하기로 했다. 그러지 않고서는

자기의 행동을 조금이라도 동정할 수가 없었다. 세상이란 참 귀찮은 것이었다. 그런데 또 딱히 귀찮은 것만도 아니었다. 어쨌든 일호와 사흘 동안이나 같이 지냈던 것이 사실이었고 거기에는 아무래도 신비스러운 생명의 힘이 작용했었다고 어렴풋이나마 의심하지 않을 수 없었다. 도대체 세상이란 괴로운 것이냐, 괴롭지 않은 것이냐. 생각하면 생각할수록 그녀는 더욱 알 수 없어져갔다. 다만 알 수 없다는 것이 괴로운 일인 것만은 확실했다.(30~31쪽)

③ 저는 속물을 아주 싫어했습니다. 그리고 그 싫어함에는 지금도 아무 변화가 없습니다. 다만 속물에 대한 저의 해석이 조금 달라졌을 뿐입니다. 사실 어떤 현상에 대해서 항상 같은 견해를 가질 수는 없는 법입니다. 배타적이고 독선적인 것만이 속물이 되지 않는 길이라고 생각했던 적도 분명히 있었습니다. 그러나 어찌 세상을 살아가는 길이 그것뿐이겠습니까. 그런 식으로만 세상을 살려는 것이 바로 속물이라고 말할 수도 있지 않겠습니까. 주어진 기회를 최대한으로 이용하고, 그 결과의 성패에 대해서 노심초사하며, 타협적으로 겸허하게 살려는 노력이야말로 얼마나 인간적인 것입니까? 그것이 만일 속물이라면 저는 즐거이 속물이 되겠습니다. 인간적인 것, 진실로 인간적인 것이야말로 어떠한 대가를 치르고라도 추구할 만한 가치가 있는 것입니다.(91쪽)

④ 사람과 사람 사이의 거리는 굉장히 멀어질 수가 있나 보다. 이렇게 나란히 걷고 있으면서도 그들은 서로 전혀 다른 세계를 생각하고 있다. 결코 들여다볼 수도, 참견할 수도 없는 전혀 다른 딴 세계를 골똘히 생각하

고 있다. 두석은 어떤 두려움을 느꼈다. 그러다가 때로는 문득 지극히 하찮은 필요로 인해서 각자의 세계로부터 빠져나와 공통된 하나의 돌을 조각한다. 협상도 없이, 다툼도 없이. 따라서 그 돌이 스핑크스가 될는지, 사천왕이 될는지는 아무도 모른다.(62~63쪽)

①은 비록 위선적 인물이긴 하지만 원희의 아버지인 임 변호사가 '비극의 결여라는 비극'에 빠져들고 있는 모습을 아이러니적 어조로 제시한 부분이다. 사회 상층부를 구성하고 있는 예외적 소수의 의식을 보여주면서 희화화하고 있다. ②는 원희가 보이는 의식의 혼돈 상태를 일러둔다. 그녀는 현실 직시를 기피하기에 혼돈 상태에 이르고 자아 훼절을 체험한다. ③은 세속적 출세를 위해 논리적 왜곡을 감수하면서도 자기 알리바이를 만들려고 하는 석민의 발화다. 그는 이런 과정을 거치면서 속물화된다. 한때 그를 사랑하고 도와주었던 정 선생의 반응은 이렇다. "그녀는 홱 돌아섰다. 더 참을 수가 없었다. 진실로 인간적인 것이 그렇게도 인간을 괴롭히는 힘을 가지고 있는 줄은 몰랐다. 파렴치한 장광설은 뜨거운 뙤약볕과 결탁하여 그녀를 거의 미치게 했다". ①②③은 모두 타락한 세계에서의 타락한 의식이라는 점에서 공통된다. 이 같은 타락한 의식과 행위는 앞의 정 선생 같은 반응을 불러일으키기에 족한 것이며, 동시에 인간관계를 ④와 같은 지경으로 이끌게 한다. 타인과 교감할 수도, 이해할 수도 없거니와 당연하게도 공동의 일을 도모할 수 없는 상태 말이다. 윤두석 선생은 정삼화 선생과 함께 길을 가면서 그런 생각을 한다. 타락의 감염 연쇄는 되풀이 재생산된다.

이렇게 타락한 현실의 풍경을 직조하면서도 작가는 그에 대한 어떤 방향도 지시하지 않는다. 냉정한 시선으로 그저 따라갈 따름이다. 오직 한 가지 작가가 현실에 개입한 흔적이 있다면 1장에서 5장까지와는 달리 6장에서 석민과 원희와의 관계를 미정형으로 남겨두었다는 점이다. 타락의 정점으로 치닫는 것을 막은 것이다. 이 점에서 이 소설의 결구가 주목된다. 식모 순아를 초점자로 하여 묘사되는 결구는 "상처 입은 맹수의 포효처럼 전차 소리는 밤하늘에 길게 여운을 끌면서 사라져"가고, 닫힌 원희의 방은 "무덤처럼 조용히 어둠 속에 잠겨 있"는 것으로 되어 있다. 이 검은 구멍의 상징은 일단 타락의 감염을 차연시키는 기능을 한다. 타락한 사람들이 서로 손을 잡고 둥글게 춤추며 돌아가는 현재의 '원무'를 일단 정지시킨다. 그렇다고 진정한 '원무'의 가능성을 이 검은 구멍에서 읽어내는 것은 무리다. 삶의 전면적 인식을 통한 새롭고 진정한 지평의 모색은 간단한 문제가 아니다. 그래서일까. 작가는 그 화해로운 원무를 위한, 혹은 그것을 저해하는 단편적인 길의 풍경에 밀착해 들어간다. 바로 여수의 미학이 그것이다.

3. 여수, 그 길의 미학

〈강〉에서 김, 이, 박 세 사람은 군하리 결혼식장에 가는 여로에서 생의 깊은 우수(憂愁)를 보였다. 그들에게 삶은 참으로 초라하고 쓸쓸하다. 꿈을 잃고 희망을 상실한 현실에 대한 그들의 감정을, 작가는 길을 떠도는 자들의 우수, 즉 여수의 파토스로 형상화했던 것이다. 두 번째 소설집 《가위》에 나오는 대부분의 작품들도 이 여수의 미학을 보인다. 가장 인상적인 작품은 〈금산사 가는 길〉이다. 젊은이와 늙은이는 폭설이 쏟아지는 겨울날 금산사로 향한다. 그들이 왜 금산사로 가는지는 밝혀지지 않는다. 그들 자신조차 모른다. 물론 그들에게 금산사 가는 지도도 없다. 종이 지도도 없을 뿐만 아니라, 별의 지도 역시 있을 리 만무하다. 또한 시계의 세계와도 단절되어 있다. 젊은이가 자랑하는 스위스제 시계는 여로 출발

시점부터 멈춰 있는 상태다. 무엇보다 문제적인 것은 공간적 여로의 비현실적 어처구니없음이다. 처음 늙은이가 금산사가 얼마나 남았느냐고 묻자 젊은이는 삼 킬로미터 남았다고 답한다. 두 번째로 물었을 때는 칠 킬로미터를 더 왔는데도 이제 십 킬로미터 남았다고 대답한다. 십 킬로미터를 더 간 다음에는 이십 킬로미터 남았다고 한다. 이 얼마나 가혹한 부조리극인가. 그들은 분명히 금산사로 가고 있음에도 여로를 계속하면 계속할수록 금산사에서 멀어진다. 물론 그것이 물리적인 거리가 아니고 심리적인 거리일 수도 있다. 그러나 중요한 것은 그들이 가고자 하는 대상에 접근하지 못하고 미끄러지다 못해 멀어진다는 사실이다. 그들의 어처구니없는 금산사 여로는 결국 물리적으로 일 킬로미터를 남겨놓은 상태에서 끝나고 만다. 욕망의 대상에 이름으로써 끝난 게 아니라 욕망의 주체가 죽음으로써 끝이 난 것이다.

이와 같이 〈금산사 가는 길〉은 길 위의 존재의 극한적 우수를 보인다. 그들은 금산사로 가고 있으면서도 어디로 가는지 모른다고 한다. 늙은이는 말한다. "가는 것만이 능사가 아니야. 어디로 가느냐가 문제야." 그는 또 말한다. "우리들은 이제 네가 이끄는 데로 가야 한다. 그런데 너는 어디로 가야 할지를 모른다. 우리들은 아무도 어디로 가야 할지를 모른다." 길을 가긴 가는데 어디로 가야 할지를 모른다는 것, 그럼에도 그저 가고 있다는 것, 그것이야말로 불확실한 세계에 던져진 존재의 극단적 "분노와 절망과 공포"를 암시한다. 막막하고 암담한 상태의 절정에서라면 주체는 아무런 희망과 용기도 지닐 수 없다. 많은 사람들이 나날의 삶에서 의식하지 못하지만, 실상 그런 상태에 처해져 있음을 작가는 반성적으로 숙고하게 한다. 예의 고통스러운 여로에서 젊은이는 말의 이데올로기에 기대려는 경향을 보이기도 했었다. "우리들은 이제부터 모든 고난 참아내고… 눈보라가 제아무리 가는 길을 막아도… 한마음 한뜻으로 어려움을 이겨내어… 쉬지 않고 끊임없이 앞으로 나아가서… 희망에 찬 우리들의 보금자리 찾아내고…." 그러자 "사십 년 이상을 지게질을" 해왔다는 늙은이는 즉각적으로 비판한다. 그 말에는 아무 뜻도 없으며, 말을 타락시키고 있을 따름이라고 말이다. "말을 타락시키는 것이 말을 타락시키는 것으로 그치는 줄 아느냐? 이 바보 같은 놈아, 네놈은 말을 사용하는 모든 사람들의 사고방식을 타락시키고 있어! 타락된 그 사고방식에서 나온 모든 범죄 행위에 대해서 네놈은 책임을 져야 돼!" 늙은이가 말의 타락 운운 하는 것은 어쩌면 사십 년 지게질의 경험에 근거한 것인지도 모른다. 실상의 심연 을 이미 경험하고 간파한 자에 의한 비수 같은 비판이다.

〈금산사 가는 길〉에서 길은 어디에도 있고 어디에도 없다. 늘 열린 것 같은 길이지만, 정작 그 길을 가고자 하는 사람들에게는 운명적으로 닫혀 있다. 고립무원의 상태에서 그들은 동사(凍死)할 수밖에 없었다. 성취와 도달의 길이 아니라 죽음의 길, 이 운명극 앞에서 그 누구도 자유로울 수 없다. 다소 초현실적인 분위기속에서 극현실적인 운명극을 연출한 것은 오로지 서정인의 인생길에 대한 도저한 현실 인식에 기인한다고 볼 수 있다. 금산사 여로만 그런 게 아니다. 정도의 차이가 있을지언정, 서정인이 관찰한 여로는 한결같이 생의 우수가 어두운 그림자처럼 길게 드리워져 있다. 가령 〈겨울 나그네〉도 그렇다. 같은 나그네라도 '겨울 나그네'는 가장 신산스럽게 느껴진다. 이 소설집에는 유난히 겨울 나그네들이 많이 등장한다. 단편 〈강〉에서도 눈이 내렸지만, 이 소설집의 〈금산사 가는 길〉, 〈겨울 나그네〉, 〈여인숙〉 등 여러 편에서 인물들은 눈 내리는 겨울 길을 헤쳐 나가야 한다. 〈겨울 나그네〉에서 영해는 "돈과 수면제 스무 알"이 든 가방을 들고 겨울 길을 나선다. 그녀가 왜 답답해하는지, 왜 죽음을 의식하는지, 어디로 왜 가는지는 뚜렷하지 않다. 〈금산사 가는 길〉에서도 그랬듯이 그저 길을 간다. 겨울 길에서 우연히 동행이 된 늙은이에게 그녀는 이렇게 말한다.

"나 혼자 가슴이 답답한 것은 아니라는 것을 아는 것은 나에게 아무런 위안이 되지 못했어요. 그것은 모든 사람들이 다 가슴이 답답하다는 것을 뜻했고, 모든 사람들이 다 가슴이 답답하다면, 각자 자기의 답답한 가슴은 자기 자신만의 문제라는 말이 되었어요. 그것은 답답한 가슴에다가 절망감을 보태주었어요." (〈겨울 나그네〉, 188쪽)

이런 말법은 서정인의 독특한 비틀기 어법의 일환이지만, 개인의 차원에서든 전체의 차원에서든 답답함을 해결할 수 없다는 절망적인 상태를 영해는 강조한다. 어쨌든 그녀는 이 겨울 길에서 자신의 답답함을 해소할 그 어떤 가능성도 발견하지 못한다. 아니 오히려 그 답답함이 가중되는 느낌만 받는다. 겨울 여로의 사연을 달리 지어 말했지만, 실은 가출한 딸을 찾아 나선 동행이 딸 윤주가 일하는 한일관 옆 영일옥을 그냥 지나쳐 사라지는 모습을 보면서 그 답답함이 더해지는 것이다. 사람들이 모여 사는 세상에서 답답함을 느껴 인적이 드문 호숫가로 겨울 길을 떠났다 돌아오는 길에서 겨울 나그네의 마지막 내면 풍경은 이런 것이었다. "영해는 황량한 물의 벌판을 등 뒤로 하고 사람들이 옹기종기 무릎들을 맞대고 사는 도시로 가면서도 마음은 거꾸로 점점 더 삭막해져 갔다."

〈금산사 가는 길〉이나 〈겨울 나그네〉에 비해 〈여인숙〉, 〈행려〉, 〈천호동〉, 〈탱자꽃〉의 나그네는 나름대로 유랑의 구체적인 세목을 보여준다. 〈여인숙〉에서 술집 여자 옥이는 아버지를 일찍 여의고 부덕한 어머니 때문에 갖은 고생을 다 하며 살아왔다. 유미 역시 사정이 크게 다르지 않으며, 월부 책장수 건수는 닷새를 돌아다녀 책 열 권도 팔지 못한다. 여인숙에서 옥이에게 잠시나마 위로를 받던 그는 이내 임검 나온 경찰에게 연행된다. 쫓기는 처지로 보이는 귤 장수의 신세 역시 막막하긴 마찬가지다. 비루한 '여인숙'의 인생들은 한결같이 더 이상 꿈을 꿀 수 없는 처지다. 이미 〈강〉에서 암시했듯이, 세상을 살면서 희망과 포부를 조금씩 인생이란 강물에 저당 잡히고 만, 그러면서 가위눌린 인물 군상이다. 〈행려〉의 사내는 주막집에서 내기 장기를 두다가 오갈 데 없는 누이를 만 원에 팔다시피 덕삼이에게 떠넘기고 그 돈으로 달아나기도 한다. 누이는 덕삼이에게 허름하더라도 나름의 격식을 갖춰 결혼하자고 버티지만 결국 덕삼의 친구 홍태에게 어이없이 성폭행을 당한 다음 막막한 길을 떠나게 된다. 이런 겨울 나그네들의 풍경은 비단 오늘(이 소설들이 창작된 1970년대)의 문제만이 아니다. 예전에도 그랬다. 〈탱자꽃〉은 겨울 나그네의 시간적 족적을 비교적 간명하게 보여준다. 이 소설의 김 씨는 일제 말에 나름대로 내로라하는 집안의 아들이었다. 그는 침모의 딸 봉순이와 서로 사랑했으나 부모가 격이 맞지 않은 인연이라고 반대하는 바람에 봉순이 자살하자, 그만 집을 떠나 겨울 나그네 신세가 된다. 타관에서 어설프게 둥지를 튼 김 씨는 세월이 한참 지난 후에 운명의 역전을 체험한다. 아들 성칠이 그 마을 토박이 지 서방네 딸 양자와 결혼하려 했지만, 지 서방네가 예전에 김 씨의 부모가 내세웠던 이유로 반대하여 뜻을 이루지 못하는 것이다. 반대의 경우이긴 하지만 김 씨나 그의 아들 성칠, 모두 겨울 나그네의 처지에서 조금도 벗어나지 못한다. 그만큼 여수는 오래된 주제요, 생의 비극적 심연을 가늠케 하는 주제이다.

4. 가위눌린 현실과 소설적 진실

삶이 질병보다 더 병들었을 때, 겨울 나그네들은 혹독한 여수에 젖거나 속절없이 타락한다. 〈행려〉에서 누이의 오라비나 홍태가 그랬고, 〈원무〉의 여러 인물들이 그 타락의 풍경을 실감 나게 보여준 바 있다. 〈천호동〉에 나오는 바람둥이 사장이나 그의 비서이자 처남인 사내도 그런 인물이다. 그렇다면 이런 사태를 어떻게 관찰하고 인식할 것인가. 〈겨울 나그네〉에서 영해도 답답함의 문제를 풀기 위한 개인적, 전체적 조망에 대해 거론한 바 있거니와, 〈어느 날〉은 개인이 속한 집단의 타락으로 인해 개인이 상실해가는 과정을 예각적으로 관찰한 소설이다. 회사도 관청도 온통 타락해 있는 상태에서 개인은 속절없이 당하거나 거기에 적당히 타협하면서 기회주의적으로 살아간다. 그런 모습을 작가는 "두 눈을 말똥거리면서 거대한 언어의 탑이 무너진 폐허 위로 밤이 더욱 깊어가는 것을 지켜보"듯 관찰한다. 여기서 언어의 탑이 무너졌다는 것은 곧 반성적 질서의 훼손을 의미한다. 개인과 전체의 역학 문제는 중편 〈가위〉에서 보다 비중 있게 다루어진다.

> "우리들은 가끔 자신의 입장을 떠나서 사물을 볼 필요가 있어요. 남의 입장에 서보는 것만으로는 부족해요. 전체의 입장에서 보아야지요. 그 전체의 입장이 때로는 개인의 입장을 깔아뭉개는 수도 있겠지요."
> "나는 반대요. 나 개인의 입장에서 사물을 정확하게 바라보는 것만도 나에게는 힘에 겹소."(〈가위〉, 265쪽)

졸지에 군대에 수용된 동원병 8273과 8275의 대화 장면인데, 여기서 둘은 상반되는 입장을 보인다. 8273은 개인의 상실을 우려하면서도 전체적 통찰을 강조하고, 8275는 개인적 성찰도 어려운 지경임을 말한다. 물론 이 토론에서 그 우열을 가리는 것은 작가의 의도가 아니다. 서정인은 사소한 개인의 그물코를 통해 전체를 통찰하고, 전체적 맥락에서 개인의 안목을 반성케 하는 것이 문학이고 소설이라고 생각한다. 그는 그런 소설을 쓰고자 했다. 실제로 〈가위〉는 전체와 개인의 관계에 관한 오랜 철학적 주제를 가상적 동원 상황을 통해 웅숭깊게 풀어본 역작이다. 이미 삼십대 후반인 주인공은 어느 날 갑자기 동원영장을 받는다. 건강이 좋지 않은 그로서는 수행하기 어려운 명령이었지만 할 수 없이 복종하고 입영한다. 부대 안에서 그는 고유명사를 상실한 채 8273이라는 작위적 기호로 살아야 하는 처지가 된다. 자율적 의지가 봉쇄되고, 선택의 여지가 차단된 상태에서 그는 의미 없는 강제 노역과 굶주림에 시달린다. 견디다 못한 그는 친구인 후용 박사에게 전화를 해 도움을 청하고자 하지만 뜻을 이루지 못한다. 오히려 이 사건으로 벌을 받아 더 굶주리고 더 가혹하게 노역을 착취당하다가 싸늘하게 죽고 만다. 죽은 그의 유해는 한 줌의 재가 되어 그의 아내에게 전달되는데, 유품은 8275의 것과 바뀐 상태다. 그의 아내는 8275의 아내를 찾아가 8275(후엔)가 강제 징집되고 난 다음에 그녀가 당한 엄청난 재난에 대한 얘기를 듣는다. 후엔이 징집된 것도 가장 믿었던 친구의 모함 때문이었다는 것, 그것도 모른 채 후엔은 징집되면서 그의 사업과 처자를 친구에게 부탁했는데 그가 후엔의 처를 겁간하고 사업을 가로챘다는 것, 등이 그 엄청난 재난의 사연이다. 동원부대로 상징되는 전체 조직이나 후엔의 친구로 대변되는 개인 할 것 없이 그 악성은 끝을 모를 지경이다. 세계는 전체의 국면에서도, 개인의 국면에서도 파국으로 치닫는다. 진실은 한없이 미끄러진다.

앞서 언급했듯이 서정인은 속악한 현실에 대한 반성과 비판의 기제로 소설을 택한 작가다. "대대장님이 원하든 원치 않든 간에, 대대는 이미 하나의 커다란 병실이 되어버렸다는 데에 문제가 있지요"라는 작중 의사의 말처럼, 작가는 〈가위〉를 통해 세상이 이미 그 자체로 온통 가위눌린 병실이 되었다고 진단한다. 혹은 '환자 제조 기계'라고 말하고 싶어 한다.

"저 사람을 살릴 수는 없소?"

"물론 있지요."

"어떻게요?"

"우리들이 그를 죽이지만 않으면 돼요."

"가만 놔두란 말이오?"

"넉 달 전엔, 그랬으면 되었지요. 넉 달 전엔 그는 가만 내버려두면 살 사람이었어요. 두 달 전엔 건초더미 속에 처박아두고, 작업을 시키면서도, 밥만 제대로 먹여주었더라면, 그는 살았어요. 한 달 전엔, 작업을 중지하고, 급식을 정상화했더라면, 건초더미 속에서도 그는 살았어요. 일주일 전엔, 대대 병실 정도에다 눕히고, 값싼 영양제나 주사하면서 안정을 시켰더라면, 그는 살았어요."

"지금 말하시오, 지금. 지금은 어떻소?"

"지금은 조오끔 늦은 것 같아요. 지금도 그 사람이 석 달 땅을 파서 받은 임금으로 하루 입원 경비를 대기가 힘든 쌍통 시내 정밀 종합병원에 당장 데리고 가서, 의사와 간호원이 하루 이십사 시간 감시하는 가운데 집중적 치료를 하면, 아직 살 수 있어요. 사람을 망가뜨리기는 쉬워도 망가진 사람 두들겨 맞추기는 어려워요. 저 사람을 보면 망가뜨리기도 힘들다는 생각이 들지만." (〈가위〉, 287쪽)

후용 박사의 특별 부탁을 받은 대대장과 의사의 대화 장면이다. 굳이 설명하지 않더라도 동원부대라는 집단이 어떻게 개인을 환자로 만드는가, 아니 어떻게 시체로 만드는가에 대한 냉정한 진단이다. 가만 내버려두었으면 살 사람을 감금하고 굶기고 강제 노역을 시켜 죽게 했다는 것이다. 그가 환자가 된 것이 아니라 집단이, 조직이, 그를 환자로 만들고 죽게 했다는 것이다. 의사가 말하고 있지 않은

가. "우리들이 그를 죽이지만 않으면 돼요."

〈가위〉의 시간 배경은 1970년대다. 공간은 호영송의 〈파하의 안개〉처럼 가상적이다. 인명으로 보아 베트남 언저리를 떠올리게 하지만, 구체적인 공간이 중요한 것은 아니다. 이는 감금과 환자 제조, 대학살의 계보학을 떠올리게 하며, 강고한 동원 체제를 유지했던 1970년대 한국의 정치적 상황과 알레고리적으로 연계되어 있다. 그러면서도 개인과 전체의 숙명적 악순환과 관련한 오랜 인류의 과제를 짊어지고 있는 형국이다. 즉 가위눌린 '겨울 나그네'의 여수는 개인의 상처이기도 하지만 타락한 시대와 세계의 문제적 징후이기도 하다. 그 여수의 끝은 죽음이다. 개인의 선택에 의한 자살이든, 집단의 억압과 강요에 의한 타살이든 간에 죽음으로 치닫는다. 살림의 세상이 아니라 죽임의 세상에 우리가 속절없이 처해 있다는 것, 그 점을 반성적으로 인식해야 하는데 그렇지 못하다는 것, 그런 까닭에 반성적 언어를 통한 진정한 '원무'에의 가능성을 탐문하는 작업은 매우 요긴하다는 것, 그러므로 가위눌린 세상을 가위질하고 소망스런 신생의 지평을 모색할 수 있어야 한다는 것, 이와 같은 의미심장한 속생각들을 서정인의 두 번째 소설집 《가위》는 독특한 소설 언어와 스타일로 보여주고 있다. 그 속생각들이 30년이 지난 지금도 여전히 유효하다는 점 역시 매우 놀랍다. 작가의 통찰이 넉넉한 시간적 깊이를 지니고 있었던 까닭일까? 혹은 인간 현실의 근본적 우수 때문일까?

서정인 소설집

가위

초판 1쇄 펴낸날 | 2007년 6월 15일

지은이 | 서정인
펴낸이 | 김직승
펴낸곳 | 책세상

주소 | 서울시 마포구 신수동 68-7 대영빌딩
전화 | 704-1251(영업부) 3273-1221(편집부)
팩스 | 719-1258
이메일 | world8@chol.com
홈페이지 | www.bkworld.co.kr
등록 1975. 5. 21 제1-517호

ISBN 978-89-7013-641-7 04810
      978-89-7013-633-2 (세트)

책값은 뒤표지에 있습니다.
잘못된 책은 바꿔드립니다.